El factor Einstein

Andrés Pérez Domínguez

El FACTOR EINSTEIN

mr · ediciones

Paseo de Recoletos, 4. 28001 Madrid
www.mrediciones.com
Primera edición: enero de 2008
ISBN: 978-84-270-3414-3
Depósito legal: Na. 3.602-2007
Preimpresión: J.A. Diseño Editorial, S.L.
Impresión: Rotativas de Estella, S.L.

Impreso en España-Printed in Spain

Para mi madre,
que me entiende.

«Creo que hay en el Mundo hasta una docena de personas que conocen la Teoría de la Relatividad. Estas personas, sabiendo lo que ha hecho el Sr. Einstein, quizá lo admiren conscientemente, y yo, por mi parte, las admiro a ellas de igual modo; pero en cuanto a mi admiración por el propio Sr. Einstein, como alguna de las personas mencionadas no me diga en qué se fundamenta, yo no podré explicármela nunca.»

JULIO CAMBA
Los admiradores de Einstein
El Sol, Madrid, 6 de marzo de 1923

PRIMERA PARTE

El mundo ya nunca será el mismo. Leo Szilard, físico húngaro refugiado en Estados Unidos, lleva casi seis años rumiando la idea de que las cosas ya nunca serán como antes, pero nadie le hace caso. A veces le parece que todos quieren taparse los oídos para no escuchar la verdad terrible que les tiene que contar, el único futuro posible, ese que, si dedicasen aunque fuera sólo un momento a considerarlo, les impediría volver a dormir tranquilos, ni una noche, ninguna más, como a él le pasa, hasta que el peligro se hubiera neutralizado. Quieren no saber, prefieren fingir que no se enteran a enfrentarse a la verdad, mirar para otro lado, como llevan seis años haciendo, desde que los nazis gobiernan Alemania, antes aún, cuando las directrices del Partido Nacionalsocialista empezaban a calar hondo entre los alemanes, cuando todavía era posible detener al monstruo que acabaría tragándose la libertad y empezaría a reclamar lo que creía que le pertenecía por derecho.

Pero él no va a permitirlo. Esta vez no. Aunque sea lo último que haga en su vida, no va dejar que ocurra.

Lleva toda la mañana dando cortos paseos en su despacho de la Universidad de Columbia, desesperado, como un animal enjaulado. Es eso lo que le gustaría, piensa, tener la fuerza de un león para que todos los demás temblasen de miedo o al menos reparasen en su presencia, que no pudieran fingir que no lo veían y no lo ningunearan cuando abriese la boca y enseñase los colmillos y su rugido atemorizase a los otros habitantes de la selva. Pero no tiene tiempo ni ánimo para sonreír: una fiera le gustaría ser, tener la energía de un felino enorme y hambriento para poder arrostrar los problemas que se le vienen encima, no sólo a él —si fuera nada más que a él, aceptaría con gusto la carga—, sino al mundo entero, y nadie más que él mismo parece darse cuenta, como si la amenaza que se extiende por Europa, una nube siniestra que nunca más dejara ver el sol, no fuera sino el peligro más grande al que jamás se han enfrentado los hombres.

Pronto habrá una guerra. El científico no tiene dudas. Qué persona con una brizna de sentido común las tendría. Más pronto que tarde, aunque todavía algunos ingenuos quieren pensar para no perturbar su propia tranquilidad que el conflicto puede evitarse, Gran Bretaña y Francia le declararían la guerra a Hitler, y el físico húngaro espera que Roosevelt se sume a ellos. América será un aliado poderoso, imprescindible para la guerra que se avecina. Hitler había comenzado su estrategia pidiendo un poco, sólo un trozo cada vez, y le había salido tan bien que incluso los británicos y los franceses habían mirado para otro lado esperando que las concesiones aplacasen el apetito inacabable de los nazis: el incendio del Reichstag, la ilegalización del Partido Socialdemócrata, las leyes de Núremberg, la Wehrmacht ocupando la zona desmilitarizada al oeste del Rin. Y el mundo miró para otro lado. Qué vergüenza. Luego se anexionaron Austria, y la última humillación se había firmado en Múnich, seis meses antes: con la excusa del *Lebensraum*, el espacio vital que necesitaba el pueblo alemán, Chamberlain y Daladier le habían entregado los Sudetes a Hitler como quien le lanza su último pedazo de carne a un perro rabioso esperando saciarlo y que ya no vuelva para pedir más. Pero Leo Szilard ha visto los ojos y los espumarajos en los colmillos del perro enfermo demasiado cerca y demasiadas veces para saber que una vez que ha probado bocado ya no parará hasta comérselo todo, hasta que ya no le quede nada que arrebatar. Había visto los ojos y había sentido su aliento tan cerca que había vomitado al ver desfilar las esvásticas en Berlín, antes de marcharse. Él estuvo a punto de ser engullido también, pero pudo escapar a tiempo, antes de sentirse amenazado incluso, pocos días después de que las llamas se tragasen el Reichstag, en un tren que lo llevó de Berlín a Viena, igual que un delincuente, después de haber pasado media vida trabajando en Alemania como el científico honrado y talentoso que era, huyendo de la bestia rabiosa que lo destruye todo, como una rata hambrienta y pestilente, con los ahorros de toda su vida guardados en los zapatos, arrastrando dos maletas en las que había empaquetado todo lo que poseía, de Berlín a Viena, luego de Austria a Inglaterra y de allí a Estados Unidos, siempre de un lado para otro, incansable, como el apátrida en que se ha convertido después de que las esvásticas sellasen las fronteras. Ahora se gana la vida en Nueva York, como profesor en la Universidad de Columbia, pero en el fondo no es más que uno de los muchos exiliados europeos que a pesar de haber conseguido un trabajo decente y llevar una existencia sencilla pero digna no son otra cosa que extranjeros en un país que no acaban de comprender. Y cuando el mundo está a punto de saltar por los aires se pregunta cómo va a ser capaz un judío húngaro exiliado de llamar la atención de los políticos y de los militares norteamericanos sin que lo tomen por un científico demente con afán de notoriedad.

Y es que, aunque les pese a quienes no quieren escucharlo, el mundo puede estallar por los aires, y Leo Szilard lamenta que ese pensamiento no sea una metáfora. Se había dado cuenta casi seis años antes, en Londres, muy cerca del British Museum, mientras esperaba en el cruce de Southampton Row a que el semáforo se pusiera en verde. Lo que intuyó entonces no lo dejó dormir esa noche, y muchas veces desde entonces, y por culpa de aquella visión, no ha podido volver a conciliar un sueño decente. Un átomo se fisiona en otros dos átomos al ser bombardeado por neutrones, y al escindirse libera otros neutrones que a su vez pueden romper otros átomos, primero dos, luego cuatro, ocho, dieciséis, treinta y dos. Así, en progresión geométrica, todo en menos de un segundo, una reacción en cadena, miles de millones de átomos que liberan energía, una capacidad de destrucción que la humanidad jamás ha imaginado desde que holla la faz de la tierra. Como en aquella novela de H. G. Wells que había leído dos décadas atrás, *El mundo en libertad*. La ciencia ficción podía convertirse en una realidad. Y aquella maravillosa ecuación que había hecho famoso al profesor Albert Einstein, su viejo amigo, $E=mc^2$, había adquirido para él de pronto una relevancia real si alguien encontraba la forma de dominar los males que saldrían de aquella peligrosa caja de Pandora. Una gran cantidad de energía que se consigue con una masa insignificante. Primero había que dar con el elemento, y él mismo, cinco años atrás, había apostado por el berilio. Estaba equivocado. Pero no tuvo dudas de que él, o cualquiera de sus colegas, podría averiguar la clave. Sólo esperaba que el hallazgo sucediera a este lado de la frontera alemana y que quien lo descubriera tuviera sólo una pizca de sensatez para no ir corriendo a que la revista *Nature*, o cualquier otra, publicase el resultado de su investigación.

Ahora ya sabe que el núcleo no es un bloque monolítico, como había sostenido el danés Niels Bohr, sino maleable como una gota de agua, una unidad que puede escindirse en dos mitades, y al fisionarse liberar neutrones que a su vez puedan escindir otros átomos. Lo ha descubierto Lise Meitner, y Leo Szilard ha suspirado tranquilo porque ella es uno de los suyos. Pero su tranquilidad apenas ha durado más que el tiempo que ha tardado en enterarse de la noticia. ¿Cuánto tardarán, se pregunta, sus antiguos colegas del Instituto Kaiser Wilhelm, que ahora controlan los nazis, en enterarse de que la fisión es posible, por fin, y, lo que más le preocupa, en saber que el elemento idóneo es el uranio?

El mundo puede estallar por los aires. No ha dejado de repetirse esa idea, de contárselo a los demás, a los pocos que han querido escucharlo. Y Leo Szilard no quiere que el mundo se convierta en una bola incandescente, una pira enorme a la espera de que alguien lo bastante loco se atreva a encender la mecha. Se ha prometido hacer cuanto esté en su mano por evitarlo, y, aunque le vaya la vida en ello, no va a dejar que nadie prenda fuego a esa pira, y mucho menos va a permitir —lo piensa, se le acelera el pulso y enseguida tiene que buscar el pañuelo para secarse el sudor de la frente— que esa mano sea la de cualquiera de los que fueron sus colegas en el Instituto Kaiser Wilhelm, algún científico que se quedó en Alemania para vitorear al Führer. Él ha visto los ojos de la bestia demasiado cerca y ha conocido el miedo en primera fila como para poder confiar en nadie.

CAPÍTULO I

Todavía hacía demasiado frío para navegar, pero por la tarde, cuando estaba de visita en casa de su madre, a Frida von Kleinsberg le gustaba acercarse al embarcadero, perderse sola por la arboleda y llegar hasta el pantalán para ponerse a pensar o a soñar despierta sin que nadie la molestase. Hacía mucho tiempo, quizá desde que regresó de Cracovia, se había dado cuenta de que cada vez le gustaba más pasar tiempo sola, y aunque estaba a punto de cumplir treinta años prefería pensar que la razón de aquella búsqueda no del todo consciente de soledad era, simplemente, que se iba haciendo mayor. Prefería creer eso a reconocer que tal vez ahora la razón principal por la que le gustaba volver a la casa familiar y cabalgar hasta la orilla del lago Wannsee era porque necesitaba, y lo necesitaba desesperadamente, fortalecer el vínculo con su familia, con su madre, con su difunto padre, sobre todo después de haber pasado demasiado tiempo sin estar segura de querer volver a su hogar, a formar parte de la familia, que, al cabo, había sido la suya desde siempre. Pensaba en ello y se sentía culpable y se enrabietaba por haber descubierto cosas de las que tal vez hubiera sido mejor no haberse enterado nunca. Estaba segura de que sería más feliz de no haber sabido la verdad, pero también era consciente de que la persona en la que se había convertido no era sino el resultado de todo lo que había vivido, de lo que había conocido, del pasado, para lo bueno y para lo malo.

En esa época del año la superficie del lago presentaba todavía una capa de hielo de tres centímetros que se mantendría hasta bien entrado el mes de abril. Era de las pocas cosas que le incomodaban de Alemania, que durante varios meses al año no fuera posible navegar en aquel lago tan hermoso donde a ella le había gustado imaginar de pequeña que habitaban bellas princesas, abnegados caballeros andantes y feroces dragones que escupían bolas de fuego por la nariz cuando se irritaban. Hacía muchos años que había dejado de creer en la existencia de dragones, y al hacerse mayor se había dado cuenta también de que las princesas no tenían por qué ser hermosas, y muchos hombres que había conocido se autoproclamaban caballeros con ligereza cuando lo cierto era que distaban mucho de parecerse a los esforzados titanes de los que hablaban los cuentos que su padre le leía de pequeña, frente al mismo bosque de hayas nevadas que ahora contemplaba desde el embarcadero y que se extendía un poco más allá de las noventa y ocho hectáreas de terreno que pertenecían a la familia Von Kleinsberg —la suya, al cabo— desde hacía dos siglos.

Desde que abandonó el nido familiar, más de una década atrás, para ir a estudiar a la Universidad Humboldt de Berlín, Frida von Kleinsberg había vuelto con regularidad a la casa de sus padres. Al principio, los fines de semana, todos. Entonces era una estudiante, una buena estudiante además, y cada viernes regresaba a la mansión para volver el lunes a las clases y a las ecuaciones de las pizarras de la universidad en Berlín, apenas a veinte kilómetros de distancia de donde se encontraba ahora. Se fue alejando de su familia, primero poco a poco, y luego de repente, por despecho, pero nunca llegó a irse del todo. Cuando se reconciliaron, su padre nunca llegó a perdonarle que se pusiera al servicio de la Abwehr, no porque el barón no fuera un partidario fervoroso del nacionalsocialismo, sino porque había hecho muchos planes para su única hija, su pequeña, y entre ellos no figuraba que pasase a engrosar las filas del servicio secreto. Una mujer de su posición no necesitaba trabajar para los espías, arriesgar su vida entre hombres deseosos de medrar para satisfacer a sus jefes. Manfred von Kleinsberg había dispuesto los abundantes medios que su fortuna le permitía para proporcionar a su hija la mejor educación posible, y la equitación, la esgrima, el alpinismo o la vela eran actividades que el viejo aristócrata toleraba si al final servían para encontrar un marido cuya fortuna o buena voluntad le hicieran merecedor de entrar a formar parte de su familia. Pero ingresar en el servicio secreto, según su padre, la alejaba de los planes que había previsto para ella desde que era una mocosa. Era demasiado masculino, igual que le parecía poco femenino que una mujer quisiera competir en los Juegos Olímpicos, aunque fuera en la modalidad de vela. Y después de haberse reconciliado estuvieron cerca de un año sin apenas dirigirse la palabra, todo el tiempo que pasó en Madrid, antes de la guerra civil española, y sólo volvieron a recuperar la confianza, y ya nunca fue lo mismo, cuando ella volvió a casa, justo antes de las olimpiadas del 36, en las que no llegó a participar. El barón falleció ese mismo verano, y aunque había llorado su pérdida le quedaba el consuelo de haber visto a su padre emocionarse, sentado junto a ella en un palco del Estadio Olímpico de Berlín cuando el Führer declaró inaugurados los Juegos de 1936, aquellos donde iban a demostrar al mundo la buena voluntad de Alemania.

Desde la muerte del barón Frida volvía, cada vez que tenía la oportunidad, a la casa familiar para visitar a su madre, y esa tarde se había enfundado en un abrigo largo de cuero con cuello rematado en piel de conejo después de colocarse las botas y los pantalones de montar, abombados a la altura de los muslos. No pudo evitar una sonrisa que se acabó mezclando con una punzada de nostalgia al pensar que su padre le habría dedicado una mirada reprobadora al verla vestida así, pero que al final le habría guiñado un ojo, cómplice, y le habría advertido que tuviera cuidado, que el suelo nevado era traicionero cuando se montaba a caballo. Frida lo sabía, pero a pesar de ello no había podido evitar hacer trotar a su yegua un poco más rápido de lo que la prudencia aconsejaba para coger velocidad antes de saltar una valla. Luego aminoró la marcha poco a poco, hasta que el animal se detuvo, le acarició el cuello, sonriendo, y le dedicó unas palabras de cariño que la yegua agradeció con un bufido que se convirtió en una nube de vaho que subió hasta perderse entre las hojas de las hayas nevadas. Hacía frío, pero el cielo estaba despejado, así que tendría un rato para disfrutar del silencio del bosque y del lago helado antes de que oscureciera. El invierno tenía el inconveniente de no poder salir a navegar en el lago Wannsee, pero su familia tenía los recursos suficientes como para que ella pudiera ocupar su tiempo libre en otras actividades. Había sido educada para ello, y aparte de una navegante de primera que habría podido conseguir una medalla en los Juegos Olímpicos de 1936 si no se hubiera presentado voluntaria para aquella misión en España, también era una excelente amazona.

Después de cerciorarse de que no iba a llover resolvió dejarse el pelo suelto. Le gustaba sentirlo flotar en el aire cuando galopaba al trote. Desde el establo hasta el lago no se había encontrado a nadie en su propiedad, pero Frida sabía que si un hombre se hubiera cruzado en su camino difícilmente habría podido evitar volverse para mirarla, cabalgando con la espalda recta, la mirada al frente y la melena escarlata al viento. Sabía la impresión que causaba en el sexo opuesto y estaba acostumbrada a ello, además. Lo doloroso para su madre, y lo extraño para sus amigas, no era que a sus espléndidos veintinueve años siguiera soltera, sino que ni siquiera estuviera comprometida o que hubiese un empresario, un abogado, un médico o un militar con el que estuviese planteándose pasar el resto de su vida. Sin embargo, Frida nunca se había considerado muy hermosa, aunque también sabía que su presencia irradiaba algo especial que hacía que al entrar en una sala los caballeros siempre terminasen fijándose en ella cuando creían que no los estaba viendo.

Se reía para sus adentros cada vez que alguien de su confianza sacaba el tema, pero ¿cómo iba ella a plantearse tener una relación estable con la clase de vida que llevaba? Lo pensaba, claro, y era lo único que podía hacer. Aparte de su madre, nadie de su círculo íntimo sabía que la Abwehr la había captado seis años antes, cuando el gobierno español hizo oficial el ofrecimiento de una cátedra en Madrid al profesor Albert Einstein. Por su condición de joven, y brillante, científica —y también por la decisión que había mostrado tres años antes, cuando cruzó la frontera belga junto a otros tres estudiantes con la decisión inquebrantable de secuestrar al padre de la Teoría de la Relatividad y llevarlo hasta Alemania—, la enviaron a Madrid para obtener información de primera mano sobre la veracidad del ofrecimiento y las posibilidades reales de que el judío más famoso del mundo se convirtiese en catedrático de la Universidad Central de Madrid, en ciudadano español incluso, como habían comentado muchos, sobre todo después de que renunciase a la nacionalidad alemana desde Estados Unidos cuando el Führer llegó al poder, en enero de 1933.

Cuando pensaba en Albert Einstein las sensaciones que la afectaban eran contradictorias. Desde hacía siete años, aunque sabía que cumplir con el propósito no sería fácil, se había prometido muchas veces no pensar en él, y cuando se rendía a la evidencia y el nombre de Albert Einstein transformaba la duermevela en insomnio, rebajaba el nivel de exigencia para convencerse de que podía separar al premio Nobel de la persona, al científico del hombre. No en vano había admirado al físico por las dos Teorías de la Relatividad, la Especial y la General, y aunque no podía admitirlo públicamente, le parecía una tontería monumental que Werner Heisenberg tuviera que enseñar la Relatividad a sus alumnos del Instituto de Física Kaiser Wilhelm de Berlín sin mencionar el nombre de Albert Einstein, como si el viejo judío no hubiera existido nunca o fuese un fantasma. Las noticias que llegaban de él indicaban que estaba acabado, y aquello la congratulaba casi tanto como la idea de que alguna vez alguien vendría a darle la noticia de su muerte. Cumpliría los sesenta ese mismo año, el 14 de marzo, y su fatigado corazón ya le había dado varios avisos. La formidable propaganda del Reich se había encargado de enterar al mundo de que Albert Einstein era un científico obsoleto al que le habían dado el Premio Nobel sin merecerlo, un eremita que llevaba veinte años encerrado en su torre de marfil, cegado por el orgullo pueril y por la soberbia ciega, pensando que todos los científicos del mundo estaban equivocados menos él; un sionista —el más peligroso de todos, porque era muy famoso— que había dedicado los últimos años de su vida a empañar la imagen de Alemania, a cuya nacionalidad había renunciado, en el resto del mundo. Enfurruñado con los jóvenes científicos que se empeñaban en hacer valer los postulados de la Mecánica Cuántica, estaba desperdiciando los últimos años de su vida en un exilio tranquilo en Estados Unidos, y Frida estaba convencida de que como científico era tan dañino para el Reich como cualquiera de esas ardillas que se refugiaban de la nieve bajo las ramas de los árboles. Ella, aunque sólo se había cruzado con él dos o tres veces cuando estudiaba Física en Berlín y apenas habían cambiado algunas palabras, terminó sabiéndolo todo sobre Albert Einstein, por lo que la imagen que el mundo y ella misma tenían del científico se mezclaban con la del ser humano, detestable para Frida, que se escondía bajo la melena blanca desordenada y la apariencia estudiada de sabio distante. Antes de odiarlo más que a nadie en el mundo, antes incluso de haberse cruzado con él en las escaleras de la Universidad Humboldt cuando estudiaba, lo había tenido tan cerca que si hubiera querido matarlo le habría bastado con caminar un rato por el prado que rodeaba a la mansión de sus padres en Wannsee. La casa que el káiser Guillermo le había regalado a Albert Einstein en 1928 no quedaba lejos de la finca familiar, sino muy cerca también del mismo lago helado que ahora contemplaba mientras pensaba en él, y estaba segura de que alguna vez sus embarcaciones habían llegado a cruzarse cuando navegaban en verano. La de Einstein era mucho más grande, un barco de siete metros. *Tummler*, recordaba el nombre pintado en la amura de babor y en la de estribor, un barco que le habían regalado sus amigos al cumplir cincuenta años, con un pequeño y discreto motor que le ayudase a volver al embarcadero cuando el viento no soplase. Le habían contado que era tan mal navegante como temerario. Pero ya hacía muchos años que no veía al viejo y acabado premio Nobel. Y Frida estaba segura de que no lo volvería a ver nunca. A veces se paraba a pensar en cuánto había influido en su vida un judío con el que apenas había cruzado alguna palabra a pesar de haber pasado los veranos tan cerca y de haber estudiado en la misma universidad donde él daba clases. Si pasó en Madrid cerca de un año, fue para averiguar hasta qué punto era posible que Albert Einstein se convirtiese en ciudadano español. Aunque ella había tenido otras razones para instalarse en Madrid, las mismas que dos años antes de mudarse a España la habían llevado a presentarse voluntaria para una misión secreta con el objetivo de secuestrar al viejo profesor, cuando pasó una temporada en Bélgica después de decirle al mundo entero, desde Nueva York, el muy cobarde, que nunca volvería a

Alemania mientras Hitler permaneciera en el poder. Se iba a morir antes de que algo así sucediera, Frida estaba convencida.

Aunque se sintió frustrada porque la operación se cancelase, aquello le sirvió para que la Abwehr se fijase en ella y le encomendase lo de Madrid. Mientras tanto se había enterado de muchas cosas de la vida de Einstein, cosas íntimas que no había contado a nadie. Tal vez antes de saberlas se habría encargado de ese asunto con la frialdad, la distancia y la prudencia necesaria que un agente debe tener para poder llevar a cabo su trabajo sin implicaciones emocionales. Incluso cuando unos exaltados habían saqueado la vivienda de Einstein próxima a la casa de sus padres ella no quiso participar, y le parecía una pérdida de tiempo acercarse a una pira para quemar los libros del científico en la plaza de la Ópera, frente a la Universidad, como un auto de fe absurdo.

Einstein estaba acabado, ella quería creerlo. Necesitaba creerlo. Pero ahora había cosas más importantes de las que debía preocuparse, y el asunto de Albert Einstein podía esperar, y aunque en una parte oscura de su alma albergaba un rencor que la consumía, se esforzaba en convencerse de que aquella posibilidad le importaba menos que el hecho de que su madre, sus primas o sus amigas se preocupasen por que aún no hubiera encontrado esposo. Había conocido a algunos hombres a lo largo de su vida, pero ninguno le había interesado lo bastante como para abandonarlo todo por él. Tal vez para alguien con la mentalidad anticuada de su madre, veintinueve años eran muchos años para no tener ya un marido y tres o cuatro hijos por lo menos, pero los tiempos habían cambiado, y aún habrían de cambiar mucho más. Y ahora el mundo estaba pasando por un momento delicado, una encrucijada que iba a decidir el destino de millones de personas. Alemania había recuperado la autoestima que perdió en el Tratado de Versalles, y volvía a ser una nación temida y respetada. A Frida le gustaba decirlo en ese orden: temida y respetada, en Europa entera, en el mundo entero. Pronto Francia y Gran Bretaña tendrían que rendirse a la evidencia, si es que no lo habían hecho ya, y admitir que Alemania, bajo la firme dirección del nacionalsocialismo, había vuelto a ser, en un tiempo récord, el país más importante de Europa. Y todo ello se debía, pensaba Frida von Kleinsberg mirando el lago helado, sentada en el embarcadero, cubriéndose las rodillas con los brazos para protegerse del frío, a la superioridad de los alemanes de verdad, que, como ella, habían luchado y lucharían para conseguir que el nuevo Reich durase mil años, como había asegurado el Führer.

Se echó hacia atrás la melena y la sacudió, como si en lugar de estar sentada junto a un lago helado en invierno fuera verano y estuviera tumbada en una playa, frente al mar. Permaneció así unos minutos hasta que sintió crujir la baranda del pantalán, donde había atado la yegua. El animal se había inquietado, pero ella no se inmutó. Ni siquiera se volvió, aunque sí se levantó, despacio. No le gustaba que la encontrasen en aquella postura, sentada y relajada junto al lago, como si fuera una joven romántica. Unos segundos después advirtió el ruido de un motor que había adivinado un poco después que su montura. Ellos sabían dónde encontrarla, y si se habían preocupado de ir hasta allí para buscarla, seguro que se trataba de algo importante, lo cual, teniendo en cuenta el cariz que estaban tomando los acontecimientos en Europa, podía ser una cuestión vital para los planes del Reich. La yegua volvió a tirar de las riendas y ahora sí escuchó el motor del coche con tanta claridad que no podía fingir que no se había dado cuenta, pero todavía aguantó un poco más antes de volverse. Dejó escapar el aire y sonrió, sabedora de que no podrían verla. Sin mirar supo que se trataba de un Mercedes negro, un coche oficial que habían mandado para recogerla. Quienquiera que fuese no podría percatarse porque ella estaba entrenada para que sus emociones no pudieran ser percibidas a las primeras de cambio, pero Frida sintió algo parecido a una corriente eléctrica subirle por la espalda. Era una sensación idéntica a las otras veces, cuando le encomendaban una misión. Se había convertido en la mujer que había llegado al rango más alto en el servicio secreto, y cuando le encomendaban una operación sentía que se acercaba cada vez más a una meta indefinida que ni siquiera ella misma, con sólo veintinueve años, se atrevía a vaticinar todavía.

Por el ruido del motor supo que al conductor del coche le costaba trabajo abrirse camino sobre la espesa nieve. No era de extrañar, y menos raro aún le parecía que no se hubieran atascado al ir en su busca. Aquello le habría divertido de verdad. Haber tenido que ayudar a desatascar un coche en la nieve a un oficial y a su chófer. Porque Frida sabía que eran dos, un oficial de inteligencia y su chófer. No era la primera vez que iban a buscarla y lo sabía sin tener que darse la vuelta. No se giró hasta que estuvo segura de que el coche se había parado, sin apagar el motor, y escuchó abrirse una puerta y luego otra. Frida no pudo evitar sonreír al adivinarlo. El chófer se había bajado primero, había abierto su puerta y después había hecho lo mismo con la del pasajero.

La yegua soltó un bufido, inquieta, y Frida, sin dejar de mirar el lago, le pasó una mano por el cuello para que se calmase. Hasta que el animal se tranquilizó no se dio la vuelta del todo.

—Buenas tardes, señorita Von Kleinsberg. Necesito que nos acompañe a Berlín.

El chófer se había acomodado de nuevo en su puesto al volante, y el que le hablaba era un militar protegido por un abrigo de cuero con las solapas levantadas. Sabía quién era, y él sabía perfectamente quién era ella. Frida había leído su ficha, igual que había leído las fichas de todas las personas con las que trabajaba. La información era muy importante en su trabajo, y no sólo por saber en quién podría confiar o no, sino por adivinar qué podía esperar de cada uno en los momentos difíciles, que, aunque ahora parecían imposibles, ni siquiera Frida, a pesar de su fe absoluta en las posibilidades del pueblo alemán para salir a flote, estaba segura de que no podrían presentarse. El comandante König tenía un expediente intachable. Frida lo había investigado y sabía que era un tipo duro y de fiar, aunque algo chapado a la antigua, como la mayoría de los oficiales de su edad. Condecorado en la Gran Guerra, había sobrevivido a cuatro años de trincheras y Frida sabía que si no había llegado a general era porque había sido degradado por negarse a usar el gas tóxico de Fritz Haber contra los franceses y los argelinos en Ypres, en abril de 1915. Era un militar que parecía haber sido educado en otro siglo, uno de esos que consideraban que matar al enemigo con fuego de mortero era más civilizado que acabar con él después de ponerse una máscara antigás para abrir unas latas de cloro líquido. Si lo habían mandado a él para buscarla era porque sin duda se trataba de algo importante, y eso le daba al oficial cierta ventaja con respecto a ella, pero no tardaría en enterarse. Tal vez se lo anticiparía él por el camino o, si no, lo haría su superior inmediato, en el edificio de la calle Tirpitzufer de Berlín que había visitado tantas veces.

El comandante la esperaba de pie, sin apartar los ojos de ella, sujetando la puerta del automóvil abierta. Pensaba tal vez que era posible que Frida se metiese en el coche en lugar de volver a la casa montada en su yegua.

CAPÍTULO II

Al salir a la calle, Alfonso Altamira aspiró el aire helado de Brooklyn, se quedó quieto un instante y miró la nubecilla de vapor que salía de su boca para perderse entre las escaleras de incendios del edificio de seis plantas y fachada de ladrillos rojos ennegrecidos por la polución donde estaba su apartamento alquilado en Downtown. Se había encasquetado el sombrero de fieltro y se había levantado las solapas del abrigo para protegerse del frío antes de abandonar el instituto y, como cada tarde, había emprendido el regreso a casa sin decidirse a escoger el camino más corto, deambulando un poco de aquí para allá, entreteniéndose en el paseo de vuelta a casa por el barrio elegante de Brooklyn Heights, demorando el momento de encerrarse entre las cuatro paredes de las que, sin mencionar el paseo rutinario hasta el East River con el perro, ya no volvería a salir hasta el día siguiente, para dirigirse otra vez al instituto, donde enseñaba Física desde hacía dos años a chavales de familias acomodadas que se reían de él a escondidas, cuando les daba la espalda mientras desarrollaba una ecuación en la pizarra. Se mofaban de su marcado acento español del que no había logrado despojarse, y maldita la falta que le hacía, en los veinticuatro meses que llevaba viviendo en Estados Unidos. No había conseguido una cátedra en una universidad, lo que cualquiera con su historial deslumbrante merecería —y lo que muchos con menos méritos que él pero más ambiciosos o simplemente mejor dotados para las relaciones públicas habían obtenido— y le habría gustado hacerse con ella, menos por el prestigio que suponía que por el interés que mostrarían los alumnos matriculados en una Facultad. Aunque a él ni siquiera la investigación le interesaba más que la enseñanza. Era en eso tal vez en lo único que había tenido suerte, se decía en los momentos difíciles, como aquella tarde de finales de enero, para darse ánimos. Con los sesenta a la vuelta de la esquina se le hacía muy cuesta arriba ilusionarse en vano con la idea de que alguna universidad, ya no Princeton, Harvard o Columbia, sino cualquiera menos conocida que todavía no tuviese en nómina a un premio Nobel exiliado, se fijase en él y lo contratara como profesor. Pensaba que si era capaz de resistir con la salud y la presencia de ánimo suficiente los tres años que le quedaban para que el gobierno de los Estados Unidos de América le considerase un ciudadano de pleno derecho, tal vez consiguiera una exigua jubilación que le permitiese pasar los últimos años de su vida sin más estrecheces que la de cualquier otro anciano norteamericano que hubiese trabajado como profesor de Física en un instituto para niños ricos.

Eran muchos los científicos y pensadores desterrados en Estados Unidos. La marea de locura que se había extendido por Europa había desplazado a muchos hombres de talento al otro lado del Atlántico. América había abierto sus puertas a lumbreras como Albert Einstein o Enrico Fermi, y a otros muchos que habían ganado el Premio Nobel, estaban a punto de ganarlo o sus nombres se barajaban en las quinielas de Estocolmo cada año. Alfonso Altamira nunca había sido uno de ellos, y aunque cuando era muy joven y la Academia Sueca entregó los primeros galardones había fantaseado con la idea de ser invitado a vestirse de gala para conocer al rey, hacía muchos años que, por suerte, se había aceptado a sí mismo como lo que era: un buen profesor de Física que disfrutaba transmitiendo lo que sabía a los alumnos que estuvieran dispuestos a aprenderlo. Si a los sesenta años de calendario uno no se había dado cuenta de cuáles eran sus limitaciones y sus virtudes, no merecía mas que lo llamasen necio. Sin embargo, treinta años antes se le consideraba uno de los físicos más destacados de su país. Estaba pasando unos meses en Alemania cuando la embajada española le cursó una invitación para la inauguración en Berlín, con la presencia del káiser Guillermo II, del instituto que llevaba su nombre. Fueron aquéllos unos años maravillosos, un período feliz de efervescencia científica. Era como si una corriente de talento hubiera soplado con suavidad sobre Centroeuropa para iluminar a la mayor hornada de científicos que jamás habían coincidido juntos: Max Planck, Fritz Haber, Otto Hahn, Niels Bohr, y Albert Einstein también, por supuesto. Cuando pensaba en su viejo amigo sacudía la cabeza, como si pudiera desprenderse así de los sentimientos contradictorios que el padre de la Teoría de la Relatividad le producía. Coincidían en muchas cosas, algunas tan personales que a veces habían bromeado por ello —los dos habían nacido el 14 de marzo de 1879, uno en Ulm y otro en

Soria; los dos eran primogénitos y a los dos les gustaba tocar el violín— y había llegado a sentir por él una gran simpatía, pero le costaba aceptar que durante los últimos veinte años se hubiera encerrado en sí mismo, como si empeñarse en desafiar a la Mecánica Cuántica no fuera más que una manera estúpida no ya de significarse como la persona tan singular que sin duda era, sino de malgastar los que quizá podrían ser sus mejores años como científico, encerrado en la burbuja del Instituto de Estudios Avanzados de Princeton, obstinado en construir una teoría universal que relacionase lo infinitamente pequeño con lo infinitamente grande. Por culpa de aquella obcecación Albert Einstein se había enfrentado a viejos amigos como Niels Bohr, y no había querido escuchar lo que sobre el comportamiento caprichoso de las partículas subatómicas tenían que decir gente muy joven pero con un talento extraordinario, como Werner Heisenberg, que ahora dirigía el Instituto Kaiser Wilhelm de Berlín. El hombre que había formulado el Principio de Incertidumbre era otra de sus preocupaciones esa tarde: según había podido saber, para un científico como él era imposible salir de Alemania, pero Altamira albergaba la esperanza de que Heisenberg pudiera abandonar el país con el pretexto de impartir un curso o dar una conferencia y aprovechase para pedir asilo político en algún lugar donde la ciencia no estuviera condicionada por las circunstancias políticas o militares de los nazis. La nómina de cerebros exiliados era tan grande que tenía la sensación de que el nivel de materia gris de Alemania estaba bajando de una manera alarmante; tanto que, si él hubiese estado en su bando, se habría sentido muy preocupado. Por fortuna él estaba en este lado, en el de los buenos, si es que entre científicos el bien o el mal eran dos territorios estancos entre los que hubiera una frontera clara.

Altamira estaba muy preocupado, y el único consuelo era la certeza de que no sólo a él le llegaban malas noticias de Alemania, sino que habría otros colegas con más contactos y mucho más influyentes que él que, por las mismas fuentes o por otras, se habrían enterado de los últimos hallazgos de los científicos del Tercer Reich. El profesor Steiner, el único amigo que le quedaba en el Instituto Kaiser Wilhelm de Berlín, con quien había compartido tan buenos ratos en los años que pasó en Alemania cuando era joven, hacía tiempo que no daba señales de vida. Las cartas que se cruzaban describían un recorrido peculiar antes de que llegasen a su destinatario. Sabedor de que los nazis estaban al acecho, sobre todo desde que el hijo del subsecretario de Estado alemán, Von Weizacker, fuera asignado al Instituto Kaiser Wilhelm de Berlín, Steiner se las había ingeniado para sortear la vigilancia cada vez más estrecha.

Las cartas le llegaban por valija diplomática a través de un funcionario de la embajada de España en Berlín, una rara avis entre los funcionarios de un cuerpo diplomático en el que casi todos sus miembros, a esas alturas de la guerra, habían mostrado ya su apoyo abiertamente al general Franco. A través del funcionario de la embajada española Steiner se comunicaba con él de vez en cuando, le contaba los avances a los que tenía acceso desde su puesto cada vez más vigilado de profesor de Mecánica Cuántica y, aunque no podía estar muy seguro de ello, parecía que los nazis estaban estudiando seriamente la posibilidad de desarrollar un proyecto para construir una bomba atómica. La última carta la había recibido Altamira tres meses antes, por medio de otro funcionario de segunda clase eliminar del consulado de España en Nueva York que tampoco sentía muchas simpatías por el nuevo régimen que se avizoraba, con el general Franco a la cabeza. Alfonso Altamira había contestado inmediatamente a su viejo colega de Berlín, y no haber recibido respuesta todavía al cabo de tanto tiempo podría significar muy bien que las cartas hubieran sido interceptadas. Y, aunque se rumoreaba que había bastantes espías nazis que vivían en la ciudad de los rascacielos, Altamira no sentía la más mínima preocupación por sí mismo. Se sabía lo bastante insignificante como para sentirse seguro, pero el profesor Steiner se encontraba en el mismo centro de la locura, y le afectaba una presión molesta en el pecho cuando pensaba qué le habría podido suceder a su amigo. A través de su contacto en el consulado de Nueva York se había enterado de que la carta había llegado a la embajada de España en Berlín pero que todavía no había ido nadie a recogerla. Podían haberlo despedido, apresado, interrogado. Incluso podrían haberlo convencido u obligado a que trabajase como doble agente para ellos. Ninguna de las opciones le parecía menos peligrosa que la otra. Y ya había pasado demasiado tiempo desde que le envió la última carta como para que alguna de esas posibilidades no fuese la verdadera. Y no estaba seguro de querer saber cuál había sido su suerte, enterarse de cuánto habría tenido que ver su vieja amistad o los mensajes que se intercambiaban en que lo hubiesen descubierto.

Y Altamira, aparte de los avances que le habían llegado en las cartas de su colega de Berlín y la propia suerte de su amigo, al que los nazis no habían dejado marchar cuando todavía era posible que algunos científicos abandonasen el país, tenía otras preocupaciones. Además de ser físico era español, lo cual era ya un raro binomio en esos tiempos, si no una contradicción incluso o una doble desgracia. Desde hacía semanas sabía que los días del gobierno de la República estaban contados, y que antes o después se encontraría con un titular en algún periódico estadounidense en el que anunciarían, si es que a alguien en Norteamérica le interesaba —y a medida que pasaba más tiempo en ese país tenía más dudas al respecto—, que la guerra en España había terminado.

Llegó a la esquina del edificio donde estaba su apartamento, sacó las llaves y se quedó un momento parado, dudando si girar a la derecha y refugiarse del frío invernal de Brooklyn hasta el día siguiente o seguir paseando un rato. Pero tenía que subir: *Newton* lo esperaba tras la puerta, seguro que moviendo la cola e impaciente por salir a dar un paseo. El animal no necesitaba reloj para saber que había llegado la hora en la que su dueño volvía puntual, como cada día, de dar clases en el instituto. Estaba claro que subiría y sacaría al perro a dar una vuelta, pero cuando vino a darse cuenta ya había reanudado la marcha y había vuelto a guardar las llaves en el bolsillo del abrigo. Como si se dejase llevar por una corriente que lo arrastrase sin percatarse de ello había vuelto a los aledaños de Brooklyn Heights, se había parado delante de un quiosco y antes de que pudiera ser consciente del todo estaba buscando en los titulares del *New York Times* cualquier noticia que le contase cómo estaban las cosas en España. Cuando podía reprimirse de mirar un diario pasaba días sin saber qué ocurría. Al principio de la guerra compraba varios periódicos a la vez y buscaba con la avidez de un hambriento las noticias que deseaba leer: que el gobierno de la República había detenido el avance de los fascistas, que los hombres de bien que había en los dos bandos se habían puesto de acuerdo para acabar con la guerra, que la Sociedad de Naciones había decidido ayudar al gobierno legítimo de la República, que Gran Bretaña y Francia habían resuelto vender armas a los republicanos con el mismo descaro que Hitler y Mussolini estaban apoyando a Franco. A pesar de estar a punto de cumplir los sesenta se sentía como un niño que hubiera perdido la inocencia a bocados durante estos dos años largos que duraba ya la guerra civil en España. Hacía mucho tiempo que había dejado de pensar que alguno de esos hechos positivos se produciría algún día y leería en la primera página del *New York Times* que la guerra había terminado, y desde que cayó Barcelona se había prometido inútilmente a sí mismo que no volvería a mirar un periódico, para no sufrir, hasta que alguien le anunciase el fin de la contienda. La primera página del *New York Times* no decía nada, y tampoco la del *Herald*. Y ahora venía la lucha interior: volver a casa y pasarse media noche en vela preguntándose si habría dejado de enterarse de alguna noticia importante por haber mirado para otro lado o comprar un periódico y deprimirse al enterarse de que las tropas de Franco habían puesto el cerco definitivo a Madrid, o peor todavía: no encontrar ninguna novedad. Eso sería lo que más le dolería, no ver una noticia sobre España en ninguno de los periódicos importantes de Estados Unidos. Ésa era la mayor prueba de lo que al resto del mundo, eso que a algunos les gustaba llamar el mundo libre, le importaba que los españoles llevasen cerca de tres años matándose entre ellos.

Había sacado unas monedas para comprar los dos periódicos y leerlos tranquilamente en casa cuando oyó una voz familiar a su lado. O quizá oyó primero su risa, amable, como siempre, y luego su nombre.

—No dicen nada, Alfonso. Ya lo he mirado yo esta mañana.

Altamira se volvió para responder, sin decidirse todavía a comprar los periódicos o volver a guardar las monedas en el bolsillo.

—Nada, Alfonso. Que la República esté agonizando importa bien poco aquí.

Lo dijo encogiéndose de hombros, como si la frase fuera un pensamiento madurado y aceptado con resignación mucho tiempo atrás, igual que un adulto le cuenta a un niño una verdad inmutable y le revuelve el pelo, condescendiente, sabedor de que el crío lo comprenderá cuando crezca y se dé cuenta de que la vida no es más que ir perdiendo cosas, poco a poco, hasta que al final se lo arrebaten todo. Tenían más o menos la misma edad, pero Gaspar Puig llevaba dieciséis años viviendo en Estados Unidos y, muchas veces, cuando conversaba con su compatriota el profesor de Física, terminaba adoptando una actitud paternalista, como si Alfonso Altamira fuese un utópico que aún no hubiera abierto los ojos del todo y todavía estuviese muy lejos de aceptar la realidad, tan dura. Nada en la actitud de Altamira, sin embargo, parecía decir que le incomodase que su amigo se comportase así. Más bien al contrario: se dejaba llevar, como una tabla en la corriente, seguro de que si trataba de ponerse en su contra, recriminarle o dejar patente que no hacía falta que le explicase nada porque él ya se había dado cuenta por sí mismo, lo único que conseguiría sería enemistarse con él, y Gaspar Puig era de las pocas personas que consideraba un verdadero amigo desde que decidió instalarse en Estados Unidos.

Sintió la mano de su colega en su brazo, invitándole a cruzar la calle, señalando con la barbilla las letras enormes sobreimpresionadas en el ventanal del local que había al otro lado, donde podía leerse la palabra *Bakery*, como una tentación que los invitaba a olvidarse por un rato del aire helado de la tarde del final del invierno en Brooklyn.

—Bueno, Gaspar, ¿cómo va esa novela?

Alfonso Altamira rompió el hielo cuando se sentaron de la misma forma que solía cuando se encontraba con Gaspar Puig, antes de que la conversación virase, inevitablemente, hacia la guerra de España, o se perdiese en los laberintos que la memoria y la nostalgia habían ido labrando en los dos exiliados a los que no les faltaba mucho para jubilarse. Hasta donde Altamira había podido saber, la novela que estaba escribiendo Gaspar Puig trataba sobre un profesor de Literatura que había tenido que abandonar su país y cuando le llega el momento de volver se inventa todo tipo de excusas para no viajar porque han pasado tantos años desde que se marchó que le da miedo regresar y no reconocer el paisaje que abandonó, no ser recordado por sus amigos o tener que visitar sus tumbas para poder hablar con la gente que conocía cuando se marchó.

Gaspar sacudió la cabeza, disgustado.

—Mal —respondió—. Anoche tiré a la basura las últimas cien páginas. No me gustaba cómo habían quedado. Creo que lo mejor será seguir intentándolo con la poesía. Da menos trabajo.

El profesor de Física sonrió para sus adentros, procurando que su amigo no se diera cuenta. Sabía que en el fondo la actitud del escritor diletante no era del todo sincera, y aunque al principio le había pedido con verdadero interés el manuscrito para leerlo y darle su opinión, después de que el otro le diera largas varias veces con excusas incoherentes terminó resolviendo que la única explicación posible era que no existía tal manuscrito, o que, si existía, no se trataba más que de un esbozo que jamás acabaría convirtiéndose en una novela. A pesar de ello le seguía el juego a su amigo porque estaba seguro de que le hacía feliz que él pensase que a pesar de sus años no había perdido la esperanza de escribir una buena historia que entusiasmase a muchos lectores. Por lo demás, después de la segunda copa de coñac solía recitar poemas de Federico García Lorca. En algunos bares de Brooklyn lo conocían y hacían como que no se daban cuenta, pero más de una vez Alfonso Altamira había tenido que agarrarlo del brazo y sacarlo a la calle, mirando antes a un lado y a otro, por si venía la policía para detenerlo por escándalo público: Gaspar Puig podía ser muy vehemente y alzar el tono de su voz más de lo acostumbrado en una calle de Estados Unidos, cuando se ponía nostálgico y le daba por recitar a los poetas de la Generación del 27.

Se habían sentado a una mesa junto a la cristalera de la cafetería, oculta en parte por las escaleras que subían hasta la calle, y Altamira pensó, para tranquilizarse, que con la sola ayuda de un café era bastante improbable que Gaspar se pusiera a recitar los versos de Antoñito *el Camborio.*

—Mal —insistió Gaspar—. Escribir es llorar, ya lo dijo el maestro Larra, querido amigo. Cuánta razón tenía.

A pesar de ser lo bastante amigos para poder tutearse seguían llamándose de usted, como si el tratamiento formal pudiera suplir el respeto que, a pesar de todo, los dos sentían que les faltaba en el país que los había acogido, aunque ninguno lo hubiera confesado nunca abiertamente al otro.

Sin esperar respuesta, Altamira probó un trago de té caliente y luego se quedó mirando un momento por la ventana. Unas gotas blancas y espesas que caían del cielo se mezclaban con la piedra rojiza de la iglesia de Santa Ana, y no pudo evitar encoger los hombros, como si ver la nieve le hubiera inyectado de repente el frío en el cuerpo.

—Creía que eso sólo pasaba en España.

—En España, en América, en cualquier sitio. Escribir es llorar. Siempre.

—Pues no crea que investigar da para muchas alegrías. Sobre todo en España.

Gaspar Puig dejó de mirar por la ventana, rodeó la taza con las dos manos para calentarse los dedos, y se lo quedó mirando.

—Sin embargo, los científicos están muy bien mirados en este país.

La frase no dejaba de ser cierta, pero Altamira pudo advertir en ella, aunque de una forma muy elegante y educada, cierto reproche que sólo significaba el malestar de Puig por que su amigo no hubiera conseguido, ni se esforzase en ello todo lo que el otro creía que debía esforzarse porque lo merecía, el reconocimiento o la tranquilidad de un puesto en una universidad prestigiosa de Estados Unidos.

—Tiene usted amigos influyentes a los que podría recurrir. Bastarían un par de llamadas. Tal vez sólo una...

—Yo no los llamaría exactamente amigos. Se trata sólo de gente que he conocido y que lo más seguro es que ni siquiera se acuerden de mí.

—Cualquiera en su situación trataría de sacarle el máximo partido. Pero usted es orgulloso —hizo una pausa, lo miró a los ojos—. Orgulloso como una fiera solitaria que vive en el desierto.

Alfonso Altamira sonrió y arrancó un pequeño sorbo a la taza de café antes de contestar. Conversar con Gaspar Puig a veces era como resolver un crucigrama o jugar a las adivinanzas.

—Hermosa cita de Stendhal —respondió, sin embargo.

Gaspar encogió los hombros y sonrió. En el fondo, para él era mayor el placer de que su amigo hubiera adivinado que las palabras que había pronunciado eran de Stendhal que la decepción que habría significado darse cuenta de que no las conocía. No todos los hombres de ciencia eran cultos, pero no era ése el caso de Alfonso Altamira.

—Vaya —dijo, sin embargo—. Me ha pillado. El caso es que si yo fuera amigo de Scott Fitzgerald o de William Faulkner no dudaría en llamarlos para que me ayudasen a conseguir un puesto de profesor en la Universidad de Princeton.

Alfonso Altamira sacudió la cabeza. Sonreía. Con Gaspar Puig no había manera de enfadarse. Nunca. Y todo lo que le decía, aunque fuera equivocado o inconsciente, era pensando en su bienestar.

—Las cosas no funcionan así, querido Gaspar. Además, no me va tan mal.

—Pero podrían irle mucho mejor.

Gaspar Puig enseñaba Literatura en el mismo instituto que Alfonso Altamira. El sueldo era idéntico al que ganaba Altamira con sus clases de Física. Le daba para pagar el alquiler de su apartamento, comer, comprar algunos libros. No para mucho más. El salario de un profesor de Princeton era sustancialmente más alto, y aquélla era una universidad donde la ciencia cotizaba en alza, conque un profesor del prestigio de Alfonso Altamira sería muy bien recibido. Si es que él era capaz de molestarse en hacerle saber al consejo de administración de la universidad que estaba dispuesto a dar clases allí, desde luego.

Hacía mucho que no se lo decía, pero quizá por eso tal vez era el momento de mencionar ese nombre otra vez.

—Dígaselo a Albert Einstein. ¿Qué tiene que perder?

Alfonso Altamira bajó la cabeza y negó levemente, como si antes de hacerlo se estuviera planteando de verdad la posibilidad de pedirle a Albert Einstein que intercediera para conseguirle un puesto en la Universidad de Princeton.

—No vale la pena, Gaspar. En el instituto estoy bien.

—Estoy seguro de que Albert Einstein no sabe que a usted le gustaría dar clases allí.

Altamira sonrió, pero no dijo nada.

Gaspar Puig se irguió en la silla y resopló. No soportaba aquella desidia.

—Y no podrá saberlo hasta que lo llame o vaya a verlo. Sólo tiene que ir a Princeton. No creo que su dirección sea difícil de conseguir. Seguro que basta con preguntar en la ciudad dónde vive un tipo con cara de genio despistado y que parece no saber lo que es un peine desde hace décadas. Venga, Alfonso, hace casi veinte años que usted conoce a Einstein, y no ha pasado tanto tiempo desde que se dejó la piel para que la Universidad Central de Madrid le concediese una cátedra. Escribió en los periódicos defendiendo la conveniencia de que el gobierno le concediese la nacionalidad española, y, además, fue su vecino el verano pasado en Long Island. No me diga que no se siente capaz de llamarlo. Yo mismo pude comprobar el año pasado el respeto que ese hombre sentía por usted.

—No es eso, Gaspar, es sólo que no me gusta molestar ni pedir favores. Estoy bien aquí en Brooklyn, de verdad. Le agradezco mucho el interés que se toma por mi situación laboral, pero no estoy mal, y me conformo con lo que tengo, además.

—Ligero de equipaje, como diría don Antonio Machado.

Altamira estiró las piernas bajo la mesa y se permitió una breve sonrisa. Volvió a mirar la torre de la iglesia, el color del ladrillo cada vez más irreconocible debajo de la nieve. Al cabo, no estaba mal que alguien se preocupase por él, pero no iba a llamar a Einstein, ni siquiera se le había pasado por la cabeza hacerlo. Y tampoco le gustaba ponerse a recordar la época en que conoció al premio Nobel, en Madrid, o diez años después, cuando fue uno de los que más abogaron para convencer al físico alemán de que aceptase una cátedra en la Universidad Central, una época complicada de su vida porque Carlota ya se había puesto enferma y nunca se recuperaría. Una punzada de culpabilidad que se le clavaba en el pecho retrospectivamente porque fue entonces también, en el momento más inoportuno, cuando se enamoró de una bella mujer treinta años más joven que él. No le gustaba recordar aquellos años porque de repente se entristecía, y si lograba dominar la pena enseguida le venían recuerdos a la cabeza de cuando era mucho más joven y la vida todavía le ofrecía muchas posibilidades que podría aprovechar, no como ahora, que su destino era sólo esperar no sabía muy bien qué, y la única certeza que tenía era que pronto sería demasiado viejo y ya no tendría energías para seguir luchando, para subir las escaleras de su apartamento siquiera. Fuera como fuese, la tristeza se apoderaba de él cuando se ponía a recordar.

Dejó de mirar por la ventana cuando una alfombra espesa de nieve había cubierto el asfalto de la calle Henry. Frente a él, al otro lado de la mesa, Gaspar Puig lo estaba mirando. Era mucho más vehemente de lo que Alfonso Altamira estaba acostumbrado a soportar, pero lo que le gustaba de él era que también, en un momento dado, sabía que había llegado la hora de cambiar de tema. Y eso era un síntoma de inteligencia, lo cual, pensaba Alfonso Altamira, nunca estaba de más.

—¿Qué noticias hay de la guerra de España? —le preguntó, y el otro supo que ya no debía insistir más para que pidiese ayuda a Einstein para conseguir un puesto en la Universidad de Princeton.

Al escuchar la pregunta fue como si un velo negro se deslizase por delante de los ojos de Gaspar Puig. Altamira pensó que tal vez había estado insistiendo en lo de su puesto en Princeton para no tener que hablar de la guerra española. Sintió una punzada de culpabilidad por haber sacado el tema, pero ya no había manera de remediarlo.

—Las noticias no pueden ser peores. Desde que cayó Barcelona la suerte está echada. —Ahora no se quedó mirando al profesor de Física a ver si adivinaba que la cita era de Julio César, y al hablar de la guerra en España se le habían quitado las ganas de ponerse a describirle, aunque el otro ya lo supiese, que dos mil años antes el aspirante a rey de Roma la había pronunciado blandiendo la espada al cruzar el Rubicón—. Se cuentan por miles los refugiados que están llegando a Francia. Por lo visto muchos civiles han sido ametrallados por los aviones fascistas en las carreteras. Terrible.

Alfonso Altamira sacudió la cabeza, triste.

—Terrible —repitió cuando Puig se calló, como si esperase su reacción.

—Lo peor es estar aquí y no poder hacer nada. Nada salvo quedarnos quietos y esperar acontecimientos.

—Así es, querido amigo. Ojalá pudiéramos esperar y confiar. Por desgracia, tendremos que conformarnos sólo con lo primero.

A pesar de la gravedad del asunto que estaban tratando, se permitió Alfonso Altamira un atisbo de sonrisa que fue correspondido por Puig al reconocer inmediatamente la novela a cuya última frase correspondía la cita que Altamira, intencionadamente o no, acababa de deslizar. No era el mejor momento para ponerse a hablar de Alejandro Dumas o del conde de Montecristo, pero le gustaba su compañía, igual que estaba seguro de que el profesor de Literatura disfrutaba de la suya. Al cabo eran dos hombres a los que les quedaba muy poco para ser unos viejos perdidos en un mundo al que no pertenecían. Ataviados los dos con sus chaquetas remendadas de paño —más la corbata en el caso de Altamira y la eterna pajarita en el de Gaspar Puig—, parecían dos hombres que no acababan de encajar en su destierro. Eran la prueba irrefutable de que los primeros que estorban en las guerras, además de las mujeres, los niños, los lisiados y los ancianos, eran los hombres de bien. Y a ellos les faltaba muy poco para ser viejos, si es que no lo eran ya, aunque todavía se resistiesen a serlo. Cuando uno vive lejos de su país y sabe que quizá jamás pueda volver a pisarlo envejece de repente porque pierde las ganas de vivir.

—Madrid no tardará en caer, y entonces todo se acabará, pero la única esperanza que albergo es que la guerra en Europa comience antes de que acabe la de España. Tal vez así la República tenga una última oportunidad.

Altamira no contestó. Se limitó a mirarlo, sin decir nada. Es posible que hubiera guerra en Europa, pero también que al final los británicos y los franceses llegaran a un acuerdo con Alemania. Y, si al final estallaba la guerra, no creía que para entonces todavía hubiera guerra en España o, si aún duraba, las energías de la República no serían más que los estertores de un moribundo, y tal vez lo único que conseguiría una guerra a gran escala sería prolongar su agonía. Altamira opinaba que lo mejor que podía pasar, para evitar más derramamiento de sangre, era que la guerra en España terminase cuanto antes. Ya estaba todo perdido, lo estaba desde hacía mucho tiempo, quizá lo había estado siempre, y a no ser que la naturaleza le hubiera regalado a uno el entusiasmo irreductible de Gaspar Puig, por poca lucidez que tuviese, se habría dado cuenta hacía mucho tiempo de que la República estaba perdida.

Altamira pagó la cuenta, como hacía casi siempre. A pesar de que el sueldo de los dos era el mismo, Puig, tal vez porque ese comportamiento le hacía estar más cerca del escritor maldito y bohemio que jamás fue —y que nunca llegaría a ser—, daba siempre muestras de tener más problemas para llegar a fin de mes, o es que a pesar de su idealismo también era tan desconfiado que guardaba celosamente bajo el colchón de su cama los ahorros que conseguía arañar a su magro salario. Pero a Altamira no le molestaba: tener que pagar los cafés y alguna que otra comida del profesor de Literatura era un mal menor que la amistad y la buena compañía compensaban con creces.

—Ojalá que mañana tengamos noticias mejores —le dijo al despedirse, pese a estar convencido de lo contrario.

Gaspar Puig sonrió, se levantó las solapas del abrigo y suspiró de una forma apenas perceptible. En el fondo Altamira sabía que las noticias de la guerra de España ya nunca podrían ser buenas, salvo que terminase para que no hubiera más derramamiento de sangre, si es que con el disparo del último cartucho terminaba el derramamiento de sangre. Y estaba seguro de que Gaspar Puig participaba de su opinión, porque era un exiliado veterano. Llevaba en Estados Unidos desde 1923, cuando comenzó la Dictadura de Primo de Rivera, y la experiencia le había enseñado que había una fórmula en la que, invariablemente, siempre se derramaba más sangre de la necesaria. Fue así durante la República, había sido lo mismo en la guerra fratricida, y la sangría no se detendría, se le secaba la boca al pensarlo, cuando se firmase la paz. O la victoria.

—Ojalá que sí —respondió Puig, sin embargo.

Caminaron los dos de vuelta en silencio hasta Downtown, levantadas las solapas de los dos abrigos para esquivar el frío del invierno de Nueva York. Luego Altamira vio perderse a Gaspar Puig al final de la calle, confundido entre la gente y la molesta aguanieve que castigaba Brooklyn. Pequeño y encorvado, su figura no tardó en difuminarse entre quienes caminaban por la calle, con los hombros encogidos y las barbillas clavadas en el pecho para intentar guardar el calor. En invierno a veces en Nueva York el frío era tan intenso que tenía que protegerse la cara para que no se le quemase la piel. Miró hacia arriba, al lugar de donde caían las gotas de agua que ahora que habían regresado se transformaban en livianos copos de nieve que no llegaban a cuajar del todo al llegar al suelo. Antes de enfilar la calle donde estaba su apartamento suspiró, contrariado más por haberse dejado llevar por la tristeza que por el propio pensamiento: el cielo era una enorme bóveda gris por la que no se colaba un rayo de sol desde hacía días, y su vida, cada vez le costaba más mentirse a sí mismo para convencerse de lo contrario, se parecía bastante a eso.

Después de dar un paseo al perro ya no tendría nada que hacer hasta su primera clase a la mañana siguiente, nada salvo tocar el violín, escuchar algún disco en el viejo gramófono y esperar a que llegase la hora de prepararse algo de cena, si es que le apetecía. Cuando vivía en España nunca prestaba atención a la copla ni a sus letras, pero desde que se había mudado a Estados Unidos había veces que escuchaba compulsivamente los discos de pizarra que habían sido de su mujer, como si al hacerlo tendiera un puente invisible entre el país que lo había visto nacer y el que le había abierto los brazos en su madurez, un cordón umbilical invisible entre Brooklyn y Madrid.

Siempre había sido un hombre disciplinado, pero desde que no tenía que preparar la cena para nadie, y pronto se cumplirían cuatro años desde que enviudó, había descubierto cierta pereza en sus costumbres cuando se ponía el sol. Ya no le apetecía escuchar música tanto como antes, ni pasear y, por alguna razón que no alcanzaba a entender del todo pero estaba seguro de que tenía mucho que ver con la costumbre, el acto de preparar la cena sólo para él era lo que más le recordaba la pérdida de Carlota. Los últimos tres años fueron tan dolorosos que una vez, cuando la desesperación era tan grande por no poder ayudarla, entró en la iglesia de los Jerónimos, un día entre semana, por la tarde. Apenas había nadie. Se coló en el templo —él, que a pesar de haber estudiado en un colegio de curas no era un hombre religioso—, se postró de rodillas frente a la imagen de Jesús Crucificado, cerró los ojos y le pidió a Dios —él, que era un hombre de ciencia cuyos razonamientos habían llegado lo bastante lejos como para no creer, ni por un momento, en los milagros— que la curase o que se la llevase de una vez, para aliviar su calvario. Se levantó y se quedó un instante mirando, sin estar seguro de atreverse a hacer lo que se le había ocurrido. Al entrar en la iglesia había visto el confesionario, había adivinado al cura inclinado al otro lado de la celosía y por un momento había sentido el deseo de tener cuarenta años menos y ser todavía el niño inocente que estudiaba en los maristas, un crío al que no le habría importado contarle a un cura la razón por la que a veces sentía que se ahogaba, contárselo para que le mandase rezar dos padrenuestros y cuatro avemarías para aliviar el alma, decirle que su esposa se moría y que él la cuidaba y lo seguiría haciendo hasta el último día, pero que se levantaba cada mañana pensando en una joven licenciada en Física que había venido desde Berlín hasta Madrid para trabajar con él. Miró el altar de nuevo, y por un momento lo invadió la sensación de que Jesucristo le leía el pensamiento. Bajó los ojos, se llevó la mano al pecho y dibujó una cruz. Luego se alejó caminando de espaldas, despacio, los ojos fijos en un hombre clavado a un travesaño de madera en el que había dejado de creer hacía muchos años.

Pasaron seis meses hasta que volvió a poner los pies en una iglesia, el día del funeral de su mujer, y jamás había vuelto a entrar en una. La mayoría de sus amigos de España pensaban que la relación de un apasionado de la Mecánica Cuántica con Dios podía ser difícil, sin embargo, había otros colegas suyos —y Albert Einstein era uno de ellos, aunque la relación del viejo maestro con los *quanta* se había vuelto tan tormentosa que lo había aislado de la comunidad científica— para los que el comportamiento de las partículas subatómicas, aunque a veces mostrase un desorden que podía ser sólo aparente porque los físicos aún no habían descubierto todos sus secretos, si uno se asomaba a un telescopio y lo comparaba con el de los cuerpos celestes, encontraría una prueba irrefutable de la existencia de Dios.

Pero a Alfonso Altamira ya no le importaba que Dios existiese o no. Lo que le pasaba era que a veces, cuando miraba el mundo que lo rodeaba, se daba cuenta de que los intereses de Dios y los suyos no eran los mismos. Y cuando los intereses de un hombre no coinciden con los de Dios, concluía, resignado, es el hombre, invariablemente, el que lleva las de perder.

CAPÍTULO III

Frida von Kleinsberg no hubo de esforzarse demasiado para no mostrarse ansiosa en el trayecto desde la casa familiar en Wannsee hasta la sede de la Abwehr, en la calle Tirpitzufer de Berlín. El comandante König tampoco hizo ninguna mención al asunto. Había inclinado el cuerpo y había besado la mano de la baronesa al despedirse. A la madre de Frida le gustaban los hombres educados, y el comandante König, si hubiese tenido quince años menos, se habría convertido enseguida en un candidato estupendo para engrosar la lista de hombres casaderos con los que su Frida podría, y debería, tener la oportunidad de formar una familia. Incluso la hija única de los barones Von Kleinsberg pensaba que, a pesar de ser demasiado mayor para ella, pero viudo y sin hijos, puede que para su madre, con esos modales de otra época que eran perfectos para engatusar a las abuelas, el pelo gris cortado al cepillo y el uniforme sin mácula de la Werhmacht, aquel oficial se habría convertido en un candidato idóneo al que poder considerar su yerno en un futuro no demasiado lejano, un hombre que le diera unos nietos de los que disfrutar antes de morir.

Frida lo miró. Su barbilla impecablemente rasurada descansaba sobre la mano, mirando distraídamente el paisaje nevado que acompañaba a la autopista que los llevaba a Berlín. Le fue imposible evitar una sonrisa al imaginar a su madre ahora, en la mansión de Wannsee, haciendo cábalas respecto a las posibilidades que el hombre que había venido a buscarla tenía de convertirse en su yerno. Tuvo que girar la cara un tanto y mirar por su ventanilla para que su acompañante no se percatase de la situación. Aunque cada vez que la baronesa le sacaba el tema ella terminaba enojándose, en el fondo se divertía. Pero no tardó en concentrarse en el motivo por el que habían venido a buscarla a la casa de sus padres. Debía de ser por algo importante, muy importante, pero si el comandante König pensaba que ella iba a intentar sonsacarlo durante el trayecto estaba muy equivocado. Sentía curiosidad, claro, pero sabía esperar, sobre todo cuando tenía la certeza de que conocer la respuesta sería un hecho inevitable, que tal vez dentro de un rato alguien la enteraría de la razón por la que la habían ido a buscar y que a lo mejor ni siquiera el hombre que viajaba a su lado conocía, y a lo mejor no llegaría a conocer puesto que su cometido muy bien podía limitarse sólo a encontrarla y llevarla ante quien correspondiese. Apenas hablaron, pues, durante el trayecto. Al cabo, no eran sino dos soldados entrenados y disciplinados que no habían de fingir que ninguno tenía nada que ocultar al otro mientras hablaban del tiempo, de cuánto se estaba prolongando el invierno o de que los dos tenían muchas ganas de que llegase la primavera.

El chófer pasó por delante de un cuartel y al llegar a la altura de la calle Tirpitzufer giró a la derecha. Un poco más adelante se levantaba el edificio gris de cinco plantas donde la Abwehr del almirante Canaris tenía su sede. No era la primera vez que la buscaban para ir a las oficinas centrales del servicio de inteligencia nazi, así que también podría tratarse de un asunto rutinario. Pero aunque Frida se decía eso para no hacerse ilusiones en vano, en el fondo estaba convencida de lo contrario. Alemania estaba atravesando un momento crucial en su historia y no cabían asuntos banales. Estaba segura de que se trataba de algo importante. Y lo deseaba.

Los guardias de la puerta se cuadraron ante el comandante König, que devolvió el saludo con una leve inclinación de cabeza. Antes de atravesar la entrada del edificio Frida se subió las solapas del abrigo y echó un vistazo al canal del Spree, que, igual que el lago Wannsee, todavía presentaba una capa helada en la superficie aquella tarde de finales de enero. Aún se demoró unos segundos más, como si quisiera retrasar un poco el momento en que le comunicasen lo que ya no tenía dudas de que se trataba de algo de extrema gravedad.

El comandante König la acompañó hasta la segunda planta. Nada más verlos llegar un bedel se levantó y golpeó con los nudillos en la puerta que había detrás de él. No era la primera vez que Frida visitaba el despacho del jefe de la Sección Primera de la Abwehr, la que se encargaba, entre otros menesteres, de los asuntos científicos.

—El coronel Piekenbrock la espera, señorita Von Kleinsberg —dijo el bedel al salir, unos segundos después.

La breve invitación sólo hacía mención de ella, y antes de volverse hacia el comandante König ya supo que el oficial le ofrecería un leve movimiento de cabeza como despedida, sin mover un músculo de su rostro para no dejar traslucir ninguna emoción, y se volvería por donde había venido, como si entrar sola en el despacho de su superior, el coronel Piekenbrock, fuera la secuencia final de una serie de actos premeditados que habían comenzado antes de que ella lo supiera, cuando la persona que tomaba las decisiones en ese edificio en el que ahora se encontraba decidió que era la persona idónea para encargarle una misión que todavía desconocía pero de cuyo contenido no tardaría en enterarse. Devolvió la inclinación de cabeza, muy leve también, al oficial, y atravesó la puerta que le franqueaba el bedel después de detenerse un instante, igual que había hecho antes de entrar en el edificio, como si adivinase ya que nada volvería a ser igual cuando el funcionario cerrase la puerta despacio a su espalda y el coronel Piekenbrock la pusiese al corriente de lo que estaba pasando.

—Señorita Von Kleinsberg. —El coronel Piekenbrock se había levantado de su asiento y había inclinado la cabeza levemente para saludarla, un gesto muy parecido al que König había empleado para despedirse, como si mover un poco el cuello fuera el gesto estipulado por la Wehrmacht para saludar a una señorita. A Frida no le gustaba levantar la mano para hacer el saludo militar, y no tenía obligación de hacerlo porque tampoco pertenecía al ejército ni ostentaba ninguna clase de graduación. Ella era lo que la Abwehr consideraba un agente libre al que poder encomendar una misión cuando fuera necesario, y sólo levantaba el brazo para saludar, al estilo nazi, en momentos puntuales de exaltación, en un desfile, para jalear al Führer en un discurso. Pero en privado prefería no saludar así, y ello no significaba falta de adhesión al régimen o desapego, sino todo lo contrario. Frida amaba a su país, tanto que estaría dispuesta a dar la vida por él si hiciera falta. Y era una seguidora tan ferviente de las directrices del Partido Nacionalsocialista como cualquiera de los hombres uniformados que trabajaban en ese edificio. Y si tenía que hacer caso a ciertos rumores que circulaban por Berlín, era más que posible que muchos de los oficiales que trabajaban a las órdenes del almirante Canaris arrugasen la nariz en privado al tener que obedecer las consignas del Führer. Con que tal vez ella fuese más partidaria del Partido Nacionalsocialista que muchos de ellos. Y el oficial que ahora la invitaba a tomar asiento lo sabía. Cómo no lo iba a saber, si él fue el mismo que la reclutó, cuando todavía no dirigía la Sección Primera de la Abwehr, seis años antes, después de la fallida misión en Bélgica.

—Frida, tenemos una misión que encomendarte. —El coronel no tardó en abordar el centro de la cuestión más de cuatro o cinco minutos.

Piekenbrock siempre actuaba de la misma forma. La invitaba a sentarse, charlaba un rato con ella de cosas banales, le preguntaba por el estado de salud de su madre y se lamentaba de la muerte del barón, tres años antes, de lo que hubiera disfrutado viendo cómo Alemania se había recuperado, casi del todo ya, de los humillantes acuerdos de París, al final de la Gran Guerra. Después de unos minutos de conversación siempre acababa tratándola de tú. No había muchas mujeres que trabajasen para la Abwehr, y

Frida sabía que el hecho de ser joven y que muchos hombres la considerasen hermosa, además de su condición femenina, era la causa de que algunos oficiales, sobre todo si, como el coronel Piekenbrock, la conocían desde niña, la tratasen con cierto paternalismo, aunque tampoco tenía dudas de que ninguno de ellos, ni siquiera el propio Piekenbrock, que había sido compañero de armas de su padre durante la Gran Guerra, se andaría con remilgos a la hora de encomendarle una misión que pusiera en peligro su vida. Y Frida tampoco se había arrugado nunca ante las dificultades que entrañaban las dos misiones en las que había participado hasta ahora. Para la primera se presentó voluntaria y no tuvo éxito, pero no había sido culpa de ella: la reina madre de Bélgica había rodeado la casa que le había cedido a Albert Einstein en Le Coq sur Mer de un amplio servicio de vigilancia, y eso que la rutina anárquica del genio judío hacía mucho más que difícil que un servicio de escolta pudiera cuidar de él con unas mínimas garantías de poder salvarlo si alguien intentaba acabar con su vida o secuestrarlo, como habían intentado Frida y los otros tres estudiantes que cruzaron la frontera con el pretexto falso de ir a rendir pleitesía al creador de la Teoría de la Relatividad. No pudieron hacer nada, ni siquiera consiguieron acercarse a menos de quinientos metros de la casa que el físico habitaba junto a la playa. El plan para secuestrar a Einstein y llevarlo hasta Berlín para que sufriera escarnio público y viera en primera fila cómo sus libros se convertían en una columna de humo después de arder en una pira en la plaza de la Ópera había fracasado. Para entonces Frida ya había viajado a Cracovia y se había enterado de cosas de las que tal vez no debía haberse enterado, pero a pesar de ello se esforzaba en convencerse —ahora, y seis años antes— de que aunque secuestrar a Albert Einstein en Bélgica podía parecer un plan descabellado y pueril, era lo mínimo que una joven recién licenciada en Física podía hacer por su país, que hervía tan henchido de sí mismo que ya no cabía en sus fronteras.

Seis años antes Frida había pensado que el motivo por el que el coronel Piekenbrock la había dejado a ella y a sus tres compañeros de clase que llevasen a cabo la misión fue por la antigua amistad que le unía al barón, pero con el tiempo acabó convenciéndose de que la razón fundamental por la que aceptó dejarlos viajar hasta Bélgica era porque se trataba de una misión descabellada que no tenía ninguna posibilidad de salir adelante y que no conllevaba ningún riesgo, además, para la Abwehr. Si salía bien, y Frida todavía pensaba que no era imposible que las cosas se hubieran desarrollado de otra manera, el servicio secreto podría haberse apuntado el éxito de haber secuestrado a Albert Einstein, y, si salía mal, lo más probable era que ella y sus tres compañeros se hubieran vuelto escarmentados a Alemania, y que se les hubieran quitado para siempre las ganas de convertirse en espías. Pero eso tal vez valdría para los otros tres, no para Frida von Kleinsberg.

La oportunidad le llegó de nuevo por parte de Piekenbrock, a finales de ese mismo año: tendría que marcharse a Madrid. En principio sólo iban a ser unas semanas, y, casualidades de la vida, otra vez había sido Albert Einstein la piedra de toque que había conseguido que sus intereses y los de la Abwehr confluyesen. El gobierno español le había ofrecido la ciudadanía y una cátedra en la Universidad Central de Madrid al premio Nobel después de que renegase de Alemania. Frida viajó a Madrid, y al final, en vez de unas semanas, fueron nueve meses. Quién lo iba a decir: su condición de licenciada en Física le había servido para obtener un puesto en el servicio secreto. Durante el tiempo que pasó en Madrid pudo ofrecer información de primera mano para su gobierno de la situación en España y de las condiciones que se avizoraban para los intereses alemanes en la situación política tan inestable en la que se encontraba el país. Luego estalló la guerra civil, inevitable, como ella había anunciado en más de uno de los informes que había enviado a sus superiores a través de la embajada alemana en Madrid, y, desde que acabaron los Juegos Olímpicos de 1936 hasta ahora, que la guerra española estaba a punto de terminar con una más que segura victoria de las tropas del general Franco, no habían vuelto a encargarle una misión en el extranjero.

Dados los antecedentes, Frida pensaba que lo más lógico era que tuviera que volver a España. Cataluña había caído y el ejército de Franco no tardaría en desfilar por las calles de Madrid, y la capital de España, con la guerra que se avecinaba en Europa, se iba a convertir de nuevo en un destino importante. No esperaba Frida, pues, que la misión que le iba a encargar el coronel Piekenbrock fuera a devolverla a sus orígenes y, mucho menos que al final, como si el destino hiciera una pirueta extraña, acabaría trenzándose con el pasado.

—¿Te gustaría volver a ser la licenciada en Física Frida Klein que trabaja en el Instituto Kaiser Wilhelm de Berlín?

Frida enarcó las cejas. La propuesta, que no era tal, sino una orden disfrazada de amabilidad, la había cogido por sorpresa. Pero fue ése el único gesto que dejó entrever: levantar las cejas apenas, fruncir un poco el ceño, como si no entendiera muy bien el motivo de aquella misión.

Sonrió, sin abrir la boca, dejando escapar un poco de aire por la nariz.

—El Instituto Kaiser Wilhelm...

—Efectivamente. En el departamento de Física Atómica, claro.

Frida asintió. Desde que el mismo káiser Guillermo acudió a la inauguración del primero en Berlín, en 1912, había varios centros distribuidos por toda Alemania en los que se impartían disciplinas como Química, Matemáticas, Física o Astronomía. De ellos habían salido varios premios Nobel. Ella misma había sido una alumna destacada que había realizado bastantes investigaciones y había impartido algunas clases esporádicamente después de licenciarse. De hecho, la Abwehr le había podido proporcionar una tapadera sólida en España gracias a su relación con el Instituto de Física Kaiser Wilhelm de Berlín. Y ahora era el servicio secreto el que la devolvía a sus orígenes. Bien pensado, la cuestión no dejaba de tener cierta gracia.

—Será de nuevo como volver al principio —añadió el coronel Piekenbrock, y Frida pensó por un momento que le adivinaba el pensamiento. Pero enseguida se concentró en la fotografía que Piekenbrock acababa de extraer de una carpeta.

—Seguro que recuerdas a este hombre —le dijo.

—El profesor Steiner. —Frida sonrió al responder—. Fui alumna suya.

—Y también formaste parte de su equipo de investigación al finalizar la carrera, cuando empezaste a trabajar para nosotros.

El coronel Piekenbrock tenía buena memoria. El profesor Steiner le había servido, además, para ponerse en contacto con algunos científicos españoles que la acogieron durante su estancia en Madrid.

—¿Qué le ocurre al bueno de Steiner?

Piekenbrock sacudió la cabeza, como si le disgustase darle una mala noticia.

—Estamos convencidos de que es un traidor al Reich.

Frida asintió con la cabeza, despacio, muy seria. Le disgustaba enterarse de que el viejo Steiner era un traidor a Alemania, y le bastaba saber eso para tener la certeza de que estaba sentenciado. Sin embargo, prefería pensar que aún seguía en su puesto, enseñando Física, investigando, como había hecho durante toda su vida. Se imaginaba eso al tiempo que hacía un esfuerzo por mentalizarse de que ella iba a ser la encargada de darle el golpe de gracia. Cumpliría con su deber si Steiner se había convertido en un disidente. A pesar de que creía conservar cierto aprecio por el profesor, Frida nunca tenía dudas cuando de establecer prioridades se trataba. Pero eso no le iba a impedir preguntar. Con el coronel Piekenbrock podía permitirse alguna licencia.

—¿Qué ha hecho?

El oficial cogió la foto que Frida le había ofrecido al preguntarle, volvió a guardarla en la carpeta y pasó unas páginas, como si buscase en el informe la respuesta adecuada a la pregunta que la hija del barón Von Kleinsberg, su antiguo compañero de armas, le acababa de formular.

—Está pasando información sobre nuestros avances en el campo atómico a un colega en Estados Unidos.

En la respuesta de Piekenbrock había dos cosas que le llamaban la atención a Frida. La primera era que los Estados Unidos no eran enemigos del Reich todavía, sobre todo porque sus intereses aún no se habían encontrado. A pesar de ello, Frida sabía que si Gran Bretaña y Francia declaraban la guerra a Alemania, que los americanos se apuntasen a la fiesta sólo sería cuestión de tiempo y de que el presidente Roosevelt, empeñado en meter la nariz en los asuntos de Europa, convenciese a los norteamericanos de la necesidad de intervenir. Estados Unidos era una amenaza todavía lejana, pero ningún alemán en su sano juicio debería dejar de tenerla en cuenta. Lo segundo le llamaba más la atención y le producía una curiosidad que tenía menos que ver con su parte de espía que con su mitad de experta en Mecánica Cuántica. La Física, sobre todo en Alemania, avanzaba a pasos de gigante. A Frida le producía cierto pesar haber pasado unos años un poco al margen de todo, y aunque le quedaba la satisfacción de haber servido bien a su país y de haber asistido a ciertos acontecimientos importantes que algún día se estudiarían en los libros de historia, conservaba cierto resquemor por no estar tan enterada como le habría gustado de los últimos descubrimientos de sus compatriotas en el campo de la Física Atómica. Por las palabras del coronel deducía que Alemania se había encargado por fin de impulsar la investigación en el campo de la Física Atómica. Y estaba segura, quién que tuviera ojos podría no estarlo, de que la aplicación de esos avances sería en el campo militar.

—Investigaciones atómicas.

No era una pregunta, ni tampoco se trataba de una afirmación. Era más bien una reflexión que se le había escapado de los labios.

—Pronto estarás al corriente.

—Supongo que ya se habrán dado cuenta por fin —dijo Frida, mirando hacia arriba, como si al hacerlo el mismísimo almirante Canaris pudiera escucharla— de las posibilidades militares que tiene la enorme energía que se encierra en el núcleo de una partícula.

El coronel Piekenbrock no contestó. Incluso era posible, pensó Frida después de haber dicho la frase, que tal vez el coronel no supiese nada, que el desarrollo de la investigación de la energía atómica, con los nubarrones de guerra en el horizonte, era un asunto que debería tratarse con la máxima discreción. La capacidad de destrucción derivada de la fisión de un átomo era algo difícil de entender para los no iniciados. Sólo alguien con amplios conocimientos de Física podía llegar a imaginar la devastación causada por una bomba detonada con energía atómica. Y era, por tanto, en la comunidad científica donde existían mayores probabilidades de que alguien hablase más de la cuenta. Y si el viejo profesor Steiner se había ido de la lengua, con mala intención o sin ella, aunque Frida ya había dejado de confiar en las buenas intenciones de los demás mucho tiempo atrás, merecía ser castigado por ello. Sin piedad.

Pensaba Frida también que si el profesor Steiner estaba pasando información a sus colegas norteamericanos y aún no lo habían detenido era porque estaban esperando algo, y si ella estaba ahora sentada a la mesa del despacho del coronel Piekenbrock era porque tendría que desempeñar algún papel en el asunto.

El oficial parecía haberle leído el pensamiento otra vez.

—Steiner envía las cartas con los avances en nuestras investigaciones, mejor dicho, con los avances que él imagina en nuestras investigaciones, puesto que no tiene acceso a ninguna información oficial, a través de una embajada. Hace nueve meses que interceptamos la primera. En realidad no sabe mucho, pero le dejamos que siguiera con las misivas para no despertar sospechas y porque así podríamos averiguar cuánto sabía, y, lo más importante, cuánto sabían en Estados Unidos.

—¿Y tienen mucha información?

—Pues mucha y poca cosa. En realidad no se han enterado de nada que deba preocuparnos todavía. Lo que saben todos los científicos. Que el átomo es fisionable, y que estamos desarrollando un programa para poder aplicar la energía atómica al campo militar, algo que, aunque no lo hubiera anunciado el profesor Steiner, hasta un niño norteamericano podría imaginar.

—La fisión del átomo la ha anunciado el profesor Joliot en la revista *Nature* hace muy poco. Es de dominio público. Cualquier científico norteamericano que esté suscrito a la revista, y estoy segura de que la mayoría lo está, puede haberse enterado.

El coronel Piekenbrock asintió, pero enseguida fue al grano. Al cabo, no tenía más tiempo que perder con ella que el que necesitara para darle las órdenes pertinentes.

—Pero es ahora cuando empieza el verdadero juego. Si la fabricación de un arma de estas características ya no es una utopía, puesto que todavía tenemos en Alemania los mejores científicos, los investigadores que se fueron harán todo lo posible por contrarrestar nuestros avances.

Piekenbrock no era dado al entusiasmo o al derrotismo, pero a Frida le había parecido detectar cierto orgullo al referirse a que Alemania aún conservaba los mejores científicos, y alguna sombra de pesadumbre por haber dejado marchar a los judíos que ahora tratarían de boicotear los planes del Reich desde su cómodo exilio.

—¿Y cuál va a ser mi cometido en esta aventura?

Ya no tenía sentido demorar más la pregunta. Se trataba de un asunto donde la ciencia mandaba, y estaba claro que no la habían enviado a buscar a Wannsee sólo para contarle las últimas novedades.

El coronel Piekenbrock se levantó, y al hacerlo a Frida le pareció que la reunión estaba a punto de concluir. Ella se levantó también.

—Ya hemos detenido al profesor Steiner.

Por un momento Frida sintió una leve punzada al pensar que lo habrían fusilado. No podía evitar sentir cierto afecto por su viejo profesor, pero volvió a esforzarse por desterrar aquella sombra de su cabeza inmediatamente. Estaba a punto de empezar una guerra y la traición era algo demasiado grave como para mirar para otro lado. Tal vez Steiner no le había dicho a sus colegas exiliados nada que ellos ya no supiesen, pero estaba claro que, a pesar de haberse quedado en Alemania, no estaba de acuerdo con la forma en que el Partido Nacionalsocialista manejaba el país. Muchos compañeros suyos se habían marchado cuando pudieron, pero él se quedó. Mientras esperaba a que Piekenbrock concretase cuál iba a ser su misión, se preguntó qué habría hecho ella, a quien nunca había obligado nadie a abandonar Alemania y que cuando había salido del país siempre había tenido la certeza de poder regresar, si se hubiera visto en la piel del viejo profesor, si habría pesado más el amor a su patria que sentirse amenazada. Le gustaría saber si estaba muerto. Se preguntó si la dejarían hablar con él antes de que lo fusilaran.

—Un experto en grafología ha falsificado su letra y ha escrito una carta a su interlocutor en Estados Unidos.

—¿Y ha respondido ya?

—Todavía no la hemos enviado. Era el mismo profesor Steiner quien se citaba con un funcionario de la embajada española en un café de la avenida Unter den Linden, no muy lejos de la Universidad Humboldt, para entregar el correo que el funcionario remitía al consulado de España en Nueva York por valija diplomática.

La embajada de España. Frida sintió una corriente subirle por la espina dorsal. El cerco se estrechaba cada vez más en torno a ella. Física Atómica, España, Nueva York, y una guerra que se avecinaba. La oportunidad de su vida parecía haber llegado. De repente desaparecieron los ramalazos de remordimiento que la habían sacudido un instante antes, al pensar en su antiguo profesor fusilado o torturado.

—Lamentablemente —prosiguió el coronel Piekenbrock, enseñándole un sobre cerrado como quien blande una espada—, el profesor Steiner no podrá enviar más cartas a Estados Unidos, pero nosotros tenemos que mantener viva esta correspondencia, al menos hemos de enviar esta última carta.

Frida la cogió, la sopesó y la miró, como si se dispusiera a abrirla.

—Será usted quien se encargará de entregarla y de convencer al funcionario de la embajada española de que Steiner le encomendó dársela personalmente. Su antiguo profesor le cuenta en la carta a su contacto que es usted una fiel colaboradora y que se ocuparía de hacerle llegar este último mensaje en el caso de ser detenido.

Pero Frida, aunque se esforzaba en prestar atención al coronel, ya no podía concentrarse. Aún tenía la carta en las manos, un sobre blanco, sin remite, pero con la dirección del destinatario en una letra que parecía calcada de la pulcra caligrafía del profesor Steiner. Pero no era la letra en sí, sino el nombre de la persona a la que iba dirigida, lo que le había llamado tanto la atención que ahora sí estuvo segura de que su papel en las semanas que se avecinaban iba a ser tan importante que, si se esforzaba, llegaría a ocupar uno de los despachos principales de aquel edificio, tal vez el mismo que ahora ocupaba el coronel Piekenbrock, o, quién sabe, incluso más.

Hacía casi tres años que no había vuelto a saber nada del profesor Altamira, y ahora acababa de enterarse de que estaba en Nueva York y que era la persona a quien el profesor Steiner había estado poniendo al corriente de las investigaciones de Alemania en el campo de la Física Atómica. Tratándose de Alfonso Altamira había muchas más posibilidades de que ella tuviera un papel decisivo en la resolución del asunto. Antes de levantarse de la silla se le habían ocurrido media docena de cosas, por lo menos, que podría sugerirle al coronel Piekenbrock, pero se contuvo. Era más que posible que sus superiores de la Abwehr ya hubieran pensado en ello y que ya estuvieran preparando la forma de ponerla en un barco que la llevase a Nueva York. Pero de momento no dijo nada. Era cuestión de tener paciencia. Frida creía firmemente que la vida se comportaba muchas veces de una forma caprichosa, igual que la Mecánica Cuántica sostenía que sucedía con las partículas subatómicas. El azar existía, pues, y a veces regalaba, inesperadamente, resultados extraordinarios.

CAPÍTULO IV

El profesor Steiner había confesado que la reunión sería esa misma tarde, en un café cerca de la plaza de la Ópera, a una manzana de distancia de la avenida Unter den Linden. Mientras se dirigía a la cita, a Frida se le ocurrían al menos una docena de maneras con las que la Gestapo podría haber obtenido la confesión, y a pesar de que no tenía dudas respecto a la culpabilidad de su viejo maestro, una parte de ella se resistía a imaginárselo desnudo en una bañera o sufriendo cargas eléctricas en los genitales, como un ratoncillo desvalido, para confesar el lugar y la hora en que se había citado con su contacto español, un traidor también, por cierto, pero eso era una cuestión que se arreglaría en cuanto aquél hubiera mandado la carta a su destinatario en Nueva York. Casualidad o no, que el profesor Alfonso Altamira fuese el contacto del funcionario de la embajada española abría un abanico de posibilidades en el papel que ella tendría que representar en la misión que estaba segura que se avecinaba. El coronel Piekenbrock aún no la había puesto al corriente de nada más, y sus instrucciones se habían limitado a hacerse pasar por una colaboradora del profesor

Steiner a quien éste le había encargado que le hiciera entrega de esta última carta en el caso de que lo hubieran detenido. Años atrás, cuando era una recién licenciada en Física, antes de que la enviaran a España, fue el mismo Steiner quien la puso en contacto con Alfonso Altamira en Madrid, conque, mientras se dirigía al café para entregar una carta que el profesor no había escrito, se sentía como la pieza recuperada de un complejo rompecabezas que intuía que aún tardaría un poco en resolverse. Y disfrutaba con ello.

La cita era esa misma tarde: de ahí las prisas que se habían tomado para recogerla en la finca de Wannsee. Se había cambiado de ropa. Cuando fueron a buscarla ni siquiera había tenido tiempo de quitarse las botas de montar, e ir vestida de amazona no era la mejor manera de hacerse pasar por una colaboradora del profesor Steiner al borde de la histeria porque la Gestapo había detenido a su compañero.

En las oficinas de la Abwehr le proporcionaron unos zapatos, una falda larga verde oscura, de algodón, un abrigo y un pañuelo para cubrir la cabeza del frío invernal de Berlín. No había tiempo que perder. Antes o después el contacto del profesor en la embajada sabría que su amigo había sido detenido, pero eso le importaba menos al coronel Piekenbrock que el hecho de poder proporcionar una coartada consistente a Frida. No le dijo más, y ella no hizo preguntas. No tenía dudas de que su destino inmediato estaba escrito en la carta que ese sobre guardaba en su interior.

El mismo chófer que había ido a recogerla a Wannsee la llevó hasta Alexander Platz. No era seguro dejarla más cerca del café donde estaba prevista la cita. Caminó veinte minutos hasta la Universidad Humboldt, donde había pasado sus mejores años de estudiante. Atravesó el jardín de la entrada, cruzó la puerta, y permaneció unos minutos dentro, entre los alumnos, procurando no encontrarse con alguno de los profesores que la conocían. Ninguno estaba al tanto de su condición de agente de la Abwehr, pero no era el mejor momento para saludar a viejos conocidos y, lo más importante, no tenía tiempo que perder. Salir de la universidad para dirigirse al café era una forma de asegurar la coartada un poco más, por si al contacto del profesor Steiner en la embajada española lo asaltaban los nervios y salía a dar un paseo. No quería apresurarse demasiado en llegar a la cita, pero eso también formaba parte de la estrategia. Ella no tenía por qué estar al tanto de los movimientos del profesor, y Steiner no le había entregado esa carta hasta pocos días antes de ser detenido. Estaba aturdida, tenía miedo, no sabía qué hacer: ése era el papel que tendría que representar. Se demoró un poco más de lo necesario en recorrer el trayecto entre la plaza de la Ópera y el café, y antes de empujar la puerta miró abiertamente, a un lado y a otro de la calle, para que fuese evidente que quería asegurarse de que nadie la seguía y que era tan inexperta que lo único que iba a conseguir con tanto mover la cabeza y suspirar sería llamar la atención de la Gestapo.

El local estaba abarrotado. Ya había oscurecido en Berlín pero todavía faltaba una hora para la cena, y mucha gente entraba en los cafés para mitigar el frío del invierno agarrando las tazas humeantes con las dos manos mientras veía caer copos de nieve al otro lado de las cristaleras. Había tanta gente que Frida dudó que, a pesar de la secuencia de gestos que había interpretado antes de entrar en el local, el funcionario español hubiera reparado en ella. Tal vez no había venido, o quizá había olfateado el peligro y no se había presentado. Pidió un té, y, mientras se lo servían, se giró para comprobar discretamente los rostros de los hombres solos que había en la cafetería. Apenas había nadie que no estuviera acompañado, pero ninguno parecía responder a las características de la persona que buscaba. Sólo había tres hombres sin compañía, y ninguno de ellos parecía, ni por asomo, el funcionario de la embajada con quien el profesor Steiner había concertado la cita. Si no se encontraba con él, la carta que guardaba en el bolso muy bien podría no llegar nunca a su destino, pero Frida no se permitió un solo gesto de contrariedad. Removió el líquido pardusco de la taza con la cucharilla después de verter el azúcar y volvió a observar a los hombres solos que había en la cafetería. Uno de ellos pagó la cuenta y se fue. Era rubio, alto, con los ojos claros, y su apariencia y su forma de vestir no dejaban lugar a dudas respecto a su origen. De los dos que quedaban, uno era un jubilado que leía tranquilamente el periódico en una mesa, levantando de cuando en cuando la vista para contemplar los copos de nieve que alfombraban la calle. Era el otro el que presentaba alguna duda: moreno, cuarenta y pocos, arrancaba pequeños sorbos a una jarra de cerveza tibia al tiempo que miraba distraídamente a los clientes del local, como si no tuviera prisa por marcharse porque nadie lo esperaba en casa o, también, como si fingiera que no estaba preocupado. Frida dio un sorbo a la taza de té y se lo quedó mirando, pero él no pareció reparar en ella. En cualquier caso, si era él, esperaba al profesor Steiner, y no a una mujer alemana de veintinueve años.

Frida sabía que el funcionario español no podía permitirse cometer ningún error porque el peligro estaba de su lado. Lo mejor sería acercarse y preguntarle si estaba esperando al profesor Steiner.

El hombre que estaba sentado se dio cuenta de que Frida lo estaba mirando. Tal vez daba la sensación de estar intentando flirtear con él porque le había sonreído abiertamente, pero el tipo no tardó más de un instante en desviar la vista hacia la puerta, después de haber arrancado otro lento trago a la jarra. Frida decidió arriesgarse. Dejó la taza en la mesa y se levantó. Cinco metros y unos segundos después resolvería el enigma. Se acercó a él despacio, para no amedentrarlo. Actuar de una forma tan directa tenía el inconveniente a veces de estropear las cosas. Cabía el riesgo de que se asustase y saliese corriendo. Eso sería lo peor que podría hacer, pero él no lo sabía todavía. En cualquier caso estaba sentenciado. Una vez que se hubieran asegurado de que había enviado la carta a su destino, la Abwehr se encargaría de poner en conocimiento de las autoridades españolas que tenían un topo en la embajada.

Estaba ya apenas a un metro de su mesa cuando se abrió la puerta del café. El rostro del hombre se iluminó de repente. Iba a llevarse la jarra de nuevo a los labios pero detuvo el gesto a mitad de camino. Se levantó para saludar a la mujer que entraba. Ella le correspondió con un beso fugaz en los labios, y él la cogió de la mano y la invitó a sentarse a su mesa. Para disimular, Frida siguió andando, hacia la ventana, y se puso a escrutar la calle a través del cristal empañado. Su instinto le había fallado. Un agente no podía permitirse el lujo de actuar precipitadamente. Era algo que hasta un principiante sabía, pero le consolaba pensar que lo había hecho así porque el riesgo era mínimo y aceptable. Lo único que le preocupaba ahora era que el funcionario español no viniese, que ya se hubiera marchado, o, peor todavía, que ya no apareciese porque estuviese alertado de la detención del profesor Steiner. Era poco probable, pero, a pesar del sigilo y la celeridad con que los agentes de la Abwehr habían actuado —el profesor Steiner apenas llevaba más de veinticuatro horas detenido, según había podido saber—, no era del todo imposible que su contacto en la embajada no estuviese enterado.

Estaba a punto de lamentarse por su mala suerte cuando vio, como en una sombra, a través de la niebla del cristal, a un hombre embutido en un abrigo, con las manos metidas en los bolsillos y la barbilla clavada en el pecho para protegerse del frío, escrutando el interior del café desde la calle, sin terminar de decidirse a entrar. Claro que el profesor Steiner no estaba allí, cómo podría estar: incluso era posible que ya lo hubiesen enterrado bajo alguna lápida anónima en un cementerio de Berlín. Y ahora tenía que volver a arriesgarse, tanto si aquel hombre indeciso entraba como si al final optaba por perderse bajo la aguanieve que castigaba la tarde ya sin sol de la ciudad. Frida no se lo pensó dos veces. Dejó un billete sobre la mesa y se puso el abrigo, pero cuando abandonó el local, el hombre que no se había atrevido a entrar en el café ya se había marchado. Masculló una blasfemia en la puerta mientras miraba a un lado y a otro. Todos los hombres con abrigo le parecían iguales, y en invierno, en Berlín, los hombres siempre llevan abrigo. No tenía tiempo que perder. Al final de la calle, en la avenida Unter den Linden, circulaban varios tranvías, pero no era probable que el hombre se hubiera marchado en uno porque no era aquél un sitio de parada. También cabía la posibilidad de que el funcionario se hubiera subido a un coche en marcha, pero no, aquello hubiera llamado demasiado la atención. Cuando hay que abandonar un sitio porque uno se ha visto en peligro, y Frida lo sabía muy bien, lo mejor era ser discreto. Tenía que pensar con rapidez. Con más rapidez. El camino más corto hasta la embajada de España estaba a la izquierda de la cafetería. Si el hombre había venido desde allí y al final había decidido no entrar porque se le habían disparado las alarmas al no ver al profesor Steiner en el lugar donde habían acordado, si tenía alguna sensatez —y parecía tenerla porque al final había decidido no entrar en el café—, lo más lógico era que hubiera optado por seguir el camino contrario, hacia la derecha. Eso, siempre que el tipo hubiera acudido a la cita caminando desde la embajada, y, lo más importante, suponiendo que el tipo enjuto e indeciso que al final había decidido no entrar en el café fuera el contacto del profesor Steiner en la embajada de España. Eran demasiadas variables a tener en cuenta, y Frida no podía desperdiciar más tiempo. Se levantó las solapas del abrigo y se encaminó deprisa hacia la avenida, cruzando los dedos dentro del abrigo para que el hombre al que seguía hubiera tomado también ese camino, para que el tipo al que estaba siguiendo fuera el enlace entre Steiner, su viejo profesor, y Alfonso Altamira, su viejo amigo español que ahora vivía en Nueva York.

No es fácil seguir a una persona cuando ya ha oscurecido, bajo una aguanieve pertinaz que ensucia las aceras de

Berlín anegándolas de un engrudo pardusco, y a una hora en la que mucha gente se dirige a casa, todos embutidos en abrigos, sin apenas dejar entrever sus rostros, como si fueran vulgares delincuentes o tuviesen algo que ocultar a la Gestapo. Frida apenas había tenido tiempo de ver el del hombre al que seguía, pero se había fijado en los pómulos marcados, la piel pegada a los huesos, como si fuera ya el cadáver en el que pronto se convertiría o si no tuviera una pizca de grasa que lo protegiera del frío de Alemania. Caminó Frida un trecho mirando las caras de todos los hombres que adelantaba, pero las facciones de ninguno parecían encajar en el rostro de aquel tipo. El café había quedado una manzana por detrás, y a medida que avanzaba por la avenida hacia la Puerta de Brandemburgo se multiplicaban las calles aledañas y disminuían las posibilidades de poder localizarlo. Era como si la ciudad se convirtiese en un laberinto que se bifurcaba hasta antojársele inabarcable. Si al final no podía hablar con él y convencerlo de que era una amiga del profesor Steiner a la que éste había recurrido en un intento desesperado, siempre quedaba la posibilidad de que sus jefes se pusieran en contacto con el embajador de España en Berlín y el asunto se solucionaría de igual manera. Pero para Frida no era ésa la mejor opción. Si habían ido a buscarla a la casa de su familia en Wannsee para encargarle una misión, su obligación era cumplirla con éxito. Sin poder reprimir un bufido desesperado se detuvo en un cruce. Miró a un lado y a otro, sin ninguna pista que la decidiese a tomar una calle u otra. Elegir la calle de la derecha, la de la izquierda, o seguir su paseo estéril en línea recta mirando de soslayo los rostros de la gente que caminaba cabizbaja para defenderse del frío bien podía depender de una decisión tan azarosa como lanzar unos dados al aire. Se acordó de la famosa discusión entre Albert Einstein y Niels Bohr en un congreso Solvay. El judío danés tratando de explicar en vano a su colega, el judío suizo —si él mismo había renegado del país que lo acogió y le brindó la oportunidad de alcanzar fama mundial, Frida no tenía por qué considerarlo nunca más alemán, aunque fuese tan célebre—, que el azar tenía mucho que ver en el comportamiento de las partículas subatómicas, pero el padre de la Relatividad hacía mucho que se había tapado los oídos para no escuchar a nadie más que a sí mismo.

Pero no era el momento de pensar en postulados atómicos, aunque ella, como la mayoría de los científicos con una pizca de sentido común, estaba de acuerdo con el razonamiento de Niels Bohr aunque, a pesar de todo, siguieran venerando a Albert Einstein sin dejar de estar convencidos, como ella, de que sus mejores años como físico habían quedado atrás hacía mucho tiempo.

El azar, maldita sea, murmuró en el cruce, llevándose la mano al cuello para cuidar su garganta del frío. Un golpe de suerte es lo que necesitaba, y ojalá pudiera echar unos dados a rodar para decidir el camino a seguir. Seguir a un hombre no era tan sencillo como formular una regla científica. Había demasiadas variables a tener en cuenta. Frida estaba empezando a divagar, y le apenaba saber que aquello le sucedía porque estaba a punto de arrojar la toalla. Ya no había manera de encontrar a aquel funcionario escurridizo de la embajada española. Si hubiera salido del café diez segundos antes a lo mejor todo habría sido diferente, pero tal vez se había demorado más de la cuenta en ponerse el abrigo, o se movió demasiado despacio para no levantar sospechas y no asustar al tipo que se le había escapado.

Suspiró, resignada, y miró a la derecha y a la izquierda, sin ganas ya de decidirse por alguna de las calles que cruzaban la avenida por la que había caminado desde que salió de la cafetería. Un golpe de viento le desordenó el pelo, tapándole los ojos. Al apartarse el mechón con la mano, a través de los guantes de lana, se dio cuenta de que lo tenía empapado. El pañuelo que le habían proporcionado en la calle Tirpitzufer no le había servido de mucho. De un tirón lo apartó de su cabeza, y luego se quitó un guante e improvisó un peine con los dedos para arreglarse un poco la melena. Utilizó el escaparate de un café como si fuera el espejo frente al que cada noche antes de acostarse se cepillaba el pelo en su habitación, y entonces volvió a acordarse de los dados del profesor Bohr. Sonrió al hacerlo y, a pesar de que se trataba de un judío, la embargó una sensación antigua de camaradería, el sentimiento hacia un colega inteligente al que ha de dar la razón después de comprobar empíricamente que las teorías que había desarrollado en un papel después de muchos años de investigación son irrefutablemente ciertas. Niels Bohr. Los dados. El azar, esa cosa tan rara, esa fuerza invisible que dirige la vida como el conductor de un teatro de muñecos de trapo. Un instante después de parpadear para asegurarse de que no se trataba de un espejismo, volvió a sonreír, y el gesto estuvo a punto de convertirse en una carcajada, pero, aunque no le faltaban ganas, y tampoco carecía de motivos para celebrarlo, se contuvo: al otro lado del cristal, sentado a una mesa, mientras se peinaba, el funcionario español de facciones cadavéricas daba una larga calada a un pitillo sin apartar los ojos de ella.

Ahora el momento era tan delicado como antes. Todavía más. Pero Frida no dejó de mirar a los ojos del contacto del profesor Steiner y, aunque por un instante se había quedado parada, como una estatua que reflejase la imagen de una mujer con la cabeza ladeada, metiendo los dedos desenguantados en su melena espesa, enmarañada por culpa del frío y de la nieve, esta vez no iba a dejarlo escapar. Se sacudió el pelo como pudo, se pasó la mano por los párpados para secarlos de escarcha y empujó la puerta de madera con plafón de cristal del café. Un calor agradable la recibió al entrar, pero no quiso despojarse del abrigo todavía, por si tenía que salir a la calle antes de que el funcionario de la embajada española la dejase hablar con él. Pero el tipo ni siquiera se había levantado. Puede que a pesar de todo no hubiera reparado en ella, que cuando Frida estaba arreglándose el pelo frente a la cristalera del café él estuviera mirando la calle distraídamente, absorto en sus pensamientos, sin verla siquiera, o tal vez la había reconocido y había aceptado con resignación que había sido descubierto.

—Buenas tardes —se presentó, sin más preámbulos, tendiéndole la mano y recurriendo a su excelente dominio del castellano—. Me llamo Frida Klein.

El funcionario se quedó un instante mirando la mano, como si esperase de un momento a otro ver brotar de los dedos un cuchillo o una pistola. Sin embargo, Frida no advirtió en él ninguna prisa por marcharse o escapar. Era como si aceptase su destino tranquilamente, como las reses que llevan al matadero, como si no tuviese miedo, o tal vez era tan inconsciente que no era capaz de darse cuenta de que su juego había sido descubierto, o, lo que era peor, de quiénes lo habían descubierto.

—Vengo de parte del profesor Steiner —añadió, y luego, señalando el bolso con la barbilla, le dijo—: Le traigo una carta suya.

Ahora sí palideció el funcionario, y Frida pensó que si no salió corriendo del café era porque el miedo le había paralizado las piernas o quizá porque esperaba que en la calle hubiera tres o cuatro agentes de la Gestapo dispuestos a meterlo en un coche y llevárselo para interrogarlo.

Arrancó un trago a la jarra de cerveza tibia, con la mirada perdida en algún punto de la avenida, en los copos de nieve que parecían brillar cuando los asaeteaban las luces de las farolas. Quería aparentar aplomo o indiferencia, pero le temblaba el pulso tanto que le costaba disimularlo al beber de la jarra. Frida pudo escuchar sus dientes chocar con el cristal y ver cómo se le derramaba un hilillo de cerveza por la comisura de la boca.

—Soy amiga de Steiner —le dijo, y no era del todo falso. Si acaso, en lo único que había mentido era en el tiempo verbal, y un poco en la relación con el viejo: se trataba de algo del pasado y ella nunca había sido amiga de Steiner, sino su alumna. Le había profesado cierto cariño, pero hacía mucho de eso, y él era ahora un traidor.

El hombre se la quedó mirando, como si no comprendiera muy bien lo que le quería decir. Entretuvo los ojos en su melena escarlata desordenada por la nieve, en su piel blanca de mujer aria, en el abrigo empapado del que ahora se despojaba, como si él le hubiera dado permiso para sentarse a su lado.

—¿Dónde está Steiner?

Frida negó con la cabeza, bajando la mirada.

—¿Qué le ha sucedido?

—En realidad no lo sé muy bien, aunque puedo imaginarlo. —Una sombra recorrió su rostro al decirlo—. Lleva dos días sin aparecer por su despacho. Hace un mes me entregó una carta. Me pidió que se la diese a usted si algún día dejaba de acudir a su laboratorio.

El funcionario asintió. Podía no estar creyéndose la historia que Frida le cantaba, pero al menos no había empezado a correr todavía. Las cosas estaban saliendo bien.

—Yo trabajo con él desde hace dos años en su departamento, y antes fui alumna suya.

—Nunca me habló de usted.

—El profesor Steiner es un hombre prudente. Además, estoy segura de que tampoco le ha hablado de las demás personas con las que trabaja. No es seguro dar nombres.

—Puede que tenga razón, pero eso tampoco significa que usted me esté diciendo la verdad.

—Pero tampoco tiene por qué decir que le estoy mintiendo.

—Eso no puedo saberlo.

—Verá, estoy arriesgando mi puesto y mi libertad, y puede que también mi vida por estar aquí. El profesor Steiner me dijo que se encontraría con usted hoy en el café donde he estado esperándolo, y que muchas veces han intercambiado correspondencia.

—El Servicio Postal es el que se encarga de repartir la correspondencia. Yo sólo soy un funcionario de la embajada española que mantiene una vieja amistad con el profesor Steiner.

Frida no se privó de una sonrisa condescendiente.

—Usted sabe tan bien como yo que toda la correspondencia del profesor Steiner es revisada por la Abwehr. Ningún científico alemán está libre de ser investigado en estos tiempos que corren, ni siquiera el profesor Heisenberg.

El otro no dijo nada, pero a Frida le dio la sensación de que su afirmación de que Werner Heisenberg estuviera siendo investigado por el servicio secreto no le convencía, pero lo cierto era que los movimientos del científico más famoso del Tercer Reich, igual que los de cualquier hombre de ciencia que estuviera trabajando en el campo de la Física Atómica, eran seguidos estrechamente por la Abwehr. Había demasiado en juego como para dejar cabos sueltos. Pero no era de la vigilancia sobre Heisenberg ni los demás científicos de lo que ella quería hablar con el funcionario de la embajada española.

A Frida le pareció que la conversación estaba a punto de terminar. El otro era como una concha que al principio parecía fácil de abrir y que luego se iba cerrando, cada vez más, y sólo destrozándola conseguiría que dejase su tesoro al descubierto. Aquélla sería la solución más rápida, hacer que detuvieran al funcionario, y bastaba una llamada de ella para que un coche de la Gestapo apareciera en la puerta de aquel café o fuera a buscarlo a la embajada o a su casa. Pero el camino más corto casi nunca solía ser el más oportuno. Lo más importante era que el funcionario hiciera llegar a su destino la carta que llevaba guardada en el bolso.

—Puede pensar lo que quiera. Y también puede confiar en mí o no hacerlo. Pero le voy a decir una cosa. En los tiempos que estamos viviendo, y sobre todo en los tiempos que se avecinan, hasta los hechos más insignificantes adquieren una importancia que muchas veces no llegamos a vislumbrar siquiera. Mire, yo le voy a dejar esta carta en la mesa y me voy a marchar. Luego usted podrá cogerla o no. Lo dejo a su criterio y a su conciencia.

El funcionario español no dijo nada. Había estado mirándola muy callado mientras hablaba, y ahora hacía lo mismo mientras Frida introducía la mano en el bolso para buscar el sobre.

—Verá, yo no sé a quién va dirigida esta carta. No es asunto mío, y el nombre de Alfonso Altamira no me dice nada. Pero estoy segura de que si el profesor Steiner me pidió que me arriesgara para entregársela a usted, debe de ser por una razón muy importante, por una razón más importante que usted y que yo, desde luego.

El sobre estaba en la mesa. Frida había dejado el anverso a la vista. El funcionario bajó los ojos para mirarlo. No necesitaba darle la vuelta para comprobar que el lugar que debería ocupar el remite estaba vacío.

—Aquí la tiene. Ahora puede hacer lo que usted quiera con ella. Abrirla y leerla, quemarla o romperla en pedazos y arrojarlos a una papelera, o hacerla llegar a su destinatario. Eso es lo que Steiner querría, desde luego, si no, no me habría encargado que se la entregase.

Frida se levantó, se puso el abrigo y se enfundó las manos en sus finos guantes de cuero. El funcionario seguía sentado, con la jarra de cerveza a un lado y la carta a otro, sin atreverse a tocar ninguna de las dos.

—Me gustaría hablar con Steiner —dijo, antes de que Frida se marchase—. Saber qué le ha ocurrido. Ver cómo se encuentra.

Frida se lo quedó mirando, y luego negó con la cabeza, como si le afectase una enorme pesadumbre al tener que hablar de lo que le había pasado al profesor Steiner. Acercó los labios a su oído, tanto que parecía una mujer enamorada que estaba a punto de confesarle a su amante cuánto lo quería.

—Me temo que eso no va a ser posible. Lo mejor será que no vaya preguntando por ahí. Al profesor ya no puede salvarlo nadie. Haga lo que tenga que hacer con esta carta, y hágalo cuanto antes, por favor.

No volvió la cara para despedirse cuando salía del café, pero estuvo segura de que él sí la estuvo mirando hasta que se perdió al otro lado de la cristalera, después de levantarse las solapas del abrigo para protegerse del frío. Ella ya había lanzado los dados, y sabía que tenía muchas posibilidades de que, después de que rodaran sobre el tapete, acabase saliendo su número. Pero la partida no iba a terminar ahí. Aquello no iba a ser más que el principio. La carta llegaría a su destino sin ser interceptada, y luego le llegaría el turno a ella. Mientras se dirigía al coche que la esperaba para llevarla de vuelta a las oficinas de la Abwehr se entretuvo pensando si en Nueva York en esa época del año el clima sería tan desapacible como en Berlín.

SEGUNDA
PARTE

Dos meses han pasado ya y nadie le hace caso. Enrico Fermi ha conseguido una reunión con el almirante Hooper y sus consejeros, pero los militares no han entendido nada. Szilard ha podido acompañarlo. Esa fría mañana de marzo ha tenido que morderse la lengua, dejar que el italiano sea quien ponga en antecedentes a quienes llevan uniforme. A Fermi le han dado el Premio Nobel de Física en 1938 y es uno de los científicos más famosos que han buscado refugio en Estados Unidos, pero ni siquiera es capaz de arrancar más que un bostezo de sus interlocutores. A esas alturas del siglo XX los militares todavía se preocupan más por los gases tóxicos que se utilizaron en la Gran Guerra que por el más que posible programa de armas atómicas que están desarrollando los nazis. Los oficiales del Alto Mando norteamericano le parecen tan ingenuos que piensan que porque la Convención de Ginebra haya prohibido el uso de armas químicas habrá algún país que se niegue a utilizarlas si piensa que con ello puede ganar la guerra. Incluso Estados Unidos lo haría. Cualquiera lo haría. Si alguno de los que mandan entendiera lo que él trataba de explicar estaría moviendo los hilos para que el uso de las armas atómicas se prohibiera antes aún de que fuera posible fabricarlas. Pero a pesar de que todo el mundo está convencido de que habrá guerra en Europa antes de que acabe el año, cuando Fermi les advierte del peligro de las armas atómicas los muy zoquetes piensan que se trata de las fabulaciones de un loco. Y después de la reunión Leo Szilard no sabe qué le duele más, si la desidia de los militares norteamericanos que se han negado a dedicar un presupuesto para la investigación atómica o que Enrico Fermi, a pesar de que ya ningún científico puede tener dudas de que el átomo es fisionable, piense a estas alturas que la fabricación de una bomba atómica no es posible. El italiano incluso no cree que sea peligroso publicar en una revista científica los últimos avances en Física Atómica. Increíble. Ni siquiera él, que ha abandonado Italia porque su esposa es judía, quiere darse cuenta de que no corren buenos tiempos para pensar que los avances científicos no deben tener fronteras. Se lo había dicho dos meses antes. Al menos ha tenido la deferencia de utilizar su fama y su prestigio para que el almirante Hooper los escuche.

El científico húngaro se está enfrentando a una tarea titánica en solitario. Es como un caballero cruzado que ha perdido su estandarte y blande su espada en mitad del desierto, desgañitándose para advertir a sus compañeros que se empeñan en no escucharlo porque se ha obcecado en encontrar un camino equivocado. Pero el caballero Leo Szilard no bajará los brazos hasta que lo haya conseguido. Es la única meta que tiene en su vida desde hace cuatro años, un pequeño haz de luz que vislumbra al final del camino, o que quiere pensar que está ahí, porque si no hubiera esperanza sería demasiado terrible. No quiere ni imaginar que porque él haya escatimado algún esfuerzo, porque se haya cansado de hablar con alguien, de humillarse o de que lo tomen por un visionario alucinado, al final los nazis ganen la partida y las banderas con las esvásticas sean las únicas que ondeen en Europa durante los próximos mil años, como ha vaticinado Hitler.

La reunión con el almirante Hooper y sus asesores ha resultado un fracaso, pero Leo Szilard no se va a rendir. No ha conseguido más que alguna palmada en la espalda y vagas promesas que se le han antojado más bien un consuelo o la forma que el almirante ha tenido de sacudirse el problema, de quitárselos de en medio, a Enrico Fermi y a él. Al cabo, los militares se limitan a realizar su trabajo, y muchas veces éste no es más que hacer cumplir las órdenes y que se respete la cadena de mando. Y para llegar a lo más alto de esta cadena, al propio presidente Roosevelt, aún tendrá que sortear varios grados del escalafón. Pero, de todo lo que ha pasado, no es el rechazo o la ignorancia de los militares lo que más le duele a Leo Szilard. Lo saca de sus casillas, pero en el fondo comprende que los hombres del Pentágono no tienen por qué compartir sus miedos o sus inquietudes, aunque deberían, porque tienen otras cosas más importantes de las que preocuparse, y que no le parecen tan extrañas o tan inverosímiles como que de una partícula pueda brotar la mayor cantidad de energía que el ser humano ha visto jamás. Lo peor son sus colegas, los científicos. Algunos de ellos le parecen ahora un hatajo de memos vanidosos empeñados en una carrera peligrosa por ver quién llega el primero a la meta y consigue el billete a Estocolmo sin querer darse cuenta de que la bestia acecha escondida, agazapada, con las orejas empinadas para enterarse de todo y los colmillos babeantes y las uñas afiladas, preparada para dar el zarpazo definitivo. Szilard, desesperado después de que Enrico Fermi no quisiera guardar el secreto, escribió una carta a Frédéric Joliot. El yerno de Marie Curie ha descubierto que para fisionar un átomo hace falta un mínimo de dos neutrones que lo bombardeen, y que en cada fisión se liberan 3,5 nuevos neutrones. Y así sucesivamente, hasta alcanzar una reacción en cadena en milésimas de segundo que liberará una fuerza inmensa. Y todo con una masa muy pequeña. Joliot y su mujer, Irène Curie, son científicos de izquierdas, viven en París y debían de sentir el aliento repugnante de la bestia tan cerca como el propio Szilard lo había sentido cuando vivía en Europa. El húngaro estaba convencido de que no harían públicos sus hallazgos en el campo de la Física Atómica y que convencerían a sus colegas europeos de que también guardasen el secreto, pero tres días después de reunirse con el almirante Hooper la revista *Nature* ha publicado que Frédéric Joliot ha descubierto cuántos neutrones se necesitan para fisionar un átomo. Maldita vanidad. A Leo Szilard no le sirven de nada los argumentos que el francés ha utilizado para disculparse. Es imposible que la carta en la que le pedía discreción no haya llegado a tiempo. Szilard prefiere imaginar a Joliot corriendo al aeropuerto de Le Bourget y deteniendo un avión en la misma pista para entregarle al piloto su artículo y asegurarse así de que saldría en el próximo número de *Nature.* Están todos locos y son unos inconscientes. Por lo visto, ganar un Premio Nobel no es suficiente para Frédéric Joliot. Tres años antes ha viajado a Estocolmo con su mujer y ha conocido al rey de Suecia, pero no tiene bastante y quiere repetir, igualar la marca de su suegra, la estupenda Marie Curie, que había llegado a tener dos Premios Nobel en su estantería, aunque sea a costa de hacer saltar el mundo por los aires. El caballero Szilard sigue solo en el desierto, profiriendo alaridos como un poseso, pero sus compañeros de armas piensan que no ve más que un espejismo, se dan codazos cómplices a su espalda, algunos incluso se ríen de él cuando piensan que no los está viendo. Sin embargo, está tan convencido de lo que tiene que hacer que no le importa. Se ha propuesto conseguir su propósito, como si hubiera jurado ante su rey, o mejor, ante su dama, que lo haría. Él no va a escatimar esfuerzos, no se va a rendir jamás. Pero le da miedo pensar, aunque los demás todavía no se han dado cuenta, que puede llegar un momento en que las fuerzas le fallen y tenga que clavar la rodilla en el suelo y ya no pueda levantarse, que luego caerá de bruces sobre la arena caliente y que antes de cerrar los ojos sentirá el frío de una nube negra que bajará desde el cielo, oscureciendo el mundo para siempre.

CAPÍTULO V

Al abrir la puerta sintió un fogonazo que lo dejó aturdido, como si en lugar de estar en Nueva York una noche de principios de primavera de 1939, volviese a encontrarse en su despacho de la universidad, en Madrid, también en primavera pero cuatro años antes. Alfonso Altamira pensó que el tiempo se había detenido para luego retroceder sin que él se diera cuenta, como esas fabulaciones que aventuraban los aficionados a la Física que buscaban aplicaciones inverosímiles de la Teoría de la Relatividad de Albert Einstein sin comprenderla. Sabía que al profesor Einstein le irritaba que la gente especulase inventándose tonterías sobre la Teoría de la Relatividad sin entender de lo que estaban hablando siquiera. A él, en su lugar, también le habría sucedido lo mismo, y no le costaba ponerse en el lugar de su colega suizo —Einstein no había renunciado a esa nacionalidad, y no parecía que fuera a hacerlo nunca—. Albert Einstein se había convertido en un fenómeno de masas, en el científico más famoso del mundo, algo desconocido hasta ahora para un hombre de ciencia, y tal vez lo único que le quedaba ahora era su fama. Desde hacía veinte años reyes y presidentes de

Gobierno se daban codazos por hacerse un hueco en una foto junto a ese hombre de cabellos enmarañados y atuendo descuidado, pero también, y eso era lo que a Altamira y a la mayoría de los científicos con los que tenía trato les irritaba, llevaba dos décadas empecinado en contradecir a los partidarios de la Mecánica Cuántica, y a Altamira, como a cualquier físico que no tuviera prejuicios, le apasionaban las teorías que defendían el componente azaroso de las partículas subatómicas. A pesar de ello no había desaparecido de su corazón la admiración —que hace años era incondicional— que sentía por Albert Einstein, y otro de los recuerdos que procuraba evitar, porque enseguida lo asaltaba la sombra de la nostalgia, eran los meses que había pasado investigando, cuando era un joven físico todavía, en el Instituto Kaiser Wilhelm de Berlín. Fue allí cuando conoció a Albert Einstein, a Max Planck, a Fritz Haber. Volvió a coincidir con Einstein dos lustros después, cuando se encargó, junto a Esteban Terradas y Blas Cabrera, de preparar la visita del ya mundialmente famoso premio Nobel a España. Incluso escribió un artículo en el periódico *El Liberal* para responder a las críticas que Horacio Bentabol había vertido contra la Teoría de la Relatividad después de la visita de Albert Einstein a España a finales del invierno de 1923. Pero eso formaba parte ya del pasado, igual que también eran agua pasada sus esfuerzos por intentar que Einstein se fuera a vivir a Madrid. Al final no pudo ser, y siempre había sospechado que el profesor Einstein había mareado un poco la perdiz y no había mostrado nunca de una forma lo suficientemente clara sus intenciones de aceptar la cátedra extraordinaria en la Universidad Central de Madrid que le ofrecía el gobierno español porque en realidad nunca había deseado trasladarse a vivir allí de una forma permanente, aunque jamás lo hubiese confesado. Pero por el modo en que se desarrollaron los acontecimientos en España no lo culpaba. A la vista estaba lo que había pasado. Tres años de guerra que habían terminado hacía dos semanas, el primero de abril, con la victoria de Franco.

Últimamente todas las noticias eran malas, y no haber sabido nada del profesor Steiner desde enero era una de las peores. Le había mandado otras dos cartas a través de su contacto en el consulado de España en Nueva York, y a esas alturas no tenía dudas de que los nazis habían puesto a su viejo amigo fuera de la circulación. Debía haber tenido la certeza mucho antes, pero quiso pensar que todavía había alguna posibilidad de que la Gestapo no le hubiera hecho daño. Al cabo, Steiner era un científico ario que había trabajado para su país, y era un anciano también. Pero no era tan famoso como Max Planck como para que Hitler le perdonase su desacuerdo con el nuevo régimen de Alemania. Y la verdad es que Max Planck, hasta donde Altamira sabía, aunque se hubiera empeñado en defender a sus colegas judíos que habían sido apartados de los laboratorios o habían tenido que marcharse del país a toda prisa, con lo puesto, antes de que la Gestapo cerrase sus garras en torno a ellos, no había traicionado a su país, y Steiner, con las cartas en las que le hacía depositario a Altamira de sus miedos pero también de los avances de la Física Atómica en Alemania, era imposible no pensar que para los nazis era un traidor al que había que quitar de en medio, como al final habían terminado haciendo. Estaba seguro de ello.

El funcionario de la embajada española en Berlín no había escrito ninguna nota que aclarase el destino de Steiner o su opinión al respecto. Se habría limitado, suponía Altamira, a hacer llegar la carta a su destinatario, como siempre. Era la opción más segura, la menos comprometida, pero a Altamira le hubiera gustado que le contara más cosas sobre aquella joven física alemana, la colaboradora del profesor Steiner que le había hecho llegar la última carta por indicación de aquél, cuál iba a ser el siguiente paso que daría ella o que el propio Altamira debería dar, si no habría corrido un gran peligro al hacer de mensajera del profesor Steiner, si también estaba en peligro, si se acordaba de él, si aún conservaba esa melena escarlata, ondulada, los ojos claros, si seguía siendo tan hermosa como cuando estuvo trabajando a sus órdenes en el departamento de Física Atómica de la Universidad Central de Madrid y a él le costaba conciliar el sueño porque no podía quitársela de la cabeza y se sentía culpable de aquellos pensamientos porque a su mujer no le quedaba mucho tiempo de vida.

Alfonso Altamira González de Tejada jamás había hablado de aquello con nadie. Cuando Frida Klein regresó a Berlín ni siquiera fue a su despacho a decirle adiós. Preocupado, llamó al Instituto Kaiser Wilhelm, pero nadie pudo darle noticias de ella. Pero en la primavera de 1936 Alfonso Altamira tenía muchas cosas de las que preocuparse como para ir a Alemania a interesarse por el paradero de una joven estudiante alemana que había sido colaboradora suya durante nueve meses. Y no era sólo la situación política en España, cada vez más insostenible. Al gobierno de Manuel Azaña se le hacía muy difícil mantener la situación de un país donde la guerra civil se avizoraba igual que la desgracia que anuncia un cuervo. Lo que más preocupaba a Alfonso Altamira era su esposa. Postrada en una cama desde hacía cuatro meses, la vida de Carlota se apagaba, una llama que a duras penas mantenía encendida, protegiéndola del aire con las manos. Tenía diez años menos que Altamira, pero su salud se había ido deteriorando poco a poco, primero perdiendo fuerza en las piernas y en los brazos, lo que la obligó a vivir confinada a una silla de ruedas y a depender para casi todo de su marido. Altamira la lavaba, Altamira la vestía, Altamira la sacaba a pasear por los jardines del Retiro las tardes que hacía sol, y no podía evitar una aguja en el pecho cada vez que se descubría pensando en la joven alemana que había venido a Madrid para trabajar como colaboradora suya en el laboratorio: Frida Klein, treinta años más joven que él, veinte años más joven que su esposa. A pesar de que la muchacha era poseedora de un hermoso rostro y se movía y hablaba con un encanto y una dulzura que llamaban la atención, lo suyo no fue amor a primera vista. Alfonso Altamira, ni cuando tuvo edad para ello, jamás se había sentido atrapado por esa sensación de golpe, sino de una forma pausada que él estaba convencido de que era más peligrosa y más difícil de olvidar que la pasión desatada o el simple amor perecedero. Y llevaba dos décadas convencido de que, desde que se enamoró de Carlota, no volvería a sentir algo así por nadie, que su vida transcurriría lenta y apaciblemente entre el laboratorio, sus clases de Física en la universidad y el tiempo que le quedaba libre, junto a su esposa, la única mujer a la que había amado en su vida. Con semejantes convicciones no era fácil que a los cincuenta y seis se enamorase de otra mujer, y, lo que más le costó aceptar, que pudiera seguir enamorado de su esposa al mismo tiempo. A veces concluía, después de mucho pensarlo, que se obligaba a sí mismo a creer que aún amaba a Carlota cuando en realidad la seguía cuidando porque era su obligación como esposo, pero enseguida se maldecía a sí mismo y se lamentaba por tener aquellos terribles pensamientos. Lo que le ocurría era que jamás en su vida había imaginado que se enamoraría de otra mujer, que llegaría a fijarse en otra siquiera, y no concebía que, después de que una muchacha alemana se hubiera cruzado en su existencia, pudiera seguir queriendo a Carlota como antes. Le costaba aceptarlo e iba contra sus principios: un hombre no podía querer a dos mujeres, pero muchas tardes, cuando empujaba la silla de ruedas de su esposa bajo la sombra de los árboles del Retiro, su mente no estaba allí. Contestaba a Carlota con monosílabos mecánicos mientras pensaba en la joven alemana, con una bata blanca, en el laboratorio, el pelo recogido, el cuello nacarado, largo, suave, el ceño levemente fruncido cuando estaba concentrada en resolver un cálculo difícil. Y cuando en la universidad se la quedaba mirando sin que ella se diese cuenta, no tardaba en sacudir la cabeza y cerrar los puños, maldiciendo en silencio, sintiéndose ruin por mirar a una mujer joven mientras la vida de Carlota se desvanecía por momentos.

Si con cincuenta y seis años, y con sus creencias tan asentadas que estaba convencido de que jamás se fijaría en otra mujer que no fuese su esposa, alguien le hubiera dicho que llegaría el día en que se tendría que marchar de su país para no volver jamás, lo hubiera tomado por loco. Pero Altamira no se había marchado de Madrid huyendo de la guerra. Enterró a Carlota antes de que los rebeldes se sublevaran. Era ése el minúsculo consuelo que le quedaba, que ella no hubiera tenido que vivir la tragedia que sobrevino después, y se dio cuenta de que ya no tenía motivos para seguir viviendo en Madrid, que cuanta más distancia pusiera entre la que había sido su existencia y el resto de vida que le quedara, más fácil sería levantarse cada mañana y no tener que buscar una excusa para terminar el día sin acabar con todo de una vez. Podía haber vuelto a Alemania, donde más amigos tenía, pero las noticias que le llegaban del país donde había pasado su etapa más feliz como investigador no eran muy alentadoras. Einstein había sido el primero en declarar públicamente que jamás volvería mientras Hitler estuviese al frente del país, pero otros muchos colegas suyos habían tenido que hacer las maletas precipitadamente y marcharse a toda prisa. Parecía que sólo los Juegos Olímpicos, que se iban a celebrar ese verano en Berlín, iban a poder lavar un poco la imagen de un país al que su espacio en mitad de Europa pronto se le iba a quedar pequeño. Pero la verdadera razón por la que no quería volver a Alemania tenía nombre de mujer. Altamira sabía que regresar a Berlín significaba también ir en busca de una joven física con la que había trabajado en Madrid, y, después de la muerte de Carlota, cada vez que pensaba en Frida le invadía un sentimiento de culpabilidad tan poderoso que llegaba a sentir asco de sí mismo. Era ésa tal vez, pensaba ahora, la principal razón por la que puso proa rumbo al otro lado del Atlántico. Cómo iba a saber él —quién hubiera sido capaz de adivinarlo— que el pasado iba a dar un salto para adelantar al presente, una pirueta caprichosa en la que el tiempo se detendría para retroceder, sin que él se diera cuenta, que los recuerdos llamarían a su puerta, sosteniendo una maleta, agujereándole el ánimo cuando se lo quedó mirando después de darle las buenas noches desde el otro lado del umbral.

Y qué raro era todo, pensó Altamira al ver el pasado enmarcado en el dintel, el cabello recogido y protegido con un pañuelo, la maleta en el suelo, tan grande que se le antojó imposible que ella hubiera podido soportar su peso desde Alemania hasta Nueva York, desde la puerta de Brandemburgo hasta la isla de Ellis, ella sola, porque el recorrido, aunque con algunas paradas intermedias y bastantes rodeos, habría sido ése: un viaje arriesgado desde Berlín hasta Nueva York, atravesando una Europa que se despeñaba por un precipicio, para atravesar el océano y sentirse protegida. Educado en unas normas que habían pasado de moda muchas décadas atrás, el profesor no supo si abrazarla o besarla o sólo estrecharle la mano educadamente, pero antes de que pudiera darse cuenta sus manos se habían apoderado de los hombros de la muchacha, y la miraba fijamente, sonriendo, como si al hacerlo pudiera protegerla del espanto que habría soportado en Berlín mientras preparaba su huida, atravesar la frontera con una identidad falsa, buscar un barco que la llevase a otro continente donde pudiera, como él mismo, como todos los que se habían marchado, tener esa falsa sensación de seguridad de quienes se creen a salvo pero todavía no saben que no pasará un solo día en el que no echarán de menos lo que han dejado atrás.

Cerró un poco más Altamira la tenaza de sus manos en los brazos de la joven alemana, y al hacerlo sintió la tela helada del abrigo. Acercó su cuerpo un poco más al de ella, tanto como el decoro que dirigía hasta los actos más insignificantes de su vida permitía, como si al acercar el calor de su cuerpo al frío que desprendían las ropas de ella pudiera aislarla del viento helado que aún castigaba las calles de Brooklyn, aunque el calendario se empeñase en asegurar desde hacía tres semanas que había comenzado la primavera.

—Frida —le dijo—. Frida Klein. Cuántos años han pasado.

La frase no era muy ocurrente, y aunque desde que recibió la última carta de Steiner sabía que ella podría llegar algún día, terminaba siempre enterrando aquel pensamiento que le parecía empujado más por sus propios deseos que por el sentido común. Pero había llegado, y lo mínimo que él podía hacer era acogerla en su casa. Tres años fuera del país de uno bastaban para saber lo que se siente al abandonar a la fuerza la tierra que lo ha visto nacer.

Frida asintió, y dejó descansar su cabeza en el pecho de su viejo profesor.

—Cuatro años.

No había terminado de decir la frase cuando Altamira ya la había rodeado con sus brazos. Era la primera vez que lo hacía, la primera vez desde que la conocía, y aunque estaba segura de que aquél era un gesto que el profesor había deseado largamente, casi desde que la conoció, estaba convencida de que lo único que ahora quería Altamira era servirle de consuelo. El profesor puso los labios en su frente y los dejó ahí unos segundos, pero no era aquello un beso, sino una muestra del antiguo afecto que siempre le había profesado en secreto, una forma de decirle que era bienvenida, que se alegraba de tenerla allí.

El labrador del científico movía la cola al otro lado del pasillo, con las orejas estiradas, no sabía Frida si más atento a ella o extrañado de que su dueño se mostrase tan efusivo con una visita.

Altamira la liberó de su abrazo para coger la maleta. La otra mano seguía en su hombro, guiándola hacia el interior de su apartamento.

—He venido porque no tengo adónde ir.

—Ya tienes dónde estar.

Frida sonrió. Negó con la cabeza, como si no estuviese muy segura de lo que estaba haciendo.

—Tengo muchas cosas que contarte.

—Y yo tengo todo el tiempo que haga falta para escucharte.

Altamira la invitó a sentarse en el pequeño salón de su apartamento. Encendió la lámpara que utilizaba para leer porque antes de que ella llamase al timbre de su casa se había quedado dormido y no se había dado cuenta de que la oscuridad de la tarde se había apoderado ya de los tejados de Brooklyn. El profesor llevó la maleta de Frida a su habitación y la dejó sobre la cama, como si fuera a deshacerla.

El perro se acercó a ella, olisqueándole las rodillas con su hocico húmedo. Frida le revolvió el pelo del lomo, y el animal se recostó para que le acariciase la barriga.

—Le gustas. —Altamira había dejado el equipaje encima de la cama y había vuelto al salón—. No creas que le da confianza a todos los desconocidos.

—No sabía que tuvieras un perro. Al menos no recuerdo haberte visto nunca con un perro en Madrid.

—Entonces no lo tenía —respondió el profesor bajando un poco los ojos, como si le afectase la pena o tal vez cierta vergüenza cuando se acordaba de Madrid y de la época en que la conoció.

Frida sonrió, como si no hubiera descifrado los recuerdos que se habían cruzado detrás de los ojos del profesor Altamira.

—¿Cómo te llamas? ¿Eh, bonito? ¿Cómo te llamas? —le dijo al animal, abriendo y cerrando los dedos sobre la panza peluda que el perro, postrado boca arriba, le ofrecía.

Altamira sonrió.

—Su nombre es *Newton*.

Frida tampoco pudo reprimir una sonrisa, un gesto de camaradería, complicidad de igual a igual. *Newton*. El nombre que el profesor Altamira había puesto a su labrador era más que una forma de distinguir a su mascota; era, más bien, toda una declaración de intenciones. Podía haberlo llamado de muchas formas, haber utilizado cualquiera de los nombres tan convencionales que usaba la mayoría de la gente para sus perros, pero lo normal era que Altamira le hubiera puesto el del científico que más admiraba, y no era Galileo, ni Albert Einstein, sino Isaac Newton.

—Newton, el más grande —añadió Altamira, repitiendo un razonamiento que ella ya sabía.

Frida bajó la cabeza un momento. Se quedó mirando al animal, boca arriba, sobre la alfombra. Tal vez no fuera lo más oportuno, pero había una parte de ella que pugnaba por salir y a veces lo conseguía. Aquél era un momento tan malo como cualquier otro, o tan bueno.

—¿Crees que llegará un día en que algún científico ponga a su perro el nombre de Einstein?

—Si lo que quieres decir es que si llegará el día en que Albert Einstein sea considerado el científico más grande de todos los tiempos, lo dudo mucho.

—Había muchos rumores acerca del profesor Einstein en Berlín, y todos apuntaban a que estaba acabado.

Altamira dejó escapar el aire, y al hacerlo parecía dejar salir también la resignación que le afectaba cuando pensaba en Albert Einstein. Como físico, y a Altamira le dolía reconocerlo, sus mejores días hacía muchos años que habían pasado.

—Está en su trono de Princeton —sonrió, como si él fuera cómplice del estatus para muchos exagerado del que disfrutaba Albert Einstein—, empeñado en contradecir a Bohr y a Heisenberg, dicen que buscando una teoría que relacione lo infinitamente grande —Altamira señaló con la barbilla la luz de la estrellas que ya se podían ver a través de la ventana, y luego acercó las yemas de los dedos índice y pulgar de la mano derecha hasta que casi se tocaron— con lo infinitamente pequeño.

Se quedaron callados los dos un instante, como si no tuvieran más que decirse. Muchas veces, cuando dos personas se encontraban y no sabían qué contarse, hablaban de cosas banales, del tiempo, de lo cansados que estaban. Desde la última vez que Frida y él se habían visto habían pasado casi cuatro años. Ahora ella había atravesado medio mundo, había llamado a su puerta, y de lo único que se les había ocurrido hablar, para romper el hielo, era del profesor Albert Einstein. Ciertamente, el asunto no dejaba de tener su gracia, pero antes o después habría que entrar en la materia que de verdad importaba.

—¿Cómo están las cosas en Alemania?

Frida bajó los ojos y negó con la cabeza despacio. Parecía que de verdad lamentaba lo que estaba ocurriendo en su país. A Leni Riefenstahl, su buena amiga, le habría gustado verla interpretar de una manera tan convincente. Una vez, entre risas, la cineasta le había propuesto que dejase su carrera de Física —Leni Riefenstahl no sabía nada de su desempeño para la Abwehr, aunque Frida estaba convencida de que lo sospechaba— para trabajar en la UFA. En ese momento, de haber querido, sin demasiado esfuerzo habría conseguido que las lágrimas brotasen de sus ojos para dar más credibilidad a su actuación.

—Es terrible lo que está sucediendo. Desconozco hasta qué punto se sabe en el resto del mundo lo que está pasando en Alemania.

El profesor Altamira se sentó en una butaca frente a ella.

—Este país se ha convertido en el refugio de muchos expatriados. —Se miró el pecho, como señalándose con la barbilla—. Gente como yo mismo, que ya no puede vivir en el lugar donde nació. Pero los que vienen de Alemania cuentan cosas muy graves.

Frida asintió. Antes de abrir los labios para responder sintió que ya le bajaba una gota por cada mejilla. Tragó saliva.

—Todo lo que cuentan es verdad, y estoy segura de que incluso están pasando cosas más terribles aún. La gente desaparece y ya no se vuelve a saber nada de ellos. El profesor Steiner ha corrido esa suerte, aunque él estaba convencido de que tarde o temprano sucedería. A pesar de ello, nunca dejó de arriesgarse.

Altamira sintió una punzada de culpabilidad clavársele muy adentro y removerle las entrañas. Frida lloraba.

—¿No volviste a saber nada de él?

Frida negó con la cabeza, restañándose las lágrimas con el dorso de la mano. Al profesor Altamira le habría gustado hacerlo él mismo con las suyas, y dejar que la piel de los dos permaneciese en contacto unos segundos, que ella rindiera el carrillo en su palma y se quedara mirándolo, como deseaba tanto que sucediera cuando ella llegó a Madrid para trabajar con él.

—Nada. Lo único que dejó fue la carta que te hice llegar a través del funcionario de la embajada. Me dio instrucciones de que tratase de entregarla si le ocurría algo. Hasta entonces no sabía que estabas en Nueva York. Te había perdido la pista desde lo de Madrid.

A Alfonso Altamira le hubiera halagado pensar que ella hubiese ido a Madrid a buscarlo y que luego hubiera tratado de encontrarlo, pero sabía que aquello no era posible.

También quería saber por qué se marchó de Madrid sin despedirse, pero no se atrevía a preguntárselo, no tenía derecho. Pero si ella había sacado el tema, no podía dejar de tirar del hilo que le ofrecía.

—¿Volviste a Madrid?

Frida sacudió la cabeza.

—No mucho después de volver a Alemania estalló la guerra civil en España. No era el mejor momento para regresar a Madrid, y mucho menos para buscar trabajo como investigadora en la universidad.

Altamira asintió, dándole la razón.

—Han corrido malos tiempos para la ciencia en España. Y me temo que lo peor aún está por venir.

—¿Y tú? ¿Cómo acabaste aquí, en Nueva York?

Altamira desvió la vista hacia la ventana. A través del cristal llegaba la luz de una farola. ¿Que cómo había acabado dando clases en un instituto para niños ricos de Brooklyn? Aquélla era una buena pregunta. Se había imaginado haciendo muchas cosas en su vida, pero jamás había pensado que terminaría, a sus años, enseñando Física en un país extranjero, cada vez con menos esperanzas de volver a España. Pero él ya llevaba tres años instalado en Nueva York y se había adaptado mal que bien a la vida lejos de su país con la tranquilidad resignada de los exiliados. Su historia era igual a la de mucha gente que conocía, y aunque aquello no le servía de consuelo, sí le proporcionaba los argumentos necesarios para restarle importancia. Pero Frida Klein acababa de llegar de Alemania, había atravesado una Europa que se desmoronaba y se había subido a un barco que la había llevado hasta América. Lo que Frida tenía que contarle, estaba seguro, era más interesante, y sobre todo más importante, que su propia historia. Le dijo que primero le hablase de ella, de lo que había pasado desde el momento en que le entregó al funcionario de la embajada de España en Berlín la última carta del profesor Steiner.

CAPÍTULO VI

Ni siquiera volví al Instituto Kaiser Wilhelm, Alfonso. No fui capaz. Había preparado una maleta con lo imprescindible antes de dirigirme a la cita con el funcionario de la embajada española que debía hacerte llegar la carta. Estaba muerta de miedo. Caminaba por las calles de Berlín sin dejar de mirar atrás. Aquella tarde nevaba y me parecía que todos los hombres que se protegían del frío con las solapas de los abrigos me seguían en secreto para encontrarse con el enlace del profesor Steiner. Me daba mucho miedo también que mi viejo maestro, después de que lo torturaran, hubiera confesado que me había encargado entregar una carta a un funcionario que trabajaba en la embajada española si la Gestapo lo detenía. Me daba miedo que vinieran a buscarme a mí y que acabase confesando lo único que sabía: que Steiner te mandaba una carta. Hasta entonces no supe de ti, que estabas viviendo en Nueva York y que seguías en contacto con Steiner. Él nunca te había mencionado, supongo que por seguridad. En el Instituto Kaiser Wilhelm de Berlín todos nos sentíamos vigilados, sobre todo desde que destinaran allí al hijo de Von Weizsäcker, el subsecretario de Estado. Ningún científico que no tenga en su cartera el carnet del partido nazi está ahora mismo seguro en Alemania.

Conseguí dar con el funcionario de la embajada española. Me costó encontrarlo, y me costó también que confiara en mí. Es normal, claro, en los tiempos que corren: que te cojan con un mensaje clandestino encima puede significar que te fusilen. Pero pude convencerlo para que te enviara la carta, la última carta del profesor Steiner. No le di más explicaciones ni le hice preguntas. Él tampoco a mí. En el camino de vuelta a casa pasé más miedo todavía. Mientras me detenía en cada esquina para coger un camino diferente o dar un rodeo, no dejaba de fijarme en todos los hombres con los que me cruzaba, como si pudiera atravesar con los ojos las solapas de los abrigos o las bufandas y descubrir a un oficial de la Gestapo de paisano que me seguía. Ya había entregado la carta, pero ahora me parecía el momento más peligroso porque había cometido el delito. Tal vez habían detenido al funcionario español y éste me había delatado. No podía frenar los pensamientos. Se me cortaba el aliento, las piernas me temblaban. Mientras me dirigía de vuelta a casa por el camino más largo y más enrevesado, un funcionario español cuyo nombre no había llegado a preguntar y a quien tampoco le había dado el mío podía estar delatándome. Yo no había hecho nada: tan sólo había entregado la carta de un amigo, una carta de mi querido profesor Steiner a otro viejo conocido mío, el profesor Alfonso Altamira, con quien trabajé cuando estuve en Madrid. Era lo que pensaba decir a la Gestapo cuando me detuviesen y me interrogasen. Trataba de convencerme de que no me iban a torturar, porque en realidad yo no había hecho nada. Pero se escuchan cosas terribles sobre los interrogatorios. Una vez me contaron que a una mujer la habían desnudado y la habían metido en una bañera llena de agua, y mientras un oficial la interrogaba otro le hundía la cabeza, hasta casi asfixiarla. La pobre no sabía nada, pero el interrogatorio no terminó hasta que ella dejó de respirar. Se había desmayado cuatro veces, sin soltar una palabra. Tenía cuatro hijos. Pero son historias que te cuentan, chismes que vienen de tercera o cuarta mano y acabas pensando que es una invención o una exageración porque eso es una manera de convencerte a ti misma de que esas cosas no pueden estar pasando en tu país. Pero cuando ya ha oscurecido y caminas de vuelta a casa después de haber cometido un delito, no puedes dejar de calibrar cuánta verdad hay en aquellas historias que habías escuchado, dónde está ese vecino al que conocías y que un día dejaste de ver, si esos frenazos que te despertaron de madrugada y ese ruido de botas militares que subían por las escaleras fueron reales y no el eco lejano de un mal sueño del que no quieres despertar, en mitad de la noche, para no tener que enfrentar la realidad. Tenía tanto miedo que se me había quedado la boca seca y la mente en blanco. Lo único que era capaz de hacer era llegar a casa, encerrarme bajo llave, esconderme debajo de la cama y esperar a que vinieran a por mí. No dormí en toda la noche. Tenía hecho el equipaje, poca cosa, apenas lo imprescindible, esa misma maleta que has dejado encima de tu cama, y la miraba como quien está poseída por un influjo poderoso, como si un imán me impidiese desviar los ojos, preguntándome si sería capaz de hacerlo, asombrándome porque era más fuerte la parte que me empujaba a marcharme que la que me retenía. Pero ¿adónde podría escaparme? Aunque cinco años antes me había ido a Madrid, ahora las cosas eran muy diferentes. España era un país en guerra, y marcharme a Madrid no era una buena opción. Y tú ya no estabas allí, Alfonso. Ya sé que ahora, después de tanto tiempo, vas a pensar que cómo soy capaz de decirte eso, si hace cuatro años me marché sin decirte adiós, sin dejarte siquiera un número de teléfono al que llamarme o una dirección a la que escribirme, pero las cosas entonces eran diferentes, eso tú lo sabes, y a lo mejor entonces sólo habría conseguido complicarte la vida, complicártela más. En Alemania no me quedaba familia. Mis padres habían muerto cuando yo tenía trece años, eso ya te lo había contado en Madrid. No me quedaba nadie en Alemania y tenía mucho miedo. Cuando amaneció me sorprendí en la calle, con la maleta en la mano. Cerré el apartamento y dejé la llave debajo del felpudo, para que la casera la encontrase. Antes que después vendrían a buscarme y, con un poco de suerte, ya estaría lejos de Berlín. No sé si ya entonces había pensado en Nueva York, Alfonso. Tal vez sí. Pero aún tenía que abandonar Alemania, y hasta que no lo hiciera no quería hacerme ilusiones.

Entrar y salir de Alemania no es fácil ahora para un científico que trabaja en el Instituto de Física Kaiser Wilhelm de Berlín. Estamos sometidos a una estrecha vigilancia. Steiner decía en broma que los físicos nos habíamos convertido en los alquimistas del siglo XX, que el gobierno nos veía como una especie de magos excéntricos a los que no podían dejar escapar para que no revelaran sus descubrimientos al enemigo. Pero yo sólo era una simple ayudante,

Alfonso, una licenciada en Física como otra cualquiera que no sabía nada de proyectos militares, y que nunca había querido saberlo, además. Tal vez si hubiera vuelto al instituto esa mañana en lugar de marcharme no habría sucedido nada, me habrían hecho algunas preguntas o a lo mejor ni siquiera me habrían molestado, pero me había pasado toda la noche aguzando el oído, por si escuchaba las ruedas de un coche frenar en el portal del edificio donde vivía, un coche de donde saldrían unos hombres uniformados que vendrían a buscarme. Las historias siniestras que había escuchado de repente podrían hacerse realidad, y aunque mi única culpa hubiera sido encargarme de cumplir el último deseo de mi querido profesor Steiner, eso no habría impedido a la Gestapo someterme a alguno de esos interrogatorios aterradores de los que había escuchado hablar, y que, esa noche, ya no me parecían la invención malintencionada de cierta gente que no amaba a Alemania.

Había guardado en el abrigo la invitación que me había dado el profesor Steiner. Al recordar el momento que me la entregó, no pude dejar de pensar en lo ingenua que fui. Entonces estaba convencida de que nunca abandonaría Alemania, y ahora fíjate, Alfonso, aquí me ves, en el Nuevo Mundo, a seis mil kilómetros de la Puerta de Brandemburgo. Cogí un tren hacia el oeste. Primero hasta Hamburgo, luego al norte, hacia la frontera de Dinamarca. Pero cada vez que el tren aminoraba la marcha al llegar a una estación se me paraba el pulso. Me pasaba en cada pueblo, en cada una de las ciudades donde tuve que bajar al andén y buscar otro tren que me acercase un poco más al destino que parecía alejarse en la misma medida en la que yo trataba de acercarme. Por la noche estaba en la frontera. La tierra parda que se veía al otro lado de la valla y las garitas custodiadas por soldados con cascos y ametralladoras era Dinamarca. Steiner me había contado el trayecto que había seguido la profesora Lise Meitner cinco meses antes para escapar de Alemania y llegar a Estocolmo, y me pareció lo más lógico seguir el mismo camino. Y ahora era yo la que me encontraba allí, quién me lo iba a decir a mí, seguro que pasando el mismo miedo que ella, afectada por la misma incertidumbre al pensar en el momento en que entregara el documento que llevaba guardado en uno de los bolsillos del abrigo, ese salvoconducto, un papel que podría darme la libertad y tal vez salvarme la vida, a un funcionario intransigente, vestido de uniforme y flanqueado por soldados de la Wehrmacht, que tenía la potestad, al revés que aquel ángel de la Biblia, de impedirme la entrada al Paraíso.

Pude pasar, desde luego. Si no, no estaría ahora contándote cómo he podido llegar hasta aquí. No sabría decirte si ése fue el instante en que más miedo pasé, cuando estaba en la cola de la frontera danesa, o tal vez había sido peor dos noches antes, cuando esperaba que la Gestapo viniese a buscarme en cualquier momento para encerrarme en una mazmorra con el profesor Steiner, o luego, en el barco que me trajo desde Liverpool a Nueva York, porque me dio por pensar que un pasajero que me observaba no era sino un agente nazi que me seguía. Pero no adelantemos acontecimientos: todavía no he llegado a esa parte de la historia. Media hora en la cola estuvo a punto de hacerme perder los nervios. A veces miraba hacia atrás y dudaba si volver a Berlín. La Gestapo podría no saber que yo había entregado la carta del profesor Steiner al funcionario español, con lo que, técnicamente, aún no había cometido ningún delito. Pero si al funcionario de aduanas no le convencía el documento que estaba a punto de entregarle, una carta en la que el mismísimo profesor Niels Bohr me invitaba a participar en unas conferencias sobre Física Cuántica en la Universidad de Copenhague, me ordenaría que me apartase de la fila y un soldado me acompañaría a un sitio discreto mientras llegaba alguien de mayor rango que acabaría descubriendo el verdadero motivo de mi salida del país.

Dejé mi pasaporte en la mesa del funcionario cuando me llegó el turno. Miró la foto, me miró a mí, y luego leyó detenidamente el documento con el membrete y el sello de la universidad danesa que me invitaba a participar en la conferencia. Pensé en cuánto dependen nuestras vidas de esos artefactos con forma de hongo y base de caucho que se mojan en un tampón y luego aplastan un papel. Bastaba una firma de Niels Bohr acompañada del logotipo de la Universidad de Copenhague para que alguien que haya estudiado Física y trabaje en el Instituto Kaiser Wilhelm pueda tener una posibilidad de salir de Alemania al menos por unos días. Dependía de que un aburrido funcionario alemán tuviera un buen o un mal día para que no se mostrase celoso en exceso y estampase un sello que le allanase el camino a quien quisiera desertar del país. A lo mejor era porque tenía mucho miedo, pero me pareció que con mis documentos se entretenía más que con los de los demás. Ya tenía la boca seca y me temblaban las piernas cuando sonó el teléfono de su mesa. Sería alguien de la Gestapo que llamaba desde Berlín para que no dejaran salir del país a una tal Frida Klein, para que la retuvieran allí hasta que llegase uno de sus agentes. Se trata de un asunto de extrema importancia, añadiría la voz. Tuve que hacer uso de toda mi fuerza de voluntad para no echar a correr, lo que, bien pensado, era la mayor de las locuras. No creo que a ninguno de los soldados que custodiaban la frontera le hubiese costado trabajo o hubiera tenido reparos en vaciar el cargador de su ametralladora disparándome.

Cuando por fin el funcionario cogió el sello y lo estampó en el papel temí desmayarme. Detrás de mí la cola aún se alargaba treinta o cuarenta metros, pero sin embargo yo era ahora el último eslabón de otra fila de gente que dejaba atrás Alemania para adentrarse en Dinamarca. Pero no creas que a partir de ese momento todo fue un camino de rosas, no. Qué digo. Qué te voy a contar a ti, que también has tenido que abandonar tu país para venir a instalarte a Estados Unidos. No me costó viajar de Dinamarca a Inglaterra, lo más difícil ha sido llegar a Estados Unidos. Once días a bordo de un barco lleno de emigrantes o apátridas, como yo misma, Alfonso, en tercera clase. Asomada a la cubierta, me pasaba las horas muertas en la popa, mirando la estela que dejaba la nave al alejarse de Europa, preguntándome cuánto tiempo tardaría en volver, preguntándome si alguna vez podría regresar a Alemania. Había familias enteras, gente de muchos países de Europa que buscaban mejorar su vida en el Nuevo Mundo, como los aventureros de tu país que se embarcaban para América hace siglos. Pero la mirada de estas personas era grave, Alfonso, gente triste por haber tenido que abandonar su tierra a la fuerza. También había gente que viajaba sola, como yo, y era en ellos en los que más me fijaba. No me sentía segura porque pensaba que alguno podía estar siguiéndome, que a lo mejor alguien sabía que viajaba a Estados Unidos porque había traicionado a mi país, o, peor todavía, que la Gestapo o el Servicio Secreto, cualquiera sabe, me hubieran dejado salir de Alemania para seguir mis pasos y llevarme hasta ti. Tuve que hacer un gran esfuerzo para convencerme de que estaba desvariando, que era imposible que los agentes alemanes quisieran llegar hasta ti, Alfonso, porque tú vives en Nueva York, y alguien que vive en América es intocable para los agentes nazis, qué suerte.

Pero había un hombre que me observaba. La primera vez que lo vi estaba sentado en cubierta, fumando un pitillo, y aunque quería dar la impresión de que estaba mirando distraídamente la línea del horizonte que se perdía detrás de la popa del barco, en la misma dirección donde debía de estar Europa, yo, por más que lo intentaba, no podía quitarme de la cabeza la idea de que en realidad se estaba fijando en mí, que me estaba siguiendo y no quería perderse ni un detalle de mis movimientos. Se me ocurrió alertar a la tripulación, pero de qué me habría servido, y no me convenía dar explicaciones sobre mis temores. Al cabo, era cierto que yo había salido de Alemania a escondidas, y me daba miedo llegar a Estados Unidos y que algún funcionario puntilloso de la isla de Ellis me pusiese trabas para entrar en el país. No sé, hasta pensaba que podrían obligarme a regresar a Alemania.

Me esforcé en trabar amistad con unas mujeres porque me daba miedo que ese hombre me viera sola y pudiera hacerme daño. Por la noche me acercaba a la parte de la bodega donde ellas dormían y me acurrucaba a su lado. Eran gente como yo, personas que lo habían perdido todo y el único camino posible que habían imaginado para sus vidas pasaba por ver la Estatua de la Libertad desde un barco. Nunca me imaginé así, asomada a la cubierta de un barco repleto de exiliados, como yo misma, para contemplar la Estatua de la Libertad, pero ya ves, así han sucedido las cosas.

No dejé de ver al hombre solitario, a pesar de que los últimos días procurase estar sola el menor tiempo posible. Seguía en cubierta, sin hablar con nadie, y sólo parecía abandonar su posición de vigía del horizonte para seguir mis pasos. Lo veía apoyado en una baranda, mirándome mientras tocaba las palmas junto a las otras mujeres que animaban los bailes para distraer el tedio del viaje. Me miraba, y cuando yo giraba la cabeza para comprobar si seguía allí, enseguida desviaba los ojos y se ponía a mirar el mar con ese aire melancólico que tienen todos los emigrantes. Algunas veces, cuando me relajaba, incluso llegaba a la conclusión de que lo que le pasaba era que estaba solo y al verme a mí en la misma situación había imaginado que podría intimar conmigo. El pobre, cuando pensaba eso de él hasta me daba pena. Reflexioné tanto sobre ese asunto que me sentí culpable, pero lo mejor fue que, cuando sólo quedaban dos días para llegar a Nueva York, al menos eso era lo que nos había dicho un oficial, ya no tenía miedo de aquel hombre. La última noche estaba desvelada porque al día siguiente veríamos por fin la Estatua de la Libertad y con un poco de suerte ningún funcionario me pondría trabas para entrar en Estados Unidos. Llevaba el nombre de un pariente lejano de mi madre que vive en Manhattan para que avalase mi ingreso en el país. Todo se habría acabado, y aunque era y soy consciente de que tendrían que venir tiempos muy duros, también me premiaba pensando que lo peor ya había pasado. Me levanté en silencio y salí a la cubierta. Hacía mucho frío, pero quería ver por última vez la estela del barco brillando en la oscuridad, esa línea de agua salada y espumosa que se perdía por detrás, en la inmensidad del océano, en la misma dirección donde miles de kilómetros atrás se había quedado Europa. Me cubrí el cuello con un chal y me asomé por la borda. A esa hora, en esa parte del barco no había nadie, alguno arrancaba un trago a una botella, otros charlaban, con los brazos cruzados para protegerse del frío, alguna pareja se besaba en el único sitio posible donde podía tener intimidad. Pensé que si entonces aparecía aquel tipo y de verdad quisiera hacerme daño yo no tendría escapatoria. Nadie podría verme, y nadie podría oírme si era lo bastante rápido para empujarme por la borda. Sólo tendría que taparme la boca, retorcerme un brazo y obligarme a saltar. Ni siquiera se escucharía el ruido de mi cuerpo al entrar en el agua helada. Nadie se percataría de mis chapoteos, ni de mis gritos, y, en el improbable caso de que alguien se enterase y pudieran lanzarme un salvavidas, ya estaría muerta antes de que consiguiera llegar hasta él: el agua del Atlántico Norte es demasiado fría todavía a finales de marzo.

Ahora, al contártelo, me siento culpable, Alfonso. Culpable por haber pensado mal de aquel tipo solitario, pero yo no sabía entonces, cómo podría, que estaba equivocada.

En el barco yo no era más que una fugitiva, y tarde o temprano los fugitivos acabamos viendo fantasmas en quien nos mira, en quien nos sonríe, en quien está a nuestro lado, y también, y seguro que por las mismas razones, en quien no nos mira, en quien no nos sonríe, en quien procura guardar siempre una distancia prudente para que no nos demos cuenta de que nos está siguiendo. Ahora pienso que aquel hombre, aquel pobre hombre, tal vez ni siquiera había reparado en mí durante el viaje, que las veces que me había encontrado con él habían sido una coincidencia por la estrechez del barco, por las apreturas de una cubierta en la que convivíamos los viajeros, los exiliados y los huidos de la Justicia. Lo que quiero decirte es que lo vi, de pronto, y aunque me asusté no eché a correr o desanduve mis pasos despacio para que no se diera cuenta de que me encontraba cerca de él. Había unos veinte metros de distancia entre los dos. Él miraba la estela de espuma que se perdía por detrás del barco, apoyado en la barandilla, exactamente en el mismo lugar donde yo acostumbraba a hacer lo mismo. No podía verme todavía, y no tuve miedo de que me hiciera daño, pero no porque aún no supiese que estaba allí. No sé, es como si al verlo así, con la mirada perdida en el océano, intuyese ya lo que estaba a punto de hacer. También me tranquilizó ver que estaba rezando una oración. O al menos así me lo pareció. La cabeza baja, y cuando me acerqué un poco más sentí que murmuraba algo en un idioma que no entendía, y luego se cruzó la frente con el pulgar, y la boca, y el pecho, como si quisiera dibujarse tres cruces, y entonces se quitó la gorra, igual que si se descubriera al entrar en una iglesia, y la dejó en el suelo antes de pasar una pierna por encima de la barandilla, y luego la otra. Fue en ese momento, de espaldas al mar, cuando se dio cuenta de que yo estaba allí, mirándolo. Me había llevado la mano a la boca para reprimir un grito, pero estaba tan asustada que de mi garganta no podía salir nada, mis piernas no podían moverse, como si tuviera clavados los pies en las tablas de la cubierta. Tan quieta estaba que sentí que todo me daba vueltas, que por primera vez en el viaje, cuando apenas faltaban unas horas para que llegásemos a Nueva York, sentía los mareos de la gente que no está acostumbrada a navegar.

Me miraba el hombre, como si esperase mi reacción, por si yo gritaba pidiendo ayuda o corría hacia él para impedir que se tirase. No dijo nada. Dos o tres segundos después había desaparecido. Ni siquiera tuvo que impulsarse con las piernas para saltar al mar, sino, simplemente, soltar el tubo de la barandilla y dejarse caer, como un fardo. Entonces sentí que los pies se me desclavaban de las tablas de la cubierta, y eché a correr hacia la barandilla, como si todavía pudiera evitar que se arrojase por la borda. Abajo, la estela de espuma seguía su línea, imperturbable desde que habíamos salido de Liverpool. Fuera de la espuma blanca que dejaba el barco al cruzar el océano sólo había oscuridad, ni siquiera podía distinguir las olas. Quise pensar que todo había sido un sueño, que en mi imaginación era el único lugar donde había visto a ese hombre, que tal vez era el miedo el que había proyectado su imagen en mi mente durante el viaje, que en realidad aquel tipo no había viajado en el barco, que nadie me había seguido y que me estaba volviendo loca porque tenía tantas ganas de desterrarlo de mis pensamientos que la única forma de apartarlo había sido inventándome su suicidio. Pero un científico sólo cree en datos objetivos, Alfonso, eso lo sabes tan bien como yo, bueno, mejor que yo, y aquel pasajero había sido tan real como yo misma, como el barco, como la estela de espuma que se perdía por la popa después de roturar el océano, como la gorra que recogí después de darme la vuelta. La sostuve en mis manos unos segundos, sin saber muy bien qué hacer con ella, el último vestigio que su dueño dejaría de su paso por el mundo, una vieja gorra gris abandonada en la cubierta de un barco. No podía quitármelo de la cabeza. Lo último que aquel pobre desgraciado había visto antes de saltar al mar habían sido mis ojos, y yo no había podido hacer nada por salvarlo. No creo que hubiera podido conseguirlo si hubiera sido capaz de gritar. A ninguno de los hombres que estaban cerca les habría dado tiempo de llegar para sujetarlo antes de que se lanzase por la borda. Es imposible sujetar a quien tiene la determinación inquebrantable de acabar con su vida, y en sus ojos, en su mirada tranquila, vi que me pedía que no hiciese nada, que de todos modos al final acabaría en el fondo del mar y que al menos le gustaría terminar sus días sin levantar ningún revuelo, en silencio, sin molestar a nadie. Por eso no dije nada, Alfonso. El agua estaba demasiado fría para que alguien pudiese resistir más de unos minutos, y eso contando con que la hélice no le hubiera facilitado el trabajo a los peces primero. Al capitán no le gustaría tener que parar las máquinas y retrasar la llegada a Nueva York porque uno de los apátridas que viajaban en su barco había decidido terminar con su vida. La cuestión era tan simple como triste: a nadie le importaba que un don nadie se hubiera arrojado al mar y, para cuando lo encontrasen, si es que lo encontraban, ya estaría muerto. Y mientras más tiempo pasaba, más convencida estaba de que él no quería que lo encontrasen, que lo buscasen siquiera. Volví a asomarme a la oscuridad del Atlántico. Tan en silencio estaba que se me hizo un nudo en la garganta, se me encogió el pecho. Lancé la gorra al océano, como quien arroja un ramo de flores o un puñado de tierra sobre un ataúd antes de que una lápida lo sepulte para siempre, y luego, cuando quise darme cuenta, como si de repente hubiera vuelto a ser la niña que iba a un colegio de monjas, la yema del pulgar de mi mano derecha había dibujado la señal de la cruz en mi frente, en mi boca, en mi pecho, y había cerrado los ojos, buscando en algún rincón perdido de mi memoria las palabras con las que comenzar una oración que pudiera servir como despedida al hombre que había querido encontrar la paz en el fondo del mar, allí donde nunca llega la luz del día.

CAPÍTULO VII

Pero la verdad es que no fue difícil para Frida von Kleinsberg, y ella misma lo reconocía sin ambages, salir de Alemania con un pasaporte falso. Aunque tampoco habría sido complicado para nadie que hubiera abandonado el país bajo los auspicios de la Sección Primera de la Abwehr. Se preparó bien, a pesar de todo. Por su maleta y por su ropa nadie habría imaginado que su familia había sido una de las más ricas de Alemania, y aunque con las sucesivas generaciones y el inevitable reparto entre los descendientes el patrimonio familiar había disminuido lo suficiente para que el apellido Von Kleinsberg no destacase ya entre los más acaudalados del país, todavía era lo bastante rica como para que ninguno de los que se llamasen así tuvieran que viajar en vagones de tercera, vistiendo ropas usadas y con una maleta que no destacaba precisamente por su lustre. Pero de eso se trataba, de no llamar la atención, y para Frida también era aquélla una de las partes más divertidas del viaje. Desde que empezó a trabajar para la Abwehr no fueron pocas las veces que Frida von Kleinsberg había tenido que adoptar la identidad de Frida Klein, y el hecho de bajar de categoría, en lugar de encolerizarla o hacer que se sintiese incómoda, la estimulaba tanto que había llegado a ser, muchas veces, uno de los mayores alicientes para acometer una misión. El pasaporte falso que ahora llevaba en el abrigo, camino de la frontera de Dinamarca, certificaba que la mujer cuyo rostro se correspondía con el de la fotografía del documento era la misma que cuatro años antes había viajado a España para trabajar como ayudante del profesor Altamira. La verdadera naturaleza de su misión entonces fue recabar toda la información posible acerca de la invitación que la Universidad Central y el gobierno español habían hecho al profesor Albert Einstein dos años antes para que se instalase en Madrid. Aunque parecía que a veces Einstein estuvo muy cerca de ocupar la casa tranquila que él mismo había solicitado en las afueras de Madrid —incluso hubiera hecho feliz a la comunidad científica española si el premio Nobel hubiera acabado convirtiéndose en ciudadano español—, Frida nunca tuvo claro que al final las negociaciones se resolvieran de una manera satisfactoria. Fueron nueve meses los que pasó en la capital de España, y aunque entonces había podido volver a Alemania con cierta frecuencia, la mayor parte de ese tiempo la pasó siendo Frida Klein, joven estudiante alemana de Física que había tenido la fortuna de ir a trabajar con Alfonso Altamira, uno de los físicos más eminentes de España.

Ahora se había transformado de nuevo en la misma persona, y Frida se dedicaba a serlo con la misma concentración con que los actores se preparaban para interpretar un papel. En el tren que la llevaba a Dinamarca, en la cola en la que tuvo que esperar para atravesar la frontera, antes de que el funcionario estampase el sello en su pasaporte, Frida von Kleinsberg ya no era Frida von Kleinsberg, sino Frida Klein, que había sido invitada a participar en una conferencia en la Universidad de Copenhague con el profesor Niels Bohr y otros científicos europeos, y estaba tan sumergida en la falsa identidad que había adoptado antes de salir de Berlín que a veces le temblaban las piernas de verdad cuando esperaba en la cola, o en el momento más difícil, cuando tuvo que enfrentar la mesa del funcionario de aduanas que tenía la última palabra, como si no supiese que el mismísimo coronel Piekenbrock había dispuesto que no obstaculizaran su paso en la frontera bajo ningún concepto, como si algunos de los hombres serios que fumaban un pitillo distraídamente en la aduana no fueran sino agentes enviados expresamente por el servicio secreto para echarle una mano si hacía falta, discretamente, sin que nadie se diese cuenta.

Al atravesar la frontera estaba sola. Aunque se dirigió a Copenhague ni siquiera se acercó por la universidad. Pasó tres días encerrada en la habitación de un hotel, hasta que pudo tomar un barco que la llevó a Inglaterra, preparándose para el papel que debería interpretar durante los próximos meses. A medida que se alejaba, más sola se sentía, tanto que, si se dejaba llevar por las emociones, podía incluso sentir empatía por los exiliados con los que viajaba. No fue necesario, pero desde Dinamarca o desde Gran Bretaña habría podido ponerse en contacto con sus jefes si hubiera precisado instrucciones o hacer una consulta. Mas no surgió ningún imprevisto en la misión, y cuando llegase a Nueva York habría personas a las que podría acudir si se veía en apuros. Sin embargo, Frida no olvidaba, y como buena profesional no podía hacerlo, que los once días de navegación desde Liverpool a Nueva York iban a ser los más peligrosos si se presentaba alguna dificultad, porque no podría recurrir a nadie, y, lo que era peor, la única manera de escapar sería lanzándose a las aguas gélidas del Atlántico Norte.

Lo mejor, se le ocurrió, sería mezclarse con el pasaje. Ser una más entre los centenares de personas que viajaban a Estados Unidos en busca de fortuna o, simplemente, con la ilusión de emprender una vida mejor. Aunque tenía previsto entrar en los Estados Unidos con su pasaporte alemán, puesto que el profesor Alfonso Altamira la había conocido con esa nacionalidad, la suya verdadera, en el barco no le pareció lo más oportuno decir abiertamente a la gente con la que se relacionase que venía de Berlín. Pensó hacerse pasar por española, pero en el barco viajaban algunos refugiados españoles que abandonaban el país después de la guerra civil, que había terminado pocas semanas antes, y aunque después de haber pasado nueve meses en Madrid era capaz de hablar castellano sin el más mínimo rastro de acento, pensaba que alguno podría llegar a darse cuenta de la farsa que interpretaba. Iban a ser once días de navegación, y el más pequeño de los descuidos podría costarle demasiado caro. No se arriesgaría. Diría que era austríaca, nacida en Innsbruck, Frida Klein, y que había abandonado su patria porque no podía soportar vivir allí desde que el Anschluss hubiera convertido a su país en una extensión de Alemania. Algunos austríacos pensaban de esa forma, no muchos, y era una coartada creíble. Luego, si alguien se enteraba de que era alemana o tenía algún problema y había de vérselas ante el capitán, pensaba decir que se había hecho pasar por austríaca para no despertar recelos innecesarios entre el pasaje. Ser alemana no está bien visto en estos tiempos, capitán, ya sabe usted, es una vergüenza pertenecer a un país al que le ha dado por invadir o anexionarse a las naciones que lo rodean, y eso que los Aliados lo dejaron bien claro en el Tratado de Versalles, cuando nos advirtieron después de la Gran Guerra que nos quedásemos quietos, al este del Rin, y que no molestásemos más de lo imprescindible. En fin.

Pero no pasó nada, al menos hasta el tercer día de navegación. Frida Klein se había mezclado entre el pasaje, y algunas de las mujeres con las que había intimado ya la consideraban su amiga. Fue entonces, por la tarde, cuando estaba asomada a la baranda de popa. Lo hacía a menudo porque le gustaba pensar en lo que le esperaba en cuanto llegase a Nueva York: de todas las misiones que le habían encomendado hasta ahora ésta le parecía la más estimulante. No en vano los tiempos se estaban complicando cada vez más, y el mundo en el que vivía sería muy diferente al mundo en el que, muy pronto, las banderas del Tercer Reich ondeasen por encima de todas las demás. Apoyada en la baranda de popa, mirando distraídamente el surco blanco que dejaba el barco al abrirse hueco en el océano, Frida Klein volvía a ser Frida von Kleinsberg, y en el universo cerrado que era el barco nadie más que ella misma lo sabía. Pero aquel hombre la inquietaba. Se recriminó a sí misma por no haberse fijado antes en él. Se preguntó si sería aquélla la primera vez que la había estado mirando. Llevaban ya cuatro días de navegación, y aquello era tiempo más que suficiente para que un ojo bien entrenado como el suyo se hubiera percatado de que algo no marchaba bien. Se trataba de un viajero cualquiera, un tipo que no destacaba de los demás por nada especial. Treinta y tantos, cuarenta tal vez, estatura media, complexión normal, ni fuerte ni gordo ni delgado; uno de los muchos hombres que fumaban un cigarrillo en cubierta, mirando el mar, con la cabeza siempre protegida con una gorra, hiciera frío o calor, lloviese o luciera un sol espléndido. Frida no pudo evitar la tensión que le subió desde la cintura hasta la base del cuello. Sin perder la rigidez se volvió, apoyó los codos en la baranda, dándole la espalda al mar, pero cuando sus ojos se clavaron en los del pasajero, éste desvió la vista, de una forma demasiado rápida para que a Frida le resultase natural. A partir de ahora debería tener más cuidado con sus movimientos, pero sobre todo tenía que averiguar si aquel tipo la conocía o habían coincidido en la misma zona de popa por casualidad. La misión que le habían encomendado era tan importante que no podía permitirse el lujo de dejar un cabo suelto.

Aquel día no volvió a verlo. Ni siquiera cuando, de noche ya, volvió a acercarse a su lugar favorito del barco, al rincón donde podía ser ella misma sin tener que fingir delante de nadie que era una austríaca que se marchaba a Estados Unidos porque no aguantaba que los alemanes se hubieran apoderado de su país. De noche las nubes habían ocultado la luz de la luna y Frida apenas podía distinguir las caras de la poca gente que se había decidido a asomarse a la cubierta del barco con tanto frío, pero ninguno de ellos le parecía aquel tipo al que había visto esa tarde, aunque también podía ser cualquiera de ellos, tal vez uno de esos hombres solitarios que miraban la oscuridad del océano distraídamente, y de los que sólo percibía las formas confusas de sus caras cuando las iluminaba la lumbre del pitillo que fumaban. No iba a perder el control, claro que no. A Frida la habían entrenado para ello y no le cabía duda de que resolvería ese asunto, si es que había algún asunto que resolver, antes de que llegasen a Nueva York. Una vez allí sería más difícil tener controlado a quien pudiera estar siguiéndola, pero ahora era un riesgo que no estaba dispuesta a correr. No faltaba mucho para que amaneciera cuando al fin se quedó dormida, arrebujada entre dos mujeres que le habían hecho un hueco en los camastros de tercera. Soñó que volvía a Europa, y que un coche la recogía en el puerto de Rotterdam, donde ya ondeaban las banderas rojas que protegían las cruces gamadas, que la llevaban a un aeródromo y subía a un avión que se dirigía a Berlín, un avión que habían fletado para ella sola, y que en la escalinata el almirante Canaris le ofrecía un comité de bienvenida, y luego que el mismo Führer la condecoraba por su importante contribución a la victoria del Reich sobre las naciones más poderosas del mundo. Descubrir el nombre de los científicos traidores que aún permanecían en Alemania era lo bastante importante para que el propio Adolf Hitler la tuviera en cuenta.

La realidad acostumbra a ser más prosaica que los sueños, pensó al despertar, muy pocas horas después de haberse quedado dormida. Aún faltaba para la victoria del Reich sobre las naciones más poderosas del mundo; de hecho, la guerra ni siquiera había comenzado. Frida estiró el cuerpo bajo la manta y se dispuso a lavarse. Hoy era el sexto día de navegación. Debían de estar en mitad del océano, en mitad de ningún sitio. Cinco días después formaría parte de una cola enorme de inmigrantes que deberían esperar en la isla de Ellis a que el gobierno de los Estados Unidos decidiese sobre su entrada, y entonces no habría ningún agente de la Abwehr que pudiera ayudarla si un funcionario decidía que no era apta para entrar en el país. Si alguien la había seguido desde Alemania —y volvió a lamentarse por no haberse dado cuenta antes de ese detalle tan importante—, o tal vez si uno de los pasajeros del barco la había reconocido, no podía esperar a llegar a Nueva York para saber la verdad. Averiguarlo iba a ser su única ocupación durante los próximos días.

Laszlo Moricz. Así se llamaba. Húngaro, de una aldea a doscientos kilómetros de Budapest. Se lo contó a Frida dos días después de que ella se percatase de su presencia por primera vez. Todavía faltaban tres días para llegar a Nueva York y al menos ya había hablado con él. Se había acercado al atardecer a la baranda de popa, como hacía siempre que quería obligarse a recordar quién era ella misma, Frida von Kleinsberg, mentalizarse de que Frida Klein era una mujer inventada que sólo existía en los documentos falsos de los que jamás se desprendía y en los recuerdos de la gente a la que había conocido durante la travesía, que la llamaba Frida Klein con naturalidad, como si la conocieran de toda la vida. Cuando adoptaba un nombre falso, para Frida von Kleinsberg era fundamental dedicar aunque fueran sólo unos minutos cada día a recordar quién era en realidad. Se trataba de una forma de no olvidarse de su verdadera identidad, de dónde venía, de no hundirse en las arenas movedizas de una farsa en la que, a medida que fueran pasando los días, incluso a ella le resultaría cada vez más complicado discernir la línea difusa que separaba la realidad de la ficción.

Fue Frida la que se acercó a él, no mucho, para no resultar demasiado atrevida y no intimidarlo. Él no se movió de la baranda ni apartó los ojos del horizonte, pero Frida se dio cuenta de la rigidez que le había sacudido la espalda y el cuello cuando ella se acercó. El hombre dio una lenta calada al cigarrillo, y aunque ahora no podía verlo, Frida estuvo segura de que la miraba de soslayo, con disimulo. Pero debía de ser muy tímido o muy estúpido, o tal vez se había bloqueado al darse cuenta de que había sido descubierto y era incapaz de decir nada. Unos minutos después arrojó la colilla por la borda y se alejó de la barandilla. Cuando Frida, después de esperar unos segundos para disimular, se dio la vuelta, el tipo ya se había perdido entre los pasajeros que deambulaban por la cubierta de tercera clase. No era fácil distinguirlo entre docenas de hombres tan parecidos, casi todos con la misma ropa gastada y aquellas gorras oscuras que Frida imaginó que sólo se quitaban para entrar en una iglesia, en un gesto antiguo de respeto.

Preguntó por él, en mitad de una conversación, en cuanto le pareció oportuno hacerlo sin levantar sospechas entre sus amigas, que enseguida intercambiaron una sonrisa cómplice, seguras de que su interés por un hombre que viajaba en el barco sin ninguna compañía se debía también a su propia soledad. Cómo es posible que una mujer tan guapa como tú no tenga marido, le habían preguntado, y por un momento a Frida le pareció que no estaba sentada en la cubierta de tercera de un barco que se acercaba a América, protegida del frío del Atlántico Norte por una manta raída, sino en la mansión de su familia en Wannsee, tomando un té con tarta de manzana junto a sus amigas mientras la baronesa se lamentaba de la contumaz soltería de su única hija. Ninguna supo decirle nada sobre él, y tampoco sus maridos, cuando fueron inquiridos discretamente, pudieron aportar ninguna información sobre aquel hombre solitario al que también le gustaba contemplar el horizonte que dejaban atrás desde la barandilla de popa. No hablaba con nadie. Había subido al barco en Liverpool, como todos, pero nadie sabía de dónde venía.

Su presencia allí podría no tener nada que ver con ella, pero Frida habría de asegurarse. Esa tarde repitió los mismos movimientos del día anterior, y cuando estaba junto a él, en cubierta, hizo un comentario en alemán sobre lo lejos que quedaba ya Europa, la pena que le daba no saber cuándo podría regresar, si volvería siquiera a la tierra que la vio nacer. Fue entonces cuando él le respondió en el mismo idioma, aunque con un fuerte acento, y le dijo su nombre, Laszlo Moricz, el nombre de un carpintero húngaro que se marchaba a América en busca de una vida mejor, como tantos. Tenía algunos parientes allí, le contó, y le habían asegurado que alguien que fuera diestro en su oficio no tardaría en encontrar trabajo en Nueva York, en alcanzar cierta fortuna incluso. Pero él no pensaba en hacer fortuna, le aclaró, le bastaba con alcanzar cierto sosiego económico, no pasar más penalidades ni más hambre. Frida lo escuchaba como si le diera pena, como si de verdad entendiera el significado del hambre y el sufrimiento, y de algún modo, puesto que una parte de ella también era Frida Klein, podía llegar a entenderlo, pero la agente de la Abwehr que había escondida bajo aquel disfraz de emigrante escrutaba detrás de los ojos del magiar con el que había empezado a hablar, calibrando cuánto tiempo le llevaría ganarse su confianza, si antes de que llegaran a Nueva York tendría los datos suficientes para saber si le mentía o era un agente secreto, tal vez un espía sionista, que había embarcado en Liverpool con el único propósito de seguirla.

Pero dos días después, menos de veinticuatro horas antes de llegar a Nueva York, no había conseguido averiguar nada relevante. Sus amigas sonreían, como si le dieran el beneplácito o la felicitasen por haberse arrimado a un hombre guapo, cuando la veían pasear junto a él por cubierta, a Frida Klein y a Laszlo Moricz, y ella se preguntaba si tampoco el nombre que había utilizado ese hombre que decía ser un carpintero húngaro que viajaba a Nueva York en busca de fortuna era su nombre real, sino uno que le sirviese de protección para no ser descubierto. Y Laszlo Moricz, o como se llamase, fingía muy bien, o es que, dos días después de haberse conocido, sentía por Frida un interés que iba, no ya más allá de una misión, si era el caso, sino que se adentraba en el terreno personal. Podía tratarse de las dos cosas: quizá le habían encargado la misión de seguirla y el interés del agente había derivado hacia un romanticismo inesperado. No era tan infrecuente, y aunque una de las primeras cosas que un espía debe aprender es a dejar a un lado los sentimientos que le puedan estorbar en el desarrollo de la misión, Frida había visto cosas parecidas más de una vez.

A ella también podía haberle pasado, de hecho le sucedió en España, después de haber conocido al mismo hombre al que le había soltado un hatajo de mentiras después de que la acogiera en su apartamento de Brooklyn. Había llegado a sentir tanto afecto por él que llegó a preguntarse si estaba enamorada de Alfonso Altamira, y en el barco, cuando apenas faltaba un día para arribar al puerto de Nueva York, pensaba que era Frida Klein y no Frida von Kleinsberg la que en otras circunstancias menos tensas tal vez se habría dejado llevar y habría tenido un romance con el húngaro cuya confianza había terminado ganándose. Era guapo, y una mujer sabe cuándo un hombre se ha fijado en ella de una manera especial. Y tal vez la parte Frida Klein de ella, no la impostada, sino la parte de ella que también era Frida Klein de verdad, deseaba dejarse abrazar por él, que la besara y la acariciara bajo la luz plateada de la luna, en la cubierta de popa, cuando ni sus amigas ni ninguno de los pasajeros de tercera clase pudieran distinguir sus rostros difuminados por las sombras de la noche. Eso debió de pensar también Laszlo Moricz la última noche de navegación, cuando miraban los dos distraídamente el horizonte que apenas podían distinguir por el débil reflejo de la luna en las olas, uno junto al otro, los brazos rozándose porque ya disfrutaban de la intimidad suficiente como para que sus brazos se tocasen sin que ninguno de los dos se sintiera incómodo o tuviese que disculparse. Él ya había apoyado la palma de su mano sobre el hombro de ella alguna vez para cederle el paso, caballeroso a pesar de sus orígenes humildes, gentil como la mayoría de los oficiales de la Wehrmacht que había conocido, y había demorado el contacto unos segundos más allá de lo necesario. Unas horas antes de llegar a Nueva York, Frida Klein estaba casi segura de que el húngaro era de verdad un carpintero que viajaba a América en busca de fortuna, y que las posibilidades de que fuera un agente que alguien había enviado para seguirla eran mínimas.

Tal vez por eso se había dejado llevar un poco, y también porque ya hacía dos días que había tomado una decisión respecto a cómo debería resolver la situación, y aunque durante casi todo el viaje hubiera sido más Frida Klein que ella misma, la espía que dirigía sus actos, la mujer sensata que le señalaba el camino en circunstancias difíciles, había tomado una determinación que, aunque estuviera equivocada, sería lo menos arriesgado que podía hacer. Si Laszlo Moricz, el hombre que ahora la tocaba con suavidad, con firmeza pero despacio, como si le pidiera permiso pero al mismo tiempo le estuviera dejando claro que seguiría adelante, se la encontraba en Nueva York durante las próximas semanas —y tal y como se estaban desarrollando las cosas no era imposible que intentara buscarla—, la pondría en una situación muy difícil. Y no podía saber si lo que estaba haciendo ahora —agarrarla por la cintura con las dos manos, besarle la nuca despacio— era la consecuencia lógica de la atracción que sentía por ella o una cadena de gestos encaminados a romper su resistencia para tener más control sobre ella. Frida se esforzó en pensar en lo segundo. Era lo más conveniente para reunir las dosis de razón y de motivación que necesitaba para seguir adelante con la decisión que había tomado —aunque ahora no quería reconocerlo, y tampoco era el mejor momento para pensar en ello— tal vez antes de cambiar la primera palabra con el húngaro. Frida Klein se dejaba abrazar por Laszlo Moricz, empujaba las nalgas contra su pelvis, le costaba contener la respiración cuando sus manos subieron hasta sus pechos y los apretaron con suavidad, sin intención de apartarse de ellos. Frida von Kleinsberg pensó que aún debía esperar un poco: el húngaro también podía ser un agente entrenado y se pondría en guardia ante cualquier movimiento extraño de ella y la arrojaría por la borda sin esfuerzo porque era más fuerte. Frida Klein giró el cuello, sin dejar de darle la espalda, y buscó con sus labios los del hombre, su lengua húmeda y traviesa que le recorría la mejilla. Frida von Kleinsberg decía que todavía no, aguanta un poco más. Laszlo Moricz también jadeaba, y Frida von Kleinsberg y Frida Klein notaron la excitación del hombre crecer entre sus nalgas. Ahora, vuélvete, y ella no supo si la voz que le ordenaba era la de Frida von Kleinsberg o la de Frida Klein. Se apretó contra él, su lengua hurgó en la boca del hombre, desquiciada. Frida Klein ya no podía parar, estaba disfrutando y era imposible que detuviera las manos que le buscaban los pechos con urgencia debajo de la blusa, pero Frida von Kleinsberg lo rodeó hasta ponerse por detrás de él, sin dejar de pegarse a su cuerpo, primero su costado, luego su espalda. Notó los músculos tensos, los hombros firmes, los dorsales que se arqueaban bajo la palma de sus manos. Ahora era ella la que le besaba el cuello, la que le tocaba el trasero, era su mano la que buscaba en su pantalón el miembro húmedo y endurecido por la excitación. Frida Klein apretó por encima de la tela, y el hombre dejó escapar un pequeño gemido y se sujetó a la baranda con las dos manos mientras ella seguía pegada a su espalda.

La mujer miró a un lado y a otro, asegurándose de que nadie podía verlos, preguntándose si prefería seguir disfrutando del momento como Frida Klein o si debería cumplir con su deber como Frida von Kleinsberg, sintiendo cómo dentro de ella había dos mitades que libraban una batalla: una quería acabar con aquello lo antes posible y seguir adelante con la misión, sin embargo, la otra le decía que la misión podría seguir adelante de todos modos, que lo que estaba sucediendo no era más que una tregua, un placer que le había regalado la vida por una vez y había que disfrutarlo, y esperaba que hubiese pasajeros cerca aunque su presencia le impidiera seguir disfrutando de los besos y de las caricias de Laszlo Moricz, pasajeros que le proporcionaran una excusa para no sacar el pequeño cuchillo que llevaba escondido en la pierna, como si fuera una liga afilada y peligrosa. Frida Klein se lamentó de que no hubiera nadie en cubierta que pudiera ver lo que estaba a punto de ocurrir para no tener que hacerlo, y ahora era Frida von Kleinsberg, y no ella, la que mordía el cuello del hombre y le apretaba el pene y lo frotaba por encima del pantalón para distraerlo, para que no se diese cuenta de que la otra mano había desaparecido debajo de su falda y sacaba la daga de la funda. La notó caliente, como su cuerpo, y antes de pasarle el filo por la garganta apretó aún más el pecho contra su espalda, para que el hombre no le manchase el vestido de sangre si se revolvía antes de caer. No pareció sentir nada cuando le seccionó la carótida, de derecha izquierda, con la siniestra. Permaneció Laszlo Moricz dos segundos agarrado a la baranda de popa, como si no hubiera sucedido nada o no comprendiera: la sangre escapándosele a chorros de la arteria, el vaho que desprendía el líquido espeso y tibio que salía de su garganta y se confundía con el vapor que su aliento había desprendido un momento antes, cuando ella lo estaba tocando. Frida Klein había desaparecido, y no había nadie, por mucho que se esforzase en buscarla, que pudiera encontrar rastro de ella en la mujer resuelta que restregaba la hoja de la navaja contra la ropa del hombre que aún seguía de pie, como si caer al suelo fuera más difícil que morirse, en la mujer que limpiaba la sangre de la hoja afilada en un movimiento rápido antes de agacharse, agarrarlo por los tobillos y arrojarlo por la borda. Volvió a mirar a un lado y a otro, pero esa noche debía de estar de suerte porque no había nadie en cubierta. Era como si los pasajeros estuvieran ya demasiado cansados o hiciese demasiado frío para salir a cubierta en mitad de la noche, o acaso querían dormir bien para estar descansados el día que por fin iban a llegar a Nueva York. Se subió la falda para guardar el cuchillo, se asomó por la borda, buscando algún rastro de Laszlo Moricz, y Frida von Kleinsberg se preguntó si Frida Klein se pondría a llorar y a dar gritos, como una viuda desesperada, cuando lo único que viese al mirar por la borda de popa fueran las aguas oscuras del Atlántico. Había restos de sangre en la baranda. Impresionaba cuánto líquido podía manar del cuerpo de un hombre. Se quitó el chal para limpiarla y luego arrojó la prenda también al océano. Hasta entonces no se dio cuenta de que estaba empapada de sudor. Durante su entrenamiento para la Abwehr había tenido que hacer muchas cosas, desde aprender a saltar en paracaídas hasta sumergirse en un lago a punto de congelación. Fueron ejercicios prácticos y había establecido buenas marcas al hacerlo, mejor que muchos agentes bien entrenados y, aunque también le habían enseñado a segar la vida de un hombre rebanándole el cuello, acabó de caer en la cuenta de que era la primera vez en su vida que mataba a alguien. Contra todo pronóstico, y una vez que el fantasma de Frida Klein había huido de su cuerpo, despavorido, no sentía ninguna emoción especial después de hacerlo. No le habían dado arcadas, como le contaron que a veces sucedía quienes ya se habían manchado las manos de sangre, ni siquiera sentía que la afectaban incómodos sentimientos de culpabilidad, y tampoco había en ella nada ahora que se pareciera al miedo. Había matado a un hombre con el que había estado a punto de hacer el amor, un hombre guapo del que en otras circunstancias tal vez podría haberse enamorado, pero no se sentía culpable después de haberlo hecho. Se preguntó si había sido siempre así o había llegado un momento en su vida en el que se había convertido, sin darse cuenta, en la mujer más despiadada que nadie podría imaginar. Para bien o para mal ella era así, y lo había descubierto gracias a una misión que le había encargado la Abwehr. En la cubierta del barco, apoyada en la barandilla de popa, mientras se secaba con el dorso de la mano el sudor de la frente, Frida von Kleinsberg se preguntó si tendría que matar a alguien más antes de que terminase su misión. Esperaba no tener que hacerlo, y aquel deseo se debía menos a un prejuicio derivado de su educación religiosa que al hecho de saber que, si tenía que volver a matar, era porque había sido descubierta o porque la misión no se estaba desarrollando con la tranquilidad o con la diligencia debida. Lo mejor era no llamar la atención y correr el menor riesgo posible.

Cuando el sudor se condensó empezó a tener frío. Lo mejor sería volver bajo cubierta y ocupar el jergón, junto a sus compañeras de viaje. Al día siguiente, cuando desembarcasen en la isla de Ellis, nadie repararía en que había un pasajero menos. Antes de bajar para acomodarse con el resto del pasaje se asomó a una de las barandas de estribor. Al fondo ya podían verse las luces de los rascacielos de la ciudad de Nueva York. La verdadera misión que le habían encomendado comenzaba ahora. Eso era lo único que importaba.

CAPÍTULO VIII

Para Frida era como una competición en la que tenía que ir cubriendo etapas, cada una con sus particularidades y sus dificultades. Se le antojaba que ya podría haber llegado a la mitad, o tal vez un poco más, puesto que desde que salió de Berlín como una fugitiva ya había cruzado media Europa y todo el Atlántico y había formado parte de una cola interminable de gente que esperaba una oportunidad en la isla de Ellis para poder entrar en el país. Cruzar la aduana en los Estados Unidos, según le habían explicado, no era una tarea fácil. Sabía que el país había salido poco a poco del receso económico y ahora encontrar trabajo en Norteamérica no era tan complicado como cuatro o cinco años antes, cuando los trabajadores desempleados se daban puñetazos por conseguir un puesto para descargar un barco que acabase de atracar por una miseria. Su pasaporte estaba en regla y llevaba un documento en el que decía que Spencer Baumbach, un pariente lejano de su madre, tenía una casa en Manhattan y la invitaba a vivir con él, aunque ni siquiera eso le garantizaba poder entrar en el país. Frida Klein había abandonado Alemania sólo con una maleta donde guardaba todo lo que poseía, no había sido invitada por ninguna universidad prestigiosa para que formase parte de su profesorado selecto, y tampoco llevaba en el bolsillo del abrigo una carta de recomendación de un ciudadano norteamericano.

Pero tampoco era imprescindible que alguien que tuviese la nacionalidad estadounidense recomendase su presencia en el país. El propio Albert Einstein había intercedido por cientos de judíos refugiados, y él mismo era todavía sólo un judío suizo y no un ciudadano norteamericano de pleno derecho. Aunque muy famoso, desde luego, y su nombre al final de una carta de recomendación podría tener mucho peso a la hora de que alguien decidiese contratar a quien hubiera llegado a Estados Unidos para buscarse la vida. Habría sido irónico que la Abwehr le proporcionase una carta de recomendación falsa en la que el profesor Albert Einstein le allanase el camino de entrada en América. Pero no quiso ni proponerlo. Aunque hubiera sido determinante para la misión, prefería no tener que deber el favor de haber pasado la aduana a Albert Einstein. Esperaba que bastase con el falso parentesco con Spencer Baumbach, su condición de refugiada y el dinero que llevaba guardado en la maleta para poder iniciar una nueva vida en un país repleto de oportunidades.

Fueron muchas horas en una cola que daba vueltas desde el barco, entraba en un edificio, subía por una escalera en la que hombres ataviados con batas blancas observaban a los recién llegados, y terminaba al final de una enorme estancia con amplios ventanales por los que se podía ver la Estatua de la Libertad, en una hilera de mostradores, como una serpiente disciplinada. Familias enteras que esperaban pacientes con sus maletas en el suelo de un edificio de la isla de Ellis a que les llegase el turno en que un funcionario les preguntase su nombre. Había mucha gente que ni siquiera hablaba inglés, y los intérpretes se arremolinaban junto a los encargados de estampar el sello que les permitiese la entrada en el país. Luego los examinaba un médico. A Frida von Kleinsberg, la única hija del barón Von Kleinsberg, que había viajado a Estados Unidos con un pasaporte falso en el que una foto suya se correspondía con un nombre impostado, también una enfermera le ordenó que abriera la boca y le miró los dientes, igual que el veterinario había hecho tantas veces con sus caballos en la casa de Wannsee, y el médico la miraba por dentro, como si llevase algo escondido en la garganta. Le tiró de los párpados hacia arriba, primero de uno y luego de otro, y al cabo de unos segundos decidió que no portaba ninguna enfermedad contagiosa. Frida Klein cogió su maleta y antes de seguir su camino se volvió para mirar la cola de gente que descendía del barco, una cola en la que faltaba un hombre al que ella había arrebatado la vida. Suspiró, y al hacerlo se sacudió cualquier sentimiento incómodo de culpabilidad que hubiera podido afectarle. Lo peor del viaje ya había pasado. Había entrado en los Estados Unidos de América. El cielo estaba despejado a esa hora de la mañana y al pasar al otro lado de aduana y al subir al barco que la llevaría al West Side junto a los primeros privilegiados a los que les habían permitido entrar en Nueva York, Frida pudo contemplar por primera vez a la luz del día los rascacielos de Manhattan. Ya estaba allí. Unas cuantas manzanas al norte se encontraba el Empire State, el edificio más alto del mundo. Ya tendría tiempo de ir a visitarlo. Se volvió de nuevo para mirar a los inmigrantes que aguardaban su turno en la aduana. Algunos no tendrían tanta suerte como ella y habrían de guardar cuarentena antes de poder pasar a los Estados Unidos. La Abwehr la había entrenado para saltar en paracaídas o remar en una lancha neumática desde un submarino para pasar subrepticiamente al territorio enemigo, pero a pesar de las penalidades del viaje la mejor coartada había sido entrar en Estados Unidos como cualquiera de los emigrantes que habían bajado del barco con ella. Una licenciada en Física berlinesa que huye de los nazis. Si un submarino la hubiera dejado frente a las costas de Long Island con un pasaporte norteamericano falso no habría sido lo mismo. Pensaba que lo único que le faltaba para convertirse del todo en otra persona había sido pasar por el filtro del viaje. Sujetando la maleta en el muelle del West Side la asaltó un breve escalofrío: era el miedo que Frida Klein sentía al llegar a un país extranjero y sentirse abandonada a su suerte. Frida von Kleinsberg sonrió, desde dentro, satisfecha porque sabía que esa sensación era la que la ayudaría a cumplir con su impostura. No podía haber mejor fingimiento que tiritar de frío, como un perro abandonado, en Manhattan, mientras esperaba que viniesen a recogerla.

Al pasar la aduana había mucha gente que esperaba a los recién llegados: familiares, amigos, o tal vez gente de la misma nacionalidad que habían hecho el mismo recorrido años atrás y ahora les prestarían ayuda para que pudieran instalarse en su nueva vida con menos penalidades que las que ellos pasaron.

Spencer Baumbach nunca fue un inmigrante. Había nacido en Estados Unidos porque sus padres abandonaron Europa seis años antes de que Otto von Bismarck hiciese resurgir a Alemania de las brumas del pasado. Era un ciudadano norteamericano de pleno derecho, y al verlo allí, de pie, las manos metidas en un bolsillo gastado, la cabeza cubierta por una gorra que le ocultaba la calva, la nariz ganchuda y colorada por culpa del aire frío que soplaba en el puerto, nadie habría podido imaginar que era la persona que la Abwehr había designado para que la asistiera cuando llegase a Nueva York.

—Señorita Klein —le dijo, en un inglés perfecto, norteamericano. Frida se preguntó si tal vez no hablaba alemán, si conocería su verdadero nombre siquiera—. Espero que haya tenido un buen viaje.

De no tratarse de un hombre tan mayor, a Frida la frase le hubiera parecido poco menos que una broma pesada. No había más que echar un vistazo a su ropa arrugada y a los hombros encogidos por el frío y por once días de viaje por el Atlántico Norte, mirarla a ella o cualquiera de los que habían bajado del barco por la escalerilla de tercera clase, para suponer que aquello había sido lo menos parecido que alguien podría imaginar a un crucero de placer.

—Ha sido un buen viaje —respondió, sin embargo—. Muchas gracias, señor Baumbach.

Frida había visto varias fotografías suyas antes de salir de Berlín y había memorizado su rostro del mismo modo que había hecho con su biografía. Hasta donde la Abwehr sabía, el FBI no había detenido a ninguno de los agentes que trabajaban para Alemania en Estados Unidos, pero no había que confiarse. Cuando empezase la guerra la vigilancia se haría más estrecha, y si al final los Estados Unidos decidían participar en la contienda Frida estaba convencida de que alguno de ellos sería descubierto y detenido. Pero a primeros de abril de 1939 todavía era demasiado pronto para que los norteamericanos sospechasen que una agente alemana había llegado a Nueva York con la misión de infiltrarse en la comunidad de científicos judíos exiliados. De momento todo estaba rodando a su favor, y se alegraba por ello.

Spencer Baumbach le cogió la maleta y la condujo hasta una boca de metro. En todo el trayecto hasta el norte de Manhattan apenas abrió la boca, ni siquiera para entablar una conversación falsa, como si no se conocieran. Tal vez a Baumbach no le parecía seguro hablar hasta que estuvieran en su casa, y Frida cerró los ojos y apoyó la cabeza en el respaldo del asiento. El hombre que a partir de ahora iba a ser su enlace con la Abwehr era un tipo discreto y distante. Eso estaba muy bien. Esperaba que si surgían problemas se mostrase tan callado y tan prudente como ahora.

—Alfonso Altamira González de Tejada —le dijo una vez que llegaron a su apartamento. Había cerrado la puerta y le había dado dos vueltas a la llave. Hablaba en susurros, y Frida se preguntó si las paredes estarían insonorizadas en aquel viejo edificio del norte de Manhattan—. Ya he averiguado que da clases de Física en un colegio para niños ricos de Brooklyn Heights.

—Brooklyn —dijo, haciendo un gesto con la cabeza.

—Es uno de los cinco distritos en los que se divide la ciudad de Nueva York.

Frida dejó que el aire escapase de su nariz con pesadez. Cuando podía permitírselo no le gustaba disimular su malestar.

—Sé perfectamente lo que es Brooklyn.

Spencer Baumbach se encogió de hombros y se dio la vuelta, como si estuviese acostumbrado a tener que soportar la soberbia de algunos agentes secretos. Abrió una puerta y entró en una habitación. Desde el salón, mientras su anfitrión encontraba lo que había ido a buscar, Frida pudo ver una máquina sobre una mesa de la que salían unos cables y unas antenas, agujas que indicaban frecuencias y sonidos, y un teléfono sobre una caja de madera, negro, siniestro, tal vez el mismo teléfono con el que Spencer se conectaba con alguien que a su vez transmitía información a la Abwehr, o tal vez era una línea secreta que hacía las veces de alarma, un timbre que cada noche al acostarse rogaría para que no sonase, porque cuando lo hiciese indicaría que habría que marcharse, escapar a toda prisa porque su condición de agente de la Abwehr había sido descubierta. Un teléfono que Frida, al verlo allí, en casa de Spencer Baumbach, que tenía toda la apariencia de un anciano venerable, imaginó que sería la causa de las profundas ojeras en los ojos del hombre que ahora regresaba de la habitación con unos papeles en la mano y cerraba la puerta detrás de él despacio, como si no quisiera alertar a los vecinos de su presencia en el edificio, como si no hacer ruido fuese la única manera de pasar desapercibido. Le pareciera un viejo desvalido o no, las órdenes que había recibido en Berlín por parte del coronel Piekenbrock indicaban claramente que una vez que llegase a Nueva York él se pondría en contacto con ella y le daría instrucciones, y que a él sería a quien debería transmitirle toda la información que pudiera recabar sobre los científicos exiliados que conspiraban desde Nueva York y desde Alemania contra el Reich.

—Debo suponer entonces que tal vez no necesite más información respecto a Alfonso Altamira.

Frida negó con la cabeza.

—Con su dirección me basta. A partir de ahora el español es cosa mía.

—Seguro que sabe también que Brooklyn no queda muy cerca del norte de Manhattan.

—Estoy muy bien informada sobre Nueva York. No se preocupe. Creo que lo mejor será que me ponga en contacto con Alfonso Altamira cuanto antes.

—Ésas son sus instrucciones.

—Así es.

Frida ya se había levantado.

—Y también lo son mantenerme informado puntualmente sobre sus actividades.

—*Herr* Baumbach —Frida se permitió empezar la frase en alemán, y el otro se llevó el índice a los labios, pidiéndole que no siguiera. Ella sonrió antes de continuar hablando en inglés—. Soy una agente muy disciplinada. Puede decirle a quien corresponda que les mantendré al corriente de todo lo que averigüe.

Spencer Baumbach se quedó pensativo mientras Frida se levantaba, y al verlo ella se preguntó si habrían llegado hasta los oídos de aquel anciano los comentarios que algunas malas lenguas de la Abwehr dedicaban a su persona. Seguro que sí, pero no le importaba. Incluso podía sentirse halagada por ello. A muchos hombres todavía les molestaba o les parecía increíble que una mujer pudiera resolver sobre la marcha situaciones complicadas, tomar decisiones vitales para el futuro de una misión importante que iba a afectar sensiblemente a la guerra que se avecinaba, y antes de reconocer que tenía tanta o más capacidad que casi todos ellos y que era más inteligente que la mayoría, preferían hacer correr el bulo de que era una agente poco disciplinada que podía hacer peligrar una misión por culpa de su carácter indómito. Pero si no confiasen en ella no la habrían enviado hasta Nueva York para infiltrarse entre los científicos judíos exiliados. Spencer Baumbach no tenía por qué saberlo, ella no estaba segura de hasta dónde estaba él al corriente y desde luego no se lo iba a preguntar.

—Me han dicho también que puedo contar con usted para cualquier cosa que necesite —le dijo, sin embargo, antes de salir de su apartamento.

Spencer asintió.

—Ésa es otra de mis funciones, señorita Klein. Si le sucede algún imprevisto y necesita ayuda, incluso si es descubierta y ha de abandonar el país a toda prisa, deberá ponerse en contacto conmigo. Yo soy quien debe resolver sus problemas en América.

Frida no se iba a entretener en decirle que no la iban a descubrir, y tampoco se iba a enzarzar en una apuesta infantil en la que uno ganase y otro perdiese.

—Le mantendré informado. No se preocupe.

—En uno de los papeles que le he dado está anotada la dirección de un parque, entre los puentes de Manhattan y de Brooklyn, no muy lejos de donde vive Alfonso Altamira. Pasaré por allí cada martes y cada jueves, entre las once y las doce de la mañana. Sea discreta.

Frida no pudo evitar soltar el aire despacio otra vez. De nuevo con pesadez, para no dejar dudas respecto a su disgusto. Estaba dándole la última vuelta a la llave cuando Spencer la detuvo. Le sujetaba la muñeca sin hacerle daño pero con firmeza. A pesar de su apariencia de anciano endeble tenía mucha fuerza.

—Si ocurre algo también está anotado mi teléfono. Debe aprendérselo y destruirlo, ¿de acuerdo? Mi teléfono y mi dirección. Debe aprendérselos de memoria y destruir el papel. Mi número sólo debe marcarlo si corre peligro de ser descubierta o capturada. ¿Está claro?

Frida no dejó de mirarlo a los ojos, pero Spencer no soltaba su mano.

—Señorita Klein, usted no debería marcharse de aquí hasta estar segura de haber comprendido lo que le digo.

Con un movimiento rápido y firme Frida giró la muñeca y presionó hacia abajo. A Spencer Baumbach no le quedó más remedio que soltarla. Luego repitió el número de teléfono que había visto sólo una vez, y el nombre del parque que estaba cerca de la casa de Alfonso Altamira. Entre los puentes de Brooklyn y Manhattan, añadió, los martes y los jueves, entre las once y las doce de la mañana. Antes de hacer pedazos el papel y tirarlo al suelo también le susurró, de memoria, la dirección del profesor español.

—Perdone que no me quede a barrer —le dijo, antes de cruzar el umbral, mirando los trocitos de papel que había arrojado al suelo—. Me esperan en Brooklyn para cenar.

Bajó las escaleras y ya había recorrido un par de tramos cuando escuchó cerrarse la puerta del apartamento del agente de la Abwehr que iba a ser su enlace. Le divertía pensar que ahora estaría preocupado pensando si de verdad una mujer joven y extranjera sabría encontrar la dirección de un científico español que vivía en Brooklyn.

Alfonso Altamira le hubiera ofrecido su cama de buen grado y él habría utilizado la butaca del salón en la que se sentaba a leer y a escuchar música si no hubiese temido que ella lo malinterpretase. Jamás en su vida había traspasado la línea que separa la mera cordialidad del verdadero interés romántico por una mujer sin que ella le dijese con claridad que podía hacerlo, y con los sesenta cumplidos ya no iba a cambiar. Tampoco Frida Klein le había mostrado nunca abiertamente que pudiera traspasar esa línea. Se había preguntado muchas veces si no había estado todo en su imaginación, si su comportamiento con ella no fue el mismo que el de un adolescente estúpido e inexperto. Se preguntó cuánto tiempo tardaría en volverse a comportar como un muchacho torpe que no es capaz de reunir el valor suficiente para decirle a una jovencita que le gusta.

De un baúl sacó una manta, unas sábanas y un cojín, e improvisó un camastro en la butaca.

—A veces cruje un poco con el movimiento, pero una vez que te acostumbras es bastante cómoda.

Frida sacudió la cabeza y mostró una amplia sonrisa.

—No te preocupes. Seguro que está bien. Desde que salí de Alemania he dormido en sitios peores —respondió, y no le estaba mintiendo—. Además, serán pocos días.

Altamira sacudió la cabeza.

—Puedes quedarte todo el tiempo que haga falta.

Lo dijo y enseguida lamentó no haberse mordido la lengua. Bajó los ojos un instante. Le costaba enfrentar la mirada de la que había sido su ayudante en Madrid después de haberle dicho que podría quedarse en su casa. Se entretuvo desplegando la sábana sobre la butaca.

—¿Ves? Dentro de un momento será como una cama.

Frida asintió y le ayudó a extender una manta gruesa que haría las veces de colchón.

—Seguro que quedará muy bien.

Altamira se sentó para probar el invento. Dejó que la butaca se balanceara un poco y frunció el ceño cuando la madera dejó escapar un gruñido.

—Estará muy bien, Alfonso. Yo peso poco. La butaca ni se dará cuenta de que estoy encima. Y si cruje ni siquiera me enteraré. Estoy tan cansada que ni un terremoto podría despertarme.

—Hay bastante sitio en el armario. Yo no tengo mucha ropa —lo dijo y dedicó un vistazo fugaz a sus pantalones arrugados, al chaleco sin mangas deshilachado por los bordes, a las viejas zapatillas con las que Frida lo había sorprendido al llegar y de las que le había dado vergüenza desprenderse después de que ella las hubiera visto.

Frida sonrió, sin decir nada. Recordaba los largos paseos por el parque del Retiro, en Madrid, cuatro años antes, al mismo profesor Altamira que ahora la miraba avergonzándose de sus zapatillas viejas y su chaleco mal abotonado, buscando un modo de poder disculparse por haber sido sorprendido en un momento tan íntimo y tan cotidiano como estar escuchando música en un viejo gramófono, muy bajita, para no despertar a los vecinos, porque Alfonso Altamira era un hombre muy discreto. Le gustó comprobar que seguía siendo el caballero intachable al que conoció en Madrid, el mismo que le contó entonces, aguantándose las lágrimas, que su mujer se estaba muriendo, el hombre maduro y chapado a la antigua que ahora se disculpaba por llevar los pantalones del traje arrugado o un botón de la camisa descolgado. Un hombre ya no es un hombre cuando no lo cuida una mujer, estuvo a punto de decir Frida, en el pequeño salón del apartamento de Brooklyn, como si fuera un eco que repetía las palabras que Altamira había pronunciado años atrás, como si aquello fuera importante dentro del drama que estaba viviendo, pero se abstuvo de hacerlo. Con un breve vistazo a su indumentaria descuidada y a su piso desangelado hubiera bastado para darse cuenta de que estaba solo porque había enviudado, pero Frida ya lo sabía, sabía tantas cosas sobre él que Altamira no podía imaginarlo siquiera. Cómo podría.

—Si no te importa prefiero deshacer la maleta mañana. Estoy muy cansada.

—Me parece bien. Mañana es sábado. Yo no tengo que trabajar. Podríamos dar un paseo y me contarás tus planes.

Frida asintió, y no pudo evitar un sentimiento agradable de perversión al esbozar la mueca. Sus planes. Era una forma bastante acertada de decirlo. Altamira había dado en el clavo sin saberlo. Sus planes. Infiltrarse en la comunidad de científicos exiliados en Nueva York y recabar toda la información posible respecto a los avances en el campo de la Física Atómica, averiguar el nombre de los traidores a la patria que ocupaban despachos en los departamentos científicos de las universidades alemanas, enterarse de la opinión de los sabios exiliados respecto a la próxima visita del profesor Werner Heisenberg, si pensaban que era un traidor a la ciencia o esperaban que pidiera asilo político en Estados Unidos, porque, de todos los físicos que se habían quedado en Alemania, Heisenberg, además de ser el más brillante, también era el más ambiguo. Sus planes. Regresar a Berlín con la misión cumplida, conseguir una condecoración de primera clase, que le dieran el despacho de Canaris algún día, puestos a soñar.

Dejó escapar el aire en un gesto que se parecía, muy de lejos, a una sonrisa.

—Mis planes... Ojalá tuviera otros planes que salir adelante en un país que no conozco.

Altamira se acercó a ella. Estuvo a punto de poner una mano sobre su hombro, pero al final se contuvo.

—Saldrás adelante. Ya verás como sí. En este país se valora mucho el talento, y tú siempre fuiste una alumna aventajada.

Se la quedó mirando después de decirlo, y esperaba que ella no notase que, por segunda vez en pocos minutos, volvía a arrepentirse de haber dicho algo que enseguida le había parecido inapropiado. Volvió a asegurarle que a pesar de la aparente precariedad de la cama que le había preparado al final se encontraría cómoda y le dio las buenas noches.

Cerró la puerta de su habitación, se sentó en la cama, sacó la pipa del bolsillo de su chaleco, la encendió y cerró los ojos al aspirar una profunda calada. El pasado había regresado y estaba al otro lado de la puerta. Steiner, su amigo berlinés, jamás le había mencionado en ninguna de sus cartas que Frida Klein había vuelto a trabajar con él, pero eso tampoco significaba nada, puesto que la mejor manera de protegerla era no revelando su nombre. Tampoco él le había mencionado a Steiner nunca que se había enamorado de ella perdidamente, como un colegial, y que se sentía tan culpable porque le hubiera sucedido eso cuando su mujer estaba agonizando que tenía que hacer un gran esfuerzo para no pensar que era el hombre más ruin que había sobre la faz de la tierra. Que su amor había sido puro, platónico, que por una mezcla de su educación de otro siglo y cobardía no le había confesado a la joven estudiante lo que sentía, aunque ella lo sabía, claro que sí, porque estas cosas siempre se notan, y se notan más, qué paradoja, en un hombre que es treinta años mayor que la mujer de la que está enamorado. No le contó nada a Steiner, ni a Steiner ni a nadie. Prefería tragarse sus problemas en silencio y cuidar a su mujer, a la que se le escapaba la vida entre accesos de tos y desmayos. Ni siquiera preguntó por ella cuando abandonó su puesto en la Universidad Central de Madrid y ya no volvió a verla nunca más. Altamira se tomó aquella pérdida como un castigo merecido por sus malos pensamientos, por haber fantaseado alguna vez con la idea de que cuando su mujer se fuera para siempre tal vez sería el momento de confesarle a la joven estudiante alemana lo que sentía por ella. Era lo que merecía, se había dicho entonces, cuando enterró a su mujer, como si la soledad a la que estaba abocado el resto de su vida no fuera más que el resultado de una ecuación sencilla. Pero ahora, tres años después, el pasado se había superpuesto al presente, como si el espacio y el tiempo pudieran plegarse. La vida era, pues, concluyó Altamira al darle la última calada al cabo de la pipa, mucho más compleja y sorprendente que la más complicada de las ecuaciones.

TERCERA PARTE

Imposible. Parece mentira. Ya sólo le queda subir al Empire State, hasta la última planta, y desplegar una pancarta para que la gente se entere de lo que está pasando. Leo Szilard lo haría si no fuera consciente del peligro de airear sus miedos a los cuatro vientos. Ha llamado a tantas puertas que le parece imposible que nadie haya querido darse cuenta de la gravedad del asunto. Dentro de no mucho tiempo estallará la guerra en Europa, está convencido. Tarde o temprano Hitler pedirá o tomará por la fuerza algo que ni los ingleses ni los franceses podrán permitir sin que se les caiga la cara de vergüenza y tendrán que declararle la guerra. Ya han mirado para otro lado tantas veces, esperando aplacar así a la fiera rabiosa, que lo único que han conseguido es envalentonarla, malacostumbrarla cuando han visto que enseña sus colmillos afilados, los espumarajos que le salen de la boca, deseando saltar sobre ellos, amenazando con tomar lo que cree que, por justicia, le corresponde. No comprende Szilard cómo no han querido darse cuenta, ni los ingleses ni los franceses, de que la bestia puede estar preparando un arma tan poderosa que cuando esté lista ni siquiera tendrá que volver a enseñar los colmillos para pedir lo que quiera, lo que se le antoje, para hacer que todos, los ingleses, los franceses, incluso los norteamericanos, que se sienten tan seguros protegidos por dos océanos, se postren de rodillas y supliquen clemencia. Apenas le queda nada por hacer ya. Sus colegas que pueden ayudarlo parecen más interesados en alcanzar la fama que en ocultar a las fuerzas del mal sus hallazgos o no quieren arriesgar su reputación o el pasaporte a Estocolmo por algo que muy bien puede no ser verdad o estar sólo en la imaginación de unos cuantos fanáticos o alucinados como él mismo. Leo Szilard nunca ha buscado la fama, y tampoco le ha preocupado que algún día lo llamen desde Estocolmo para decirle que ha ganado el Premio Nobel de Física, y la arrogancia o los deseos de grandeza de sus colegas no le parecen sino absurdas competiciones de niños de parvulario. Pero sabe también que si su nombre fuera más conocido, si le hubieran dado el Premio Nobel unos años antes, su voz tendría mucha más fuerza de la que tiene ahora y no le costaría ser escuchado por quien hiciera falta, por el mismo presidente Roosevelt si se diera el caso.

Las últimas noticias que han llegado de Europa le han robado el sueño estos días. Los nazis se han apoderado de las minas de Joachimstahl, en Bohemia, y Leo Szilard sabe que eso significa que van a intentar conseguir la mayor cantidad de uranio posible. Y el uranio es imprescindible para fabricar una bomba atómica. Tal vez todo el uranio que puedan encontrar en las minas de Bohemia no sea suficiente para realizar los experimentos necesarios y fabricar la bomba finalmente, y Leo Szilard está seguro de que entonces Hitler no vacilará en invadir el país que haga falta para conseguirlo.

Ojalá eso no tenga que ocurrir. Ojalá que alguien de los que mandan, alguien de los que pueden tomar decisiones importantes, tenga la sensatez suficiente para hacerle caso y la valentía de llevar a cabo las acciones pertinentes para neutralizar el arma poderosa que los nazis han puesto tanto empeño en desarrollar. Ojalá, piensa Leo Szilard, que el mundo despierte del letargo inocente en el que parece estar sumido, como si al mirar para otro lado se pudiera impedir que Hitler y sus científicos sigan adelante con su proyecto, un proyecto que el físico atribulado está seguro de que ya ha comenzado en algún laboratorio de Alemania. Seguro que Werner Heisenberg estaba al tanto del mismo, tal vez lo dirigía en la sombra.

Lo peor de todo es que se le está acabando el tiempo. Si los nazis no consiguen extraer el uranio necesario de las minas de Joachimstahl para fabricar su bomba atómica, Leo Szilard sabe que el único lugar con garantías suficientes para extraer todas las toneladas del mineral que se necesitan está en el Congo, en el Congo Belga. Hay que alertar a los belgas. Pero quién es él sino un pobre exiliado y desesperado. Cómo va a poder ponerse en contacto con el rey de Bélgica si a sus espaldas, y algunos abiertamente, lo tildan de demente.

Cuando piensa que su voz debería ser escuchada vuelve a lamentarse por no haber conseguido ser un científico más famoso de lo que es. Aunque todavía no está todo perdido. Es posible que la bestia cuya rabia nadie puede calmar haya puesto ya sus ojos en el Congo Belga, pero él tiene una carta guardada en la manga. Es amigo de un físico muy famoso, el más famoso de todos, tal vez el más famoso de todos los tiempos. Ahora vive en su retiro de Princeton, como un rey que ha abdicado y disfruta de una jubilación tranquila y feliz, pero sabe que en cuanto le advierta del peligro de que los nazis fabriquen una bomba atómica ofrecerá su fama y sus contactos para impedirlo. Abre la agenda donde debe de estar el número de teléfono de la casa del profesor Albert Einstein y, mientras lo busca, se pregunta cuánto tiempo hace que no habla con su viejo amigo. Dos años por lo menos. Incluso hacía mucho tiempo que los dos habían patentado juntos un nuevo tipo de refrigerador que todavía no les había reportado ningún dinero. Leo Szilard está seguro de que Albert Einstein se mostrará encantado de ayudarle en su lucha desesperada. Al descubridor de la Teoría de la Relatividad sí lo escucharán. Todos quieren hacerse fotos con él, es amigo de reyes y de presidentes, incluso Roosevelt presume de la amistad del hombre del cabello desordenado que vive en el número 112 de la calle Mercer de Princeton. Pero en ese momento tan delicado lo mejor es que Albert Einstein es amigo de Isabel, la reina madre de Bélgica, y ese contacto supone un canal de comunicación muy importante. Mientras gira el dial piensa que le va a decir que aquella fórmula que había enunciado más de treinta años antes, $E=mc^2$, al fin había encontrado una aplicación práctica. Terriblemente práctica.

CAPÍTULO IX

La mañana del sábado amaneció fría pero soleada en Brooklyn. A medida que avanzaba la primavera la ciudad regalaba a la gente que la habitaba algunos días de agradable luminosidad. Muy temprano todavía hacía frío, pero la temperatura iba aumentando a medida que avanzaban las horas hasta el punto de que un paseo al mediodía podía convertirse en un placer como lo habían sido para Altamira las largas caminatas con las que se premiaba los domingos por la mañana en Madrid, después de toda una semana navegando entre fórmulas e investigaciones que a medida que pasaban los años minaban sus energías sin poder remediarlo. Desde que había cruzado la barrera de los cincuenta y cinco había pensado más de una vez si tenían razón aquellos que decían que la mayoría de los físicos alcanzan su plenitud antes de cumplir los cuarenta. Nunca había estado del todo de acuerdo con esa teoría, aunque había ejemplos claros de gente muy famosa y reconocida con el Premio Nobel, como Einstein o Heisenberg, que habían dado lo mejor de sí mismos antes de frisar la barrera de los cuarenta. El propio Werner Heisenberg todavía no los había cumplido y ya hacía siete años que le habían dado el billete para Estocolmo para recoger el premio, pero Altamira prefería pensar que el hecho de que estuviera más cansado era porque se estaba haciendo viejo. Sólo eso. El razonamiento era bastante simple —el resultado aquí sí era tan sencillo como una fórmula matemática o física—, y Altamira lo aceptaba como un hecho inevitable en la existencia. Le agradaba, sin embargo, encontrarse con gente joven y entusiasta, cuyos deseos de comerse el mundo o medrar eran muchas veces el impulso que hacía avanzar a la ciencia. Él había sido uno de esos jóvenes, y le sorprendió gratamente descubrir en Frida Klein, cuando acudió a trabajar con él a Madrid, el mismo espíritu combativo que le había empujado muchos años antes a marcharse a ampliar sus estudios a Alemania. Y ese espíritu en una mujer le fascinaba aún más. Sólo lo había visto en Lise Meitner, y cuando se enteró hace pocos meses de que la investigadora había descubierto la fisión del átomo sintió la alegría estallarle en el pecho porque la había conocido años atrás y se había dicho a sí mismo que aquella mujer algún día haría un gran descubrimiento. Y de todas las investigadoras que había conocido, Frida Klein era la única cuyo talento encontraba parecido al de Lise Meitner. El propio Einstein había tenido como ayudante a Lise Meitner, conque no le extrañaba que el profesor Steiner hubiera tomado como colaboradora a Frida Klein, y que hubiera llegado a Estados Unidos, igual que Lise Meitner había conseguido escapar a Suecia hacía menos de un año.

Paseaba esa mañana con ella por las calles del Downtown, en dirección al río. *Newton* tiraba de la correa, impaciente. De no haber sido por el perro y por los rascacielos de Manhattan que contemplaban al otro lado del East River y la mole de acero del puente de Brooklyn, muy bien podían estar de nuevo en Madrid, unos años antes, como si el tiempo hubiera retrocedido. Frida Klein no llevaba ni veinticuatro horas a su lado y Altamira ya se preguntaba, y lo había hecho toda la noche, pues apenas había dormido, cuánto tiempo permanecería a su lado, si estas horas que habían pasado juntos eran una segunda oportunidad que le había entregado la vida, como si a veces uno pudiera conseguir lo que más desea con sólo pensar en ello. Durante los últimos cuatro años Altamira había llegado a no pensar en la joven estudiante alemana, incluso a veces pasaba días sin acordarse de ella, como si no hubiera existido siquiera y el recuerdo que a veces le asaltaba del tiempo que estuvieron trabajando juntos en la Universidad Central de Madrid no fuera más que un sueño confuso que cuando uno despierta no está seguro de haber tenido pero que le asalta en algún momento del día, el más inoportuno, y se ve afectado por él de una forma tan clara y tan intensa que las sombras de la noche se confunden con la realidad.

Ahora, después de pasear junto a ella un buen rato en dirección al East River, sujetando la cadena del perro que tiraba impaciente, tenía tantas preguntas que hacerle que se le atascaban en la boca: qué había sido de su vida todos estos años, cuánto habría sufrido para salir de su país, cómo había conseguido entrar en Estados Unidos, y, sobre todo, de entre tantos hombres posibles, por qué lo había elegido a él para que la acogiera en su casa.

Pero fue ella la que empezó a preguntar. Habían llegado a la orilla del río. Al otro lado se alzaban majestuosos los rascacielos de Manhattan, la imagen inconfundible del Empire State, la cúpula refulgente del edificio Chrysler un poco más allá. Frida von Kleinsberg se paró un momento a contemplar la estampa en silencio. Tenía ante sus ojos un lugar que había visto docenas de veces en postales o en las películas de Hollywood y era como si constatase ahora que existía de verdad. En Berlín había visto *King Kong*, esa película del mono gigantesco que al final de la historia trepaba por las paredes del Empire State, y ahora tenía el edificio tan cerca que le parecía que alargando la mano podría acariciar la silueta elegante de acero y hormigón.

—¿Te gusta vivir aquí? —le dijo, sin apartar la vista de los rascacielos de Manhattan.

Buena pregunta. Altamira no contestó inmediatamente, y antes de abrir la boca se encogió de hombros, como si le resultase indiferente.

—Nueva York es un sitio tan bueno o tan malo como otro cualquiera. Tenía que vivir en algún lado y pude venir a Brooklyn. Procuro no darle muchas vueltas. Vivo aquí: eso es todo. Hay mucha gente que está peor que yo. Tengo amigos que no pudieron o no quisieron salir de España y no he vuelto a saber nada de ellos. Yo, al cabo, he tenido suerte. Soy un exiliado, pero tengo un trabajo, y un techo. Estoy razonablemente contento.

Lo dijo Altamira y le pareció que al explicárselo a ella el lugar donde había desembocado su vida de repente hubiera cobrado un sentido. Dadas las circunstancias y su edad, tener un trabajo del que comer y un techo donde cobijarse eran un lujo tan grande que podría considerarse un malnacido si protestase por su situación. Quizá alguien con su trayectoria podría aspirar a un puesto mucho mejor, como le insistía su amigo Gaspar Puig cada vez que tenía ocasión de hacerlo, pero él prefería no quejarse. También podía estar esperando la muerte en una cárcel en España, o criando gusanos en la cuneta de una carretera o en una fosa común.

—A mí una de las cosas que más me entristecían cuando salí de Alemania era pensar que a lo mejor no podría volver nunca.

Altamira se volvió. Se apoyó con los codos en la baranda y miró al frente, como si no estuviese hablando con ella.

—Lo pensaba y me daba tanta pena que te aseguro que antes de llegar a la frontera pensé más de una vez regresar a Berlín. Sé que era una locura, Alfonso, pero te doy mi palabra de que estuve a punto de hacerlo.

—Te entiendo. A mí también me pasó lo mismo cuando me fui de Madrid.

Había evitado referirse a su mujer, y estaba seguro de que Frida Klein se había dado cuenta.

—Es triste tener que marcharse.

—Tú eres muy joven, Frida. Estoy seguro de que podrás volver a Alemania antes de lo que imaginas. Y que todo lo malo que está sucediendo allí algún día no será más que un recuerdo triste. Piensa también que para otros las cosas han rodado peor. Piensa en Steiner.

A Frida le pasó por delante de los ojos un instante la imagen del profesor Steiner. No le costó imaginárselo sentado, cabizbajo, anticipando la suerte que iba a correr, en la habitación del edificio de la Abwehr donde estaba siendo interrogado.

—¿Qué crees que le habrá pasado?

Altamira sacudió la cabeza. Chasqueó la lengua.

—Mejor no imaginarlo.

Frida dejó escapar el aire por la nariz, despacio. Había llegado el momento de dar un paso adelante. Se volvió y apoyó los brazos en la baranda, dándole la espalda al East River, y perdió su mirada al frente, distraída con los coches y las bicicletas que pasaban por la calle y se dirigían hacia el puente que comunicaba Brooklyn con Manhattan.

—Es una lástima que tanto sacrificio no haya servido para nada.

Altamira suspiró.

—Una pena, sí.

A lo mejor Steiner no había llegado a revelar nada, o es que en realidad no sabía nada que pudiera revelar. En ese caso, su misión bien podría no llegar a ningún sitio, quedar en una vía muerta, o no haber tenido que realizarse siquiera. Pero todavía era demasiado pronto para sacar conclusiones. Y aunque al final Steiner no hubiera contado a Altamira nada importante, Frida estaba convencida de que había muchas cosas interesantes de las que podría sacar partido en Nueva York.

—¿Cuáles son tus planes?

Frida parpadeó al escuchar la pregunta por segunda vez en pocas horas, y luego suspiró, sonriendo, como si sus planes fueran tantos que el día no tuviera bastantes horas para poder enumerarlos.

—Hallar mi sitio en este nuevo mundo. No sé. Encontrar un trabajo del que vivir, buscar un lugar donde vivir.

—Puedes quedarte en mi casa el tiempo que haga falta. La butaca no es muy cómoda, pero puedo dejarte mi cama.

Ya está. Se lo había dicho. Le acababa de ofrecer, como un caballero, su propia cama, y aunque no había dejado de desearla desde que la conoció, no había en aquel ofrecimiento el menor rastro de interés carnal. Dejarle su cama para que pudiera dormir con más comodidad era lo que haría un padre por su hija.

—Gracias, Alfonso. Es muy amable por tu parte. Pero no es necesario.

Altamira se encogió de hombros. Esperaba que ella no hubiera malinterpretado sus palabras.

—Quiero decirte que puedes quedarte en mi casa el tiempo que haga falta. Ya arreglaremos lo de la cama de alguna forma para que estés más cómoda en el salón, aunque, bueno, la verdad es que parece algo exagerado llamar salón a un lugar tan pequeño y tan poco acogedor.

Frida puso una mano sobre su brazo. Se lo quedó mirando. Altamira seguía con la vista fija en la calle. Desde el suelo, *Newton* los miraba a los dos de hito en hito, moviendo el rabo, como si pudiera entender lo que estaban diciendo.

—No sabes cuánto te lo agradezco. Estoy sola aquí, no conozco a nadie, y se me hace muy difícil pedir un favor.

—A mí no tienes que pedírmelo siquiera. Ya verás como dentro de poco las cosas serán diferentes. No puedo prometerte nada, pero eres joven —le hubiera gustado añadir que también era hermosa, aunque al final se contuvo: le faltaba valor para ratificar lo que era tan obvio—, hablas inglés, alemán y español, y en una ciudad como ésta no te costará encontrar un trabajo. Tal vez con el tiempo pueda conseguir que des clases de Física en el mismo instituto que yo. Ten un poco de paciencia. Al principio todo parece muy complicado, pero hasta el más torpe termina adaptándose. Mírame a mí. —Se abrió un poco el abrigo, como si quisiera mostrar sin tapujos su apariencia desaliñada—. Si yo he podido sobrevivir en esta ciudad puedes estar segura de que cualquiera puede hacerlo, sobre todo si es tan joven y tan inteligente como tú.

Otra vez se había abstenido de resaltar lo hermosa que le parecía, pero callarse también era una forma de confesarlo. Tenía la sensación de que cualquier cosa que hiciera en presencia de Frida Klein lo volvía más transparente, como si a fuerza de querer ocultar en vano lo que sentía corriese el riesgo de convertirse en un ser invisible.

—Además, tú vas a tener una gran ventaja. Una ventaja que yo no tuve.

Frida se lo quedó mirando, interrogativa, con el ceño fruncido, fingiendo que no sabía lo que estaba a punto de decirle.

Altamira no la hizo esperar para terminar la frase. Le pasó un brazo por encima del hombro y la atrajo hacia él, con afecto paternal.

—Que tú vas a tener a alguien a tu lado para ayudarte.

Lo dijo Altamira y sonrió, como si hubiera descansado por fin después de haber realizado un gran esfuerzo. Era todo lo que podía hacer por ella, de momento, sin sentirse tan ridículo como un adolescente. No conocía a mucha gente en Brooklyn. Se paró a pensar Altamira y se dio cuenta de que, en realidad, la única persona en el mundo a la que podía llamar amigo era al bueno de Gaspar Puig, que todos los que habían sido sus amigos se habían quedado en España o habían muerto, o, quizá, que la verdad era que nunca había tenido demasiados amigos. De vez en cuando acudía a alguna reunión con otros científicos europeos, en Manhattan, pero aquellas citas para Altamira eran menos una forma de mantener una vida social activa —algo que nunca le había interesado, además— que una manera de no perder el contacto con el mundo académico a un nivel más elevado del que podía disfrutar con los estudiantes de un colegio para niños ricos en Brooklyn. No es que las reuniones mensuales con los científicos exiliados fueran tan apasionantes como las que tenían lugar en los congresos Solvay, en Europa, cuando Albert Einstein y Niels Bohr podían pasarse horas discutiendo sobre la posibilidad de que el universo estuviera a expensas de los caprichos de la Física Cuántica o si por el contrario había una ley universal que nadie había descubierto aún que regulaba, de la misma forma natural y sencilla, lo infinitamente grande y lo infinitamente pequeño. Albert Einstein jamás había acudido a una de esas cenas, por supuesto que no. Apenas viajaba ya el físico más famoso, casi sólo se desplazaba a Long Island para pasar los veranos, y allí era donde Altamira había tenido la oportunidad de saludarlo el último verano, en la casa que Ramírez de Ayala, otro amigo español que había hecho fortuna en América, le había prestado. Nadie se había ocupado, pues, de invitarlo a las reuniones mensuales de científicos exiliados en un modesto restaurante de la calle Catorce de Manhattan, y aunque tampoco había estado nunca el profesor Bohr, que seguía impartiendo clases de Física en la Universidad de Copenhague, a veces se había dejado caer por el local gente como el húngaro Leo Szilard, o el más famoso de todos los científicos que alguna vez habían acudido a la tertulia, Enrico Fermi, que impartía clases e investigaba en la Universidad de Columbia. En esas reuniones los científicos intercambiaban información o se ponían al día de los nuevos avances. Casi todos se conocían, y casi todos confiaban en los demás, pero no se trataba de una sociedad secreta, pues la ciencia no tenía y no debía tener fronteras, aunque el bueno de Leo Szilard batallaba sin descanso para que cualquier descubrimiento en el campo de la Física Atómica no cayese en manos de los nazis. Alfonso Altamira se había encargado de ponerlo al día, discretamente, de las noticias que le habían llegado a través de su amigo el profesor Steiner. Szilard estaba muy bien informado también, y aunque por la concentración de sus gestos parecía estar escuchándolo atentamente, el profesor español casi siempre tenía la sensación de que alguien lo había enterado ya de las novedades que le avanzaba, y que la única razón por la que Szilard le dedicaba su tiempo era debido a su carácter meticuloso que no le permitía dejar ningún cabo suelto en la lucha desigual que había emprendido contra la militarización de la ciencia en Alemania.

Por lo demás, las veladas tenían lugar en torno a una pizarra que les había facilitado el dueño del restaurante después de las primeras reuniones, los científicos como alumnos aplicados en la sobremesa de la cena mientras un colega se afanaba en rellenar el encerado. Alguno era tan temerario o tan osado o tan bromista como para anunciar a la audiencia, antes de empezar, que por fin había hallado la manera de resolver el Problema de los Tres Cuerpos o la Conjetura de Poincaré. Otros se empeñaban en demostrar que Heisenberg se había equivocado al enunciar el Principio de Incertidumbre, pero éstos eran una minoría: la mayoría de los científicos que acudían a las cenas eran partidarios fervientes de la Mecánica Cuántica y enseguida mostraban argumentos, con la misma claridad y la misma rapidez con la que un profesor le explicaría una lección a un alumno, que rebatían sus explicaciones. Tal vez era ésa la razón, había pensado Altamira alguna vez, de que el profesor Albert Einstein no hubiera acudido nunca a uno de los encuentros. Sabía también que había muchos colegas a los que el padre de la Teoría de la Relatividad no les caía simpático. Aquélla era otra de las contradicciones que afectaban a casi todo lo que tenía que ver con Albert Einstein: la mayoría de los científicos jóvenes pensaban que estaba acabado, pero también, de algún modo, todos esperaban su aprobación o su beneplácito, que los bendijera con un cachete amistoso o una palmada en la espalda. Altamira pensaba que, al cabo, a pesar de su aislamiento voluntario en Princeton, la ciencia necesitaba de la conformidad del hombre que había revolucionado la Física veinte años antes para seguir avanzando.

Cualquiera podía llevar a un acompañante si lo deseaba, y Altamira había invitado en más de una ocasión a su amigo Gaspar Puig, pero las últimas veces había declinado amablemente el ofrecimiento alegando que siempre había estado convencido de que las ciencias y las letras debían estar convenientemente separadas, para no contaminarse, que se sentiría tan raro en una reunión de científicos como un físico nuclear lo estaría en un recital poético. Altamira no estaba en absoluto de acuerdo, y no hacía mucho había intentado hacer comprender a Gaspar Puig, en vano, que una ecuación que ocupase toda la pizarra podía ser tan bella como unos versos de don Antonio Machado.

—Que en paz descanse —había añadido Gaspar Puig, con una pequeña reverencia.

De espaldas al East River, en silencio mientras pensaba en las cenas mensuales con los científicos refugiados en Nueva York y en su amigo Gaspar Puig, Altamira se había olvidado, por un momento, de que Frida Klein estaba a su lado. Se había vuelto de nuevo a mirar hacia el río. Nunca lo había acompañado una mujer a una de esas cenas, el tercer jueves de cada mes, de septiembre a junio. Estaban a mediados de abril, y la semana siguiente era día de reunión. Esperaba que nadie pusiera pegas a que una física exiliada de la Alemania nazi lo acompañase. Seguro que todos tendrían muchas preguntas que hacerle, sobre todo Szilard, si acudía esta vez. Frida Klein podría contarles algunas cosas que tal vez no supieran sobre la futura visita del profesor Werner Heisenberg a Estados Unidos. Además, sería muy bueno para ella. Muchos de los que irían a la cena estarían encantados de echar una mano a una colega recién llegada a Estados Unidos. Sobre todo si era tan hermosa. Altamira sintió una punzada de celos al pensarlo, celos anticipados, como una premonición sombría. No era frecuente que alguna mujer acudiera a los encuentros, y Altamira estaba seguro de que la asistencia de Frida Klein causaría una pequeña conmoción entre los científicos que integraban la hermandad, entre los más viejos y entre los más jóvenes. No quería hacerse ilusiones respecto a lo que podría pasar entre ellos, pero tampoco podía evitar pensar en un futuro juntos.

En eso andaba aquella mañana Altamira, mirando de soslayo el perfil de la mujer joven que había alojado en su casa, sin saber muy bien qué decir mientras trataba de alejar el fantasma de los celos secretos y la inseguridad de la que no podía desprenderse el anciano en el que estaba a punto de convertirse, cuando escuchó la voz familiar de su amigo Gaspar Puig, que se anticipaba a su llegada igual que el presentador de una obra de teatro anunciaría la entrada en escena de los actores. Cruzaba la calle diciendo su apellido, Altamira, y luego su nombre de pila y sus dos apellidos, Alfonso Altamira González de Tejada, a voz en grito, como si a pesar de los años que llevaba viviendo en Estados Unidos todavía no hubiera aprendido o aceptado la discreción o la poca efusividad con la que los norteamericanos acostumbraban a tratarse. Y a Altamira, al cabo, no le disgustaba aquella espontaneidad campechana tan propia del país que los dos habían abandonado tal vez para siempre. Cuando era más joven la quietud de los cafés de Berlín le resultaba de un sobrecogimiento fantasmagórico, y a veces, en Nueva York, cuando entraba en un local para refugiarse del frío insoportable que se deslizaba desde lo alto de los edificios, se sentía igual que cuando era un científico novato que había ido a ampliar sus estudios a Berlín y descubrió el silencio de los cafés de Centroeuropa, tan diferente al bullicio de los bares de Madrid. Se quedaba quieto un momento, como quien se queda paralizado al encontrarse sorprendido por una sensación antigua, y miraba alrededor, los clientes del café, las mesas, las sillas, la barra de madera noble barnizada, reluciente. Tardaba unos segundos en ubicarse, en darse cuenta de que ahora vivía otra vez en un país que no era el suyo, y de nuevo se afanaba en pasar las hojas del periódico que había comprado buscando algún titular que le aportase alguna novedad sobre la tierra que había dejado atrás.

Gaspar Puig le estrechó la mano sin importarle que Altamira se diera cuenta de que miraba de soslayo, con interés creciente, a la joven que lo acompañaba.

—Le presento a Frida Klein —dijo Altamira—. Una vieja amiga que ha venido a Nueva York.

—Caramba, Altamira. No sabía que tuviera usted amigas. Sobre todo amigas tan hermosas como esta señorita.

Lo dijo y se inclinó en una reverencia teatral, al mismo tiempo que tomaba su mano para besar el dorso, mirándola a los ojos, como si fuera un galán del Siglo de Oro en lugar de un profesor de Literatura exiliado con los años suficientes para jubilarse.

Frida von Kleinsberg se preguntó quién sería aquel personaje, poco más alto que un niño de doce años, vestido con traje a cuadros y pajarita y tocado con un sombrero con el ala gastada y torcida, pero Frida Klein se ruborizó, dejó que besara su mano y miró a Altamira, como si no comprendiera o no estuviese acostumbrada a que un hombre la tratase con semejante caballerosidad.

—Frida Klein, te presento a Gaspar Puig —se apresuró a presentarlo Altamira, como si le hubiera leído el pensamiento—. Un caballero de los que ya no quedan. Poeta y novelista valenciano además de profesor de Literatura. Como puede ver —añadió, mirando a su amigo, que acababa de soltar la mano de la mujer sin ocultar el ramalazo de tristeza que le producía hacerlo—, le he presentado primero como poeta, luego como novelista y después como profesor de Literatura.

—Ha elegido usted el orden apropiado, querido Altamira.

—Pues sí. Ya lo ve: a pesar de ser un científico contaminado por el virus de la frialdad, mi corazón aún conserva cierto reducto del que aún no ha escapado del todo la sensibilidad.

—Querido Altamira —respondió Gaspar Puig, mirándolo a él y a ella alternativamente—, con comentarios como éste aún albergo la esperanza de que si sigue cultivando mi amistad podrá usted recuperar al poeta que todos hemos sido de niños.

Altamira sonrió. Le gustaba ver a Gaspar Puig contento, y no había mayor prueba de su ánimo positivo que el tono amistosamente engolado que usaba cuando hablaba con él, el aire falso de superioridad que usaba cuando comparaba, de una forma más o menos directa, la calidez de la poesía con la frialdad de las ecuaciones. Era una lástima que no hubiera querido acudir nunca más a las cenas mensuales de la calle Catorce, porque Gaspar Puig se crecía al encontrarse entre tantos físicos, era como un estímulo para su vena poética.

—Y ahora me gustaría saber, ya que usted, tan caballero como siempre, a pesar de ser un hombre de ciencia, no ha querido decirme nada, quién es esta hermosa señorita de apellido germánico que lo acompaña.

—Se trata de una colega que acaba de llegar de Alemania, como bien supone usted.

Gaspar Puig frunció el ceño, sin intentar disimular la desazón que le causaba escuchar el nombre de Alemania.

—Ha dejado su país para vivir en Estados Unidos, igual que nosotros —se apresuró a aclarar Altamira.

—Entonces va usted a formar parte del selecto club de los apátridas que buscan abrirse camino en el Nuevo Mundo. Bienvenida a este club, señorita —añadió, haciendo una pequeña reverencia, al tiempo que se despojaba del sombrero ajado que le cubría la calva—, del que Alfonso Altamira y un servidor, Gaspar Puig, tenemos el honor de ser miembros destacados. Aunque ya que usted ha decidido dedicar su vida al desabrido campo de la ciencia, no me extrañaría nada que el profesor Altamira le haya propuesto asistir a una reunión de otro club mucho más prosaico, formado también por apátridas exiliados que cometen el sacrilegio de postrarse delante de la más sencilla fórmula científica, alegando, pobres ignorantes, que unos garabatos incomprensibles en una pizarra pueden ser tan bellos como la más hermosa de las odas.

Frida Klein se echó a reír. Con un poco de empeño por parte de quien lo escuchaba, podría decirse que Gaspar Puig incluso era divertido.

—Estaba a punto de proponérselo, estimado colega —intervino Altamira—, pero me acaba usted de estropear la sorpresa.

Se encogió de hombros el poeta, como si quisiera disculparse, cuando su intención había sido poner a Altamira en un apuro. Luego miró a la joven alemana, que se había agachado para acariciar la cabeza del labrador. Bajo el tacto de la palma de su mano el animal cerró los ojos, agradecido, y sacó la lengua para lamerle los dedos. Enseguida se fijó en Altamira, que sujetaba la correa del perro y miraba el gesto de cariño que *Newton* dedicaba a su nueva amiga.

Gaspar Puig pensó que aquélla podía ser la imagen de una familia feliz, un hombre al que no le faltaba mucho para ser un anciano paseando a su perro junto a una bella joven en una mañana luminosa de primavera. Tal vez fuese todo demasiado hermoso como para ser verdad, pero al contemplar la estampa no pudo evitar sentir cierta punzada de envidia. A veces las mejores cosas de la vida suceden cuando uno menos se lo espera, cuando cree que ya no va a ser posible tener una segunda oportunidad.

CAPÍTULO X

Al profesor exiliado Alfonso Altamira le daba vergüenza que alguien se diera cuenta de que su rutina había cambiado. De Frida Klein no podía —y tampoco quería— esconderse porque ocupaba la butaca del pequeño salón de su apartamento, pero nunca había convivido bajo el mismo techo que ella y no estaba al tanto de sus horarios y sus costumbres. El domingo se levantó temprano para barrer las pelusas del suelo, fregar los platos que quedaban en la pila y dar un repaso al cuarto de baño. Según la última carta que había recibido del profesor Steiner, cuando ya debía de saber que la Gestapo estaba al acecho, Altamira sabía que existía la posibilidad de que cualquier día Frida Klein llamase a la puerta de su apartamento de Brooklyn, pero durante los últimos tres meses había procurado desviar su mente hacia otros pensamientos que lo intranquilizasen menos. No quería estar pensando un día sí y otro también que en cualquier momento ella podría llegar a Nueva York, buscar su domicilio y llamar a su puerta.

El sábado por la tarde, después de que los dos pasasen el día con Gaspar Puig, le había hecho un hueco en el armario para que pudiera dejar sus cosas. No le costó mucho porque Alfonso Altamira nunca se había preocupado mucho por su indumentaria, y desde que falleció su mujer sólo había acudido al sastre cuando alguno de sus trajes ya no daba para más. Pero ahora que la fortuna le había dado la oportunidad de reencontrarse con Frida Klein y tenerla bajo el mismo techo pensaba que no hubiera estado de más haber visitado al sastre con mayor frecuencia de la que acostumbraba, ninguna, y tener en su armario alguna ropa más decente o más alegre para pasear por las calles de Brooklyn en compañía de una bella mujer. Apenas si le quedaba un poco de colonia, y decidió que, cuando tuviera un momento, acudiría a la barbería para que le recortasen la barba y que su perilla plateada terminase en forma de pico, mucho más elegante que como la llevaba ahora, aunque redondeada un poco descuidada porque era él mismo quien se la arreglaba cuando era capaz de imponerse a la pereza que le producía tener que estar pendiente de su aspecto.

Frida Klein le había dicho que sólo se quedaría unos días en su casa, hasta que encontrase algo, pero Altamira sabía que no serían unos días, sino unas semanas, y también lo quería. Primero tendría que encontrar un trabajo con el que poder comer, pagarse un alquiler o la habitación de una pensión, y aunque estaba convencido de que la alemana acabaría encontrando un buen puesto, Altamira sabía que eso le llevaría un tiempo.

El jueves pensaba llevarla a la cena con los otros científicos exiliados. Normalmente, sus amigos anunciaban la futura visita de algún colega en la última reunión, pero él no había tenido tiempo, y si Frida Klein no lo acompañaba este jueves ya no habría otro encuentro hasta dentro de un mes. Y un mes era mucho tiempo. En treinta días podían pasar muchas cosas, incluso Frida Klein podría no estar ya junto a él en mayo. Además, estaba seguro de que sus colegas europeos tendrían muchas preguntas que hacerle en cuanto supieran que acababa de llegar de Alemania.

Frida se despertó cuando estaba a punto de terminar de fregar los platos.

—Me hubiera gustado hacerlo yo —dijo, frotándose los ojos—. Tenías que haberme despertado. Espera y te ayudo.

—No te preocupes, mujer. Ya estoy terminando. Además, eres mi invitada. No sería un buen anfitrión si permitiera que me limpiases el apartamento. El cuarto de baño ya está limpio. Ya puedes pasar si quieres.

Altamira dijo la última frase mirando la pared de la pequeña cocina que estaba integrada en el salón, concentrado en las grietas de la pintura, caballeroso, para que sus ojos no se fijasen en el cuerpo de la joven si se levantaba. Tal vez ella encontrase ridícula su manera de proceder, pero él era un hombre que había nacido en otro siglo, y había recibido una educación muy estricta, según las costumbres de aquella época, y un caballero no debe mirar a una mujer que puede estar ligera de ropa, aunque ella sea su huésped y aunque años atrás hubieran estado a punto —Altamira prefería pensar que podía haber sido así en otras circunstancias menos tristes para él— de tener una relación. Tal vez por eso, porque ella era su huésped y porque antes pudieron haber llegado a ser amantes, tenía que continuar siendo el caballero que siempre había sido: Alfonso Altamira González de Tejada, hijo de Juan Altamira, militar de carrera que había luchado a las órdenes de Espartero en la primera guerra carlista. Su padre se había jubilado con el grado de comandante y no llegó a engendrar a su único hijo hasta ser un sexagenario. Alfonso Altamira jamás pudo disfrutar de la confianza que le habría brindado un padre más joven y más liberal, pero con el tiempo el científico había llegado a comprender y a querer, con la distancia que daban los años y la muerte, a su progenitor, que había nacido cuando los húsares de Napoleón se batían en retirada hacia los Pirineos, y que se quejaba amargamente, en sus últimos años —el comandante vivió hasta los ochenta y siete—, de que su vástago hubiera elegido dedicar su vida a la abstracción de las fórmulas físicas en lugar de entregarse a la disciplina castrense, la única vida posible donde las reglas estaban claras, el único lugar donde las normas eran las mismas para todos y donde uno podía encontrar compañeros a los que apreciar como si fueran de su propia familia. Altamira había pensado qué habría sido de su vida si hubiera ingresado en la academia militar, como era el deseo de su padre. Tal vez hubiera tenido que ir a luchar a Marruecos y, si hubiera sobrevivido a la guerra de África, el alzamiento de las tropas rebeldes le habría sorprendido en cualquier destino, con cincuenta y siete años ya, y estaba seguro de que, aunque hubiera estudiado la carrera militar y su vida hubiera sido muy diferente, se habría puesto sin dudarlo del lado de los militares leales al gobierno legítimo de la República. De lo único que estaba seguro era de que, de haber sido así, ahora no viviría en Nueva York y no estaría esperando azorado a que una joven alemana saliera del baño mientras recogía el catre improvisado que había preparado para ella. La cama donde dormía Altamira era lo bastante grande para que pudieran dormir los dos, pero ni en cien vidas reuniría el valor para proponérselo. Por muy solo que estuviera, por muchas ganas que tuviera de hacer el amor con ella, sus principios le impedían sugerirle algo semejante.

Gaspar Puig fue bastante discreto. No le hizo ninguna pregunta embarazosa acerca de su relación con la joven alemana hasta el jueves, aunque desde el primer momento saltaba a la vista la curiosidad que la visita de la mujer había despertado en su amigo.

—Supongo que esta noche irá usted acompañado a la convención mensual de los científicos chiflados... —fue la única mención, aunque indirecta, a la presencia de Frida Klein en su vida.

Altamira soltó el aire por la nariz, como si sonriera. Volvían los dos del instituto, dando un paseo por el barrio elegante de Brooklyn Heights. Desde que había terminado la guerra procuraban no hablar de España porque enseguida les llegaba esa mezcla de melancolía y de rabia de la que les costaba desprenderse. Más pronto que tarde empezaría otra guerra en Europa, y nadie parecía ni quería acordarse ya de lo que había pasado en España. Y ellos, dos profesores exiliados que sobrevivían como podían en un país extraño, no podían hacer nada.

—Probablemente —respondió Altamira—. Podría haber ido acompañado desde hace mucho tiempo, pero usted no ha tenido la amabilidad de querer volver a venir conmigo a ninguna de las reuniones.

—Ya sabe usted, querido Altamira, que las reuniones de

los hombres de ciencia me parecen poco productivas para el alma. Ya, ya sé que usted dice que a veces una fórmula física sencilla puede ser tan bella como una elegía.

—O más.

—Es bastante discutible que $E=mc^2$ pueda compararse con la *Elegía a Ramón Sijé*, y usted lo sabe, querido Altamira, aunque no quiera reconocérmelo.

Alfonso Altamira se echó a reír. Habían tenido la misma conversación muchas veces, y la única fórmula que Gaspar Puig parecía saber, igual que la mayoría de los que no sabían nada de Física, era aquella en la que Albert Einstein había relacionado la energía con la masa y la velocidad. Le gustase o no a Einstein, era su nombre al que la gente ajena o los muchos diletantes de la Física recurrían para hacer ver que entendían de algo de lo que en realidad no tenían ni la más remota idea.

—Querido amigo, el mejor lugar para debatir estas cuestiones es en nuestras cenas mensuales.

—Mejor veré si me hago socio de algún club literario en el que la gente esté interesada en los rapsodas de verdad, los españoles, y entonces tendré el gusto de invitarle a una velada poética, y allí podrá explicar usted a mis colegas eso de que las ecuaciones pueden ser tan bellas como la lírica. O más, claro.

—Lo tendré en cuenta, querido Puig.

—Me alegro por ello, señor Altamira —respondió el literato, inclinando un poco el cuerpo, como en una leve reverencia, mostrando la mejor de sus sonrisas. Le gustaban estas discusiones amables que no llegaban a ningún sitio, y estaba seguro de que a Altamira también le divertían—. Que lo pasen ustedes bien esta noche.

—Como usted sabe, querido amigo, el tercer jueves de cada mes siempre es un día especial para mí.

Y lo era, tanto que a veces su existencia, desde que estaba en Nueva York, giraba en torno a esas reuniones de científicos exiliados, en las que se hablaba de Física, de Química, de Matemáticas, aunque últimamente las veladas derivaban invariablemente hacia términos geopolíticos, cuál sería el próximo paso que tendría que dar Hitler para que Chamberlain y Daladier le parasen los pies o cuánto tiempo tardaría el exilio español en reorganizarse y echar a Franco de Madrid con la ayuda de las potencias extranjeras. Afectaba a las reuniones de los exiliados una mezcla de ciencia y de nostalgia aderezada por la ingenuidad de unos y el escepticismo de otros. Al cabo, no se trataba más que de una reunión de amigos que estaban casi todos fuera de su país y que al encontrarse se sentían unidos por una causa común, por la misma desgracia.

El trayecto duraba más de media hora en autobús, desde Downtown Brooklyn hasta el extremo oriental de la calle Catorce, entre la Octava y la Novena Avenidas. Pero Frida no había dicho que iría a la primera. Altamira tuvo que insistirle. Ella había resuelto que lo mejor era hacerse un poco de rogar. Altamira no podía sospechar que la razón principal por la que había venido a Estados Unidos había sido, precisamente, para introducirse en esas reuniones. Al menos hasta donde sabía la Abwehr. Por el momento Frida se esforzaba en no pensar en las otras motivaciones que la habían llevado a aceptar la misión para no interferir en el resultado. Prefería esforzarse en convencerse de que la razón más importante, la única tal vez, para la que había viajado a Estados Unidos era para asistir a una de las reuniones a las que Alfonso Altamira acababa de invitarla.

—Somos un grupo de científicos exiliados que nos reunimos en Manhattan una vez al mes para contarnos las novedades, bueno, las novedades y las penas. Sería bueno que vinieras, no sólo porque a los demás les gustaría conocerte, sino porque te hará bien entrar en contacto con gente que puede ayudarte a conseguir un buen trabajo dentro de tu campo.

—¿Y crees que es oportuno que yo vaya contigo?

—No veo qué problema puede haber. Cualquiera de nosotros puede llevar un acompañante si le parece.

Frida conocía las reglas como si las hubiera estudiado. Lo había leído en una de las cartas que Alfonso Altamira le había enviado al profesor Steiner. Desde que se reunió con el funcionario de la embajada española en Berlín hasta que llegó a Estados Unidos habían pasado tres meses en los que había tenido tiempo de aprender muchas cosas.

—¿Y no hay que anunciarlo con antelación? —le preguntó, sin embargo.

—Lo normal es que sí, pero tampoco es extraordinario que no suceda así. Tú acabas de llegar a Nueva York, y yo te avalo ante los demás, eso sin mencionar que eres una experta en Física Atómica, y vienes de Berlín, con lo que tu presencia en la reunión no es que sea interesante, sino que yo diría que es incluso necesaria. Lo más seguro es que mis colegas, nuestros colegas, te asalten con preguntas sobre la situación de sus amigos en Alemania.

Frida dejó escapar un suspiro de resignación, como si hablar de Alemania no fuera lo que más la sedujera.

—No te preocupes. Procuraré que no te agobien con sus preguntas. Te rescataré en cuanto vea que se ponen pesados.

—De acuerdo, pero insisto en que no me parece bien que no les hayas dicho que te acompañaría.

—Intenté localizar a Leo Szilard ayer, pero en la Universidad de Columbia me dijeron que se había marchado a Chicago, aunque no te extrañe que al final acuda a la cena. Me hubiera gustado contarle que esta noche me acompañaría una colega recién llegada de Berlín. De todos los científicos exiliados en Estados Unidos él es, sin lugar a dudas, el más comprometido, y el más combativo también. No acude siempre a las reuniones cuando está en Nueva York porque a menudo anda sumido en muchos proyectos, en convencer a mucha gente para que se involucre en luchar contra los nazis, pero estoy seguro de que si supiera que estás aquí haría cuanto estuviera en su mano por pasarse. Estoy seguro de que le encantaría la idea de verte, pero, como te digo, no sé si al final será posible su presencia.

Leo Szilard. Judío nacido en Budapest en 1890. Había escapado de Alemania en febrero de 1933, pocos días después del incendio del Reichstag. El cerebro de Frida von Kleinsberg procesaba los datos con velocidad. Sabía de memoria los nombres de todos los científicos a los que debía vigilar. En efecto, Leo Szilard tal vez no fuera el más famoso ni el más brillante, pero sí era uno de los más combativos. A veces, cuando se paraba a pensar en la naturaleza de la misión que le habían encomendado, llegaba a la conclusión de que cuando lograse asistir a una de las reuniones con los exiliados lo que se encontraría no sería otra cosa que una pandilla de científicos inofensivos que se dedicaban a matar el tiempo hablando mal de Hitler y de los alemanes, y que su peligro no llegaba más allá de las paredes del local donde tenían lugar sus encuentros, que hasta ellos mismos sabían que su poder frente al Reich era el mismo que tendría una pulga frente a un elefante, un grano de arena frente a una montaña.

Media hora de trayecto y dos transbordos después estaban en la Octava Avenida de Manhattan. Altamira le había prometido llevarla a visitar el barrio de los rascacielos el próximo fin de semana, de día, pero Frida von Kleinsberg no pudo evitar detenerse un instante a contemplar las torres enormes que se levantaban desde las aceras. Levantó la cabeza, tuvo que arquear la espalda un poco para poder llegar a ver los pisos más altos. Había oscurecido ya, pero, a unas pocas manzanas al norte, la mole iluminada del Empire State destacaba, inconfundible, entre todos los rascacielos.

—Se puede visitar —dijo Altamira, que le adivinaba el pensamiento—. Fue una de las primeras cosas que hice cuando llegué a Nueva York, subir al Empire State, el edificio más alto del mundo. El sábado podremos venir si te apetece.

—El edificio donde muere King Kong...

—¿Quién?

Frida sacudió la cabeza. Sonrió.

—Nada. Una película.

—Hace muchos años que no voy al cine.

—Es una película sobre un gorila gigante que se enamora de una actriz, Fay Wray. Tal vez hayas oído hablar de ella.

Altamira sacudió la cabeza y encogió los hombros, disculpándose.

—Es muy famosa. Incluso en Alemania es muy conocida.

—Confieso mi ignorancia en lo que al cine se refiere. Lo siento.

—No hay que lamentarse por ello. El caso es que esa película que te digo, *King Kong*, acaba precisamente ahí arriba, en lo alto del Empire State.

—Iremos a verla un día, si quieres.

Frida asintió, sin dar más explicaciones. Definitivamente, el profesor Altamira no sabía nada de cine. Hacía seis años que habían estrenado *King Kong*, y pensar que todavía la estuvieran exhibiendo en un cine era bastante inverosímil. Aunque a ella no le importaría verla otra vez, en una sala de Nueva York, la ciudad que había disfrutado tantas veces en las películas que devoraba en Berlín. Últimamente el cine americano no estaba muy bien visto en Alemania. Decían que Hollywood era un nido de judíos que se habían empeñado en hacer campaña en contra del Reich, y aunque Frida también pensaba que no les faltaba razón a quienes argumentaban aquello, la pasión que sentía al sentarse en una sala oscura para que le contasen una historia era mayor que los prejuicios que le producía saber que detrás de la mayoría de aquellas películas había unos cuantos judíos ricos cuyas cuentas corrientes ella contribuía a engordar cuando pagaba una entrada.

Dejaron la Octava Avenida atrás y se adentraron en la calle Catorce, hacia el oeste. América ya parecía haber dejado atrás el fantasma de la Gran Depresión. Al menos en Manhattan parecía que las medidas del New Deal de Roosevelt habían dado sus frutos. Aún estaban los comercios abiertos y la ciudad era un hervidero de gente que volvía a casa o buscaba un bar donde tomar una copa después del trabajo. En la segunda mitad de abril la temperatura era agradable, un poco menos fresca que en Berlín en la misma época pero todavía lejos del calor que le habían advertido que tendría que soportar en verano si para entonces todavía estaba en Nueva York. Frida no sabía cuánto tiempo duraría su misión, pero se había mentalizado desde el primer momento de que tendría que pasarse una larga temporada en Estados Unidos. Infiltrarse en la comunidad de científicos exiliados de la ciudad le llevaría su tiempo y, una vez hecho esto, obtener información importante, procesarla, hacerla llegar a sus jefes de las oficinas de la calle Tirpitzufer de Berlín y que ellos se encargasen de planear el siguiente paso no iba a ser cuestión de poco tiempo.

Frida von Kleinsberg cruzó la puerta del restaurante después de que el profesor Altamira, tan educado, la dejase pasar. Se trataba del bajo de un edificio dividido en dos mitades. Altamira le indicó con un gesto que pasasen al pequeño salón que estaba a la izquierda. Así que era esto, se dijo Frida, que de no ser una agente disciplinada se habría sentido decepcionada al comprobar lo que podría ser la naturaleza absurda de su misión. Un salón que no llegaría a tener más de cien metros cuadrados presidido por una pizarra, una mesa oblonga y un par de docenas de sillas alrededor. El encargado del restaurante había tenido el detalle de colgar de las paredes de la estancia que reservaba para las cenas del tercer jueves de cada mes unos cuantos cuadros con los rostros de algunos científicos ilustres: Copérnico, Galileo, Newton, Einstein. También estaba allí el rostro inconfundible, enjuto, con el pelo engominado hacia atrás, las entradas pronunciadas de quien apunta una calvicie prematura, de Enrico Fermi. Al científico italiano le habían dado el Premio Nobel de Física el año anterior por sus investigaciones sobre la radiactividad artificial, y tres años antes había abandonado Italia porque su esposa, que al parecer era judía, se sentía amenazada. La ausencia de un retrato de Werner Heisenberg no le extrañó a Frida. A pesar de que el físico alemán había conseguido el Premio Nobel en 1932, con apenas treinta y un años, y era uno de los mayores genios y su talento se encontraba en pleno apogeo, para ella era evidente, incluso antes de haber hablado con ninguno de ellos, que los científicos exiliados renegaban de él porque todavía no les había dejado clara su postura respecto a la política de Hitler en Europa.

Había al menos una docena de hombres trajeados, conversando de pie, en un rincón del salón, tomando una copa antes de sentarse a cenar. Alguno volvió la cabeza y la miró a ella, extrañado, como quien de repente descubre un elemento que desentona en la armonía del conjunto.

—Buenas noches, señores —se presentó Altamira, quitándose el sombrero, en un inglés bastante correcto. Frida pensó que para su edad se había adaptado muy bien a un idioma nuevo, aunque tampoco le sorprendía porque con ella hablaba un alemán casi perfecto, producto del tiempo que había pasado en Berlín cuando era joven y que no había dejado de estudiar y de practicar, de eso no le cabía duda—. Para mí es un honor presentarles a Frida Klein, una colega recién llegada de Alemania que estoy seguro que les podrá contar cosas muy interesantes, y de primera mano, sobre la situación en Europa. Ha llegado a Nueva York hace pocos días, y me he tomado la libertad de invitarla a nuestra reunión mensual.

Todos asintieron con una leve inclinación de cabeza, con un murmullo de aprobación. Frida los conocía a casi todos, y aunque muchas de las fotos que había memorizado junto a los nombres eran antiguas, no le costó reconocer, entre los científicos que acudían, muy educados, a darle la bienvenida, a Friedrich Kapelle, físico, Dieter Hoeffler, matemático, Jürgen Petersen, bioquímico y eterno candidato al Premio Nobel, Markus Frank, uno de los más reputados ingenieros de Baviera hasta que abandonó Alemania en 1935. También estaba allí Arturo Ramírez de Ayala, compatriota de Altamira que había hecho fortuna en América gracias a una empresa de abonos químicos y que, a pesar de no ser un hombre de ciencia, sino un empresario próspero, gustaba de la compañía de hombres inteligentes. La mayoría de ellos eran científicos exiliados, sin embargo, otros eran ciudadanos americanos de pleno derecho, por nacimiento o porque llevaban mucho tiempo viviendo en el país, más de los cinco años que marcaba la ley para poder naturalizarse. Frida sabía que la fortuna de Markus Frank, por ejemplo, se debía a la patente de un artilugio que una empresa norteamericana había comercializado con gran éxito entre los consumidores ávidos de sacudirse la mugre que les había acompañado durante la Gran Depresión.

Los saludó a todos, uno por uno, estrechó sus manos mirándoles a los ojos, buscando algún brillo, alguna indecisión o alguna sospecha detrás de sus iris que le indicara que la conocían o que no estaban dispuestos a confiar en ella porque venía de Berlín, y en los tiempos que corrían nadie que viniera de Alemania, ni de ninguna parte de Europa, especialmente si era licenciada en Física, en Física Atómica, tenía por qué estar libre de sospecha para ellos, que desconfiaban tanto de los nazis que ni siquiera se fiaban los unos de los otros. Había tres o cuatro cuyos nombres no llegaba a ubicar, pero tampoco le preocupaba mucho: ya tendría tiempo para enterarse de quiénes eran. Además, algunos de ellos eran demasiado jóvenes para estar registrados en los archivos meticulosos de la Abwehr. Tal vez ni siquiera habían nacido en Europa, sino que formaban parte de la comunidad científica neoyorquina y acudían a las reuniones por afinidad o por solidaridad con sus colegas exiliados. El trabajo de Frida también consistía en enterarse de sus nombres y sus ocupaciones. El más joven de todos, uno que tampoco conocía, además de estrechar la mano de Frida para darle la bienvenida, acercó el dorso a sus labios y la besó, mirándola a los ojos. La agente de la Abwehr sintió un leve estremecimiento, no porque un hombre joven le besara el dorso de la mano, sino porque le asaltó inopinadamente un ramalazo de inquietud. Tal vez sabía quién era y terminaría desenmascarándola, o quizá fuese también un agente alemán que llevaba ya un tiempo infiltrado entre los científicos de Nueva York. Pero esto, aunque no era imposible, era poco probable. De haber otro espía infiltrado se lo habrían comunicado. No era el momento de sacar las cosas de quicio sin ningún motivo. Sólo se trataba de un hombre joven con pinta de galán de Hollywood que había querido destacar entre sus colegas besando su mano. Zukrowski, le dijo, Stanislaw Zukrowski. Bienvenida a Nueva York. No debía de haber cumplido los cuarenta todavía, y la taladraba con aquellos ojos que de tan claros parecían transparentes. Frida miró a Altamira y se disiparon sus dudas. El profesor español había bajado la cabeza, pensativo. Estaba claro que no le agradaba que un hombre más joven se acercase a ella de esa forma tan excesivamente educada. El fantasma de los celos se había cruzado por delante de los ojos de Altamira, y aquélla era una buena señal para sentirse a salvo. Stanislaw Zukrowski no era más que un hombre joven que deseaba agradar a una mujer hermosa llamando la atención o comportándose de una forma diferente a como lo harían la mayoría de los científicos, casi todos ellos de mucha más edad, que habían acudido a cenar como cualquier otro tercer jueves de cada mes.

Le gustó comprobar, también, y esto le alegraba tanto por su misión como porque al cabo, la parte de Frida Klein que había en ella disfrutaba con ello, que el profesor Alfonso Altamira González de Tejada, a pesar del aparente aislamiento en el que vivía, alejado del mundo mientras malgastaba su talento enseñando Física en un instituto de Brooklyn Heights, seguía siendo un hombre muy respetado entre sus colegas. Eran conocidos por todos los esfuerzos que había hecho para convencer al profesor Albert Einstein de que se convirtiese en ciudadano español en 1933, su lucha titánica y muchas veces sin medios por dignificar la ciencia en España y su tarea incansable para acercarla a la gente profana. A muchos de los que ahora se sentaban junto a él en las reuniones de la calle Catorce de Manhattan Altamira los había invitado a dar conferencias en Madrid cuando su posición se lo permitía, y él mismo se había encargado de gestionar la financiación de los viajes, los gastos y las dietas. Suyo era en buena parte el éxito de la visita de Albert Einstein a Barcelona, Madrid y Zaragoza en 1923, y eso era algo que todos sabían. Y lo más curioso era que Alfonso Altamira no había reclamado nunca nada para sí mismo ni había presumido de los éxitos que por derecho le correspondían o se había quejado de que otros se hubieran apuntado a última hora para que sus nombres apareciesen en los periódicos junto al nombre famosísimo de Albert Einstein. Ni siquiera ahora, que era cuando podría necesitar más ayuda, había acudido a ninguno de los científicos tan renombrados que conocía y a los que había hecho más de un favor desinteresado, como el propio Einstein, para que le echasen una mano y le ayudasen a salir del ostracismo. Alfonso Altamira era un hombre al que le gustaba valerse por sí mismo, que evitaba pedir ayuda aunque lo necesitase, y ésa era una de las cosas que más le gustaban a Frida Klein. Y a Frida von Kleinsberg también.

—Parece que Leo Szilard finalmente no va a venir —le dijo Altamira al oído, cuando ya se habían sentado—. Me lo ha dicho Zukrowski, el joven que te ha besado la mano. —Altamira se detuvo un poco al decir esta frase, y Frida apenas pudo contener una sonrisa—. Son muy buenos amigos. Una lástima, porque me hubiera gustado que lo conocieras. Y seguro que a él también le habría encantado charlar contigo. Pero ya tendremos ocasión más adelante.

La presencia de un elemento ajeno a los miembros del club alteró un poco el orden del día. Había sido Altamira el que se había encargado de presentarla oficialmente, de pie, una vez que todos habían ocupado su sitio en la mesa, mientras ella tomaba asiento entre él y el científico polaco cuyo nombre jamás había escuchado, fingiéndose azorada, Altamira glosando su carrera y sus investigaciones en el campo de la Física Atómica, mostrando sin reservas su admiración a pesar de su juventud, aventurando un futuro premio de la Academia Sueca, quién sabe, con el tiempo. Talento, aseguró, no le faltaba. Para avalar el buen hacer de la alemana, Altamira habló brevemente del tiempo que ella había pasado junto a él en Madrid, de su constancia y de su inteligencia como investigadora. Frida llegó a pensar alguna vez durante la presentación que en algún momento Altamira iba a recurrir a su belleza y a la condición de ser mujer como último y determinante razonamiento para que sus colegas tuvieran a bien acogerla entre ellos, y aquello, que debería ruborizar a Frida Klein, lo único que conseguiría sería irritar a Frida von Kleinsberg. Por fortuna Altamira no hizo ninguna mención a su condición femenina como argumento para haber sido invitada a la cena, y, al cabo, ella sabía que era un caballero demasiado tímido como para dejar entrever delante de otros hombres la atracción que sentía por ella. Aún tardó unos segundos en comprender que el aplauso espontáneo en que había estallado la audiencia de científicos del salón era en su honor. Se levantó Frida, sonrió a Altamira, e hizo una pequeña reverencia a los hombres que la miraban y sonreían después de que el profesor español acabase de presentarla oficialmente a la comunidad de científicos exiliados de Nueva York. No había sido muy difícil llegar hasta allí. A partir de ahora tendría que sacar el máximo provecho de la situación. Apretó afectuosamente el antebrazo de Altamira para darle las gracias, movió los labios sin dejar escapar una palabra y asintió con la cabeza para agradecer a los hombres que la aplaudían como bienvenida. Frida Klein improvisó un par de frases tópicas, lo que se esperaba que una mujer dijera cuando un grupo de hombres de talento había permitido que asistiera a una de sus reuniones. Luego se sentó, pero no hablaron de Física aquella noche, sino de política, del futuro de Europa. Frida estaba preparada para ello, y ninguna de las preguntas que aquellos apátridas le hicieron la cogió por sorpresa. Querían saber si eran ciertas las noticias confusas que llegaban de Alemania, si era verdad que la población apoyaba mayoritariamente a Hitler, cuál era la situación real de los judíos ahora en el país —Frida sabía que muchos de los que estaban en la sala habían sido circuncidados y celebraban el *Shabbat*—, y, sobre todo, querían saber cuál era la situación de la ciencia en Alemania, hasta dónde era posible trabajar con libertad, hasta qué punto se había militarizado, si pensaba que una mente preclara como Werner Heisenberg pondría sus conocimientos al servicio de los nazis. El profesor Heisenberg, todos ellos lo sabían, llegaría dentro de un par de meses a Estados Unidos, invitado por las universidades de Ann Arbor y Chicago para hablar de Mecánica Cuántica, y su llegada y la información que pudiera proporcionar sobre la implicación de la ciencia y los prodigiosos científicos alemanes en el campo militar era muy importante para todos esos hombres a los que les aterraba la idea de que el Tercer Reich extendiera su dominio por Europa, y luego, tal vez, quién sabe, a lo mejor trataría de llegar a un acuerdo con el gobierno de los Estados Unidos de América. Frida Klein titubeaba, pero Frida von Kleinsberg los miraba a los ojos mientras respondía a sus preguntas. El miedo que sentían estaba más que justificado. Ninguno de ellos podía imaginar el poder militar que atesoraba Alemania. Eran incapaces de aceptar —o no querían, porque seguro que la idea de una Europa dominada por el Partido Nacionalsocialista les horrorizaba— que el único futuro posible, si al final estallaba la guerra, era la victoria incontestable de las tropas del Tercer Reich.

Pero el joven que había besado su mano había estado muy callado durante la cena. Zukrowski, le había dicho. Polaco, sin duda. Frida Klein recordaba que alguna vez, en Madrid, le había contado a Alfonso Altamira que había viajado a Polonia. No es que fuera entonces más ingenua que ahora, que quizá sí, pero cuando estaba en Madrid no podía imaginar que pocos años después volvería a encontrarse con Altamira en Nueva York y que iba a arrepentirse de haberle hablado de aquel viaje que había emprendido no mucho tiempo antes de conocerlo a él para encontrarse a sí misma y averiguar ciertas cosas que desde entonces, y a pesar de sus esfuerzos por soslayarlas, seguían quebrantándole el ánimo. Sin ninguna mala intención, Alfonso Altamira podría en cualquier momento mencionar su viaje a Polonia o recordárselo para dar un poco de conversación a su colega. Estaba segura de que Altamira no olvidaría que le había contado su periplo. Ella le había descrito Cracovia con todo detalle, incluso habían hablado alguna vez de viajar hasta allí los dos juntos, cuando paseaban bajo los árboles del jardín de la Universidad Central de Madrid, ella cogida de su brazo, él azorado, consumido por la culpa de estar enamorado de otra mujer mientras su esposa se desvanecía en la cama de un hospital. Algún día, le había dicho Altamira, sin poder dejar de sentirse ruin porque sabía que la razón por la que cuando pudieran hacer un viaje juntos sería porque ya habría enterrado a Carlota. Llevaba seis meses trabajando con ella y ni siquiera había intentado besarla. En la época de Madrid no estaba pasando por la mejor etapa en la relación con sus padres, pero Frida recordaba que entonces no podía evitar pensar de vez en cuando en la baronesa, en lo que pensaría si supiera que un hombre con más de cincuenta años y a punto de enviudar estaba enamorado de ella. A pesar de todo tal vez no lo vieran con malos ojos si supiera que era tan honesto que jamás intentaría nada con ella mientras viviese su mujer.

Polonia, Cracovia. Siete años antes. Cada vez le gustaba menos pensar en aquel viaje, y, cuando lo hacía, a menudo concluía que tal vez lo mejor hubiera sido no subir nunca a un tren que viajaba hacia el este. Pero ahora no tenía más remedio que tenerlo presente. Seguro que a Altamira le parecería extraño que no sintiese curiosidad por saber más sobre el científico polaco que le había besado la mano y ahora estaba sentado junto a ella.

Ya habían servido el postre cuando Frida buscó entablar un diálogo con él. Hasta ahora el polaco sólo había cambiado unas palabras con el otro español de la reunión, el industrial Ramírez de Ayala, que estaba sentado a su siniestra. No en vano, le había deslizado Altamira al oído durante la cena, Stanislaw Zukrowski trabajaba en una de las empresas de Ramírez de Ayala.

—Zukrowski —le dijo Frida, cuando tuvo ocasión, deteniéndose en cada sílaba. No le quedaba más remedio que hacerlo si no quería que Altamira se diese cuenta de que trataba de ocultar su viaje a Cracovia—. Stanislaw Zukrowski. Polaco, sin duda.

El otro le respondió con una leve inclinación de cabeza. Sonriendo, con los labios y con los ojos, por la obviedad del asunto. Entonces iniciaron una conversación, sin profundidades, la única clase de conversación que puede existir entre dos personas adultas que acaban de conocerse. Frida sintió cómo se despojaba de un peso de encima cuando le contó que llevaba diez años viviendo en Estados Unidos. Peor había sido un momento antes, cuando le contó que había nacido y que había estudiado Química en la Universidad de Cracovia. Era muy difícil pero no era imposible que se hubiera encontrado con ella o que la recordase. Ella no había pasado demasiado tiempo allí, pero había hecho algunas preguntas y Cracovia no era una ciudad muy grande. Y el primer lugar al que había ido a buscar era la universidad. No descartaba que alguien con quien hubiera hablado entonces o le hubiera preguntado para averiguar lo que había ido a buscar la recordase. Dio un sorbo a una copa de vino, y ahora que estaba más relajada se dio cuenta de que durante un instante había soportado una gran tensión. Zukrowski llevaba diez años viviendo en Estados Unidos y no podía haber coincidido con ella cuando estuvo en Cracovia, y esperaba que también fuera lo bastante joven como para no conocer a la persona a la que había ido a buscar allí.

Ahora le pareció que Stanislaw Zukrowski se había vuelto más parlanchín de repente. Le hablaba de los cafés de Cracovia, del tejado del mercado de la Plaza Mayor cubierto de nieve en invierno o de las callejuelas del Kazimierz, el barrio judío donde había pasado su infancia. Una pena que ahora algunos alemanes reclamen Polonia como parte de su territorio, le dijo, y a Frida von Kleinsberg no le quedó otro remedio que morderse la lengua y escuchar cómo Frida Klein le daba la razón al polaco. Era el hombre más joven de todos los que estaban en la cena, y también, con gran diferencia, el más atractivo. Pero lo mejor es que era muy amigo de Leo Szilard. Eso le había dicho Altamira. Su nombre no le sonaba, pero eso no tenía por qué significar nada porque había otros hombres en la reunión cuyos nombres tampoco había oído nunca mencionar durante el tiempo que había pasado en Berlín preparándose para la misión. Pero que fuera polaco podía llegar a ser un inconveniente que Frida no podía dejar pasar por alto. Todavía no trabajaba para la Abwehr cuando viajó a Cracovia siete años antes y por eso ninguno de los subordinados de Canaris estaba al tanto de aquel viaje. Frida estaba segura de que si se hubieran enterado de la verdad lo más probable era que no le hubieran encomendado aquella misión. Tal vez ni siquiera ahora trabajaría para ellos.

Pero eso no importaba ahora. No importaba nada. Frida von Kleinsberg miraba la escena como quien contempla una película sentada cómodamente en la butaca de un cine. Frida Klein en medio de dos hombres, un español y un polaco, uno que parecía callado y misterioso y que de repente se había vuelto amable y hablador; otro que, sentado a su lado, intercambiaba alguna frase con el que tenía enfrente, pero en realidad estaba atento a la conversación que mantenían Frida Klein y Stanislaw Zukrowski, sin atreverse a participar, como el viejo león que abandona la manada después de comprender que ha llegado un macho más joven con el que no podrá competir.

CAPÍTULO XI

La invitación de Arturo Ramírez de Ayala llegó puntual, igual que el último año, a mediados de mayo. El curso escolar terminaría dentro de pocas semanas, y el telegrama le decía que la casa estaba a su disposición. Desde que había comprado una mansión en Florida, el empresario de origen español pasaba cada vez más tiempo en el sur, cerca de playas soleadas desde enero hasta diciembre y a un tiro de piedra de los casinos de La Habana. La pequeña casa que tenía en la bahía de Peconic, en Long Island, había quedado relegada a un segundo plano, apartada en un rincón del noroeste, como un juguete antiguo que desdeña un niño por otro más moderno o más grande y vistoso. Este año se la ofrecía a su amigo igual que el verano anterior: sin cobrarle ni un centavo. Altamira también era español, y le caía muy bien, además. Se habían conocido dos años antes, en una de las cenas de la calle Catorce, cuando Altamira era un recién llegado a Estados Unidos. A pesar de su creciente prosperidad, Ramírez de Ayala no había perdido la sensibilidad respecto a los exiliados, sobre todo si eran compatriotas a los que la lotería de la suerte no acababa de premiar.

Él podría haber sido uno de ellos si las cosas hubieran rodado de otra manera, si sus padres no hubieran emigrado a América cincuenta años antes, cuando todavía era demasiado pequeño como para acordarse.

Alfonso Altamira agradeció la invitación para pasar el verano en la casa de Ramírez de Ayala, pero no la aceptó inmediatamente. No es que prefiriese soportar el calor agobiante de su apartamento de Brooklyn, sino que le parecía excesivo aceptar el ofrecimiento de su amigo por segundo año consecutivo. Una casita frente al mar sólo para él. Como excusa alegó que no sabía navegar, que se le caería el mundo encima mientras esperaba que pasaran los días, paseando por la playa, sintiéndose un extraño entre gente que no conocía, muchos de ellos de una clase social elevada. Ya le había pasado lo mismo el año pasado, pero entonces había invitado a su amigo Gaspar Puig a pasar unos días con él en Long Island, y ahora no podía evitar sonreír al recordarlo un año antes, escuchándolo recitar los mejores versos de los poetas de la Generación del 27 sin tener ninguna posibilidad de escapar más que hundiéndose en el fondo de la bahía de Peconic. El empresario español no insistió, pero a principios de junio le llegó una carta con el remite de la oficina de Arturo Ramírez de Ayala, con una tarjeta suya en la que había anotado a mano, a pesar de que Altamira ya la conocía, la dirección de la casa, un juego de llaves y un plano en el que le indicaba cómo llegar, todo muy bien detallado, con trenes y autobuses, porque Alfonso Altamira ni tenía coche ni sabía conducir. Y aunque al principio este año había decidido no abusar de la amabilidad de su compatriota, al profesor Alfonso Altamira ahora no le parecía tan descabellada la idea de pasar el verano en Long Island. Le mandaría una nota a Ramírez de Ayala para agradecerle la invitación, y le diría que al final tal vez sí pasaría unos días en Peconic. La excusa sería el calor de Brooklyn, que ya conocía lo bastante bien como para saber lo insoportable que podría llegar a ser. Que una casa frente al mar era una oferta mucho más agradable que la canícula del asfalto de la ciudad.

Pero la verdadera razón tenía nombre de mujer, y estaba seguro de que Ramírez de Ayala se había dado cuenta, como cualquiera que hubiera prestado un poco de atención, igual que Gaspar Puig, que lo miraba en el instituto de otra manera ahora que una mujer hermosa habitaba bajo su techo. A veces aspiraba histriónicamente cuando se lo cruzaba en los pasillos del centro, como si no supiera que el olor suave que le llegaba era del perfume con el que Altamira se rociaba el cuello y las mejillas cada mañana, antes de salir para dar sus clases, y se quedaba un momento en el pequeño salón, procurando no hacer ruido, para dejarla que durmiese hasta bien entrada la mañana si le apetecía.

Seguía siendo el mismo, pero era como si hubiera rejuvenecido diez, quince años de golpe. La presencia de una mujer en la vida de un hombre puede hacer más milagros que la medicina o la vida sana. Y aquel verano se le antojaba lleno de posibilidades que doce meses antes no habría podido soñar siquiera. Una casa tranquila, un lugar donde ella pudiera navegar. Era como si el tiempo se adelantase o se retrasase caprichosamente. Sería como volver a pasear del brazo de Frida Klein por los jardines del Retiro, estar sentado junto a ella bajo un árbol mientras contemplaban las barcas que navegaban en el estanque.

Después de la reunión en la calle Catorce, los científicos estuvieron un rato departiendo con ellos, todos haciendo corrillo en torno a Frida Klein, escuchándola hablar de Alemania, compartiendo su preocupación y agradeciendo su optimismo respecto al futuro. Ella había dicho que estaba segura de que las cosas se arreglarían de algún modo, que Hitler no sería eterno, o que tarde o temprano el mundo se daría cuenta de las barbaridades que se estaban cometiendo en Alemania. Altamira se percató también de que alguno de sus colegas le había dedicado una mirada cómplice al enterarse de que la joven física alemana se hospedaba en su casa. Eran gestos entre hombres que no había visto desde hacía muchos años, y más de una vez, hasta que al final terminó la reunión, le dio vergüenza pensar que fuera obvio que le temblaban las piernas cuando estaba cerca de ella. Verlo con aquella mujer parecía despertar una envidia sana en sus colegas, y, al cabo, resolvió que no tenía por qué avergonzarse de ello. Conocía a Frida Klein desde hacía cuatro años, y lo más lógico era que le hubiera brindado su casa para que se alojase hasta encontrar algo mejor. Incluso Stanislaw Zukrowski, el que le había besado la mano y había demorado sus labios en el dorso de ella más tiempo del que las normas de educación habrían considerado necesario, podía sentir envidia de él, que le llevaba más de veinte años, por haber llegado a la reunión acompañado de una bella joven. Zukrowski podía ir a las cenas mensuales de la calle Catorce conduciendo su coche, un descapotable oscuro con llantas relucientes y neumáticos blancos que mostraban sin pudor el sustancioso salario con el que Arturo Ramírez de Ayala premiaba sus desvelos en su empresa de abonos y fertilizantes con sede en Queens, pero había sido él, que había acudido en autobús desde Brooklyn, quien había llegado acompañado por una joven hermosa.

Altamira no tenía nada en contra de aquel joven y talentoso químico polaco, le caía tan bien como todos, pero no pudo evitar una jactancia íntima al poner la mano sobre el hombro de Frida Klein para llevarla de vuelta a casa después de que él hubiera vuelto a besar su mano, sujetando sus dedos, mirándola a los ojos, hasta que ella sonrió y la retiró con discreción pero con firmeza y buscó apoyo en Altamira, que enseguida la tomó del brazo mientras se despedía del resto de sus colegas. Hasta dentro de un mes no tendría lugar otra reunión, y aunque Altamira no tenía años para comportarse como un adolescente enamorado, sabía que no podía esperar eternamente antes de confesar sus sentimientos a Frida Klein. Era una mujer joven, inteligente y muy hermosa, y al mínimo cuartel que le diese a un hombre joven y apuesto como era Stanislaw Zukrowski, sabía que tenía muchas posibilidades de perderla.

Pero aún era demasiado pronto para pedir abiertamente a sus conocidos que ayudasen a Frida a conseguir un trabajo. Altamira tenía previsto proponerlo en la próxima reunión, o, tal vez, llamar a alguno de ellos para que intercediera por ella. Era incapaz de pedir nada para sí mismo, pero se desvivía para ayudar a alguien que lo necesitaba.

Llevaba todo el día con las llaves de la casa de Ramírez de Ayala en Long Island guardadas en el bolsillo, y ahora jugueteaba con ellas mientras con la otra mano sujetaba la correa de *Newton*. Aparte de buscarle un trabajo, también tenía que encontrar el momento oportuno para proponerle a Frida que fuera a pasar el verano con él a Long Island. Al cabo, que estuviera alojada en su casa era un hecho irrelevante, una situación que no significaba nada más que ella no había tenido a nadie a quien acudir sino a un viejo amigo con el que había trabajado en España. La situación lo hacía sentirse como un niño que estuviera a punto de alcanzar la edad de jubilación. Una vez, en Madrid, paseando por los jardines del Retiro, en un gesto que no pudo controlar, había tomado las manos de Frida Klein entre las suyas y le había dicho que la quería. Aquél había sido el punto más álgido de intimidad que se había atrevido a alcanzar con la joven alemana, y todavía, casi cuatro años después, sentía una gran vergüenza por haberlo hecho, pero aún le acobardaba más que ella se percatase de lo azorado que estaba, él tan mayor, con tanta experiencia como se suponía que debía de tener comparado con ella, que tenía treinta años menos, pero la inteligencia y los años no sirven de nada cuando uno enfrenta los ojos de la mujer de la que, sin tener una razón lógica para ello, está enamorado.

Cuatro años después y otra vez sentía lo mismo. Ella al otro lado de la puerta de su habitación y muchas noches le había costado conciliar el sueño. Imaginaba que tenía el valor suficiente para levantarse, acariciarle la mejilla, enroscar su melena ondulada en un dedo, suavemente, acercar los labios a su cuello y susurrar su nombre, y ella sonreía, sonreía y lo llamaba por su nombre, Alfonso, vida mía, y se abrazaba a él. Otras veces pensaba que era ella la que se levantaba y acudía de puntillas a su habitación, giraba el pomo de la puerta despacio, para no sobresaltarlo, para no despertarlo y ser sorprendida si en el último instante decidía dar marcha atrás y volver a su cama improvisada en el salón, pero Frida Klein al final traspasaba el umbral del dormitorio, se sentaba en la cama y le pasaba la palma de la mano por la frente, y luego por la mejilla, por la barba canosa, y él se despertaba, un poco aturdido, sin comprender qué estaba ocurriendo. La muchacha se llevaba el dedo índice a los labios, rogándole cariñosamente que no hiciera ruido, y luego posaba la misma yema que había estado en sus labios en los de él, que la besaba, se incorporaba en la cama y sentía el calor del cuerpo de la joven que se pegaba al suyo, la piel desnuda debajo del breve camisón que usaba para dormir y que pronto terminaría arrugado entre las sábanas.

Pero Altamira sabía que, si pasaba algo entre ellos, lo que tanto deseaba, no sucedería de esa forma que había imaginado, porque ya tenía años para saber que los sueños, cuando se hacen realidad, raramente suceden o tienen la misma intensidad que cuando se han imaginado o deseado largamente.

Se atrevió a invitarla a pasar el verano con él por la tarde. Le había costado hacerlo, pero al final reunió el valor suficiente.

—Estoy pensando pasar unas semanas este verano en una casa en Nassau Point, en la bahía de Peconic, en Long Island.

—¿Long Island? —Frida von Kleinsberg sabía fingir muy bien que sabía mucho menos de lo que aparentaba.

—No está demasiado lejos de Nueva York. Es un lugar bonito, muy tranquilo. Hay árboles, y playa, y dunas suaves de arena, y mar, por supuesto.

Frida sonrió.

—El mar. Entonces también habrá embarcaciones. A mí me encanta navegar.

—Hay muchas embarcaciones. Seguro que se puede alquilar alguna. Podrás navegar todo lo que quieras.

La frase de Altamira había sonado como una invitación, pero ella también le había dicho un momento antes que le gustaba navegar, con lo que le había abierto el camino al profesor para hacerlo.

—A ti no te gusta navegar —respondió Frida, sacudiendo la cabeza, sin poder disimular una sonrisa—. Subías conmigo a regañadientes en las barcas del estanque del Retiro.

Altamira se encogió de hombros. También sonreía.

—Cada vez que subo a un barco no puedo dejar de pensar que los tentáculos de una criatura anfibia van a salir del agua y me van a arrastrar hasta el fondo, o que un tiburón enorme vendrá con las fauces abiertas para engullirme.

Frida no podía dejar de sonreír. Lo miraba casi con dulzura.

—Es una manera muy poética de ocultar que te mareas cuando te subes a un barco.

—Eso también. De acuerdo. Pero lo del monstruo marino con tentáculos es cierto. Y lo del tiburón.

Frida Klein se lo quedó mirando. Cuando Frida von Kleinsberg relajaba la presión que ejercía sobre ella podía llegar a sentirse muy a gusto con el hombre que le había dado cobijo en Brooklyn.

—Debiste de pasarlo muy mal en la travesía desde España a Estados Unidos.

Altamira asintió, resignado.

—Nunca pensé que se me pudiera hacer tan largo el trayecto entre Lisboa y Nueva York. Me asomaba al barco y en cuanto quería darme cuenta me había agarrado con tanta fuerza a la baranda que me dolían las manos.

—Veías los tentáculos del monstruo que venía a por ti desde el fondo del mar.

—Y las aletas de los tiburones. No puedes imaginarte cuántos hay en el Atlántico Norte. Pero bueno, seguro que tú también has visto tiburones en tu viaje desde Liverpool.

Se quedaron los dos en silencio un instante, como si la broma ya no pudiera demorar más tiempo el momento de la respuesta de Frida.

—¿Te gustaría pasar el verano allí, conmigo? —concluyó Altamira—. No es una casa muy grande, pero sí lo suficientemente cómoda para dos personas. Me la ha prestado Arturo Ramírez de Ayala. Tal vez te acuerdes de él. Lo conociste la otra noche, en la cena. El empresario de origen español que había hecho fortuna gracias a una empresa de abonos y fertilizantes.

Frida fingió que tenía que hacer un esfuerzo para recordar. Sabía quién era Arturo Ramírez de Ayala, y también se había enterado de que Stanislaw Zukrowski, el apuesto químico polaco, trabajaba para él.

Respondió al cabo de unos segundos.

—Creo que sé quién es.

—Pues ha tenido la amabilidad de prestármela. Por segunda vez, porque el año pasado también lo hizo. He pensado que podríamos disfrutar de la tranquilidad del verano en un lugar fresco y apacible.

—Eres muy amable, Alfonso. Pero no sé qué decirte. He de buscar un trabajo para poder valerme por mí misma. El dinero se acaba antes o después, y no puedo quedarme aquí para siempre.

La respuesta fue como si una aguja se le clavase en el pecho. Tal vez la muchacha se iría pronto. Quizá ya lo había decidido.

Altamira podría decirle que tal vez no encontrase el trabajo que quería antes de que terminase el verano. Pensaba, y habían hablado de ello muchas veces, que lo mejor para ella sería encontrar un puesto de profesora, y, a no ser que empezase a dar clases particulares —algo bastante posible, incluso recomendable para adquirir experiencia con alumnos norteamericanos: el propio Altamira había empezado a trabajar dando clases particulares cuando llegó a Nueva York—, su empleo no empezaría, como muy pronto, hasta finales de agosto. Mientras tanto podrían pasar el verano los dos en la casa de Ramírez de Ayala en la bahía de Peconic.

—Seguro que este verano también estará por allí el profesor Albert Einstein. El año pasado alquiló una casita frente al mar, un sitio con unas vistas estupendas, en lo alto de una colina. La casa de Arturo Ramírez de Ayala está al otro lado de la calle, un poco más abajo.

Ahora Frida von Kleinsberg tomó las riendas. Respiró hondo y apretó los puños con cuidado, haciendo un esfuerzo para que Altamira no se diera cuenta del calor que le subía por la espina dorsal cuando pensaba en la posibilidad de encontrarse con Albert Einstein. Pero no se iba a permitir pensar en ello hasta no haber resuelto la misión que le habían encomendado.

—Será cuestión de verlo cuando llegue el momento —respondió Frida, sin querer comprometerse. Como mujer podía llegar a entender que el profesor Altamira no quisiera dejar pasar la oportunidad de pasar el verano en Long Island con ella, pero lo mejor para su misión no era retirarse durante los meses de verano a una casa de vacaciones, alejada de donde tenía que sacar toda la información posible para remitirla al coronel Piekenbrock a través de Spencer Baumbach, con quien ya se había reunido dos veces desde que llegó a Nueva York. Le contó que había logrado infiltrarse en la comunidad de científicos exiliados menos de una semana después de instalarse en casa de Alfonso Altamira, pero sólo había sido una reunión, y sospechaba que ninguno de los hombres que había conocido estaba informado de cualquier actividad que pudiera ser interesante para ella, ni siquiera Altamira, que, aunque conocía y tenía buena relación con la mayoría de los científicos que vivían en Nueva York, tampoco parecía estar enterado de nada relevante, como hasta qué punto los exiliados estaban colaborando con el ejército norteamericano, si los militares habían prestado atención siquiera a los temores a los que se había referido el profesor Steiner en las cartas que le había mandado a Alfonso Altamira. Su anfitrión le había contado que la única persona con la que había hablado de aquello era Leo Szilard, y, por lo que éste le había contado, Altamira había deducido que también tenía mucha información al respecto. Estaba claro que había más de un topo infiltrado en Alemania, e integrarse entre los sabios exiliados que se habían instalado en Nueva York era una buena oportunidad para averiguar sus nombres. Cuanto más pensaba en ello, más importante le parecía la misión que le habían encargado; de hecho, aunque ella no lo supiera o no se lo hubiesen querido decir —y los agentes de infantería como ella rara vez eran conscientes de la importancia de las misiones que les encomendaban mientras las estaban realizando—, en sus manos muy bien podría estar el futuro del Reich, que la guerra estallase en Europa o que los alemanes pudieran hacer que los demás países se postrasen y les rindieran pleitesía sin disparar un solo tiro, sólo anunciando que habían encontrado la forma de desarrollar una bomba atómica. Tenía que llegar hasta Leo Szilard. El inquieto físico húngaro era la llave que le abriría las puertas del éxito de la misión, la pieza de un tablero de ajedrez que al ser tumbada despejaría el camino hacia el jaque mate.

No, definitivamente, no podría ir a pasar el verano a Long Island. El profesor Altamira tendría que comprenderlo.

—No creo que sea lo más oportuno, Alfonso.

—Entiendo...

—Verás, Alfonso. Yo estoy muy a gusto aquí, y no sabes cuánto te agradezco lo que estás haciendo por ayudarme, pero lo más importante para mí es encontrar un trabajo con el que poder pagar el alquiler de un apartamento, algo como esto. —Extendió la mano alrededor, como si pudiera tocar la pared de la vivienda de Altamira—. Y debo encontrarlo cuanto antes.

Todavía no había mencionado Frida Klein ningún nombre, pero Alfonso Altamira, aunque no podía adivinarlo, sintió una punzada de dolor al pensar que alguien que no fuera él pudiera ayudar a la joven a conseguir un puesto de trabajo en los Estados Unidos. Desde que lo acompañó a la cena en la calle Catorce, algunas tardes ella salía sola a pasear, o tomaba el metro hasta Manhattan. Una noche regresó y le contó que ya había subido al Empire State. Altamira no quiso preguntarle si alguien la había acompañado, se limitó a sonreír y a escuchar la fascinación que había significado subir al edificio donde los aviones habían abatido al gorila ese, King Kong, la impresión de ver las luces y las calles de la ciudad desde el edificio más alto del mundo.

Y Altamira ya no era un profesor con un talento extraordinario para la Física, sino un hombre afectado por la confusión del amor que había puesto toda su inteligencia al servicio de conseguir que la joven se quedase a su lado, que lo acompañase a pasar el verano en Long Island, el primer verano romántico para él en muchos años, tal vez el único verano romántico de su vida, a los sesenta años recién cumplidos, y por más vueltas que le daba no llegaba a otra conclusión que declararse, decirle abiertamente que estaba enamorado de ella, no ahora, que la cobijaba en su apartamento neoyorquino, ni cuando le tomó la mano en Madrid y le dijo que la quería, sino tal vez, y aunque él prefería pensar que había sido de una forma gradual, desde el primer día que cruzó su despacho en la Universidad Central de Madrid con una carta de recomendación de su querido amigo, el profesor Steiner, que a estas alturas ya debía de haber pasado a engrosar la lista de víctimas de la barbarie nazi.

—Entiendo —repitió, no obstante, como si fuera el eco de su propia voz.

Se lo diría, le diría que la seguía queriendo, pero esperaría el momento adecuado para confesarle lo que ella ya sabía. Hizo un esfuerzo para no confesarle sus sentimientos esa tarde, antes de sacar a pasear a *Newton*. Se mintió a sí mismo con la teoría de que retrasaba su confesión hasta encontrar el momento adecuado, pero la única verdad era que le daba mucho miedo pensar en cuando ella le dijera que muchas gracias, pero que no sentía lo mismo por él, que jamás lo había sentido. Le daba miedo conocer de su boca lo que ya sospechaba, que la única razón por la que todavía seguía durmiendo bajo su techo era porque le estaba muy agradecida por haberla acogido y le daba un poco de pena dejarlo solo. Que aún le quedaba algo de dinero para poder mantenerse hasta que encontrase algo.

El siguiente fin de semana fue el más duro para Altamira. Su huésped le había dicho que lo pasaría fuera, que no regresaría hasta el lunes. Así lo dejaría un tiempo tranquilo, sin molestarle, porque no había pasado ni un día desde que llegó, ya hacía cinco semanas, sin dormir en su apartamento. Altamira asintió, sin decir nada. No tenía sentido insistir en que ella no le molestaba, sino todo lo contrario, que desde que estaba en su casa se sentía más joven que nunca, con ganas de vivir.

Alfonso Altamira se dio cuenta de que había perdido la costumbre de estar solo cuando regresó al apartamento, el viernes, después de terminar la última clase en el instituto: Frida Klein ya se había marchado. A pesar de que ella le había dicho que pasaría fuera el fin de semana, esperaba que no fuese verdad, que al regresar del instituto se la encontrase, con la comida preparada, aguardando su llegada, como una joven esposa que escucha la música suave del gramófono sentada tranquilamente en la butaca del salón, haciendo tiempo mientras llega su marido. El hocico húmedo de *Newton* buscó la mano de su dueño. El animal movió la cola y se tumbó panza arriba, esperando una caricia.

—Al menos tú sigues aquí —le dijo Altamira, pasando su mano por el vientre blanco del perro.

Dejó caer su carpeta con desgana en la butaca que hacía las veces de cama para su huésped y fue hasta el armario de la habitación. No respiró tranquilo hasta que vio la ropa de Frida colgada en las perchas. Al menos no se había marchado definitivamente, sólo el fin de semana, como le había dicho, y aunque eso no significaba que muy pronto, tal vez el mismo domingo por la noche, cuando regresara, o el lunes, no recogiera la ropa que le quedaba en el armario y le dijera adiós para siempre, se sintió aliviado porque al menos ahora tenía una tregua para arreglar las cosas, no como en Madrid, tres años antes, cuando Frida Klein abandonó su trabajo en la universidad y no volvió a saber más de ella hasta que el profesor Steiner la mencionó en su última carta.

Pero la única verdad era que Altamira estaba solo, solo otra vez, y percibía, molesto, que el tiempo se estiraba cuando uno se acostumbra a estar con alguien que de repente se ha marchado, igual que si uno viajase a la velocidad de la luz. Tal vez Einstein no se había planteado su Teoría de la Relatividad de esta manera, pero se trataba de una aplicación práctica interesante. Altamira pensaba en las cincuenta horas que faltaban para que Frida Klein regresara —el domingo por la noche, le había dicho ella—, y por más que se inventaba tareas con las que rellenarlas, siempre se quedaba corto. Pasó la tarde del viernes escuchando viejas piezas de Albéniz en el gramófono, después de haber fregado el plato en el que había comido. Frida Klein había limpiado el apartamento antes de marcharse, pero Altamira pensó que habría sido mejor que no lo hubiera hecho para así tener una ocupación más con la que rellenar las horas de la tarde del viernes que se le estaba haciendo insoportable. Los días eran ahora más largos, además, con lo que la sensación de que el tiempo se estiraba cuando uno estaba solo era más patente que si fuera invierno y la nieve castigase con saña los cristales de las ventanas de su apartamento. Caía la tarde ya sobre Brooklyn cuando decidió sacar al perro a pasear. Antes, cuando el tedio se hacía insoportable, le bastaba caminar un trecho para encontrarse con Gaspar Puig, pero desde que Frida Klein se había instalado en su casa se habían visto muy poco y no le parecía honrado por su parte ir a buscarlo porque se encontraba solo. Casi le daba vergüenza encontrárselo y que el poeta se diera cuenta de que Frida Klein no estaba a su lado. No quería verse a sí mismo justificando que ella había tenido que ausentarse el fin de semana y tener que soportar tal vez alguna sonrisa cómplice del literato, o peor aún, el silencio, que podía ser más duro incluso que un comentario hiriente.

Peor fue el sábado. Sentía que se le caía encima el techo del apartamento. Esperaba que la puerta del baño se abriera y que de allí saliera Frida Klein, que no se había marchado nunca, que su ausencia no hubiera sido más que un mal sueño que olvidaría nada más verla aparecer, a Frida Klein, o que regresara antes de lo previsto porque lo echaba de menos, y se lo decía, y lo abrazaba, lo abrazaba y lo besaba, le acariciaba la barba blanca que con tanto esmero se arreglaba para ella. Procuraba no pensar qué estaría haciendo ella ahora, dónde se encontraría, con quién estaría hablando. Desviaba ese pensamiento con la ilusión de verla aparecer antes de tiempo, se asomaba a la ventana como un padre que espera que su hija regrese pronto, sana y salva de los peligros del mundo exterior, pero la calle estaba vacía. De vez en cuando pasaba un tranvía, algún coche. El fin de semana había mucho menos tráfico en Brooklyn, y Altamira era uno de los pocos hombres tristes que se habían quedado a pasar el sábado en su apartamento alquilado mientras la gente salía a pasear, a recibir el aire fresco junto al East River.

El domingo las horas se le hicieron eternas mientras esperaba la llegada de Frida Klein. Volvió a pasear con *Newton*, se acercó un poco más hasta el bloque de apartamentos donde vivía su amigo Gaspar Puig, para hacerse el encontradizo y entablar una conversación con él. Pero hasta Gaspar Puig parecía haberse escondido ese fin de semana. A lo mejor se había marchado a algún sitio, quizá tuviera otros amigos de los que Altamira no tenía noticias, y hasta los días de un escritor solitario y atormentado eran más felices o más distraídos que los suyos. Esperaba verlo porque lo echaba de menos, porque, al cabo, era el único amigo que había tenido desde que llegó a Nueva York.

No fue hasta la noche del domingo cuando Frida Klein regresó. Altamira escuchó un coche detenerse en la calle, sin parar el motor, y permaneció ahí unos minutos, un tiempo más que suficiente para despedirse. Tuvo el pálpito de que se trataba de ella. Estaba escuchando música con las luces apagadas y podía asomarse a la ventana sin ser visto. Lo hizo. Descorrió la cortina un poco, con dos dedos, y estiró el cuello para ver el coche. Era un automóvil oscuro, grande. No supo distinguir la marca ni la categoría. Alfonso Altamira nunca había entendido de coches ni los sabía conducir. No se había acostumbrado a ellos cuando empezaron a hacerse habituales en las calles de Madrid y nunca sintió interés por aprender a manejar uno, como habían hecho algunos amigos suyos. Incluso había encontrado en el humo que desprendían los tubos de escape una de las razones por las que hacía mucho tiempo que le había dejado de gustar vivir en la ciudad. Vio salir a Frida Klein del vehículo, con una pequeña maleta en la mano, y el automóvil se perdió en la calle sin que pudiera ver de quién se trataba. Ella miró hacia la ventana un momento, antes de entrar en el bloque, y Altamira se retiró, como si la fuerza negativa de un imán lo repeliese del cristal a pesar de saber que ella no lo podía ver. Volvió a sentarse en la butaca en la que dentro de un momento le prepararía otra vez un sucedáneo de cama a su huésped, y cerró los ojos, procurando concentrarse en la música. Unos minutos después sonó el timbre de la puerta, y encendió la luz antes de abrir. Cerró los ojos antes de girar el pomo, para relajarse, para que ella no notase cuánto la había echado de menos. Ojalá que me dé un abrazo, pensó, como un adolescente ingenuo, antes de tirar de la puerta. Ojalá que se abrace a mí y me diga que me ha echado de menos.

Frida Klein no se le abrazó, pero sonreía al otro lado de la puerta, como una niña que regresa a su casa después de las diez y quiere contentar a su padre para que no la castigue. Pero Altamira no tenía ninguna autoridad. Tenía años para ser su padre, desde luego, pero no mandaba en ella. La muchacha tampoco le había prometido nada y tampoco estaba obligada a darle explicaciones. Él la había acogido en su casa, y le había insistido para que se quedase. Ella le dijo que sólo serían unos días, pero había sido Altamira el que se había empeñado en acogerla todo el tiempo que hiciera falta, en ayudarle a buscar un trabajo para que pudiera valerse por sí misma en el país adonde había emigrado. Ahora no tenía derecho a quejarse si ella había decidido marcharse a otro lugar, si quería estar con otro hombre o prefería estar sola. Pero Alfonso Altamira González de Tejada no se rendiría. Hablaría con ella cuando encontrase el momento oportuno, cuando fuera capaz de reunir el valor suficiente.

—Buenas noches.

La muchacha lo saludó sin atreverse a cruzar el umbral todavía. Alfonso tardó un instante en darse cuenta de que él le bloqueaba el paso. Se apartó inmediatamente.

—Bienvenida —le dijo, dándole una palmada cariñosa en el brazo.

—No me inspira confianza.

Alfonso Altamira frunció el ceño, como si no hubiera comprendido lo que su amigo Gaspar Puig estaba intentando decirle. Caminaban por Brooklyn Heights después de clase. Ahora era Altamira el que necesitaba apoyo de su amigo, pero le sorprendió que éste hablase mal de Frida cuando lo que él necesitaba era recibir ánimos para dar el gran paso.

Se encogió de hombros, sin embargo. Habían detenido el paseo en el cruce de las calles Henry y Remsen, a la sombra de un árbol. Con los dedos sujetó las solapas de la chaqueta y tiró de ella, para enseñar su aspecto a su amigo.

—Míreme, querido Gaspar. No soy más que un vejestorio. No tengo edad para esperar que una jovencita como ella venga a rendirse a mis brazos, así, sin más.

Gaspar Puig agitó una mano para contradecir el argumento de su amigo. Tomó aire y recorrió con la mirada la torre de la iglesia de Nuestra Señora del Líbano, al otro lado de la calle, antes de responder.

—No es a eso a lo que me refiero, apreciado Altamira. A veces las mujeres jóvenes encuentran consuelo en brazos de hombres maduros y cargados de experiencia como usted —dejó de hablar por un instante, bajó la barbilla, como si quisiera señalarse el pecho—, como yo mismo.

—¿Entonces?

—Esa mujer no me inspira confianza —repitió.

Alfonso Altamira suspiró, por la nariz, con pesadez.

—¿Y a qué se debe eso?

—Verá, querido Altamira, que ahora salga sola y que no lo necesite a usted para ir a Manhattan puede ser incluso normal. Bueno, normal para una joven de su edad. Usted y yo hemos sido educados en otra época y en otros valores que ya se han perdido. Pero no es ésa la cuestión a la que me refiero. Mi desconfianza no tiene nada que ver con que ella sea joven y usted, permítame que le diga —sonrió en este punto Puig—, un hombre maduro.

Altamira se lo quedó mirando. Un momento antes le había preguntado a qué se debía su desconfianza, y estaba seguro de que el otro no tardaría en decírselo.

—Se trata de una joven alemana —añadió Gaspar Puig—. Una joven alemana que ha cruzado el Atlántico para venir a buscarlo a usted. No se lo tome a mal, querido amigo científico, pero desde la época de los libros de caballería no había pensado que nadie pudiera acometer una aventura semejante por amor, al menos no sólo por amor.

Altamira negó con la cabeza.

—Ella no ha venido aquí por mí. No soy tan ingenuo como para pensar eso.

—Pero no se enfade usted conmigo. Me ha contado su problema y lo único que intento es arrojar un poco de luz en sus desvelos.

—Ha venido a buscarme porque yo soy la única persona que conoce en esta ciudad. —Gaspar Puig chasqueó la lengua y movió la cabeza—. Vivía en Berlín, Gaspar. Sabe usted muy bien cómo están las cosas en Alemania. No era lo más sensato quedarse allí después de que hubieran detenido al profesor Steiner. Ella era su colaboradora.

—¿Hay alguna forma de comprobar eso?

Alfonso Altamira resopló.

—Por favor, Gaspar. Conozco a Steiner desde hace más de veinte años. Él fue quien me recomendó a Frida para que viniera a trabajar conmigo en Madrid en el 35.

—En los tiempos que corren yo no me fiaría de nadie, querido amigo.

—Yo me fío de Frida Klein. La conozco desde hace mucho. Incluso la conozco desde antes que a usted. El mismo argumento podría servir para no confiar tampoco en usted.

Gaspar Puig había empezado a andar de nuevo y, antes de terminar la frase, Altamira se dio cuenta de que no debería haberla pronunciado.

—Lo lamento —se disculpó—. Es que estoy un poco ofuscado. Siento que la voy a perder y estoy nervioso. No quería decir eso. Lo sabe, ¿verdad? Ha sido una estupidez.

Gaspar Puig se encogió de hombros.

—No importa. Todos decimos a veces cosas que no pensamos. La culpa ha sido mía. He mostrado muy poco tacto y muy poca sensibilidad cuando me ha contado lo que siente por ella. Yo tampoco debería haber dicho que Frida no es de fiar. No tengo argumentos para afirmar eso.

Alfonso Altamira se lo quedó mirando. Ahora no estaba seguro de que su amigo le dijese la verdad. Se había confiado a él como haría un adolescente, le había confesado que estaba enamorado de la alemana que habitaba en su casa, algo de lo que hasta un ciego se hubiera dado cuenta, y le daba tanta vergüenza que antes de haberse despedido ya se había arrepentido de hacerlo.

—De todos modos, gracias por escucharme, querido amigo. Lo mejor será que aclare las cosas con ella. Decirle lo que siento y ya está. No tengo nada que perder. Nada salvo un poco de dignidad.

—La dignidad no sirve de nada en estos casos. Lo único que valdría serían unas palabras bonitas, un ramo de flores, una cena romántica.

Altamira sonrió. Le puso una mano en el hombro como muestra de agradecimiento y, mientras Gaspar Puig lo miraba desde abajo, no pudo evitar pensar que su amigo sabía que en el fondo estaba equivocado, que un hombre de sesenta años no tenía mucho que hacer con una bella mujer de treinta. Pero lo que más le inquietaba era que pudiera tener razón cuando le había dicho que no se fiara de ella. Eran tiempos muy complicados como para poder confiar en nadie, pero Alfonso Altamira ahora no era capaz de pensar en eso. Sólo quería verla otra vez, verla cuando volviese a su apartamento, sentarse junto a ella, dar un paseo, levantarse por la mañana y reunir el valor suficiente para decirle que la quería, que la había querido desde el momento en que ella atravesó la puerta de su despacho en la Universidad Central de Madrid, aunque él nunca hubiera creído en el amor a primera vista.

Un día después aún no había sido capaz de confesarle sus sentimientos y, aunque tenía la sensación irremediable de que estaba todo perdido, Altamira había dado un gran rodeo para volver a casa desde el instituto. Cerca del edificio municipal había un pequeño parque donde crecían unas flores cuyos colores le habían llamado la atención cuando paseaba con *Newton*. Altamira apenas entendía de flores, y aparte de las rosas, las amapolas y las margaritas no era capaz de distinguir ninguna, pero para decirle a una mujer que estaba enamorado de ella lo que le parecía más oportuno era acudir a la cita con un ramo vistoso que fuera una declaración de intenciones, que anticiparan lo que iba a decir, que allanaran el camino a las palabras que sabía que le iba a costar tanto esfuerzo pronunciar. Frida Klein lo sabía, qué mujer no se hubiera dado cuenta a esas alturas de que un hombre estaba enamorado de ella. Además, si había venido a Estados Unidos y lo había buscado, no era porque ella se muriese de ganas de verlo, aunque eso era lo que le hubiera gustado a Altamira, y tampoco porque el profesor Steiner se hubiera carteado con él desde Berlín —que Frida Klein hubiera sido la ayudante de su colega alemán había sido una feliz casualidad—, sino porque ella sabía que él la acogería en su casa, que le prestaría ayuda, porque estaba segura de que a pesar de que habían pasado cuatro años aún no habría sido capaz de olvidarla. Pero Alfonso Altamira no se sentía inferior por ello, sabía que cuando de dos partes en conflicto se trata —y el amor para él no era más que una forma antigua de conflicto, tal vez la más antigua— siempre hay una más débil que la otra, y, de los dos, Frida Klein y él, se sabía la parte menos fuerte y lo aceptaba como un hecho inevitable. Por eso había recogido las flores esa mañana. Margaritas, amapolas, otras que se parecían a las rosas pero que no eran rosas y cuyo nombre tampoco sabía, un ramo colorido que llevaba en la mano procurando no mirar a los ojos de la gente con la que se cruzaba. Esperaba no encontrarse con ningún conocido, sobre todo esperaba no encontrarse con su amigo Gaspar Puig. Lo imaginaba recitando una oda al amor en mitad de la calle y le daban ganas de que el asfalto de Brooklyn se lo tragase para siempre.

Al doblar la esquina de la calle donde vivía pensó que tal vez su destino era siempre llegar tarde. Primero bajó la mano, luego escondió el ramo detrás del cuerpo y se hubiera metido dentro de un portal si no hubiera estado tan cerca de su edificio que cualquier vecino podría haberse dado cuenta de que trataba de esconderse, como si fuera un delincuente, como si haber recogido unas cuantas flores para regalárselas a la mujer que amaba fuera un delito por el que pudiera detenerlo la policía o un acto ignominioso por el que los vecinos llegarían a señalarlo con el dedo.

Asomó la cabeza desde el umbral del edificio contiguo, conteniendo la respiración, como si al hacerlo pudiera evitar que alguien lo viera hacer el ridículo. No entendía de coches ni de marcas, pero aquel vehículo oscuro que estaba parado era el mismo que había devuelto a su casa a Frida Klein el domingo por la noche, seguro que el mismo en el que había viajado el fin de semana que pasó fuera de su casa. Pero no era el coche la razón principal por la que se sentía un imbécil después de haber recolectado las flores. Incluso de no haber visto quién lo conducía, bien mirado podría haber ignorado su presencia y subido al apartamento para entregar las flores a Frida Klein, como un último recurso, aunque al final ella se hubiera marchado igualmente. Pero de pie, junto al automóvil, fumando un cigarrillo tranquilamente, sosteniendo despreocupadamente en el antebrazo la chaqueta, con ese aire juvenil que Altamira ya no tenía, con aquel porte impecable de galán de Hollywood, estaba ese químico polaco, el mismo que había besado con insistencia la mano de Frida el día que lo acompañó a la reunión. Estuvo a punto de dar media vuelta, para no encontrárselo, para no encontrársela a ella y no saber qué decir. Abandonó la protección del edificio, dispuesto a regresar al cabo de un rato, pero en el mismo momento en que ponía el pie en la acera Stanislaw Zukrowski había tirado la colilla al suelo y al aplastarla con la punta del zapato reluciente se había girado hacia donde estaba Altamira. Ya era demasiado tarde. Si desandaba el camino era posible que Zukrowski lo reconociese de espaldas, que lo viera con el ramo de flores, que lo llamara y que ya no le fuera posible esconderse, que hubiera de dar la vuelta y fingir una sonrisa, de pie, en mitad de la calle, con el ramo en la mano, maldiciendo el momento en que se le había ocurrido recolectar flores para regalárselas a Frida. Lo mejor era continuar hasta el edificio donde vivía, saludar a Stanislaw Zukrowski si se lo encontraba, puesto que le parecía imposible no toparse con él, y mostrar la mejor de sus sonrisas, fingir que se alegraba de verlo, que no le sorprendía que hubiera venido hasta Brooklyn para ver a Frida Klein, mostrar un gesto amable para beneplacitar que entre los dos, su huésped y su colega, había germinado una hermosa amistad.

Ensayó la mejor de sus sonrisas antes de dirigirse a su apartamento, al mismo tiempo que dejaba caer el ramo en el portal donde se había refugiado, como si las flores que con tanto mimo había escogido para Frida Klein le quemasen en las manos, la prueba de un delito que había estado a punto de cometer. Esperaba que nadie que lo conociera lo hubiera visto con ellas.

La forma en que lo saludó Stanislaw Zukrowski le hizo pensar que lo había visto en el portal, tal vez con las manos por detrás, ocultando el ramo. Era el gesto del joven científico al estrecharle la mano demasiado forzado como para resultar natural, y era obvio que no podía ocultar del todo la tensión que le producía encontrarse con Altamira cuando a quien había venido a ver, estaba claro, no era a él, sino a su huésped.

Pero no tuvo que darle el polaco ninguna explicación porque antes de que tuviese tiempo de decir nada una voz de mujer hizo que los dos girasen la cabeza hacia ella.

—Vaya. Ya veo que os habéis encontrado.

Lo dijo Frida Klein como si de verdad le alegrase que estuvieran juntos y se estrechasen la mano. En realidad, no había ningún motivo, ningún motivo confeso, por el que no hubieran de alegrarse al encontrarse.

—Stanislaw había quedado en recogerme para llevarme a Manhattan. Vamos a ir al cine. ¿Te gustaría venir con nosotros?

—¿Al cine? No, gracias. Creo que ya me he vuelto demasiado mayor para acostumbrarme a pasar tanto tiempo dentro de una sala oscura. Creo que incluso me marearía —miró hacia arriba, a la ventana de su apartamento, buscando alguna excusa más coherente—. Prefiero sacar a *Newton* a dar una vuelta.

Frida sonrió, como una hija comprensiva ante las manías de su padre.

—Regresaré pronto —le dijo.

Altamira se encogió de hombros, como si no le importase o él no tuviese nada que objetar en cuanto a la hora a la que su huésped debería regresar.

Stanislaw Zukrowski había doblado la chaqueta y la había guardado en el coche. Ladeó la cabeza antes de ponerse al volante, para despedirse de Altamira, quizá para disculparse por llevarse a su huésped. Era un científico brillante, y era joven y apuesto. Altamira tenía todas las de perder. Ya había perdido, de hecho. Se tocó el ala del sombrero, a modo de despedida, reconociendo su fracaso, y se quedó un momento en la acera, viendo cómo el coche desaparecía al final de la calle. Suspiró antes de darse la vuelta, el único gesto de derrota que se había permitido, cuando ya nadie podía verlo. Al girarse vio a una mujer mayor que había cogido el ramo del portal donde lo había dejado. Primero lo miró desconcertada, y luego lo apretó contra su pecho. Acercó la nariz a las flores y cerró los ojos, como si quisiera atrapar el aroma de las margaritas y las amapolas. Lo sujetó con fuerza por los tallos y siguió su camino. A Altamira le pareció que paseaba orgullosa, como si un pretendiente anónimo le hubiera regalado unas flores para declararle secretamente su amor. Sonrió el viejo profesor español. Al menos su trabajo había servido para algo.

Subió las escaleras despacio. Las piernas volvían a pesarle igual que antes de la noche que Frida Klein se presentara en la puerta de su apartamento, con una maleta por todo equipaje, después de haber cruzado media Europa y el Atlántico. Él había hecho cuanto había podido por ella, y eso era lo único que debía importarle. Si al final no había logrado que ella permaneciese junto a él, no era culpa suya. Al cabo, Altamira era viejo y Frida Klein era una mujer joven. Lo más lógico era que se sintiese atraída por un hombre que no tuviera años para ser su padre. Llegó hasta el rellano del cuarto piso más cansado que las últimas semanas, y en lugar de lamentarse sonrió al pensar cuánto influía el estado de ánimo en la capacidad física de una persona. Al otro lado de la puerta escuchó ladrar a *Newton*. Sintió cómo raspaba la madera con la pezuña. Abrió la puerta y le acarició el pelo de la cabeza, y luego la panza suave cuando el animal se tumbó boca arriba, esperando que su amo jugase con él. Altamira le puso la correa y bajó con él a la calle para darle un paseo, como todos los días. Al final, cuando uno se ha quedado solo, son los actos rutinarios los que dan sentido a la vida, los que consiguen que no se vuelva loco. Levantarse a la misma hora, lavarse, ir a dar clase al instituto, dar un paseo con el perro al regresar a casa, los dos solos. Cosas nimias a las que agarrarse que de pronto adquieren una importancia capital. No faltaba mucho para que empezase el verano, y Altamira sabía que durante las vacaciones le iba a costar mucho más mantener una rutina con la que ahuyentar los malos pensamientos y los recuerdos tristes. A lo mejor al final decidía irse con *Newton* a pasar el verano a la casa de Ramírez de Ayala en Long Island. No le vendría mal cambiar de aires, ahora que estaba solo otra vez. Frida Klein le había dicho que regresaría esa noche, pero ¿por cuánto tiempo? Se marcharía mañana, o pasado, o el otro, cualquier día no muy lejano. Tal vez lo premiase con un abrazo o un beso como despedida y le diría que le agradecía mucho que se hubiera ocupado de ella pero que había llegado el momento de no molestarlo más. A lo mejor se volverían a ver en una de las cenas de la calle Catorce y hablarían de cosas banales, de tonterías, de los últimos avances en el campo de la Física Atómica, de la situación tan difícil por la que estaba atravesando Europa. Se iría a vivir Frida Klein con Stanislaw Zukrowski a Manhattan, más tarde o más temprano, o lo acompañaría a pasar el verano, cogida de su brazo para entrar en alguna de las universidades que seguro lo habían invitado a dar una conferencia durante julio o agosto.

Altamira había llegado a Estados Unidos demasiado viejo para cambiar. Él prefería estar tranquilo y vivir en paz después de haber conseguido un trabajo decente en lugar de estar llamando a las puertas de la gente que conocía. Le faltaba ambición y le faltaban ganas quizá. Tenía sesenta años y lo único que quería era vivir plácidamente el tiempo que le quedase. La presencia de Frida Klein había sido un paréntesis en su tranquila vida neoyorquina. Otra vez volvía a estar solo. Otra vez volvía a ser el mismo que había sido siempre. No había que darle más vueltas.

CUARTA PARTE

Acaba de comenzar el mes de julio, y Leo Szilard sabe que cada día que se retrasan es un día que le regalan a la bestia hambrienta para que pueda preparar el arma que la hará invencible. Desde que se le ocurrió el nombre de Albert Einstein para advertir a los belgas de que pusieran a buen recaudo sus explotaciones de uranio en el Congo apenas ha podido pensar en otra cosa. Princeton no queda demasiado lejos de Nueva York, pero él no conduce. Ni siquiera tiene coche. Son esos pequeños detalles —no tener coche, no saber conducir— como una bofetada o un mazazo en la cara que le muestran sin miramientos su condición de judío exiliado que, a pesar de ser un científico reputado, en realidad no es más que uno de tantos extranjeros en un país enorme que tiene otras cosas más importantes de las que preocuparse. No puede evitar la sensación angustiosa, por desgracia, de que Estados Unidos prefiere mantenerse al margen de los problemas de Europa, sin querer darse cuenta del peligro que puede correr también si la bestia consigue fabricar el arma y poner la proa hacia América después de haber doblegado a todos y cada uno de los países europeos. Porque lo conseguirá si tiene la bomba atómica. No le cabe duda. Bastará una demostración, como un vendedor que quiere dar a conocer un producto novedoso a los consumidores. Será tan simple como eso. Como un prestidigitador que deja boquiabierto al público, sólo que este mago no sacará un conejo de la chistera, sino que habrá abierto una caja de Pandora que ya nadie podrá cerrar.

Pero nadie descuelga el teléfono en la casa de su querido Albert Einstein en Princeton, y lo primero que se le ha ocurrido es ir él mismo y llamar a la puerta del número 112 de la calle Mercer, y si no contesta nadie preguntar en la casa de al lado por si saben dónde puede estar. Leo Szilard está a punto de caer en la barrena de la desesperación porque no se le ocurre dónde poder localizar al científico más famoso del mundo pero también el más caótico. Tampoco parecen estar en la casa ni su hijastra, Margot, ni su hermana Maja, ni siquiera la secretaria que lleva veinte años a su lado, Helen Dukas. Se habrán ido de vacaciones, seguro que a un lugar tranquilo, tal vez sin teléfono, aunque seguro que también con el mar o un lago cerca y una embarcación de vela en la que Albert Einstein pueda pasar las horas ociosas del verano dando bandazos inconexos de marinero inexperto que no ha querido aprender nunca las normas más elementales de navegación.

Necesita un medio de transporte rápido, alguien que tenga coche. Pero ese verano la suerte parece darle la espalda. Tiene un buen amigo, el químico polaco Stanislaw Zukrowski. Él tiene un coche moderno, potente y descapotable, y le gusta conducir por las carreteras del estado, viajar. Pero Stanislaw Zukrowski no siempre es fácil de localizar. No estaba cuando lo llamó a su casa del Greenwich Village. Una mujer con un ligero acento alemán le ha dicho que aún no había regresado cuando lo llamó. Al final lo ha localizado en su oficina del almacén del empresario Arturo Ramírez de Ayala en Queens. Zukrowski le ha dicho que dentro de unos días va a viajar a Chicago. A pesar de que Werner Heisenberg ha dejado claro que sólo cenará con Enrico Fermi, el polaco va a conducir cuatrocientos kilómetros para intentar hablar con él. Bien hecho. Zukrowski es un tipo capaz y concienzudo que intentará averiguar todo lo posible sobre el programa atómico nazi.

Para que lo lleven a visitar a Albert Einstein Leo Szilard no puede esperar un día más. Se le ha ocurrido llamar a otro físico húngaro para que le eche una mano, Eugene Wigner: hay tantos judíos húngaros exiliados que cualquiera diría que forman parte de una hermandad secreta, una conjura, sí, para salvar al mundo, para evitar que el planeta salte por los aires. Eugene Wigner también vive en Princeton, muy cerca de Albert Einstein, y también da clases en la misma universidad que ha acogido a su antiguo profesor en el Instituto Kaiser Wilhelm de Berlín. Después de hablar con Leo Szilard, Eugene Wigner ha ido a buscar al profesor Einstein a su casa, pero, efectivamente, no contesta nadie. Mas su colega es un hombre que no se da por vencido y no tarda en averiguar el paradero del genio. Se ha ido a pasar el verano a la bahía de Peconic, en Long Island, a la misma casa que le había alquilado al doctor Moore el verano anterior. El verano anterior, se detiene Leo Szilard a pensar un momento. Un año antes tal vez habría esperado, pero en doce meses han cambiado tanto las cosas que piensa que si espera a que termine el verano para ir a visitar al profesor Albert Einstein tal vez será ya demasiado tarde.

Eugene Wigner está al tanto de sus desvelos y de sus preocupaciones. Fue a la primera persona que llamó, a primeros de año, para contarle el hallazgo maravilloso y terrible de los neutrones. Wigner incluso le acompañó en la reunión con el escéptico almirante Hooper, en la que no consiguieron nada más que los tomasen por dos locos húngaros exiliados que deberían dedicarse a la ciencia ficción en lugar de investigar en el respetable campo de la Física Atómica.

Eugene ha conseguido el teléfono de la casa donde Albert Einstein pasa el verano. Si antes había pensado decirle abiertamente que su fórmula $E=mc^2$ había encontrado por fin una aplicación práctica, ahora, mientras escucha el tono de llamada del teléfono, piensa que no es la mejor idea ser tan directo con su viejo amigo, con su antiguo maestro. El profesor Einstein ha elegido vivir como un eremita, y aunque ha asistido a todos y cada uno de los científicos exiliados que le han pedido ayuda para establecerse en los Estados Unidos, aún no se ha pronunciado públicamente sobre la guerra que está a punto de comenzar en Europa.

Cambia Leo Szilard unas frases de cortesía con el maestro, le muestra su indignación, y Albert Einstein está de acuerdo, por los ignominiosos Acuerdos de Múnich. Los nazis se han apoderado de los Sudetes, y el resto de Europa, sobre todo Francia y Gran Bretaña, quienes tendrían más que decir en el asunto, ha mirado para otro lado con tal de no enfurecer más a la bestia rabiosa. Leo Szilard respira hondo antes de decirle al científico más famoso del mundo que si Eugene Wigner y él pueden ir a visitarlo a Long Island le contarán algo de extrema gravedad, y, lo más importante, que su ayuda va a ser fundamental para detener la furia de la bestia. Contiene el aire Leo Szilard mientras espera la respuesta del creador de la Teoría de la Relatividad. De acuerdo, responde Einstein. Szilard cierra el puño de la mano libre, la mano que no sujeta el auricular del teléfono, en señal de victoria. La cita va a ser el 15 de julio. Esta noche va a ser la primera de muchas noches que dormirá a pierna suelta.

CAPÍTULO XII

Stanislaw Zukrowski quitó la capota de su Chevrolet del 34 color cereza, arrancó el motor y emprendió el camino desde su oficina en Queens hasta el apartamento que tenía alquilado en un coqueto edificio de tres plantas, gruesos escalones de piedra que bajaban a la acera y ladrillo rojo en la fachada del Greenwich Village, en el Downtown de Manhattan. Nadie que lo hubiera visto, con su traje cortado a medida y al volante de aquel coche, escuchando una melodía de George Gershwin mientras conducía, podría darse cuenta de lo preocupado que estaba, aunque, después de haber llamado a Polonia y haber hablado con su amigo Poldek Horowitz, se había quedado un poco más tranquilo. Haberle pedido ayuda era una forma de cubrir todos los frentes posibles, de no dejar ningún cabo suelto. Es posible que en Cracovia hubiera un hilo del que tirar, y a lo mejor Poldek daría con él. Igual que en una investigación científica, a veces los descubrimientos más importantes se producían por casualidad. Con Frida Klein podía suceder lo mismo. Tal vez no hubiera nada que descubrir, ojalá que no, pero, con una guerra a punto de empezar en Europa y los científicos a punto de entregar a la Humanidad el arma más terrible que jamás había existido, no era el mejor momento para descuidar ningún detalle. La joven alemana se había instalado en su apartamento del Greenwich Village, pero Stanislaw Zukrowski no era tan ingenuo como para haberse enamorado de ella. Al menos no todavía. Lamentaba haber hecho daño a su amigo Alfonso Altamira, pero era un mal menor en todos los problemas que su invitada tal vez podría causarle. No le había costado mucho conquistarla, o tal vez era ella la que lo había conquistado a él: en una farsa como aquélla nadie podía estar seguro de quién engañaba más a quién. Tal vez ella sólo trataba de abrirse camino en Estados Unidos y, de las dos opciones que tenía, Altamira y él, había elegido la que le parecía más oportuna.

Apenas hacía más de un mes que Frida Klein vivía en su casa y todavía no había podido sacar nada en claro. Nada, salvo que si pasaba algún tiempo, no mucho más, tal vez acabaría enamorándose de ella como un adolescente, como el pobre Altamira, y terminaría tan cegado por los sentimientos que ya no podría ser útil a la causa común que habían hecho algunos científicos judíos exiliados en Estados Unidos, entregados en cuerpo y alma para que los nazis no pudieran fabricar la bomba atómica.

No había nada sospechoso en Frida Klein. Dormía con él desde la primera noche que pasó en su apartamento y lo esperaba cuando regresaba a casa después del trabajo cada tarde, con rutina conyugal. El tiempo que pasaba sola lo dedicaba a pasear por Manhattan, sentarse a leer bajo la sombra agradable de los árboles del parque de Washington

Square o charlar animadamente con la casera, la señora Goldsmith, una anciana judía que al enviudar había heredado un pequeño pero coqueto edificio que había dividido en seis confortables apartamentos, lo que, bien administrado, le ayudaba a pasar las penurias de la jubilación con bastante holgura. La primera noche que Frida Klein durmió en el apartamento la señora Goldsmith había apartado los visillos para espiar su llegada, pero no había tardado en tomar cariño a una joven que, según ella, iba a acabar con la pertinaz y preocupante soltería de aquel inquilino joven, apuesto y con un buen empleo.

Stanislaw Zukrowski enfiló el puente Queensboro sin poder evitar una sonrisa al pensar en su casera descorriendo los visillos, asomada a la ventana con discreción imposible para espiar los movimientos de la joven alemana mientras él estaba trabajando. Esta mañana salió a eso de las diez, y regresó al cabo de media hora. Hoy no ha salido en todo el día, la pobre. Esta tarde se marchó y no regresó hasta el cabo de hora y media. Se lo contaba la señora Goldsmith a su inquilino discretamente, como si se sintiera en la obligación moral de mantenerlo informado de los movimientos de la que estaba convencida era su prometida. No le gustaba que vivieran los dos bajo el mismo techo sin estar casados, pero, aunque era una mujer mayor, le había asegurado que podía entender a los jóvenes, y había ciertas cosas que había que disculpar o ante las que había que mirar para otro lado si una quería ir con los tiempos y no convertirse en una vieja anticuada que ha dejado de tomarle el pulso a la vida.

Tal vez al vigilar a Frida su casera estaba contribuyendo sin saberlo a salvar al mundo, se permitió pensar con cierta ligereza Stanislaw Zukrowski al abandonar el puente y adentrarse en la calle Cincuenta y nueve. Quizá estaba siendo un poco injusto al sospechar de Frida Klein sólo porque era alemana. Leo Szilard, murmuró, sacudiendo la cabeza mientras giraba a la izquierda, a la altura de la Quinta Avenida, para dirigirse al sur de Manhattan, me estás contagiando tus sospechas paranoicas. El científico húngaro era uno de sus grandes amigos y, aunque Stanislaw Zukrowski estaba colaborando con él todo lo que podía en la cruzada que había emprendido para prevenir al gobierno norteamericano del peligro de una bomba atómica fabricada por los nazis, aún no le había confesado que cobijaba en su casa a una joven alemana cuyo pasado estaba tratando de investigar. Szilard le había contado que, ya que él no podría hacer de chófer, dentro de unos días había quedado con Eugene Wigner para ir a visitar a Albert Einstein a Long Island. No le había dado más detalles, pero a Stanislaw Zukrowski no le costaba imaginar que el astuto Leo Szilard trataría de convencer a Albert Einstein de que utilizase el poder de su fama para impedir que los nazis fabricasen una bomba atómica. Zukrowski le había dicho que por su parte emprendería viaje a Chicago para tratar de hablar con Werner Heisenberg, que acababa de llegar de Alemania, y averiguar hasta qué punto habían avanzado los nazis en el desarrollo de la bomba atómica.

Le había pedido a Frida Klein que lo acompañase a Chicago, y ella había accedido encantada. Tenerla cerca era la mejor manera de poder controlar sus movimientos, de poder anticiparse a cualquier cosa que pudiera suceder. Ojalá que al final resultase que su huésped no escondía nada. Era lo que más deseaba. Tal vez entonces Zukrowski dejaría que germinasen los sentimientos románticos que albergaba, los planes que podían hacer los dos juntos, como cualquier pareja.

Aparcó el coche frente a su casa. Corrió la capota y, mientras cerraba la puerta, vio reflejada en el cristal de la ventanilla a la señora Goldsmith, que descorría los visillos para no perderse detalle, y, dos pisos más arriba, Frida Klein lo saludaba, la sonrisa al otro lado del cristal, como la esposa perfecta que da la bienvenida a su marido al regresar del trabajo.

Frida von Kleinsberg se retiró del cristal y se permitió una sonrisa desdeñosa. Los hombres eran todos iguales. Mayores, como Alfonso Altamira, o más jóvenes, como Stanislaw Zukrowski: de alguna manera o de otra, por muchos rodeos que dieran, al final el único objetivo de la mayoría de los hombres que había conocido era impresionar a las mujeres, para enamorarlas, para conseguir algún favor sexual, para sentirse seguros de sí mismos, incluso para divertirse. El profesor Altamira disimulaba mejor sus intenciones porque era más viejo y tal vez más sensato que los hombres que tenían la edad de Stanislaw Zukrowski. Éstos a veces le parecían tan torpes como niños que aún no han terminado el parvulario. Le venía bien a su misión haber encontrado al polaco: era joven, apuesto, seductor, y cuando una mujer como ella se le ponía a tiro no podía dejarla escapar. Además, se trataba de un químico relativamente conocido y bien considerado entre la comunidad científica de Nueva York, mucho más dado a relacionarse con sus colegas que Altamira, que vivía —o malvivía, según se mirase— aislado en Brooklyn, con un perro al que había bautizado con el nombre del que para él era el científico más grande de todos los tiempos y la única amistad de un anciano aspirante a escritor bohemio que se había enfurruñado como un adolescente celoso cuando ella se instaló en su casa.

Haberse mudado de la casa de Alfonso Altamira a la de Stanislaw Zukrowski era bastante lógico. El profesor español había entendido, o había fingido que entendía, que ella se fuese a vivir a Manhattan porque así tendría más oportunidades de conseguir un buen empleo. No quiso mostrarse airado Alfonso Altamira, pero tampoco pudo ocultar el pozo de tristeza que se ocultaba detrás de sus ojos cuando se despidió de ella. Abajo la esperaba Stanislaw Zukrowski y, aunque Frida von Kleinsberg deseaba marcharse cuanto antes porque sabía que en Manhattan habría más oportunidades para culminar exitosamente la misión que le habían encomendado, Frida Klein —de cuya conciencia cada vez le costaba más desprenderse mientras más tiempo pasaba fingiendo ser ella— lamentaba profundamente dejar solo a ese hombre bueno que la había ayudado tanto. Incluso a veces lo encontraba atractivo, tan maduro, con su perilla blanca que ahora cuidada a escondidas, tan ingenuo que pensaba que ella no se daba cuenta, la corbata, el chaleco abotonado y el sombrero. Frida Klein no pudo evitar pensar qué diría la baronesa, la madre de la Frida von Kleinsberg que luchaba por no desaparecer en su interior, si un día le presentase como su yerno a un hombre que tenía años suficientes para ser su padre. Seguro que no lo aprobaría, por muy formal o por muy buen hombre que fuese, y seguro también que Frida von Kleinsberg, cuya voz escuchaba protestar desde dentro de ella, la conminaba a marcharse ya y no perder más el tiempo, también disfrutaría haciendo rabiar a la baronesa.

Ahora, lo mejor de la misión era vivir en casa de Stanislaw Zukrowski. Un apartamento alquilado en una casa de tres plantas con fachada de ladrillos rojos y amplios ventanales. Los primeros rascacielos quedaban varias manzanas al norte, y aquella parte de Manhattan era tan tranquila que a veces se acomodaba en el alféizar de la ventana y escuchaba el silencio de la calle igual que cuando se sentaba junto al estanque de la mansión de su familia en Wannsee. Habían pasado cinco meses desde que el comandante König fuera a buscarla aquella tarde que había ido cabalgando en su yegua favorita hasta el lago para escuchar el silencio de la superficie congelada y contemplar las copas de los árboles combándose bajo el peso de la nieve, y desde que había llegado a Nueva York buscaba momentos de paz continuamente. Era como si quisiera guardar todos los instantes de tranquilidad que pudiera para cuando tuviese que acudir a ellos, recordarlos en los momentos difíciles que se avecinaban, como quien guarda sus ahorros para cuando llegue la escasez. Había pasado por muchos momentos de tensión desde que le encomendaron la misión, pero al final había logrado resolverlos todos con soltura. Incluso matar a un hombre no le había supuesto una complicación mayor que abandonar al profesor Altamira. Tampoco es que no albergase ninguna clase de sentimiento de culpa al haber matado a una persona —sobre todo porque era la primera vez, y Frida sospechaba que no sería la última vida con la que tendría que acabar, si no mientras durase esta misión, tal vez en otra que le encomendasen en el futuro—, pero para ella no significaban lo mismo las víctimas que mueren en tiempos de guerra que las que mueren en tiempos de paz. Y aquéllos no eran tiempos de paz. Tal vez la guerra no se hubiera declarado oficialmente todavía por ninguna de las partes, pero le costaba pensar que hubiera nadie lo bastante ingenuo para creer que Alemania no estaba ya inmersa en una contienda que todos estaban seguros —no sólo los alemanes, Frida sospechaba o le gustaba creer que también los británicos y los franceses— que tenían ganada de antemano.

Los científicos exiliados estaban preocupados, y no les faltaba razón. Esperaban todos la llegada del profesor Werner Heisenberg dentro de unos días para acribillarlo a preguntas sobre el desarrollo de las investigaciones en el campo de la Física Atómica en Alemania. En su país no todos confiaban por igual en el director del Instituto Kaiser Wilhelm de Berlín. Algunos decían que era un patriota, sin embargo, otros desconfiaban de su negativa a afiliarse al Partido Nacionalsocialista. Frida pertenecía a los últimos, pero no sólo porque no fuera un miembro del partido. Había otros muchos destacados dirigentes alemanes que jamás habían pertenecido al partido nazi y que no parecían tener intención de hacerlo. La razón por la que Frida no confiaba del todo en Werner Heisenberg era porque le parecía un hombre con una actitud bastante ambigua, además de haber advertido en él las veces que se habían encontrado —Heisenberg sabía que ella era una brillante licenciada en Física, pero no estaba al tanto, nadie lo estaba, por suerte, de su desempeño como agente de la Abwehr— un carácter que tenía mucho de pusilánime. Y ésta era una condición que Frida odiaba en todas la personas, especialmente en los hombres. Pero también sabía que si había alguien capacitado para desarrollar el proyecto nuclear del Tercer Reich, este hombre era Werner Heisenberg. Aunque no por ello iba a dejar de vigilar estrechamente qué ocurría durante las tres semanas que iba a pasar dando conferencias en Estados Unidos, qué le preguntaban sus colegas estadounidenses y los exiliados a los que ella ya conocía, y, sobre todo, cuáles iban a ser las respuestas del profesor Heisenberg cuando quisieran enterarse —y Frida von Kleinsberg ya sabía que sería ésa una de las primeras preguntas que le harían— de hasta qué punto estaba avanzado el programa atómico del Tercer Reich.

Y Stanislaw Zukrowski, sin saberlo, al invitarla a Chicago le había brindado la oportunidad de vigilar de cerca al profesor Heisenberg.

La trataba ya como si fuera su novia formal. Aunque Frida se había resistido a hacer el amor con él en las primeras citas, si acaso sólo algún beso cuando la recogía a escondidas en casa de Altamira, para no despertar sus celos o para no ofenderlo, habían dormido juntos desde que ella se instaló en su casa. Pero acostarse con él no era, desde luego, un esfuerzo desagradable que tenía que cumplir o aceptar con resignación para poder completar su misión. Era una parte de la misma, desde luego, que contribuía a hacer su desempeño más creíble, a conseguir que el químico polaco se pusiera de su lado del todo, por si más adelante lo necesitaba, pero no le había disgustado hacerlo en absoluto, más a Frida von Kleinsberg que a Frida Klein, que no dejaba de mostrar reparos, que protestaba con prejuicios inoportunos por haber dejado abandonado al profesor Alfonso Altamira, que tan bien se había portado con ella. Frida Klein no podía disfrutar plenamente del cuerpo joven y del rostro atractivo de Stanislaw Zukrowski, pero Frida von Kleinsberg, a pesar de estar concentrada en la misión que tenía que cumplir, se abandonaba a sus caricias en la cama, se dejaba llevar por un rato, incluso lo besaba con afecto y apretaba su cuerpo contra el suyo bajo las sábanas después de hacer el amor.

Incluso en otras circunstancias Manhattan no sería un mal sitio para vivir, había pensado Frida el domingo, dos días antes, mientras paseaba cogida del brazo de Stanislaw Zukrowski bajo la sombra de los árboles del Central Park. Se trataba de una ciudad bastante ruidosa y un poco sucia, pero el Greenwich Village, donde estaba la vivienda del joven científico que ahora la había acogido, era bastante agradable, con sus casas bajas y las calles tranquilas donde los críos jugaban al béisbol. Eran los únicos momentos durante la misión en los que Frida von Kleinsberg y Frida Klein parecían estar de acuerdo. A las dos les gustaba la paz del barrio y la elegancia europea de las casas, con esos ventanales grandes, no tan distintas de las de Alemania. Por lo demás, las diferencias entre las dos mujeres que se encargaban de la misión dentro del mismo cuerpo seguían siendo irreconciliables: el único objetivo para Frida von Kleinsberg era terminar con su misión, y si tenía alguna duda al respecto se le disipaba enseguida porque para ella siempre estaba claro qué era lo más importante. Sin embargo, para Frida Klein era más complicado. Tenía que mostrarse amable con todos, estar fingiendo todo el tiempo, y a pesar de que le gustaba la compañía del joven químico polaco que ahora paseaba de su brazo, orgulloso, junto a un estanque del parque, no dejaba de sentir una punzada incómoda de remordimiento cada vez que se acordaba del profesor Altamira, al que había abandonado a su suerte en Brooklyn. Desdoblarse psicológicamente en dos personalidades era muy útil a la hora de llevar a cabo una misión como la suya, pero también resultaba complicado a veces conseguir doblegar a las dos o incluso que se complementasen. Frida Klein tenía remordimientos que no la dejaban disfrutar de un día de principios de verano en el Central Park. Frida von Kleinsberg, aunque se esforzaba en no perder la concentración, procuraba empaparse de todo lo que estaba viendo: los colores, el calor que anticipaba un verano duro en la ciudad, la gente que paseaba, los edificios al otro lado de la Quinta Avenida.

Habían venido dando un largo paseo desde el sur de Manhattan. Habían pasado junto al Empire State. Se habían detenido a comprar un helado y se habían resguardado bajo la sombra del edificio más alto del mundo para comérselo, tranquilamente, como cualquier pareja joven que disfruta alegremente sin tener nada mejor en que emplear el tiempo de un domingo de verano. Luego, antes de dirigirse al Central Park habían caminado hacia el este porque Stanislaw Zukrowski quería enseñarle los rótulos de neón del Madison Square Garden. Un cartel gigantesco con la imagen de un boxeador negro anunciaba un combate para la próxima semana.

—Joe Louis —le aclaró Stanislaw Zukrowski—. Es el campeón del mundo de los pesos pesados.

Frida enarcó las cejas, como si no supiera quién era.

—El próximo sábado se va a celebrar un combate. ¿Te gustaría ir?

Frida negó con la cabeza y esbozó un gesto que dejaba claro su repulsión por el boxeo. Sabía quién era Joe Louis. Por desgracia. Un año antes había tumbado en el primer asalto en el Yankee Stadium al campeón alemán, Max Schmelling, a quien había saludado en alguna ocasión porque estaba casado con la actriz Anny Odra. Su amiga Leni Riefenstahl se los había presentado. Había sido la mayor ofensa de un negro a la raza aria después de las cuatro medallas del atleta Jesse Owens en el Estadio Olímpico de Berlín, en los Juegos del 36. Aunque Max Schmelling ya había vencido antes a Joe Louis, en otro combate, en el duodécimo asalto. Luego los judíos americanos habían presionado a la opinión pública para que el alemán no disputase el título al vigente campeón, James Braddock. Fue Joe Louis el que al final disputó el título a Braddock, sin corresponderle, y, cuando finalmente Max Schmelling pudo venir a Nueva York a librar el combate que por derecho le correspondía, se enfrentó a un campeón del mundo que había logrado el título disputando una pelea que tenía que haber librado él. Para Frida, Joe Louis no merecía el cinturón de campeón del mundo que disfrutaba.

Stanislaw Zukrowski se encogió de hombros.

—Estoy seguro de que será un gran combate.

Cuando Stanislaw Zukrowski llegó al apartamento Frida se dio cuenta enseguida de que estaba contrariado. Al regresar de su oficina en Queens se había acomodado frente al mismo ventanal donde Frida se sentaba a ajustar las dos personalidades que formaban parte de ella.

Se sentó junto a él. Frunció el ceño, interrogativa.

—El profesor Heisenberg no va a reunirse con ninguno de los científicos judíos exiliados.

Frida lo sabía. Lo supo antes de que al propio Werner Heisenberg le hubieran dado las directrices respecto a su viaje a Estados Unidos, antes de que el Reich le diera el permiso para aceptar las invitaciones de las universidades de Ann Harbor y Chicago. La mayoría de los científicos judíos exiliados en Estados Unidos ya sabían que no iban a poder reunirse con Werner Heisenberg, pero Stanislaw Zukrowski no se resignaba.

—Vaya. Es una pena.

—Sería una oportunidad estupenda para todos nosotros de saber cómo están las cosas en Alemania.

—Tienes que entender que el profesor Heisenberg debe de estar muy presionado.

—Lo único que entiendo es lo que he pensado siempre: que Werner Heisenberg es un nazi.

Frida dejó escapar el aire por la nariz, como si sonriese. Guardó silencio unos segundos y sacudió la cabeza, negando la afirmación de su amante.

—Creo que ésa es una afirmación hecha con demasiada ligereza. Las circunstancias de los científicos que se han quedado en Alemania no son fáciles, te lo aseguro.

Stanislaw Zukrowski encogió los hombros y chasqueó la lengua. De verdad que parecía disgustado.

—De acuerdo. Tal vez no sea nazi. Pero el caso es que colabora con ellos.

—Estoy segura de que no le habrá quedado otro remedio.

—Podría quedarse en Estados Unidos si quisiera, pero parece que no lo va a hacer.

El asunto se ponía interesante. Era de esperar que sus colegas norteamericanos ofrecieran al profesor Heisenberg la oportunidad de quedarse a vivir en el país. Pero si le habían autorizado a abandonar Alemania para dar unas conferencias en Estados Unidos, sabían que aquélla era una posibilidad a tener en cuenta. Nada indicaba que Werner Heisenberg fuera a desertar, pero nunca había que confiarse.

Frida se fingió indignada.

—¿Estás seguro de que no va a querer vivir en Estados Unidos? Un científico de su talla sería tratado como un rey en este país. No me lo puedo creer.

Stanislaw Zukrowski sacudió la cabeza.

—¿Por qué?

—Seguro que alegará razones familiares. Lo típico, ya sabes. Su mujer y sus hijos se han quedado en Alemania. Tal vez tema por la seguridad de los suyos si decide no regresar a Europa.

Ahora era Stanislaw el que parecía mostrarse más comprensivo.

—Es una buena razón, desde luego —dijo Frida—. Pero si hubiera querido marcharse de Alemania, hace tiempo que habría previsto que su familia saliera del país también.

—A medida que pasa el tiempo es más complicado salir de Alemania. Seguro que la dificultad para abandonar el país es ahora mayor que cuando tú lo hiciste.

—Es cierto. Y el profesor Heisenberg debe de ser el científico más vigilado.

Stanislaw Zukrowski asintió.

—En cualquier caso regresará a Alemania a primeros de agosto. No hay que darle más vueltas.

Frida von Kleinsberg no quiso preguntar más. No era prudente. Le hubiera gustado abundar más en la conversación, pero hacerlo habría supuesto enseñar sus cartas, cuánto sabía o cuánto quería saber. Además, a ella le habían contado que Heisenberg iba a intentar tranquilizar a sus colegas exiliados en Norteamérica diciéndoles que en el caso de que hubiera guerra sería imposible que Alemania pudiera disponer de una bomba atómica antes de que terminase la contienda. Si al final la información que proporcionaba era otra ella procuraría averiguarlo, y cuando lo consiguiera se encargaría de hacer llegar sus impresiones puntualmente a la Sección Primera de la Abwehr, para que tomase las medidas oportunas. Con un poco de tiempo los traidores caerían como la fruta madura de las ramas de los árboles. Lo mejor era cambiar de tema, no mostrar más interés. Frida trató de restar importancia a la visita del profesor Heisenberg, aunque sabía que el único científico exiliado con el que se iba a reunir era el italiano Enrico Fermi, y estaba segura de que éste remitiría uno por uno los puntos de la conversación, los avances de la Física alemana, todo lo que el profesor Werner Heisenberg le había contado sobre el programa atómico alemán, y sus propias conclusiones, a Leo Szilard. Eran cosas que Stanislaw Zukrowski no le había contado y que ella no le iba a preguntar. Era mejor que el joven químico siguiera creyendo en su ingenuidad, que se había enojado de verdad porque Heisenberg no iba a tener los arrestos de pedir asilo en Estados Unidos y no regresar a Alemania.

Se sentó en el brazo de la butaca, junto a Stanislaw Zukrowski, enroscó los brazos alrededor de su cuello y besó sus labios despacio. Al apuesto físico se le borró enseguida la arruga de preocupación que le había marcado el entrecejo durante la conversación. La apretó contra él y abrió su boca, mordisqueando los labios de ella. La llevó en volandas hasta la habitación y la depositó con cuidado en la cama, como si fuera una figura de porcelana que temiese romper. Luego empezó a desabrocharle la blusa, y un momento después hundió la nariz en su escote. Antes de cerrar los ojos y abandonarse Frida von Kleinsberg pensó que las piezas se habían dispuesto ya en posición de ataque. En el tiempo que llevaba en Nueva York había podido catalogar a cada una de las figuras que estaban desplegadas sobre el tablero. Casi todas eran peones que por sí mismos no podrían hacer mucho daño, aunque no podía dejar de tenerlos en cuenta. Algunos eran de mayor categoría, como el propio Leo Szilard o Enrico Fermi, a quienes aún no conocía. Tal vez alguno podría ser incluso la reina. Pero aún le faltaba saber quién, de todos los científicos exiliados en los Estados Unidos, era el rey, la pieza en torno a la que habría que estrechar el cerco para obligarla a rendirse y así poder ganar la partida.

Pronto tendría que empezar a hacer preguntas o tratar de averiguar ciertas cosas que podrían poner en peligro su vida si era descubierta. La vigilancia que existía respecto a los espías en Estados Unidos era mucho más relajada que la que había visto en Inglaterra, donde los ciudadanos, a pesar de que todavía no había empezado la guerra, estaban mucho más concienciados que los norteamericanos del peligro que suponía cometer una indiscreción delante de un desconocido que tal vez podría tener abierto un canal de información con un agente alemán, o que podría ser un agente alemán él mismo. No había visto carteles en Nueva York invitando a la discreción como los había visto en Londres, advertencias a los ciudadanos para que fueran prudentes, pero no por ello iba a pensar que podría investigar cuanto quisiese en los Estados Unidos sin que nadie le prestase atención o sospechase de ella. Frida von Kleinsberg no se fiaba de nadie, excepto de Altamira, cuya buena voluntad para ella estaba fuera de toda duda después de haberlo conocido en Madrid. En el fondo no confiaba en que Stanislaw Zukrowski, a pesar de que parecía haberse encaprichado de ella como un adolescente, no ocultara bajo el enamoramiento un interés en descubrir más cosas sobre ella. Y Frida sabía que, mientras más tiempo pasase, más posibilidades tendría de que alguien pudiera desenmascararla.

El siguiente eslabón de la cadena al que debía acceder era Leo Szilard. Hubo otra última cena antes de las vacaciones en la calle Catorce, pero ni ella ni Zukrowski asistieron, y según había podido saber, tampoco el científico húngaro se acercó para saludar a sus colegas, así que a lo mejor no sería posible conocer a Leo Szilard hasta después del verano. Pero tres meses era demasiado tiempo. No podía esperar tanto.

Le había contado a Spencer Baumbach que se marcharía a Chicago dentro de unos días. Ahora ya no se citaba con él en Brooklyn, sino en el parque Bryant. Segura de que la señora Goldsmith había tomado nota diligentemente de su salida para contárselo a su inquilino, con la excusa de pasar un rato de lectura agradable en la biblioteca pública de Nueva York, caminaba por la Quinta Avenida hasta el hermoso edificio que semejaba un imponente templo griego, subía las escaleras y se sentaba a leer tranquilamente en una de las salas de la primera planta para volver a salir al cabo de un rato a la calle, rodear el edificio y encontrarse en el parque con Baumbach. En su último encuentro ya le había dado una nota con los nombres de todos los que asistieron —científicos y no científicos— a la cena de la calle Catorce a la que asistió, y unos cuantos nombres que había podido conseguir de varios chivatos o traidores al Reich que intrigaban para los judíos exiliados desde el corazón de Alemania. Ahora le contó que dentro de unos días se marcharía a Chicago con Stanislaw Zukrowski para asistir a una conferencia de Werner Heisenberg. Spencer asintió con la cabeza mientras escuchaba. Sentado en el banco, nadie habría pensado que no se trataba de un jubilado ocioso que ocupaba su tiempo echando migas de pan a las palomas. No miraba a Frida en ningún momento de sus encuentros. Se sentaba junto a ella o ella junto a él si llegaba después y se limitaban a escuchar lo que el otro tenía que decir, a recoger discretamente algún mensaje que Frida abandonaba en el banco antes de marcharse, a dejarle alguna instrucción a ella de la misma forma.

Esta vez Frida había estado a punto de no darse cuenta del pequeño paquete que Spencer Baumbach había dejado después de lanzar al suelo la última miga de pan y haberse levantado sin despedirse. Esperó unos segundos antes de recogerlo y lo metió en el bolso. No era muy grande, pero por el peso y el contorno que había adivinado al cogerlo

Frida estaba segura de que su contacto acababa de entregarle una pistola. Suspiró, sin saber muy bien lo que sentía, y se levantó para volver al apartamento del Greenwich Village. No estaba de más tener una pistola porque podía ser un arma más disuasoria que el cuchillo con el que había matado al carpintero húngaro en el barco. Pero según una máxima que había leído una vez, cuando un arma aparecía en una historia de misterio todo indicaba que alguien iba a morir. Se preguntaba, mientras se encaminaba al sur de la ciudad, de vuelta a la casa de Stanislaw Zukrowski, contra quién tendría ella que usar la pistola que Spencer Baumbach le acababa de entregar.

CAPÍTULO XIII

Cuando Poldek Horowitz estiró las piernas bajo la mesa de la terraza del café de la plaza mayor de Cracovia y miró el reloj, todavía no había comprobado empíricamente, como le había dicho su buen amigo Stanislaw Zukrowski alguna vez, que los descubrimientos más importantes se hacen por casualidad. Aún faltaban treinta minutos para que saliera el tren hacia Sosnowiec, pero ya era hora de ponerse en camino. Echó unas migas de pan a las palomas que se arremolinaban junto a la terraza del café, las mismas que anidaban en las torres desparejas de la iglesia de Santa María, dejó unas monedas sobre la mesa y se adentró en la calle Florianska para dirigirse a la estación de Glowny, al otro lado de la vieja muralla de la ciudad. Durante la última semana apenas había hecho otra cosa salvo ocuparse del asunto para el que su viejo amigo Stanislaw Zukrowski lo había llamado. Al cabo, ejercer de detective era bastante más divertido que dejarse las pestañas en redactar un libro de texto, por mucho que le gustase su trabajo.

Justo una semana antes había hecho lo mismo que ahora, después de pagar su consumición: se había levantado para hacer un descanso, había sacudido los hombros y movido los brazos, con la misma decisión que un boxeador calienta los músculos y las articulaciones antes de entrar en combate, había abierto la ventana abuhardillada de su apartamento y había encendido un pitillo. Acababa de comenzar el verano y la ciudad estaba sufriendo unos días inusuales de calor, pero al contrario que a muchos de sus paisanos, que se quejaban en cuanto el mercurio de los termómetros subía por encima de los veinticinco grados, a Poldek Horowitz le gustaba esa época del año porque podía ir paseando hasta las afueras de la ciudad y bañarse en el Vístula, como cuando era un niño. Sin embargo, tenía muchos amigos que preferían los duros inviernos de Cracovia, la nieve que alfombraba las calles y embellecía los tejados, y hacer excursiones al sur, a los montes Tatra, para esquiar.

Stanislaw Zukrowski, su buen amigo, era de las pocas personas que había conocido que disfrutaba igual de los rigores del invierno que de la canícula pegajosa con que algunos días el verano de Cracovia castigaba a sus habitantes. Pero Stanislaw era un hombre al que le gustaba disfrutar de la vida. Optimista irredento siempre ante cualquier adversidad, hacía más de diez años que había emigrado a Estados Unidos, y Poldek encontró extraño que una semana y un día antes hubiera venido a buscarlo un bedel de la universidad para decirle que su viejo amigo lo había llamado por teléfono. Por lo visto se trataba de un asunto urgente. Poldek no se había molestado en instalar un teléfono en el viejo piso del Kazimierz que tenía alquilado desde hacía dos años. Y no lo había instalado por la misma razón que había alquilado un apartamento en una calle del barrio judío, con vistas a la sinagoga de Remuth, en lugar de haber elegido para vivir un lugar más cerca de la universidad donde enseñaba Historia: antes de que empezase el nuevo curso, en otoño, se había propuesto terminar su libro sobre la historia de Polonia en el que llevaba trabajando dos años. Hasta ahora había mecanografiado trabajosa y perezosamente más de setecientas páginas, pero Poldek había descubierto que escribir era un trabajo más complicado y agotador de lo que parecía desde fuera, o tal vez que guardaba dentro a un artesano puntilloso, porque no dejaba de corregir y revisar su obra una y otra vez. A estas alturas del año era ya imposible que el libro estuviese listo e impreso para el comienzo del nuevo curso, pero Poldek se decía que si era capaz de terminarlo antes de que empezase septiembre, al menos podría olvidarse de él y en otoño centrarse sólo en sus clases de Historia. El curso 1939-1940 no, pero el próximo, el curso 1940-1941, los alumnos de Historia de las universidades de Polonia tendrían en sus manos un libro de texto escrito por el profesor Poldek Horowitz.

Puso la piedra que usaba como pisapapeles encima de las hojas y alineó el mazo con las manos para que presentase una figura compacta, un rectángulo más o menos perfecto. Luego salió a la calle. El conserje de la universidad que había ido a buscarlo el día anterior le había dicho que Stanislaw Zukrowski lo volvería a llamar al día siguiente, al final de la mañana. Poldek no estaba muy seguro de la diferencia horaria entre Nueva York y Cracovia, pero debían de ser unas seis o siete. De camino a la universidad para recibir la llamada que esperaba, no dejaba de hacer cábalas respecto a los motivos ni a la urgencia que le habían contado en la llamada de su amigo Stanislaw. Aunque cada vez menos, todavía se escribían de vez en cuando, y no había una vez que recibiera una carta sellada en Nueva York en la que su viejo amigo no lo animase a hacer las maletas y marcharse a Estados Unidos. En su apartamento del Village había una habitación reservada para él, todo el tiempo que la necesitase. Poldek ya ni siquiera se molestaba en declinar con amabilidad el ofrecimiento. Él era historiador, no un científico talentoso, y la cotización de un profesor de Historia que daba clases en la Universidad de Cracovia no era la misma que la de un químico aventajado que podía trabajar y ganar un buen sueldo, como Stanislaw, en una empresa neoyorquina que fabricaba y vendía abonos y fertilizantes por todo el país. Y había dos razones de peso, además, por las que Poldek Horowitz no se había decidido nunca a aceptar la invitación americana de su amigo: la primera era que no hablaba inglés y no se había preocupado nunca de aprenderlo, y un polaco que no hablase inglés difícilmente podría dar clases en Estados Unidos. Y la segunda —la más importante, porque si no fuera así ya se habría preocupado mucho tiempo antes de aprender inglés— era que le gustaba vivir en Polonia, y a pesar de ser un profesor que conocía los vaivenes complicados con que la historia sacudía a los hombres, mantenía un optimismo aceptable respecto a la situación de su país y la del pueblo que profesaba la religión del Talmud.

No pensaba Horowitz que Hitler se atreviese a ordenar a la Wehrmacht que entrase en Polonia, porque aquello podría ser el fin de Alemania si Francia y Gran Bretaña le declaraban la guerra. Y para los judíos Polonia todavía era un país seguro, un lugar donde llevaban siglos conviviendo en paz con los polacos gentiles.

Cuando uno estudiaba historia aprendía más tarde o más temprano que las naciones a veces vienen y van, que los mapas no son unas cartas inmutables, sino que pueden cambiar mucho más deprisa de lo que la gente cree. No hacía mucho más de un siglo que Polonia había desaparecido de los mapas como tal, y no había vuelto a renacer como país hasta después del Tratado de Versalles. Los polacos habían tenido la desgracia de que su país estuviese apretado entre los alemanes por un lado y los rusos por otro. No corrían buenos tiempos, hasta un crío podría darse cuenta. Por un lado Hitler, por el otro Stalin, ambos como lobos hambrientos, los dos esperando el momento oportuno para dar el mordisco definitivo a Polonia. Que Poldek tuviera un carácter optimista no significaba que también fuera un inconsciente o un ingenuo. Las cosas en Polonia podrían empeorar mucho, y él lo sabía, pero a pesar de ello se había resistido siempre a marcharse. Y aquella decisión se debía menos a un apego a la tierra, que él nunca había sentido, que al convencimiento de que uno no debe marcharse si quiere luchar por lo que considera que es justo.

Pero aunque había procurado no pensar en ello, a medida que se acercaba la hora de hablar con Stanislaw Zukrowski, se sentía más inquieto. Miró el reloj y apresuró el paso. No quería llegar tarde a su despacho en la universidad. Ya había dejado atrás el Kazimierz y rodeaba la mole majestuosa del castillo de Wawel cuando se dijo otra vez, para darse ánimos, que le gustaba vivir en Cracovia, y que al final, de algún modo, las cosas terminarían arreglándose. El optimismo a veces jugaba malas pasadas, pero cómo podría uno soportar la vida si no se esforzara en pensar que en el futuro las cosas podrían ir mejor. Tal vez Stanislaw lo había llamado porque quería animarlo otra vez a que se fuera a vivir a Nueva York. Tenía un buen sueldo y podía permitirse llamar a Europa si le daba la gana en lugar de mandar una carta. La urgencia del mensaje no era más que una forma de soliviantar su ánimo. Lo reprendería por haberlo preocupado, pero no se enfadaría. Al cabo, aunque habían pasado más de diez años desde la última vez que se vieron, seguían siendo grandes amigos.

No tuvo que esperar mucho para recibir la conferencia desde Estados Unidos. El curso había terminado una semana antes y en la universidad apenas había alumnos. Tan sólo los bedeles y algunos profesores semiociosos que finiquitaban asuntos pendientes antes de marcharse de vacaciones. Poldek se acomodó en su asiento y estuvo mirando distraídamente unos minutos los árboles del parque mientras esperaba la llamada. Será una invitación a Nueva York, se dijo, de nuevo, para ahuyentar los malos pensamientos. Lo último que había sabido de su amigo emigrante fue la noticia del buen empleo que había conseguido en la empresa norteamericana que regentaba un español nacionalizado estadounidense, que ganaba bastante dinero y que de momento no pensaba regresar a Polonia. Estados Unidos, le había dicho la última vez que le escribió, es un país al que todavía puedo sacar mucho jugo. Deberías venirte, concluía como siempre.

No había conseguido dejar de hacerse cábalas mentales cuando descolgó el teléfono al primer timbrazo y la operadora le anunció que tenía una llamada de Nueva York.

—¡Poldek!

—¡Stanislaw! —respondió, con el mismo entusiasmo que le había dedicado su amigo—. Cuánto hace que no sé nada de ti. Espero que el motivo de que no me escribas sea porque apenas te queda tiempo después de contar todo el dinero que ganas o porque las jovencitas de Nueva York te dejan tan cansado que no te quedan fuerzas para mandar una carta a Cracovia...

Desde el otro lado de la línea, diluida por la distancia, Poldek escuchó la risa franca, inconfundible, de su buen amigo. Lo imaginaba sentado en su despacho de Queens, vestido con un traje hecho a medida, impecablemente limpio y planchado, los puños de las camisas doblados cuidadosamente y sujetos por gemelos de oro, el cabello, negro y abundante, peinado hacia atrás y pegado al cráneo por la brillantina. Casi podía oler desde Cracovia el olor a *after shave* de su barba perfectamente rasurada.

—Ando muy ocupado, querido Poldek. Pero por desgracia no son sólo las mujeres las únicas que me roban el tiempo.

—No sé si creérmelo...

—Siempre puedes venir a Nueva York y comprobarlo por ti mismo.

—Primero debería aprender inglés, ya lo sabes.

Stanislaw Zukrowski adoptó un tono cariñosamente paternal.

—Tiempo has tenido desde la primera vez que te lo dije.

—Yo también ando muy liado. Pero sólo con mis clases de Historia y el libro de texto que estoy preparando.

—¿Qué tal lo llevas?

Poldek suspiró. Cuando alguien le preguntaba por su

libro sentía que cada vez le faltaba más tiempo para terminarlo. Que nunca lo conseguiría, quizá.

—Estoy haciendo todo lo posible por acabarlo durante las vacaciones de verano.

Stanislaw se quedó un momento callado al otro lado, como si no supiera qué decirle, como si pensar en lo que pudiera pasar después del verano fuera un acto de irresponsabilidad, de ingenuidad incluso.

—¿Cómo va todo por ahí, Poldek?

—¿Te refieres a mi vida personal? Aún sigo soltero. Los profesores de universidad polacos no cotizamos tan alto en los corazones de las jovencitas como los ejecutivos de Nueva York.

Stanislaw suspiró una sonrisa. Le gustaba ver que su amigo Poldek era el mismo optimista de siempre.

—Me refiero a la situación del país.

Poldek se encogió de hombros. Stanislaw casi podía ver su gesto desde su despacho de Queens.

—Polonia aún sigue existiendo, fíjate, a pesar de que los nazis no dejan de reclamar lo que creen que por derecho les corresponde. Y la Unión Soviética, pues bueno, ya sabes. No sé cómo se verán las cosas desde Estados Unidos, Stanislaw, pero por aquí la situación no parece tan grave.

—Mientes muy mal, Poldek. Sabes que si al final los nazis deciden reclamar Polonia por la fuerza, Cracovia habrá dejado de ser un sitio seguro para los judíos.

Ahora fue Poldek el que suspiró una media sonrisa.

—¿Y cuándo ha habido un lugar seguro en el que los judíos pudiéramos vivir en paz? Hemos pasado por dificultades peores. Al final saldremos de ésta. Saldremos a pesar de Hitler y de los nazis. Pero no creo que me hayas telefoneado desde Nueva York para sermonearme. Ayer vinieron a buscarme a mi apartamento para decirme que me habías llamado, que se trataba de algo urgente.

—Así es. Ya es hora de que mandes instalar un teléfono en tu casa.

—Lo haré. Cuando tenga un momento...

—Poldek, no cambiarás nunca...

—Qué le vamos a hacer. Bueno, dime de qué se trata. ¿Qué es eso tan urgente que tenías que contarme?

—Necesito que hagas algunas averiguaciones. ¿Estás muy ocupado?

—Últimamente he descubierto que escribir es un trabajo riguroso que requiere una gran concentración, pero puedo echarte una mano si de verdad se trata de algo importante.

—Te aseguro que lo es. Necesito que investigues algo sobre una mujer.

—Vaya, una mujer. No me digas que a estas alturas, y a diez mil kilómetros de distancia, vas a necesitar que tu amigo Poldek te eche una mano en un asunto de faldas. Me siento muy halagado, la verdad.

—Ojalá fuera tan sencillo, Poldek. Verás, no puedo contarte mucho, pero por aquí la gente anda muy inquieta respecto a lo que está pasando en Europa, o respecto a lo que puede pasar.

Poldek se puso muy serio de repente.

—Ya veremos lo que pasa al final. Si habrá guerra o no.

—Me gustaría que indagaras, de la forma más discreta y más rápida que consideres, todo lo que puedas sobre una joven alemana que pasó unos días en Cracovia hace siete años.

Poldek resopló.

—Me siento halagado, querido amigo, pero creo que confías en exceso en mis dotes de detective. Con esos datos será como buscar una aguja en un pajar.

—A veces los descubrimientos más importantes son fruto de la casualidad.

—Eso es lo que los científicos decís siempre para no desanimaros cuando lleváis años investigando algo sin obtener resultados. Nunca he terminado de creerme lo de la bañera de Arquímedes ni lo de la manzana de Newton.

Stanislaw Zukrowski sonrió desde Queens.

—Parece ser que visitó la Universidad de Cracovia. Su nombre es Frida Klein. Entonces debía de tener unos veintiuno o veintidós años.

—¿Sabes qué vino a hacer aquí?

—No tengo ni idea, y lo más probable es que no fuera importante, pero nunca se sabe. A lo mejor te enteras de alguien que pueda aportar algún dato más sobre ella. Es posible que en la universidad haya alguien que se acuerde de Frida Klein.

—Descríbemela.

—Treinta años. Cabello escarlata y ondulado. Ojos marrones. Muy guapa.

—Caramba, Stanislaw, es como si me hablases de Rita Hayworth.

—Más o menos, salvo que ésta no es actriz. O al menos no trabaja en Hollywood.

—Haré lo que pueda. Empezaré a preguntar hoy mismo.

—Ya sabes, entonces era una joven licenciada en Física por la Universidad de Berlín.

—Una alemana joven, guapa y pelirroja licenciada en Física que viaja a Cracovia en 1932. No creo que hubiera muchas así. ¿Qué te traes entre manos?

Stanislaw se quedó callado un instante al otro lado de la línea.

—Ya sabes que si pudiera contártelo lo haría. Te volveré a llamar dentro de unos días, por si has averiguado algo. Toma nota también de mi número. El de la oficina y el de mi casa, y, presta atención: si no puedo atender la llamada, no hables de esto con nadie.

Poldek se puso serio de nuevo mientras su amigo le dictaba los números de teléfono.

—Espero que sepas lo que estás haciendo. Y espero también que tengas mucho cuidado.

—Lo tendré, no te preocupes. Pero se avecinan malos tiempos y no es el momento de quedarse uno parado.

—Haré cuanto esté en mi mano por ayudarte, descuida.

—Lo sé. No te lo habría pedido si no lo supiera.

—Me alegra saberlo.

—Una cosa más, Poldek.

—Dime.

—Aún puedes venir a Nueva York si quieres.

Poldek sonrió. Sacudió la cabeza.

—Prefiero quedarme en Polonia. Además, ahora sé que aquí puedo ser más útil que en un país de cuyo idioma no hablo ni una sola palabra.

—Hablamos pronto entonces.

—Hablamos.

Poldek se quedó unos segundos con el auricular en la mano antes de colgar. Frida Klein, una joven alemana que había viajado a Cracovia siete años antes. Hermosa, con un estilo como el de Rita Hayworth. Conociendo el buen gusto de su amigo Stanislaw Zukrowski, seguro que se trataba de una mujer muy bella, de esas que llaman la atención. Siempre hay alguien que se acuerda de una mujer así a pesar de que hayan pasado siete años. Y era licenciada en Física. No creía que fuera muy difícil averiguar algo sobre ella.

En cualquier caso, era una excusa estupenda para separarse del penoso y complicado trabajo de escritor en el que se había embarcado como si fuera una aventura sencilla. Al menos intentar enterarse de la visita de una tal Frida Klein a Cracovia hacía siete años iba a ser más divertido que pasarse todo el verano encerrado en su apartamento del Kazimierz garabateando páginas sobre la historia de Polonia.

Pero una semana más tarde Poldek pensaba que la investigación estaba a punto de concluir, sin haber averiguado nada, además. Había preguntado en la universidad por Frida Klein, pero nadie se acordaba de ella. Incluso había tratado de indagar sobre la joven en varios hoteles de Cracovia, pero ninguno conservaba en su archivo datos de hacía tanto tiempo. El único resultado después de deambular varios días era haberse apartado de la rutina de su trabajo literario y ahora, mirando distraídamente por la ventana del tren que lo llevaba a Sosnowiec, no podía dejar de sentirse culpable por estar allí en lugar de cumplir con la obligación que se había marcado cuando acabó el curso: finiquitar el libro sobre la historia de Polonia antes de que concluyese el verano. Lo único que podía atenuar el sentimiento de culpabilidad que lo afectaba era pensar que Stanislaw Zukrowski le había asegurado que se trataba de un asunto muy importante, y por eso, se decía, después de comprar el billete que acababa de picar el revisor, había emprendido aquella excursión sin mucho sentido hacia el oeste. Agniezska Waleska ni siquiera era un cabo suelto del que tirar, sino una pista absurda que él se había inventado para no rendirse. Poldek había oído hablar mucho de ella desde que había empezado a dar clases en la universidad, pero nunca había pensado que algún día se encontraría sentado en un tren que viajaba hasta su ciudad natal, como hacían muchos estudiantes de Física para rendir pleitesía a su memoria. Los profesores de la Universidad de Cracovia que habían sido compañeros de Agniezska Waleska decían que tenía todas las condiciones para haber sido la nueva Marie Sklodowska —los científicos preferían referirse a Marie Curie con su apellido de soltera— si la epidemia de gripe española de 1918 no hubiera acabado con su vida cuando todavía no había cumplido treinta años. Agniezska Waleska era una científica portentosa, una mujer muy capaz, que, igual que Marie Curie, había tenido las agallas de abandonar su país natal para averiguar hasta dónde podía llegar en el vertiginoso mundo de la Física de primeros de siglo.

Recordaba vagamente Poldek haber escuchado en alguna reunión con los profesores que Agniezska Waleska había llegado a pasar casi un año entero en la Universidad de Berna, donde el profesor Albert Einstein, que ya empezaba a destacar entre la comunidad científica, había comenzado a dar clases a tiempo parcial. Tres años antes de que Agniezska llegase a Berna, Albert Einstein había publicado aquellos cinco famosos artículos en la revista *Annalen der Phisycs* que le habían procurado tanta fama. Si Frida Klein había viajado a Cracovia en la primavera de 1932 no podía haber conocido a Agniezska Waleska porque llevaba ya catorce años enterrada, pero ya no le quedaba ningún sitio donde preguntar, y antes de decirle a su amigo Stanislaw que había fracasado prefería quemar el último cartucho. No sería la primera ni la última estudiante que habría peregrinado hasta esa pequeña ciudad al oeste de Cracovia para visitar la casa de Agniezska Waleska, y Frida Klein era una joven recién licenciada en Física.

Poco más de una hora y media después de salir de Cracovia ya caminaba hacia las afueras de Sosnowiec en busca del lugar donde le habían dicho que todavía vivía la madre de Agniezska Waleska. Se trataba de una casa ni grande ni pequeña, de madera, con tejado rojo a dos aguas, lo bastante inclinado para que resbalase la nieve inmisericorde del invierno. A un lado un pequeño huerto, al otro el invernadero, y un perro cuya raza Poldek no sabría decir ladraba ante su presencia, desconfiado.

Se quedó parado delante de la puerta, mirándolo, sin saber si tendría que sonreír para que el animal se callase o tal vez debería pasarle una mano por el lomo.

Antes de que hubiera decidido qué hacer escuchó crujir las bisagras de la puerta. Un instante después la hoja se desplazó hacia un lado y apareció bajo el umbral una mujer delgada que a esa distancia no aparentaba los más de ochenta años que a Poldek le habían dicho que tenía.

—Buenas tardes, señora.

—Buenas tardes —la mujer respondió en un tono tan bajo que Poldek apenas la entendió. Estaba concentrado en su ceño fruncido, seguro de que la estaría molestando, preguntándose si no habría hecho mejor quedándose en su apartamento del Kazimierz y terminar el capítulo de su libro en el que el rey Casimiro el Grande permitía a los judíos instalarse en Cracovia.

Dio un paso hacia la mujer, pero el perro se le plantó delante. Era pequeño pero le enseñaba los dientes, y gruñía, como un lobo fiero.

La mujer murmuró algo y el animal agachó las orejas. De repente la expresión del perro se había vuelto dulce, como si no hubiera un extraño en el umbral de su casa o como si conociese a Poldek de toda la vida.

—Mi nombre es Leopold Horowitz —se presentó, sujetándose el ala del sombrero con dos dedos y separándoselo un poco del cráneo—. Pero todo el mundo me llama Poldek. He venido desde Cracovia para hablar con usted. Si pudiera dedicarme unos minutos... Le aseguro que no la entretendré mucho. Suponiendo que sea usted Irena Waleska, claro está.

La anciana asintió.

—Soy Irena Waleska. Efectivamente. —La mujer cerró la puerta tras ella y señaló a un lado de la casa—. Me disponía a ir al invernadero. Hablaremos allí, si le parece.

Poldek inclinó la cabeza, cortés.

—Usted manda.

La siguió hasta la parte de atrás de la casa. A pesar de sus más de ochenta años y su pelo blanco la anciana caminaba con paso firme, sin titubear al sortear los terrones que se le clavaban a Poldek en las plantas de los pies.

El perro los siguió, olisqueando las piernas de Poldek, y se sentó en la puerta cuando ellos entraron en el invernadero.

Poldek no pudo evitar cerrar los ojos un momento para disfrutar del olor. Era una mezcla de aromas que no podía diferenciar. Azucenas, orquídeas, rosas tal vez.

La mujer se colocó un mandil en el que había restos de tierra húmeda y metió las manos en una maceta que estaba en una mesa con el mismo cuidado con que un cirujano abriría las entrañas de un paciente. Poldek la imaginó allí, cada día, ocupada en plantar y regar flores para distraer el tiempo.

—¿Le gusta la jardinería, joven?

Poldek sacudió la cabeza, pero nada más hacerlo se dio cuenta de que no era eso lo que quería decir.

—Me gustaría que me gustase —se corrigió—, pero nunca le he dedicado el tiempo ni la paciencia que hace falta.

—Jóvenes... Siempre con prisas, siempre corriendo, como si el mundo fuera a acabarse mañana.

Poldek sonrió.

—Tiene usted toda la razón. A veces deberíamos pararnos más a disfrutar de las pequeñas cosas.

—Eso sólo se aprende con la edad. Yo hace muchos años que me paso la mayor parte del día aquí dentro, arreglando flores.

Poldek asintió. Aunque presentía haber tomado un tren hasta Sosnowiec para nada, no había imaginado viajar para tomar clases de jardinería.

—¿Qué le ha traído por aquí? —le preguntó la mujer, como si le hubiera leído la mente—. Hay un largo viaje desde Cracovia.

Poldek le había dado muchas vueltas a lo que le iba a preguntar a la madre de Agniezska Waleska. De tan absurdo que lo encontraba había perdido todo el sentido. Y ahora que estaba delante incluso le parecía una falta de respeto hablarle de su hija fallecida veintiún años antes. Era ridículo preguntarle si había llegado a conocer a una tal Frida Klein que había viajado a Cracovia, y a lo mejor también hasta Sosnowiec, igual que muchos estudiantes de Física, como si visitar la casa de Agniezska Waleska y ver la habitación donde había estudiado pudiera contagiarles su talento. También podía contarle que estaba escribiendo un libro sobre la historia de la ciencia en Polonia: Copérnico, el hombre que se percató de que la Tierra giraba alrededor del Sol; Marie Sklodowska, que descubrió la radiactividad junto a su marido francés; Agniezska Waleska, que habría desvelado los secretos de la naturaleza del átomo si la enfermedad no se hubiera interpuesto en su camino. Pero la mujer podía enfadarse y cerrarse en banda si no le decía la verdad. Y no quería que la anciana se molestase.

—Verá, es todo un poco raro. Doy clases de Historia en la Universidad de Cracovia y un amigo me ha pedido que haga algunas averiguaciones.

La mujer dejó de hurgar en la maceta por un momento y se quedó mirando a Poldek. Pero no había el más mínimo rastro de dureza en sus facciones. Tan sólo una cansada resignación.

—Profesor de Historia en la Universidad de Cracovia. —Sacó las manos de la maceta y se las pasó por el delantal para limpiarse—. No es un estudiante de Física que venga buscando el rastro de mi hija. Ya cada vez vienen menos.

Quizá su nombre y su trabajo se estén olvidando, qué pena. Pero usted es muy joven para haber sido compañero de mi Agniezska en la universidad.

—Está usted en lo cierto. No tuve la suerte de llegar a coincidir con su hija. Pero puedo asegurarle que sólo he escuchado hablar cosas buenas de ella a todos los que la conocieron. Su talento como científica era algo fuera de lo común. Nadie duda que habría llegado muy lejos.

La anciana sacudió las dos manos, como si quisiera que Poldek se apartase.

—No hace falta que siga halagando a mi hija, joven. Yo sé perfectamente cómo era. ¿Qué es lo que quiere saber su amigo sobre Agniezska? ¿Por qué lo ha enviado a usted a preguntarme en lugar de venir él mismo?

—Mi amigo es un científico polaco que ahora vive en los Estados Unidos.

Irena Waleska abrió los ojos, con fingido asombro.

—Ah, un científico polaco que vive en Estados Unidos.

Poldek cerró los ojos y se pasó una mano por la frente. Tomó aire. Como pensó, había sido una pérdida de tiempo viajar hasta Sosnowiec.

—No sé qué decirle, señora. Ya le he contado que tal vez todo le iba a parecer una estupidez. Resulta que mi amigo se ha enamorado perdidamente de una joven física alemana que acaba de llegar a Nueva York huyendo de los nazis. Ella le ha dicho que estuvo en Cracovia hace siete años y, bueno, ya sabe, cuando uno está enamorado empieza a ver fantasmas por todas partes, se vuelve muy desconfiado.

Era una verdad a medias, pero al menos esperaba que

resultase coherente. La anciana chasqueó la lengua y sacudió la cabeza desaprobadoramente.

—Jóvenes...

Poldek se encogió de hombros, como si también hubiera de resignarse ante las dudas de un amigo enamorado.

—Me ha pedido que intente averiguar cosas sobre ella. Los profesores de las asignaturas de ciencias de la universidad me han contado que durante mucho tiempo hubo estudiantes que viajaban a Cracovia para saber algo más sobre la vida de Agniezska, y que algunos de ellos incluso venían hasta aquí, para conocer la que había sido su casa, sus primeros años.

—Son muchos los que han venido, joven —respondió la anciana, orgullosa, y luego matizó—: Y que todavía siguen viniendo a pesar de que ya ha pasado tanto tiempo. Suelen ser muy amables. Los dejo que entren en la casa, que vean la habitación de Agniezska. La mesa donde estudiaba, sus cuadernos. Para algunos es como si entrasen en la capilla de una santa.

Al terminar la última frase Irena Waleska se santiguó.

—¿Cuándo ha dicho que estuvo en Cracovia esa joven alemana?

—Hace siete años.

Irena Waleska se sentó en un banco, junto a la mesa donde había estado arreglando la maceta. Suspiró.

—Querido, de las dos mujeres de la familia sólo era Agniezska la que tenía una mente privilegiada. Es imposible que pueda acordarme.

Poldek se encogió de hombros, impotente.

—Ya le dije que le parecería una tontería. Y al final los dos nos hemos dado cuenta de que lo es. Son siete años, y ha venido mucha gente. Tiene usted razón. Es imposible que pueda acordarse.

—¿Cómo me ha dicho que se llama esa joven alemana?

—Su nombre es Frida Klein. Por lo visto es una brillante licenciada en Física, especialista en Física Atómica, que ha tenido que escapar de Alemania porque trabajaba para un científico que pasaba información a los judíos exiliados.

La mujer frunció el ceño. Se quedó mirando unos segundos el fondo del invernadero, como si buscase allí la respuesta a algo que Poldek no podía saber. Frida Klein, murmuró, después de pensarlo un instante.

—¿Es judía?

Poldek sintió cómo se le ponían tensos los músculos a la altura del cuello. A veces olvidaba que a mucha gente no le gustaban los judíos, y él era un judío que había venido a entrometerse en la vida y en el pasado de una polaca gentil.

Sacudió la cabeza.

—No. Frida Klein no es judía. —Hizo una pausa, sostuvo la mirada de la mujer, que parecía esperar algo más de él, y añadió—: Mi amigo sí que lo es. Y yo también.

Irena Waleska asintió, sonriendo.

—Ya me había dado cuenta. Los judíos son bienvenidos a esta casa. —Dio unos golpecitos con la palma de la mano en la parte que quedaba libre del banco—. Siéntese.

Poldek la obedeció. La tensión del cuello había desaparecido.

—Frida Klein —dijo la anciana, otra vez—. ¿Y dice que ha huido de Alemania?

—Como tanta gente en los últimos tiempos.

—Pobrecilla. No debe de haber nada más triste que

dejar el país de uno. ¿Sabe si ha dejado a su familia en Alemania?

—Mi amigo no me ha contado nada de eso.

—Tal vez no tenía familia.

—Es posible.

La anciana se quedó callada. A Poldek le pareció que de repente estaba muy cansada.

—Frida Klein —la escuchó decir otra vez. De nuevo hablaba para sí misma.

Sacudió la cabeza, sin dejar de mirar la pared del invernadero, como si detrás de las macetas y las flores hubiera algo escondido que sólo pudiera ver ella.

—Lamento no poder ayudarle, joven. Quizá esa muchacha alemana estuvo aquí, pero es imposible que una vieja pueda recordarlo.

Poldek se levantó.

—Señora Waleska, ha sido usted muy amable conmigo, pero creo que ya es hora de que me vaya. Ya la he importunado bastante, y he de coger un tren a Cracovia dentro de un rato.

Irena Waleska se levantó trabajosamente pero sin quejarse. Volvió a pasarse las palmas de las manos por el mandil, como si acabase de remover otra vez la tierra donde sembraba las flores.

—¿No le gustaría ver la habitación de mi Agniezska antes de irse? Todo sigue como ella lo dejó.

Era la primera vez desde que había llegado que Poldek sintió que le temblaba la voz. Tal vez los comentarios que le habían llegado de que muchos estudiantes de Física peregrinaban hasta Sosnowiec para ver la casa natal de Agniezska Waleska eran exagerados, y a lo mejor hacía mucho tiempo que alguien no visitaba a su anciana madre y le pedía que le enseñase su cuarto, su mesa, sus libros, sus fotografías, sus recuerdos.

—Me encantaría —mintió, sin mucho entusiasmo.

El perro los siguió hasta la casa, de nuevo olisqueando la pernera del pantalón de Poldek, y también ahora se quedó en la puerta, disciplinado, mientras ellos entraban.

—¿Le apetece comer algo? Siempre cocino de sobra. La costumbre, ya sabe.

De la cocina llegaba un aroma agradable a guiso familiar.

Poldek negó con la cabeza, sonriendo.

—Me encantaría, pero he de volver a Cracovia.

La anciana asintió, condescendiente. Cuando estaba ofuscada parecía que recuperaba el vigor de la juventud. Era como si de pronto se quitase años de encima.

—Ay, los jóvenes —protestó, Poldek ya había perdido la cuenta de cuántas veces—. Siempre con tanta prisa. —Señaló con la barbilla la escalera que conducía a la primera planta—. Subamos. La habitación de Agniezska está arriba.

Poldek la siguió, incómodo. No sabía muy bien cómo actuar en una situación así. Una anciana le iba a enseñar la habitación en la que se había criado su hija y en la que probablemente había pasado los últimos momentos de su vida. Quienes habían sido sus compañeros en la Universidad de Cracovia le habían contado que, aunque había alquilado un apartamento en la ciudad, viajaba con frecuencia a Sosnowiec para pasar unos días con su madre. Desde que se había quedado viuda no le gustaba que estuviese sola. No le costaba imaginar a Agniezska y a su madre subiendo por esas mismas escaleras para deshacer el equipaje, recorrer el mismo pasillo que él ahora recorría y abrir la misma puerta que ahora la anciana abría despacio, como quien está a punto de descubrir un tesoro. Agniezska Waleska había muerto a los treinta años por culpa de la epidemia de gripe española que había acabado con la vida de más de treinta millones de personas en toda Europa entre 1918 y 1919, en esa misma habitación que ahora él invadía con desgana. Había muerto soltera, le habían contado. Antes de cruzar el umbral de su habitación Poldek Horowitz siempre había pensado en ella como una científica aislada del mundo, una persona ensimismada en sus ecuaciones y sus experimentos a la que no le interesaba más que el papel o la pizarra que tenía delante de la nariz. Una nariz tal vez horrible, como de bruja, enorme y con una verruga, una mujer desaliñada que no cuida su aspecto porque lo único que le interesa es la ciencia. Había conocido a más de una persona así. Sin embargo, al entrar en su cuarto fue como si lo comprendiera todo, como si algún resorte se hubiera activado por sorpresa en su cabeza al cruzar el umbral y le hubiera hecho entender de golpe. Había oído hablar, muchas veces sin demasiado interés, del talento, de los logros científicos de Agniezska Waleska, de sus investigaciones solitarias y su entrega abnegada a la ciencia, pero jamás nadie le había hablado de lo hermosa que era, de su piel nacarada, sus ojos negros y su melena oscura, como de actriz de cine. Y ahora sentía que tenía los pies clavados al suelo de la madera de la habitación. No podía apartar los ojos de aquella foto. No volvió a mencionar el nombre de Frida Klein. Ya no. No tenía sentido hurgar más en la herida de aquella anciana que señalaba la cama, el armario que abrió para enseñarle los vestidos de su Agniezska cuando todavía era casi una niña que pronto se marcharía a Cracovia a estudiar Física, cuando todavía nadie podía pensar que llegarían a compararla con Marie Curie, la primera persona del mundo que había sido capaz de ganar dos Premios Nobel. La madre de Agniezska Waleska le hablaba, le contaba cosas de cuando era pequeña, de lo mucho que estudiaba, de lo inteligente que era, pero Poldek era incapaz de quitar los ojos de la fotografía que había visto, enmarcada, en su mesa. Había otras muchas de ella. En alguna se la veía de lejos, en la puerta de la Universidad de Cracovia, veinticinco años antes, de pie junto a alguno de los profesores que todavía daban clases allí y eran compañeros de Poldek, pero él no podía apartar la vista de esa que ocupaba un rincón de la mesa, debajo de la ventana por la que se arrastraban los visillos. Era un primer plano, de un hombre y de una mujer. Los dos sonreían. La imagen del hombre, a pesar de ser mucho más joven de lo que ahora era, no dejaba lugar a dudas: el pelo negro, ensortijado, no tan largo y descuidado como en los últimos años, los ojos negros, vestido como de otra época, con una chaqueta elegante y una corbata de lazo que no se correspondía con la indumentaria que ahora usaba, porque según le habían contado se había convertido en poco menos que un eremita. Era Albert Einstein, sin duda, una foto de Albert Einstein mucho más joven, tal vez de la misma época en la que publicó aquellos artículos sobre la Teoría de la Relatividad que lo hicieron tan famoso. Un poco después había empezado a dar clases en la Universidad de Berna. Y Agniezska

Waleska había pasado todo un curso allí para recibir clases del sabio.

La mujer dio un tirón de la manga de su chaqueta.

—Joven, tal vez lo haya entretenido mucho. No me gustaría que perdiese el tren por mi culpa.

Pero Poldek no se enteraba de lo que le decía. Seguía mirando la foto, como hipnotizado. La sonrisa de Albert Einstein y la de Agniezska Waleska. Stanislaw Zukrowski tenía razón: era cierto que los descubrimientos más importantes se producían muchas veces por casualidad.

CAPÍTULO XIV

Te levantas una mañana y ya no eres tú. La casa donde has vivido desde que eras pequeña ya no es tu casa, la cama en la que ahora estiras el cuerpo para desentumecer los músculos ya no es la tuya, aunque hayas pasado la noche en ella tratando de conciliar un mal sueño, un sueño que se te escapaba y no podías perseguir. Ya no te parecen tuyas la habitación y la cama, aunque sean la única cama y la única habitación que has considerado tuyas durante toda tu vida. Todavía no has viajado. Ni siquiera has salido nunca de Alemania, y aún no sabes que lo harás muy pronto. Llevas cinco años en Berlín, en la casa de tu familia en la capital, y mientras has estado estudiando regresabas a la finca de los Von Kleinsberg en Wannsee cada viernes, porque esa mansión en la que ahora estás, aunque ahora sientas que no te pertenece, la consideraste siempre tu hogar, el lugar donde te criaste, donde aprendiste a montar a caballo y a navegar. Acabas de cumplir veintiún años y estás muy enfadada. Tu padre y tu madre —los sigues llamando así a pesar de todo— han esperado hasta ahora para contártelo, no sabes por qué lo han hecho, no sabes por qué han esperado tanto, pero todavía crees, cuando te has levantado al día siguiente, que se trata de una broma pesada. Te lo han contado porque dicen que tú ya lo sospechabas o que lo averiguarías tarde o temprano, que durante tus veintiún años de vida no han podido dejar de pensar un solo día en que alguien con mala intención pueda deslizar algún comentario indiscreto que te haga daño. Pero ya eres mayor. Ya no hay por qué ocultarte la verdad por más tiempo, Frida. Te lo ha dicho tu padre, el barón, ayer por la tarde, un día después de tu vigésimo primer cumpleaños. Te adoptamos cuando eras una recién nacida. Antes aún, porque ya lo habíamos arreglado con... —al barón Von Kleinsberg le cuesta seguir hablando, no es capaz de decir que otra mujer es tu madre delante de la baronesa.

La baronesa, la que hasta ahora ha sido tu madre, estaba a tu lado, con gesto grave. A pesar de eso eres nuestra hija, nuestra pequeña, siempre lo has sido y siempre lo serás, añadió el barón. Nuestra Frida. Nuestra *Liebchen* Frida. Somos tus padres y tú eres nuestra hija de igual manera, esto no puede cambiar nada, pero creemos que tienes derecho a saber la verdad.

No te lo querías creer. Si no conocieras al barón, siempre tan serio, siempre tan circunspecto, habrías pensado que se trataba de una broma, de una broma pesada.

Hemos pensado que es mejor que lo sepas, te dijo tu madre, porque a pesar de todo, a pesar de lo enfadada que estás, no puedes dejar de pensar en ella salvo como tu madre, Frederika von Kleinsberg, la hermosa esposa del barón Von Kleinsberg.

Enfadada, te fuiste a la cama. Cerraste la puerta de tu habitación y escondiste la cabeza debajo de la almohada, como si de pronto volvieras a ser la niña a la que le daban miedo los fantasmas y su padre tenía que venir a contarle un cuento para que se durmiese. Pero esta noche el barón no va a venir, lo sabes, y también sabes que si llama a la puerta le gritarás que no te moleste.

Por la mañana te has levantado. Has bajado a desayunar y has esperado hasta estar los tres solos en la mesa enorme que está junto a la chimenea para preguntarle el nombre de tu madre, de tu verdadera madre, y cuando has hablado de tu verdadera madre la baronesa ha bajado los ojos y por un momento te ha parecido que apretaba los párpados para contener las lágrimas, para que no te dieras cuenta del daño que le estabas haciendo al pensar en otra mujer como tu madre.

El barón niega con la cabeza, conciliador. Te dice que nunca supieron su nombre, pero tú no te lo crees. Le dices que tienes derecho a saberlo. No estás enfadada con ellos por no ser tus padres, porque, al cabo, lo son. Estás enfadada contigo misma por no haber sido capaz de darte cuenta nunca, en todos estos años, de la verdad. Estás enfadada con ellos porque te han mentido, porque tal vez podrían haberte mentido siempre y no habrías sido capaz de darte cuenta. Te quedas callada y miras la casa, el salón enorme, los cuadros valiosos que adornan las paredes, el jardín y los árboles que puedes ver al otro lado de las ventanas, y ya no consideras tuyo nada de lo que ves. Piensas que no te pertenece, te castigas diciéndote que no te lo mereces. Ya han terminado las clases en la universidad. El verano ha empezado pero les dices a los barones —aún pasará mucho tiempo hasta que te refieras a ellos de nuevo como tus padres—

que te quieres volver a Berlín. Ellos no creen que este verano no vayas a navegar, con lo que te gusta, con la destreza que has demostrado siempre al manejar el pequeño barco que lleva tu nombre en el embarcadero, que no vas a montar tu yegua favorita, que no quieras asistir a las fiestas en las mansiones del lago Wannsee ese verano, con tus amigas, con tus primas. Sabes que ahora ellos se arrepienten de haberte dicho la verdad. A lo mejor lo han hecho porque consideraban que era su obligación, tal vez necesitaban liberarse de esa carga. Pero ya no hay vuelta atrás. Ya sabes que no te detendrá nadie hasta que sepas el nombre de la mujer que acordó entregar su hija a los barones Von Kleinsberg antes incluso de que hubiera nacido. Quieres saber su nombre, te miras al espejo y ahora te preguntas si te parecerás a ella, de repente han desaparecido todos los rasgos de tu rostro que te acercaban a quienes habían sido hasta ahora tus padres. Tus ojos ya no son del mismo color que los de la baronesa. El color de tu pelo ya no es el mismo color del pelo que te han contado que la hermana del barón tenía cuando era joven. Piensas que en alguna parte puede haber alguna mujer que cuando la veas será como si te mirases en un espejo que te devolverá tu rostro envejecido, envejecido y torturado tal vez por el recuerdo. Te llamas Frida von Kleinsberg, pero ya no eres Frida von Kleinsberg. Ya no sabes quién eres, y todavía no sabes que habrá de pasar mucho tiempo hasta que vuelvas a sentarte junto a la chimenea del salón de la casa de Wannsee con el barón y la baronesa sin poder apartar de tu cabeza el pensamiento de que no son tus verdaderos padres, sentarte entre los dos, como si otra vez fueras una niña, sentirte protegida por el calor de sus cuerpos, pensar que el tiempo puede detenerse o que es posible viajar hacia atrás y cambiar el pasado.

Es el barón el que te dirá el nombre, siete semanas después de que te hayas marchado a Berlín. Tu padre sigue pasándote la asignación mensual como si no te hubieras marchado nunca de la casa familiar de Wannsee, como si a la baronesa ahora no le costase conciliar el sueño cada noche, como si a él no le entristeciera que su pequeña los hubiera abandonado porque habían cumplido con la obligación de decirle la verdad. Para tu padre —a pesar de todo es tu padre— sigues siendo su pequeña Frida, y que te hayas marchado a la casa de Berlín enfadada no es más que la rabieta lógica de alguien cuya vida ha dado un vuelco al descubrir que es adoptado. Pero tú quieres saber quién es tu madre, quieres saber su nombre, sólo por curiosidad. Todavía no sabes que viajarás a Berna, tú sola, y luego a Cracovia, y que conocerás a la madre de tu madre. Todavía no puedes imaginar quién puede ser tu padre. No dejarás de pensar el resto de tu vida que todo habría sido más fácil si el barón y la baronesa no te hubieran dicho la verdad y tú no te hubieras empeñado en desenterrar el pasado. Tu existencia habría sido más sencilla y más plácida. Habrías tenido la misma vida que les esperaba a tus amigas o a tus primas: un marido acaudalado, tres o cuatro hijos, sentarte a tomar pastel de manzana las tardes de invierno en una casa espaciosa junto al lago Wannsee, disfrutando de la vista de las copas nevadas de las hayas mientras el fuego de la chimenea aviva el color de tus mejillas.

Pero la vida de Frida von Kleinsberg ya no va a ser la misma. Lo sabes, y te preguntas si, al cabo, tal vez no lo supiste siempre.

Fue en Berna, cuando naciste. Te lo dice el barón, resignado. Al cabo, tienes derecho a saber la verdad. Había una joven licenciada en Física. El barón sonríe cuando te lo dice y añade que siempre pensó que tu interés y tu talento para la ciencia eran seguro una herencia materna, que no eras como las demás niñas con las que te criaste. No sabía el barón quién era tu padre, y luego, cuando tú lo sospeches, preferirás que no lo sepa, que no lo sepa nadie, ni siquiera tu madre. Ése va a ser tu secreto durante el resto de tu vida. Te lo vas a llevar a la tumba. Años después, cuando cruces el océano para cumplir una misión de la Abwehr, antes de que mates por primera vez a un hombre, pensarás que tal vez ése es tu castigo por haber hurgado en el pasado, por haberte enterado de lo que no debías enterarte.

Agniezska Waleska. Ése es su nombre. Te quedas sin aliento cuando lo escuchas. El barón frunce el ceño. No comprende qué te pasa. Es un noble acaudalado pero no es un hombre de ciencia. No puede imaginar que tú ya conocías el nombre de Agniezska Waleska antes de saber que era tu madre, que habías estudiado sus investigaciones. La ecuación de Agniezska Waleska, que habría desentrañado los secretos del átomo antes que el mismísimo Niels Bohr si no hubiera muerto tan joven. Sabes que era polaca, que hubiera sido la nueva Marie Curie si el destino no hubiera truncado su carrera de mala manera. No sabes de qué murió o no lo recuerdas, porque a pesar de todo el nombre de Agniezska Waleska no ha significado mucho para ti. Sólo sabes que enseñaba Física en la Universidad de Cracovia, y alguna vez has escuchado que si se hubiera marchado a Berlín podría haber llegado mucho más lejos.

Agniezska Waleska. Te das cuenta de que tu apellido también podría haber sido polaco, que podrías haber nacido en Berna y haberte criado en Cracovia en lugar de en Berlín. Todavía no sabes por qué naciste en Berna. Todavía no lo sabes, pero ya no puede haber vuelta atrás. Es al primer sitio al que vas a ir. Se lo dices al barón, y él te pide que no lo hagas. Cuando uno mete los dedos en el pasado es posible que encuentre cosas que no le gusten, que le cambien la vida para siempre, te advierte tu padre. De repente te das cuenta de que ya no te ordena el barón, que ya no te trata como una niña. Ahora te aconseja, casi te ruega que no vayas a Berna. Todavía no puede imaginar él, y tú tampoco, que no volverás a Alemania hasta conocer toda la verdad, hasta averiguar el más recóndito de los secretos, que ya nunca serás la misma cuando regreses. No sabes aún que después de Berna viajarás a Cracovia, que visitarás la universidad donde Agniezska Waleska, tu madre, dio clases, que buscarás algún puente del pasado que pueda llevarte hasta el presente, y que una vez que lo encuentres ya nunca más volverás a ser la misma.

Y a pesar de que ya has cumplido los veintiún años todavía eres la niña mimada por el barón Von Kleinsberg que nunca ha viajado sola cuando tomas un tren hacia el sudoeste, para cruzar la frontera suiza. No sabes todavía, cómo podrías, que menos de un año después cruzarás la frontera de Bélgica con otros tres estudiantes para secuestrar a Albert Einstein. Ahora no sabes mucho de Albert Einstein. Todavía no puedes saber que lo odiarás tanto. Dentro de un año participarás en una misión a cargo de la Abwehr, pero ahora, con veintiún años, enfadada con tus padres adoptivos porque te han tenido engañada toda la vida, ni siquiera has escuchado hablar del servicio secreto. En el fondo sabes que ellos están seguros de que se trata de una rabieta, que para ti son tus padres, que lo son a pesar de todo y que los vas a seguir queriendo igual porque te han criado y te han querido como la hija suya que eres. Pero no puedes dejar de saber qué ha sido de la que fue tu madre, enterarte de quién es tu padre si ella está muerta, porque tal vez tu padre viva, tal vez tu padre pueda contarte lo que pasó. Desde que el barón te dijo la verdad no has podido pensar en otra cosa. Incluso has buscado en tus apuntes de la universidad las notas del día en que el profesor te enseñó la Ecuación de Waleska, que trataba de predecir los movimientos caprichosos de las partículas subatómicas.

En Berna nadie se acuerda de Agniezska Waleska, pero todo el mundo parece recordar a Albert Einstein con nostalgia o con orgullo. No en vano, el genio no ha querido renunciar nunca a la ciudadanía suiza. A ti te hace gracia porque todavía no sabes que lo vas a odiar el resto de tu vida. En la oficina de patentes donde evaluaba artilugios como funcionario de segunda clase mientras trabajaba en la Teoría Especial de la Relatividad hay varias fotografías suyas. Todos dicen que lo recuerdan, todos presumen de haber sido sus amigos. En la universidad donde empezó a dar clases a tiempo parcial sucede lo mismo. Fotos de él en las paredes, en los pasillos, en las aulas, pero nadie parece acordarse de la pobre Agniezska Waleska, que se quedó embarazada en un país extranjero cuando tenía exactamente los mismos años que tú tienes ahora cuando buscas su recuerdo. Te imaginas a ti misma, embarazada y sola en un país que no es el tuyo; embarazada, sola y soltera, sin poder volver a tu casa porque te avergüenza tu estado. Sabes que a tus padres les destrozarás la vida, sabes que la gente te mirará mal y no te perdonarán nunca ser una madre soltera. No quieres que toda tu vida sea una tragedia, te gustaría algún día dar clases en una universidad pero para una madre soltera en los primeros años del siglo XX las cosas no son tan fáciles. Ni siquiera lo serían para ti en 1932, así que no te cuesta imaginar la época tan difícil que tuvo que pasar tu madre veintidós años antes, en esa misma ciudad que visitas ahora, vistiéndose con ropa holgada para ocultar su vientre abultado y culpable, procurando no mirar a los ojos de nadie para que no la señalen con el dedo, hasta que de pronto, un día, un industrial alemán que ha viajado a Berna para atender sus negocios le ofrece dinero. Es la casera de la pensión donde Agniezska vive la que se lo ha dicho. Conoce a la muchacha y sabe lo que está sufriendo. A pesar de su estado cada semana paga puntualmente la habitación y la comida. La dueña de la pensión está segura de que el padre de la criatura se está haciendo cargo de los gastos. Han pasado más de veinte años y todavía se acuerda de Agniezska Waleska. Es el barón el que te ha dado la dirección de la pensión de Berna. La mujer te mira como si estuviera segura de que algún día vendrías a preguntar por tu pasado. El barón Von Kleinsberg se portó bien, te cuenta. Se hizo cargo de ti cuando naciste y tu madre pudo regresar a Cracovia sin que nadie se enterase de lo que había pasado. Te pareces a tu madre, añade. Te pareces mucho. Tienes su pelo, y sus ojos. ¿Y mi padre? ¿Me parezco a mi padre? La anciana deja ver una boca desdentada, y sonríe de mala manera. A tu padre no te pareces, te dice. Parece que le dieran ganas de escupir al pensar en tu padre. Sacude la cabeza. Nunca me gustaron los judíos. Los judíos están por todas partes. Otra vez te parece que está a punto de escupir. Tú no sabes por qué pero tampoco te gustan los judíos. Te lo han enseñado desde niña. Los judíos no les gustan a tus padres, ni a tus primas, ni a ninguna de tus amigas con las que te has criado en Wannsee. Los judíos y los comunistas han estado a punto de arruinar a Alemania. En enero habrá elecciones, y si las gana el Partido Nacionalsocialista las cosas se pondrán muy difíciles para los judíos de Alemania. Tragas saliva, apenas te sale un hilo de voz. Todavía estás lejos de ser la agente entrenada por la Abwehr a la que no le cuesta esconder sus emociones. ¿Quiere usted decir que mi padre era judío? La dueña de la pensión vuelve a torcer la boca, en una mueca de asco, como si quisiera hacer un nudo con los labios. Era un judío el que pagaba las facturas de Agniezska. Era un judío el que venía a verla a escondidas de su mujer, el que tal vez le había prometido que se casaría con ella pero faltó a su palabra. Era un hombre casado, tenía dos críos pequeños.

Te sientas, de pronto parece que la habitación en la que estás con la mujer se ha quedado sin aire. Quién era, le preguntas, y te parece que a la mujer le da pena de ti. Quién era mi padre.

No puedo estar segura de que él fuera tu padre, pero dos y dos siempre han sido cuatro.

Quién era. Ya no sabes si hablas o simplemente la miras inquiriendo la respuesta. Quién era el hombre que pagaba las facturas. Cómo se llamaba.

La mujer se levanta y te acaricia la mejilla. De su rostro ha desaparecido la mueca de repugnancia al hablar de tu padre. ¿Quieres que te traiga algo, pequeña?, te pregunta. Tienes mala cara.

Quién era, insistes. Quién era mi padre.

Ya te he dicho que no estoy segura. Hace tanto tiempo que ya no puedo estar segura de nada.

Quién era. Quién era. Primero quieres enterarte, cueste lo que cueste, pero no sabes todavía que un instante después de saberlo te vas a tapar los oídos y vas a salir de la pensión corriendo, sin mirar atrás, corriendo a la calle y llorando porque ni siquiera te has dado cuenta —o no has querido darte cuenta— hasta que te han dicho la verdad, la que puede ser la verdad, la verdad, que duele tanto. Hace tres semanas ni siquiera sabías que eras adoptada, y ahora es como si un ángel sin sentimientos te hubiera expulsado del Paraíso. Ahora ya sabes el nombre de tu madre y que quizá lleves en tus venas sangre judía. Tienes ganas de vomitar, y no sabes todavía que aún pasarán siete años hasta que te encuentres cara a cara con Albert Einstein y que durante ese tiempo habrás averiguado todo sobre su vida, que te enterarás de cosas que nadie sabe, que habrás acumulado tanto odio en tu corazón que a veces tendrás ganas de abrirte las venas para expulsarlo. No sabes todavía, ni siquiera lo sabrás cuando hayas llegado a Nueva York siete años después, que podrás ver su cara de cerca, en una playa, que hablarás con él y que otra vez tendrás que contener las arcadas que te subirán desde el estómago, como si todavía fueras la joven inocente que se apoyaba en la pared de una calle de Berna, sin poder contener las lágrimas de rabia y de desesperación y de odio, después de haberse enterado del nombre del que podía ser su padre.

De repente te has dado cuenta de que el nombre de Albert Einstein ha sido una sombra que ha planeado sobre toda tu existencia pero tú no lo has sabido, una fantasmagoría que dirige tus pasos sin que lo sepas, y no sabes todavía, porque es imposible conocer el futuro, que la sombra del judío más famoso del mundo seguirá oscureciendo tus días por venir, que, de una manera o de otra, todo lo que hagas a partir de ahora, aunque te engañes a ti misma diciéndote lo contrario, estará condicionado por él. Lo has conocido en Berlín, cuando estudiabas en la Universidad Humboldt, y apenas has cruzado una palabra con él a pesar de que a Albert Einstein le gustaba sentarse en las terrazas de los cafés con los estudiantes para hablar de política, de música, de filosofía. No te ha interesado nunca la política, la música un poco, pero no mucho, y nada la filosofía. Pero las cosas ya no van a ser nunca más como antes. Es imposible que vuelvan a ser como antes.

Te subes al primer tren que te devuelva a Alemania, pero no viajas a Berlín. En el sur coges otro, y otro más, y luego otro, hasta que llegas a Cracovia. Es verano, y los cafés animados de la ciudad te recuerdan a los de la avenida Unter den Linden. Tienes dinero y te alojas en el hotel Cracovia, en la ciudad vieja, dentro de la muralla. No hablas polaco pero tienes suerte porque en la ciudad mucha gente habla alemán. Polonia no existe, Polonia es Alemania. Todavía no has llegado a asumirlo del todo, como harás años después, pero has escuchado decir a mucha gente cuya opinión respetas que Polonia es Alemania. Ahora te da igual, lo que te importa es que puedes entenderte con la mayoría de la gente en tu idioma. Has aprendido francés en el colegio, y estás a punto de aprender inglés, pero no puedes saberlo, y tampoco sabes todavía que tomarás clases intensivas de castellano durante seis meses antes de viajar a España para averiguar si Albert Einstein va a aceptar la cátedra que el gobierno español le ha ofrecido en la Universidad Central de Madrid. Te presentarás voluntaria sin que nadie pueda sospechar el secreto que guardas, algo que para mucha gente podría ser un tesoro pero a ti te da vergüenza que alguien se entere. Tú eres Frida von Kleinsberg, y lo último que harás en la vida va a ser presumir de ser la hija de Albert Einstein.

En la Universidad de Cracovia has visto una foto de Agniezska Waleska. Te alejas para ver mejor el retrato en primer plano. Tienes sus ojos. La fotografía es en blanco y negro pero la mujer de la pensión de Berna te ha dicho que tienes su mismo color de pelo. No te cuesta enterarte de que su madre, tu abuela, todavía vive en una ciudad al este de Cracovia y dejas atrás la muralla para dirigirte a la estación y subirte a un tren que te lleve a Sosnowiec.

¿En qué piensas mientras miras el paisaje correr al otro lado de la ventana? Todavía puedes parar en la siguiente estación. Lo piensas pero no eres capaz de bajarte del tren. También piensas echarte atrás cuando caminas desde la estación de Sosnowiec hasta las afueras de la ciudad, donde te han dicho que todavía vive tu abuela. De vez en cuando llegan estudiantes o científicos diletantes a la Universidad de Cracovia preguntando dónde vivía Agniezska Waleska, que van a visitar su casa como quien va en busca del Santo Grial.

No se han extrañado de que lo preguntes. No eres la primera. Y no serás la última persona en hacerlo. No sabes todavía que siete años después alguien seguirá tus pasos, que la anciana que se te queda mirando en la puerta como si fueras un fantasma será la misma anciana a la que un profesor de Historia polaco le preguntará sobre ti cuando estés en Nueva York. La mujer se lleva la mano a la boca, y murmura algo en un idioma que no puedes entender. Le dices que estás buscando la casa de Agniezska Waleska pero su madre, tu abuela, todavía tarda unos segundos en reaccionar. Pasa las yemas de los dedos despacio por tu cara, igual que un ciego buscaría en la rugosidad de un papel los caracteres que su cerebro traducirá en palabras.

Me llamo Frida Klein, le dices. No sabes todavía que usarás muchas más veces ese nombre que al cabo es muy parecido al tuyo pero suena menos aristocrático. Me llamo Frida Klein y nací en Berna hace veintiún años.

CAPÍTULO XV

No era la primera vez que Frida se despertaba sobresaltada después de soñar con los días que había pasado en Polonia. La mayoría de las veces que le sucedía le costaba ubicarse, estar segura de que era ella, que el sueño había dado paso a la vigilia, reconocer el lugar donde estaba. Menos de un año después de visitar la casa de Agniezska Waleska en Sosnowiec, el barón Von Kleinsberg se lamentaba en silencio porque su hija se hubiera puesto al servicio de la Abwehr. Tenía otros planes más sencillos y más amables para ella. Pero después de haberse enterado de sus verdaderos orígenes la relación entre los barones y Frida ya nunca iba a ser la misma. Ella ya era mayor y había tomado una decisión, y a sus padres no les quedaba más remedio que respetarla. No les había dicho, igual que no le había dicho a nadie, que su padre biológico tal vez podía ser el judío más alabado del planeta, que a lo mejor su afición por la Física podría ser tanto herencia materna como paterna. La posible progenitura de Albert Einstein iba a ser un secreto que se había propuesto guardar el resto de su vida.

La madre de Agniezska Waleska, su abuela, la había invitado a pasar después de cartografiarle la cara y escuchar su nombre y el lugar donde había nacido. Le había enseñado la casa, la habitación de su madre, las fotos, la foto de su Agniezska y Albert Einstein, sonriendo, en la Universidad de Berna, y luego la había invitado a sentarse a su mesa. Siempre sospeché que a mi Agniezska le había sucedido algo en Suiza, le dijo. Algo terrible o muy importante que jamás quiso contarme. Sus caderas eran más anchas cuando regresó, sus pechos más voluminosos, los ojos se le habían vuelto tristes. Nunca fue la misma y no quise preguntarle. Jamás se casó, tan hermosa como era y nunca se preocupó de buscar marido. Le había dado vergüenza contármelo. Jamás lo hizo. Ni siquiera cuando estaba tan enferma, cuando sabía que ya casi no le quedaba tiempo. Pero yo lo sabía. Una madre siempre sabe esas cosas aunque no diga nada.

Frida había apartado la cara con un gesto de repugnancia cuando vio la foto de Albert Einstein en la habitación de su madre, a punto había estado de escupir, como la dueña de la pensión de Berna que le había contado que fue el genio quien se encargó de pagar los gastos de su amante cuando estaba embarazada. No tenía ninguna prueba de que su padre fuera Albert Einstein, pero todos los indicios apuntaban en esa dirección. Pero tampoco iba a cambiar el pasado contándole a la madre de su madre lo que sospechaba, lo que quizá la anciana ya barruntaba o sabía. Estuvo en casa de la madre de Agniezska Waleska hasta que oscureció. La mujer le pidió que se quedase a pasar la noche, que le hiciera compañía, pero Frida sabía que se sentiría incómoda si permanecía más tiempo en aquel lugar. Tenía que marcharse ya, aunque no tuviera ningún sitio adonde ir. No sabía que más de una noche a partir de ese día iba a soñar con la casa de Sosnowiec, con la pensión de Berna donde su madre había esperado meses hasta dar a luz, lejos de su casa, con la ilusión vana tal vez de que un físico famoso, el más famoso, abandonase a su familia para irse a vivir con ella. No sabía que se despertaría más de una vez con la fotografía de Albert Einstein y Agniezska Waleska impresa en la retina, los dos sonrientes, como si tuviesen toda la vida por delante para estar juntos, para ser felices, feliz su madre como si pensase que no fuera posible todavía que el hombre que aún no sabía que sería candidato a ganar el Premio Nobel de Física ocho veces y que al final acabaría ganándolo, cuando ella ya estaría enterrada, la abandonase para siempre.

Se había despertado muchas veces desde entonces, la piel brillando de sudor, las puntas de los rizos mojados, y lo primero que recordaba al abrir los ojos era esa foto de Albert Einstein y Agniezska Waleska que había visto en Sosnowiec. Le había ocurrido en Cracovia, en el hotel, la misma noche que había conocido a su abuela. Le había sucedido en Berlín, en su apartamento, y también en Wannsee, cuando por fin acabó regresando a la casa de los que, al cabo, siempre había considerado sus padres. También en Madrid, cuando conoció a Alfonso Altamira, y ahora le había vuelto a suceder, en un motel del norte del estado de Nueva York, cerca de las cataratas de Niágara, a un tiro de piedra de la frontera canadiense, la última noche que pasó con Stanislaw Zukrowski.

Iban camino de Chicago, pero habían dado un gran rodeo. El día antes Leo Szilard había llamado a Zukrowski a su casa. Frida no quiso identificarse, y procuró hablar con el físico húngaro el menor tiempo posible porque tampoco le convenía que Szilard se diera cuenta de que ella sabía de quién se trataba. Parecía un poco ansioso, aunque ya la habían informado de que Leo Szilard era un tipo vehemente y parlanchín, y suponía que aquellos rasgos de su personalidad eran los que le habían ayudado a convertirse en un hombre combativo que no se rendía ante nada ni ante nadie si tenía que advertir al mundo de los peligros de la militarización de la física alemana. Le pidió a Frida que Zukrowski lo llamara cuando regresase. Añadió que se trataba de un asunto urgente y le contó a Frida que no había podido localizarlo en su oficina.

Pero cuando Frida se lo dijo a su amante, Stanislaw Zukrowski le contó que él también había llamado a Leo Szilard pero que ya no pudo hablar con él, ni en su despacho de la Universidad de Columbia ni en su domicilio.

—Dijo que se trataba de algo urgente —insistió Frida—. Parecía preocupado.

Stanislaw Zukrowski trató de quitarle importancia. Frida no quiso hacerle más preguntas, pero estaba claro que la llamada de Leo Szilard era importante. Ya habían preparado el equipaje y Stanislaw había cogido las dos maletas para guardarlas en el coche. Aunque el viaje desde Nueva York hasta Chicago era muy largo, Zukrowski le había propuesto pasar unos días fuera, conducir por el norte del país, sin rumbo fijo. Aún faltaban seis días para la conferencia del profesor Heisenberg en la Universidad de Chicago. Primero se dirigirían al norte del estado de Nueva York, hasta Niágara, como las parejas de enamorados. Cruzarían la frontera de Canadá, para disfrutar de la mejor vista de las cataratas, a lo mejor adentrarse un poco en el país y luego tal vez bajar por Michigan, cruzar Indiana, y seguir por el estado de Illinois hasta Chicago.

—¿Y no sería que Leo Szilard querría venir a Chicago con nosotros? —insitió Frida.

Zukrowski sacudió la cabeza, de un modo apenas perceptible.

—No creo. Lo más probable es que quisiera ir a visitar a su amigo Albert Einstein a Long Island. Le gusta hacerlo en verano. Ya sabes, para que el viejo sabio no se sienta solo.

Frida se esforzó en mostrar una sonrisa, como hacía cada vez que escuchaba el nombre del profesor Albert Einstein.

—¿Y a ti? ¿No te hubiera gustado visitar a Albert Einstein?

Zukrowski se encogió de hombros.

—Lo he visto un par de veces. Sólo eso. No somos amigos. No creo que se acuerde de mí siquiera. Lo que pasa es que Leo Szilard no tiene coche y no conduce. No es la primera vez que recurre a mí para que lo lleve a algún sitio.

Frida chasqueó la lengua.

—Vaya. Lamento que por mi culpa Szilard no haya podido ir a visitar a su amigo Albert Einstein.

Stanislaw Zukrowski volvió a encoger los hombros, desdeñoso. Le abrió la puerta del automóvil, galante, para que ella subiera.

—Leo es muy persistente cuando se lo propone. Seguro que habrá encontrado a alguien que lo lleve hasta la casa de verano del profesor Einstein.

Frida asintió y se metió en el coche. No tenía sentido preguntar más, y era arriesgado tratar de averiguar más cosas sobre un hecho que carecía de relevancia. En principio, que

Leo Szilard fuera a visitar a Albert Einstein en Long Island podría no significar nada. Frida sabía que los dos hombres se conocían desde hacía muchos años, en Berlín. Pero Werner Heisenberg, el jefe del programa atómico alemán, acababa de llegar a Estados Unidos, y no había que despreciar ningún movimiento de Leo Szilard. La mayoría de los científicos pensaba que Albert Einstein estaba acabado, pero ella no había llegado tan lejos para dejar ningún cabo suelto. En otras circunstancias incluso habría podido reírse. El asunto no dejaba de tener su gracia. Ella acababa de emprender un viaje, dando un gran rodeo para llegar a Chicago, y Alfonso Altamira podría estar pasando unos días de vacaciones en la casa que le habían prestado, a un tiro de piedra de la vivienda que alquilaba Albert Einstein en la bahía de Peconic. Pero viajar a Chicago también era importante. Enterarse de las verdaderas intenciones del profesor Heisenberg respecto a las tentaciones de sus colegas para que pidiera asilo en Norteamérica era muy importante para el futuro del programa atómico del Reich. Su misión era ésa, y tal vez concluyese después de haber viajado a Chicago. Lo otro era un asunto personal. Tiempo tendría de visitar Long Island si era necesario. Ahora no debía preocuparse por ello.

Aunque no volvieron a hablar de Leo Szilard durante el viaje, era como si la sombra del físico húngaro planease sobre ellos pero ninguno quisiera decir nada.

El químico polaco se había disculpado antes de llamar por teléfono a su oficina a la hora de comer, en una gasolinera.

—No me quedo tranquilo si no lo hago. He dejado algunas cosas pendientes para poder irme a Chicago y tengo que estar informado —se excusó de nuevo, cuando volvió a la mesa junto a Frida.

—¿Y has podido solucionarlo?

Stanislaw Zukrowski movió la cabeza, disgustado, como si no se tratase de un asunto importante.

—Todavía no. He de volver a llamar luego.

Anochecía ya cuando alquilaron una habitación en un motel, en el condado de Gennesee, antes de llegar a Buffalo, no muy lejos de las cataratas. Stanislaw Zukrowski aprovechó que Frida Klein se había quedado en la habitación deshaciendo la maleta para volver a llamar a su oficina desde la recepción del motel. En la habitación no había teléfono, pero tampoco lo habría usado. Era la segunda vez en el mismo día que llamaba a su oficina y Frida no podía enterarse de la conversación. Tenía que hablar con Poldek Horowitz. Hacía más de una semana que no tenía noticias suyas. Estaba a punto de encontrarse con Werner Heisenberg en Chicago. Leo Szilard, por su parte, había ido a ver a Albert Einstein a Long Island, y él todavía no había sido capaz de averiguar nada sobre la mujer que lo esperaba en la habitación del hotel. Stanislaw Zukrowski trataba de comportarse como si no estuviera preocupado, como si no fueran más que dos enamorados que habían salido de Nueva York para pasar un fin de semana romántico.

Cuando llamó al mediodía a la oficina le dijeron que lo había telefoneado alguien, desde Polonia, seguramente. Saltaron las alarmas. Su secretaria no había podido entender nada de lo que le decía, tan sólo el nombre de Stanislaw, y a duras penas. Ella no hablaba polaco y él no hablaba inglés. En Polonia ya era de madrugada. Ya era demasiado tarde para llamar a la Universidad de Cracovia. No contestaría nadie.

Apenas pudo contener la rabia cuando por la tarde su secretaria le dijo que la misma persona había vuelto a llamar desde Polonia y que otra vez le había resultado imposible hablar con él. Stanislaw Zukrowski asintió. Había colgado el teléfono después de darle a su asistente el número del motel y decirle que se pusiera en contacto con él por la mañana si volvían a telefonearlo desde Cracovia, pero su mano todavía sujetaba el auricular, como si aún le quedase una llamada por hacer o como si al mantener agarrado el teléfono todavía existiese una posibilidad de estar equivocado. El ceño fruncido, pensativo, como si se concentrase en la resolución de un problema complicado. Estaba claro que Poldek había averiguado algo importante. De no ser así, no habría intentado ponerse en contacto con él dos veces en un mismo día. Su amigo había averiguado algo de Frida Klein que él todavía no sabía. Regresó a la habitación convencido de que se encontraba en desventaja.

A pesar de sus dudas se incorporó en la cama cuando Frida se despertó en mitad de la noche, sobresaltada, sudando, nerviosa como si no hubiera podido abandonar todavía la pesadilla, un mal sueño que había sucedido siete años atrás, cuando viajó a Suiza y a Polonia para descubrir quién era.

—Tranquila, mi vida —le dijo, medio dormido—. Tranquila, que estoy aquí contigo.

Había puesto las manos sobre sus hombros, le acariciaba la espalda mojada, pero ella se había hecho un ovillo sobre el colchón, ajena a él, como si a pesar de haber abierto los ojos todavía no hubiera podido regresar de las tinieblas. Stanislaw Zukrowski le apartó el pelo de la nuca y besó su cuello, tratando de restañar una herida invisible. La rodeó con sus brazos y apretó su mejilla contra la suya. Ojalá que la vida fuera más fácil, pensó. Ojalá que Poldek le dijera que la mujer que ahora temblaba entre sus brazos de verdad no era más que una joven alemana que había llegado a Estados Unidos huyendo de los nazis.

Por la mañana tenían previsto cruzar la frontera de Canadá para visitar las cataratas. Aún no sabía el polaco que nunca atravesaría la frontera.

Frida tampoco. Estaba duchándose su amante cuando llamaron a la puerta. Se echó una bata sobre los hombros antes de abrir. Un joven tímido desvió la vista y se disculpó por haber llamado.

—Se trata de algo urgente. Tengo un mensaje para el señor Zukrowski.

Frida se fijó en un papel que traía en la mano, doblado con la pulcritud de un alumno aplicado, y alargó la mano para recogerlo.

—Está en la ducha. Se lo daré en cuanto salga.

El chico le dio las gracias y se retiró. Desde el vestíbulo de la habitación Frida escuchaba el agua de la ducha y una canción que Stanislaw interpretaba con más voluntad que acierto. No se había enterado de que habían llamado a la puerta.

Frida desdobló el papel. En una nota escueta, la secretaria de Stanislaw Zukrowski lo informaba de que lo habían vuelto a llamar desde Cracovia. También había anotado un número de Polonia al que debía telefonear. De todos los lugares del mundo habían tenido que llamar a Zukrowski precisamente desde Cracovia. No podía ser una casualidad. Las casualidades no existen. Ella había estado en Cracovia hacía siete años, se lo había dicho a Stanislaw Zukrowski porque era polaco y éste había intentado averiguar algo sobre ella. El pasado se revolvía y se interponía al presente. Era como si de pronto la habitación se hubiera quedado pequeña. Le parecía a Frida que cuando Stanislaw saliese del baño no habría sitio en aquel cuarto de motel para los dos.

No tenía tiempo de buscar la pistola o el cuchillo en el doble fondo de su maleta. Lo único que tenía a mano era un alfiler con el que se había recogido el pelo. Cerró la puerta de la habitación con llave y respiró hondo.

—¿Ocurre algo, Stanislaw? —le preguntó, cuando éste todavía no se había vestido.

Stanislaw Zukrowski sacudió la cabeza, aunque a Frida le pareció que no la escuchaba o que no había entendido lo que le decía. Miró la nota doblada que ella le mostraba y, al cabo, asintió con la cabeza, muy despacio, como si de pronto hubiera comprendido algo tan obvio que le irritaba no haberse dado cuenta antes, como si lamentase haber sido tan estúpido para no haberse percatado. Se quedó mirándola, y Frida supo que ya no lo hacía como un hombre enamorado de su amante, ni siquiera con el cariño que se mira a una amiga. Había algo extraño en los ojos de Stanislaw Zukrowski, un brillo que no había visto nunca, un resplandor que correspondía a una revelación súbita. Primero la había mirado sin comprender, y enseguida se dio cuenta Frida von Kleinsberg de que Zukrowski sabía o sospechaba que detrás de la brillante licenciada en Física Atómica se escondía una resuelta agente de la Abwehr.

—¿Ocurre algo, Stanislaw? —repitió Frida la frase, más despacio que la primera vez, deteniéndose en cada sílaba—. Han venido a traerte un mensaje. Parece que alguien de Cracovia quiere hablar contigo. Y se trata de algo urgente.

Stanislaw Zukrowski seguía mirándola, muy fijo, como si al hacerlo pudiera escarbar bajo la capa de la científica que ocultaba a la espía, Hyde debajo de Jekyll. Frida von Kleinsberg debajo de Frida Klein. Llevaba anudada la toalla a la cintura y había cogido su bolsa de viaje para buscar ropa limpia, pero Frida no supo si en realidad quería tirársela y estrellársela en la cara o golpearle con los refuerzos metálicos de la maleta hasta matarla.

—Pues no sé muy bien lo que ocurre —dijo, sin embargo, dejando despacio el equipaje sobre la cama, como si no estuviese seguro de hacer lo correcto—, pero me da la sensación de que tú podrás aclarármelo.

A Frida le hubiera gustado tener a mano al menos su cuchillo, pero desde que se había marchado a vivir con Stanislaw Zukrowski lo tenía oculto en la maleta. Hubiera sido demasiado engorroso tener que explicarle, no que llevaba un cuchillo —al cabo, ella era una mujer que había atravesado media Europa y el Atlántico sola, conque no estaba de más ni sería de extrañar que tomase precauciones—, sino que seguía llevándolo por las calles de Nueva York o, peor, cuando estaba sentada en su casa, leyendo tranquilamente en el salón o tomando café con la señora Goldsmith.

—¿Aclararte el qué, cariño?

Stanislaw Zukrowski avanzó hacia ella, y Frida retrocedió un paso.

—Stanislaw, por favor, ¿qué te ocurre?

—Quién eres, Frida.

—No sé de qué me estás hablando.

—Pues yo estoy seguro de que sí lo sabes. ¿Qué pretendes, Frida? ¿Qué has venido a buscar a Nueva York?

—He venido huyendo de los nazis, como casi todos vosotros. Eso ya lo sabes.

—Eso es una coartada. Una buena coartada, pero sólo eso.

—Pero ¿qué estás diciendo?

—Lo que oyes. Vamos a ir a ver a la policía. Estoy seguro de que tendrás muchas cosas que contarles.

La había agarrado por un brazo, y apretaba. Le estaba haciendo daño. No pudo Frida, no quiso, evitar un gesto de dolor y retorcerse, pero Stanislaw Zukrowski apretó más fuerte.

—¿Qué esperabas? ¿Sacarme información? Claro: Altamira no te servía. El viejo español es un ermitaño aislado en Brooklyn. Te interesaba alguien que viviera en Manhattan, alguien mejor relacionado con los científicos exiliados. Pero tampoco creo que yo fuera el más importante, ¿verdad, Frida?, el último eslabón de la cadena al que querías llegar.

La sujetaba ahora con las dos manos, la empujaba mientras le gritaba. El científico educado de maneras amables había dejado paso a un hombre furioso, no sólo porque una espía hubiera conseguido infiltrarse en la comunidad de científicos exiliados de Nueva York, sino porque una mujer hermosa lo había engatusado y lo había engañado. Stanislaw Zukrowski la sacudía, y Frida von Kleinsberg hacía como que temblaba. Sabía que era una agente alemana, y eso significaba que alguien la había descubierto, pero estaba segura de que el hombre que ahora la zarandeaba y estaba a punto quizá de abofetearla antes de llevarla a la policía no podía imaginar que ella no dudaría en matarlo si con ello contribuía al éxito de su misión. Lo supo Frida desde el momento en que se sintió descubierta: ya mató una vez porque tuvo la ligera sospecha de que el hombre del barco pudiera conocerla, cómo no iba a terminar ahora con la vida del hombre que la había descubierto.

—Stanislaw, por favor. Me estás haciendo daño.

Pero sus quejas no surtieron efecto. El joven científico tenía los ojos encendidos, y no dejaba de apretar, cada vez más, la tenaza de sus brazos. Si seguía así más tiempo, estaba segura de que le pararía la circulación.

—¿Adónde querías llegar, Frida? ¡Adónde!

Él gritaba, pero Frida bajó la voz. No le convenía alertar a los otros clientes del motel, que alguien llamase a la puerta para preguntar qué pasaba.

—No sé de qué me estás hablando, Stanislaw. Te lo juro. No me grites.

—Primero Alfonso Altamira, luego yo. Y después quién, Frida, quién.

Lo dijo y se quedó un instante callado, como si le hubiera cruzado un relámpago por delante de los ojos, un fogonazo que lo iluminara entre tanta confusión.

Asintió levemente, incluso aflojó un poco la presión sobre los brazos de Frida. Leo Szilard, dijo. Leo Szilard es el siguiente.

—Pero ¿qué dices? ¿Qué interés puedo yo tener en conocer a Leo Szilard?

Stanislaw Zukrowski la empujó contra la pared. Le puso una mano en la boca y acercó su cara a la de ella. Se llevó el dedo índice de la mano libre a los labios, con un movimiento rápido, imperativo.

—Cállate, Frida. Cállate.

Frida intentó decir algo, pero la mano de Stanislaw le apretaba los labios.

—Te has acercado mucho, querida, pero lamento decirte que no has conseguido nada. Ahora vamos a dar un paseo los dos hasta una comisaría. Lo más probable es que la policía te retenga en un calabozo hasta que unos hombres de paisano vengan a interrogarte. Yo mismo me encargaré de avisarlos. Y tal vez ellos no sean tan considerados como yo. No podréis vencer —añadió, sacudiendo la cabeza.

Frida sonrió, con desprecio.

—Se trata de la bomba atómica, ¿verdad?

Frida esta vez se limitó a mirarlo, sin hacer ningún gesto. Qué más daba lo que fuera. El caso es que la había descubierto.

—Puedes estar segura de que Leo Szilard conseguirá que Albert Einstein se ponga de nuestra parte, y entonces la bomba atómica alemana no habrá sido más que un sueño. Y tú, querida mía, te enterarás del final de Hitler desde una cárcel americana. Eso, si tienes suerte. No es el mejor momento para que un juez se muestre indulgente con una espía nazi.

Apenas había terminado la frase Stanislaw Zukrowski cuando sintió cómo los dientes de Frida se clavaban en la mano que le tapaba la boca. Sintió que le había arrancado un pedazo de carne, no por el dolor —el mordisco había sido muy rápido y el verdadero dolor aún tardaría unos segundos en llegar—, sino por la mancha oscura de sangre que vio en los labios de ella antes de cerrar los ojos y contener un alarido.

Sin detenerse a mirar la herida le lanzó una bofetada con la otra mano, pero Frida von Kleinsberg ya se había apartado de la pared y Stanislaw Zukrowski trastabilleó al ser arrastrado por su propio impulso. Por un instante la mujer había dejado de ser una bella física alemana y se había convertido en un fantasma. Antes de que pudiera girarse sintió como si le hubieran clavado un aguijón en el costado y se le hubiera quebrado algo dentro. En el suelo, Frida von Kleinsberg se levantaba con rapidez. Había dado un salto para poder hacerle más daño y se había caído al suelo después de haberle roto una o dos costillas. Stanislaw Zukrowski trató de ponerse derecho pero no pudo evitar que los huesos que acababan de crujir bajo su piel protestaran. Le costaba respirar, pero logró empujar a Frida contra la pared en el mismo momento que se levantaba. Despeinada, con la bata abierta, parecía una tigresa herida que no sabe si saltar sobre su presa o escapar y esperar el momento más oportuno para volver al ataque. Pero entre los planes de Frida von Kleinsberg no estaba marcharse de allí. Era una fiera acorralada que ya no tenía otra escapatoria que matar o morir. Lo vio en sus ojos Stanislaw Zukrowski, pero a pesar de ello estaba convencido de que su fuerza de hombre doblegaría a la mujer con la que había convivido durante las últimas seis semanas si se empleaba a fondo. Le lanzó una bofetada que Frida detuvo a duras penas con un brazo. Volvió a cargar con la otra mano para golpearle el rostro, pero el dolor de las costillas lo hizo detenerse una fracción de segundo. Frida von Kleinsberg no lo dudó. Aprovechó para bajar la cabeza y lanzarla hacia delante. Antes de que la segunda bofetada llegase al rostro de Frida, la cabeza de ésta ya se había estampado contra su rostro y la mano apenas alcanzó a golpear la melena de la mujer que se había soltado con la pelea. Luego se dio cuenta de que por las aletas de la nariz le bajaban dos ríos de sangre, y se acordó de que un instante antes había escuchado un chasquido. Se le había ocurrido entonces, con la velocidad que la adrenalina imbuía a sus pensamientos, que Frida se había abierto el cráneo al golpearle, pero ahora no le quedaba más remedio que reconocer que era su nariz la que se había roto. La dulce científica berlinesa era un hueso mucho más duro de roer de lo que parecía. Lo había engañado totalmente, reconoció, no sin dejar de sentir cierta admiración por ello. Para reducirla tendría que emplearse a fondo, tal vez hasta el límite de sus fuerzas. Cada vez que respiraba sentía que los pulmones no le cabían en el pecho y que las costillas se le clavaban en la carne. Tenía que hacer grandes esfuerzos para no doblarse de dolor cuando el aire entraba en su cuerpo. Sentía el corazón encabritado palpitarle en la nariz rota, y por un instante el mundo se había vuelto borroso. Frida von Kleinsberg también respiraba con dificultad, pero el único resto de sangre que presentaba era el que aún le quedaba en la boca después de haberle arrancado un trozo de carne de la mano de un mordisco. Entonces se acordó Stanislaw Zukrowski de que la mano también le dolía, le dolía mucho, y hasta ese momento no pensó de verdad que era posible que no saliera con vida, que una mujer que hasta cinco minutos antes le había parecido tan frágil pudiera haberlo golpeado con tanta fuerza y fuera capaz de matarlo si se lo proponía. Podría haber pensado Stanislaw Zukrowski también en lo que sucedería si ella era capaz de matarlo, si lograría llegar hasta Leo Szilard y engañarlo también e impedirle que consiguiera lo que se había propuesto. Era una idea descabellada que Frida Klein pudiera interferir en la reunión que Szilard estaba a punto de tener con el profesor Albert Einstein, pero después de lo que acababa de pasar, de lo que estaba sucediendo en ese momento, Stanislaw Zukrowski creía que cualquier cosa, por muy inverosímil que pareciese, era posible. Aunque no disponía de mucho tiempo para pensar en todas las cosas que podían pasar si no era capaz de detener a la fiera que a dos metros de él le enseñaba las uñas, los ojos inyectados en sangre, dispuesta a saltar para dar el zarpazo definitivo. Lo único que le preocupaba ahora, lo más importante, era salvar su vida. Si no era capaz de solucionar eso, ya no sería posible hacer nada, y Frida Klein habría conseguido su objetivo, cualquiera que éste fuese. Con la intención de aplastarla contra la pared saltó sobre ella. Stanislaw Zukrowski calculó que debía de pesar unos veinticinco kilos más que Frida, y veinticinco kilos tendrían que ser suficientes para inmovilizarla. La alemana, aunque había iniciado el movimiento para esquivar el empellón, no pudo evitar que su espalda chocase contra la pared. Retumbó toda la habitación, como si al motel lo hubiera alcanzado el coletazo de un pequeño terremoto. Algunos cuadros se cayeron y los cristales estallaron en pequeños trozos afilados. Stanislaw Zukrowski consiguió tumbarla en el suelo, y se pegó a ella, sin dejarla moverse. Te vas a estar quieta ahora, le dijo. Te vas a estar quieta y alguien va a llamar a la policía. Ya no va a ser necesario que te lleve hasta una comisaría porque seguro que con este jaleo alguien habrá llamado a la policía. La sangre que le bajaba por la nariz manchaba la bata de Frida. A horcajadas sobre ella, la apretaba con sus piernas, impidiéndole mover las suyas. Con cada mano le sujetaba una muñeca. Frida ni siquiera oponía resistencia. Sería inútil en la posición tan precaria en la que se encontraba.

Encima de ella, Stanislaw Zukrowski jadeaba, al límite de sus fuerzas. Frida todavía no había escuchado a nadie en la puerta. Era la última oportunidad que tenía, que nadie se hubiese enterado de la pelea. La cuestión estribaba en dejarse vencer o en matar. Si la entregaban a la policía era posible que no la sentasen en la silla eléctrica, pero sus días como agente de la Abwehr habrían acabado para siempre, y, lo peor: no habría podido terminar la misión, ahora que por fin tenía, no sólo la sensación, sino también el convencimiento, de estar a punto de averiguar algo importante. Podría pasar varios años en una cárcel de Estados Unidos, y no era aquello lo que más le seducía. Y Stanislaw Zukrowski, el químico polaco con el que había compartido el último mes y medio y que ahora, con la nariz y los labios y la barbilla manchados de sangre y algunos huesos rotos, ya no presentaba ese aire de galán de Hollywood, estaba sobre ella, impidiéndole levantarse, impidiéndole moverse. Probablemente estaba tratando de reponer fuerzas o pensando en la manera de cambiar de postura sin dejar de inmovilizarla. Era imposible. Tenía que hacer algo. Frida sabía que el dolor de las costillas rotas —estaba segura de que le había roto más de una— se volvía más agudo a medida que pasaban los minutos. No podían quedarse allí eternamente. Es posible que el tiempo jugase a favor de ella y pudiera revolverse en el suelo en cuanto advirtiese el menor atisbo de flaqueza en los brazos de Stanislaw Zukrowski. Pero también, mientras tanto, podría alguien pasar junto a la puerta y el científico alertarlo, o a lo mejor gritaría para pedir socorro y cualquiera que estuviese cerca podría escucharlo y llamar a la policía. Clavó sus ojos en los de Stanislaw Zukrowski, que le sostuvo la mirada sin abrir la boca. Pero el dolor que sentía era palpable en el fondo de sus iris azules. La nariz, hinchada después de quebrarse tras el cabezazo, presentaba un color azulado. Respiraba por la boca, con dificultad, se notaba que contenía a duras penas un gesto de dolor cada vez que los pulmones se le llenaban de aire.

Recordaba que le había clavado las rodillas en el costado izquierdo, por tanto, aquél era su flanco más débil. Y la mano izquierda de Stanislaw Zukrowski era la que sujetaba el brazo derecho de Frida. Y el puño cerrado de su mano derecha guardaba la pinza con la que se había sujetado el pelo. Se lo tenía que jugar todo a una carta. De los luchadores que peleaban cuerpo a cuerpo sabía que el momento en que el adversario resultaba más vulnerable era justo cuando acababa de soltar el aire de los pulmones, inmediatamente antes de volver a inspirar. Con Stanislaw Zukrowski era fácil averiguarlo, pues su respiración era tan fuerte y pesada como la de un boxeador que ha llegado al límite de sus fuerzas al último asalto. Era posible que sólo tuviera una oportunidad, así que Frida esperó unos segundos, contando mentalmente el tiempo que el científico polaco tardaba en volver a tomar el aire después de haberlo soltado. Esperó un poco, le dio tiempo para que se relajara y se confiara. Ella relajó el cuerpo bajo el peso de él, procurando que lo notase, como si hubiera claudicado después de darse cuenta de que no tenía ninguna posibilidad de escapar. Antes de intentarlo lo miró a los ojos, muy fijo, sin pestañear, y luego dio un tirón de su mano izquierda, para distraerlo. Stanislaw Zukrowski no pudo evitar echar el peso del cuerpo hacia su derecha, para impedir que se moviera, pero aún no había terminado el movimiento cuando Frida empujó con todas sus fuerzas con la diestra. Desprevenido, cuando Stanislaw Zukrowski trató de recuperar la compostura para repartir equilibradamente la presión sobre los dos brazos de ella, Frida ya había conseguido levantar un par de centímetros su mano del suelo. Él había tardado un poco más en reaccionar ahora, apenas un instante porque el dolor de las costillas rotas le había impedido mover el brazo izquierdo con la misma rapidez que el derecho. Apenas una fracción de segundo, pero fue suficiente para que Frida pudiera retorcer la muñeca y librarse del cepo. Al intentar volver a agarrar la mano que ella había liberado, desesperado, Stanislaw Zukrowski aflojó la presión que ejercía sobre el otro brazo y sobre las piernas y Frida aprovechó para girarse un poco, lo suficiente para, aprovechando que él ahora cargaba el cuerpo sobre el otro lado, poder empujarlo con su brazo izquierdo, que todavía sujetaba con fuerza. Consiguió que resbalase de ella un poco, lo bastante para poder morderle de nuevo la mano en el mismo lugar donde le había dado un bocado unos minutos antes, después de que la pusiera en su boca para hacerla callar. La otra mano de Frida, la que guardaba la aguja del pelo, seguía cerrada y ahora estaba protegida detrás de su espalda. Al girarse para no perder la posición de ventaja sobre ella, Stanislaw Zukrowski había vuelto a encontrar la rodilla de Frida en su costado. Había sido una casualidad, pues Frida había movido las piernas para intentar liberarse. Se mordió los labios el científico, reprimiendo el dolor a duras penas, y Frida aprovechó para retorcer la muñeca y librarse de la única mano del hombre que todavía la sujetaba. Le oyó decir una blasfemia en su idioma, un par de palabras que no entendió, y cuando Stanislaw Zukrowski consiguió recuperar la posición de ventaja sobre ella, Frida von Kleinsberg ya le había clavado una vez la aguja en la garganta, a la altura de la nuez. La miró el científico como si no comprendiera, con el ceño fruncido, y antes de que pudiera decir nada la aguja volvió a entrar de nuevo en su garganta, una vez, otra, y otra más. Manoteaba torpemente el polaco, no podía respirar, trataba a duras penas de contener las embestidas, pero Frida ya había conseguido clavarle la aguja en el cuello demasiadas veces como para que tuviera alguna oportunidad. Luego se llevó las manos al cuello, por instinto, para protegerse, pero Frida no dejaba de asestar punzadas certeras en su tráquea, en su carótida, por la que se le escapaban turbiones de sangre tibia y burbujas que estallaban en minúsculas gotas rojas. Y ahora era ella la que ponía una mano en su boca, impidiéndole que gritase, no dejándole que pidiera ayuda. Era ella quien cubría con sus dedos los labios que había besado y acariciado tan demoradamente durante las últimas semanas, y él no podía hacer nada porque la vida se le escapaba en cada latido de su corazón, que regaba de sangre la alfombra. No podía hacer nada salvo cerrar los ojos para siempre después de lamentar su estupidez y su mala suerte.

CAPÍTULO XVI

Salir del motel no iba a ser una tarea sencilla. Cuando el que había sido su amante dejó de respirar Frida permaneció tumbada un rato sobre la alfombra empapada de sangre y cerró los ojos. Estaba exhausta. Era la segunda vez en su vida que mataba a alguien, las dos veces habían sido hombres y ninguna de las dos había podido evitar mancharse las manos de sangre. Y, por alguna razón que no alcanzaba a comprender, se había sentido tan agotada después de hacerlo que lo único que tenía era ganas de cerrar los ojos para dormirse y olvidarse de todo. Pero acabar con la vida de Stanislaw Zukrowski le había supuesto mucho más esfuerzo que matar al carpintero húngaro en la cubierta del barco, con las luces de Nueva York ya a su espalda. La primera vez fue un acto premeditado, y se había preparado mentalmente para hacerlo. La segunda muerte se había producido al final de una pelea agotadora contra un hombre más fuerte y mucho más pesado que ella que la había pillado desprevenida. Había estado a punto de estropear la misión, de acabar con sus huesos en la cárcel o maniatada a una silla eléctrica.

Trató de relajarse para ordenar sus pensamientos. Tenía

que salir de allí, ése era un hecho insoslayable, y tenía que hacerlo pronto para viajar hasta la casa que Alfonso Altamira ocupaba en Long Island y poder estar cerca cuando Leo Szilard fuera a visitar al profesor Albert Einstein, si es que ya no era demasiado tarde. Ahora no era el momento para detenerse a pensar si, de alguna manera inconsciente, desde el principio había dispuesto las cosas para que al final no le quedase otro remedio que encontrarse cara a cara con Albert Einstein, si todas las cosas que le habían pasado desde que salió de Berlín no fueran sino los pasos previos para el momento más importante de la misión. El rey de las piezas negras en su casilla, seguro de que nadie puede hacerle daño, y la reina de las piezas blancas acechándolo, contando en silencio cuántos movimientos faltan para asestar el golpe definitivo. Quién se lo iba a decir, ella, Alfonso Altamira y el profesor Albert Einstein en Long Island. El final de la partida. Un verano idílico que precedía a la guerra, la paz que siempre prologa la tragedia. Antes de reflexionar sobre ello tenía que recogerlo todo, limpiar la habitación, tirar la bata empapada de sangre que llevaba y, lo más importante, deshacerse del cadáver de Stanislaw Zukrowski, que había perdido tanta sangre que se había puesto azul. Lo primero era sencillo, sólo cuestión de frotar la alfombra con agua y algún producto de limpieza y esconder la ropa manchada de sangre. Sacar de allí el cuerpo de Stanislaw Zukrowski iba a resultar una tarea mucho más complicada.

Todavía permaneció unos minutos tumbada Frida junto al cadáver antes de levantarse. Respiraba hondo, sintiendo cómo se le calmaba el pulso en las venas, atenta a cualquier ruido en el pasillo, al otro lado de la puerta, alguien sobresaltado por la agitación de la pelea que hubiese pegado la oreja en la puerta subrepticiamente para enterarse de lo que pasaba.

Nada, ni un ruido. Ni siquiera un coche que arrancase y abandonase el motel. Frida se levantó, arrastró el cadáver y lo colocó junto a la cama, lejos de la puerta. Se quitó la bata manchada de sangre y se sentó en el colchón. Había salido airosa de la pelea con Stanislaw Zukrowski pero la habitación del motel podía ser una trampa si no se le ocurría algo que hacer. No podía marcharse y dejar al polaco allí, ni su coche en la puerta. Sería como poner su firma en el crimen, y la policía o el FBI no tardarían en ponerse tras su pista, en buscar incluso a Alfonso Altamira en Long Island. Y eso era lo más inconveniente: poner tras la pista a la policía y que fueran a visitar a Alfonso Altamira a Long Island, que lo advirtieran sobre ella, que Albert Einstein se enterase de que era una agente alemana.

Tenía que sacar el cuerpo de Stanislaw Zukrowski de la habitación y llevarse el coche. Si no tenía más remedio podría hacerlo sola, pero era demasiado arriesgado. Por primera vez necesitaba ayuda. No le gustaba reconocerlo, pero no le quedaba otra opción si quería pasar a la fase siguiente, al camino improvisado por el que a partir de ahora iba a discurrir la misión, algo que ni siquiera sus jefes en la calle Tirpitzufer de Berlín podían imaginar. Para Frida ya no tenía ningún mérito haber conseguido los nombres de unos cuantos pobres diablos que pasaban información desde Alemania o enterarse de las verdaderas intenciones de Werner Heisenberg. Necesitaba algo más impactante. Había estado convencida de que la pieza más cotizada era Leo Szilard. Uno de sus objetivos habría sido acercarse a él con la ayuda de Stanislaw Zukrowski y tal vez matarlo, pero ahora, mientras se vestía para salir de la habitación, ya no podía engañarse respecto a sus aspiraciones. No sólo había viajado a Nueva York para infiltrarse en la comunidad de científicos exiliados y averiguar los nombres de los traidores a Alemania, sino que además de eso iba a liquidar también al elemento más molesto, al judío más famoso del mundo desde que Jesucristo había muerto en la cruz. Atajaría el problema de raíz. Comparado con él, ni siquiera Leo Szilard era importante. Una vez que hubiera acabado con la vida de Albert Einstein podría regresar a Alemania con todos los honores. No era la primera vez que se mentía diciendo que la muerte de Albert Einstein no era una cuestión personal para ella y que sus motivaciones eran estrictamente profesionales. En el fondo Frida von Kleinsberg sabía que no era cierto, pero tampoco importaba mucho dadas las circunstancias. Nadie podía saber de sus odios y sus motivos para acabar con la vida del creador de la Teoría de la Relatividad. Y no tenía dudas de que, si conseguía salir del motel con el cadáver de Zukrowski sin levantar sospechas, el siguiente paso que daría, el último para finalizar la misión con éxito, sería ir hasta Long Island para asesinar a Albert Einstein. Tal vez entonces se acabarían las pesadillas y los malos recuerdos. Quizá una vez después de haberlo matado podría dormir tranquila, sin escuchar arrastrarse cadenas de fantasmas al otro lado de la puerta que le arruinasen el sueño.

Parpadeó un momento después de descolgar el auricular del teléfono público de la recepción del motel y marcar el número de Spencer Baumbach. No había vuelto a ver a su contacto desde hacía ocho días, en el parque Bryant, cuando le dijo que pronto viajaría a Chicago con Stanislaw Zukrowski para encontrarse con el profesor Werner Heisenberg. La misión iba a terminar pronto, le decía. Trataría de averiguar las verdaderas intenciones del profesor Heisenberg, si al final iba a pedir asilo en Estados Unidos a pesar de haber dejado a su familia en Alemania. Pero había cosas que no le había contado a su enlace. No le había dicho que tal vez intentaría atajar el problema de Leo Szilard de una forma drástica. En Berlín sólo querían información, y le habían ordenado que lo hiciera todo de una forma discreta. Haber conocido a Alfonso Altamira en Madrid era la mejor coartada para viajar a Estados Unidos y poder infiltrarse entre los científicos exiliados, pero acabar con la vida de uno de los más destacados enseguida levantaría sospechas. Quizá ser tan famoso y tan combativo le había salvado la vida a Leo Szilard. Pero Albert Einstein no tendría tanta suerte. En Berlín sus jefes no habían previsto que Albert Einstein, a pesar de llevar una vida tranquila de jubilado en el Instituto de Estudios Avanzados de Princeton, podría poner su desproporcionada fama en contra del programa atómico del Tercer Reich. De todas las cuestiones que habían estudiado sus jefes en Berlín cuando planearon la misión no habían tenido en cuenta el factor Einstein. Con sólo utilizar su fama y sus influencias, tal vez con sólo poner su nombre al final de una carta, Albert Einstein podría conseguir en un segundo mucho más que todos los científicos exiliados juntos en un año, en toda una vida incluso llamando a puertas como plañideras. Einstein era la piedra angular y nadie en Berlín lo había previsto. El factor Einstein: a medida que lo pensaba Frida, aunque ni ella misma lo hubiera imaginado, estaba más convencida de que era lo que había que neutralizar, costase lo que le costase.

No podía regresar a Berlín y explicárselo al coronel Piekenbrock. Para entonces ya sería demasiado tarde, y ya no sería posible para ella regresar a Estados Unidos y terminar la misión. Tenía que improvisar sobre el terreno, acabar con la vida de Albert Einstein y que pareciera un accidente. Si conseguía salir de aquel motel sin levantar sospechas estaba segura de que podría hacerlo. El profesor Einstein solo, en Long Island, no sería una pieza demasiado difícil de batir. Tampoco le contaría su plan a Spencer Baumbach. No había tiempo para mandar un mensaje a Berlín y esperar a que autorizasen la misión. Cuando se enterasen sería un hecho consumado: Albert Einstein ya habría dejado de existir y el factor Einstein no sería más que un riesgo, el mayor de todos, que ella habría neutralizado. Mientras contaba los tonos de llamada, impaciente porque Spencer tardaba en descolgar el teléfono, volvió a decirse que no se trataba de una cuestión personal, como si encontrar un pretexto profesional para asesinar a Albert Einstein pudiera facultarla para terminar la misión a su manera, sin tener que consultar a Berlín.

Estaba a punto de colgar cuando oyó la voz áspera de Spencer al otro lado de la línea.

—Soy Frida.

Su contacto permaneció en silencio un instante. La primera vez que se vieron, cuando ella llegó a Nueva York, le había dicho que sólo lo llamase si era por un asunto importante. Frida lo imaginó callado, un anciano solitario sentado delante de un aparato sofisticado del que salían cables, adornado con indicadores y clavijas, preocupado por lo que estaba a punto de escuchar, temeroso tal vez de que él también pudiera ser descubierto.

—¿Qué sucede? —le preguntó, al cabo.

—Necesito ayuda.

Spencer suspiró antes de seguir hablando. Frida pensó que había sacudido la cabeza con pesadumbre.

—Dónde.

Frida le dio la dirección del motel.

—Tengo que salir de aquí cuanto antes —añadió—. Y no puedo hacerlo sola.

—De acuerdo. No te muevas de ahí.

Frida no podía contarle por teléfono lo que había pasado, la situación en la que se encontraba, pero al menos esperaba que Spencer la hubiera informado del tiempo que tendría que esperar, del nombre de la persona que iría a buscarla. Pero el otro había colgado antes de que pudiera decir nada más. Estaba muy lejos de Manhattan, y no lo imaginaba conduciendo hasta el norte del estado para venir a buscarla y ayudarla a deshacerse del cadáver y del coche de Stanislaw Zukrowski. Sólo le restaba tener paciencia y esperar a que alguien de su parte viniera a recogerla. No sabía cuánto tiempo tendría hasta que volvieran a telefonear desde Cracovia, pero prefería pensar que si la secretaria de Zukrowski le había dado al empleado del hotel un número de Polonia para que telefonease cabía la posibilidad de que no lo llamase más para mencionarle el asunto. Estuvo tentada de llamar ella misma a Cracovia, pero lo único que conseguiría sería alertar a quienquiera que anduviese tras su pista.

Regresó a la habitación y pasó la hora siguiente limpiando la moqueta de sangre. Aún no se había secado y, aunque no había sido fácil hacer desaparecer las manchas, al final había conseguido que no se notase a primera vista.

Fue hasta la recepción del motel para decir que no la molestasen, que su marido se encontraba indispuesto. Habrá comido algo que le ha sentado mal, añadió, y rehusó amablemente el teléfono de un médico para que hiciera una visita al señor Zukrowski si no mejoraba.

—Seguro que mañana estará mejor —dijo—, y cruzaremos la frontera canadiense para ver las cataratas.

No le extrañaba al recepcionista del motel que las parejas de enamorados se alojasen en el establecimiento camino de Niágara. Aunque no era lujoso, al menos era un lugar bastante limpio y acogedor para ser un motel. Y lo mejor era que el coche estaba aparcado en la puerta de la habitación y podría arrastrar el cuerpo de Stanislaw Zukrowski sin tener que pasar por la recepción.

Encerrada en la habitación, el día que dio paso a la noche en vela se le hizo eterno. Sacó un bote de tinte que había traído de Alemania. En el cuarto de baño se aplicó con cuidado el producto que después de lavarse el pelo le mostró en el espejo una melena rubia, que le daba un aire más parecido al de Veronica Lake que a Rita Hayworth y que, sobre todo, la distanciaba de la apariencia, al menos eso esperaba Frida, de Agniezska Waleska. Ahora que iba a encontrarse con Albert Einstein cara a cara, por fin, no quería que éste viera en su melena escarlata el recuerdo de su antigua amante.

El resto de la noche lo pasó tumbada en la cama, con el cadáver de Zukrowski a los pies, y la pistola en la mesita de noche. Desde que Spencer le había proporcionado un arma era la primera vez que la sacaba. Era una Remington de calibre 22. Aunque estaba familiarizada con ellas, a Frida no le gustaban las armas de fuego, prefería el silencio peligroso de su navaja o la eficacia limpia de una cuerda de piano con la que poder apretar el cuello de un enemigo. Pero no había duda de que una pistola resultaría más intimidatoria que un cuchillo pequeño o un cable si algún curioso no podía resistir la tentación de asomar la nariz por su habitación.

Cogió la pistola y se puso la mano detrás de la espalda antes de abrir cuando llamaron a la puerta.

—¿Quién es? —preguntó, amartillando el arma despacio, procurando que no hiciera ruido. De noche todos los ruidos se amplificaban.

—¿Frida Klein?

Frida no respondió, pero desde el otro lado de la puerta no tardó en escuchar la información que necesitaba.

—Me envía Spencer Baumbach. He venido a buscarla.

Frida no abrió todavía. Levantó el arma y puso el cañón a la altura de la cara. Lástima que no hubiera mirilla.

—Abra, por favor —susurró el desconocido—. No podemos quedarnos mucho tiempo aquí.

No había terminado la frase cuando Frida abrió la puerta. Por si acaso se había protegido el cuerpo con la hoja y había dejado la pistola a la vista, para quien quiera que fuese no intentase nada si es que al final no estaba de su parte.

Con un gesto le indicó que entrase en la habitación y cerró la puerta.

—Puede bajar el arma —le dijo—. Estoy aquí para ayudarla.

Pero Frida no dejaba de apuntarle.

—¿Y Baumbach?

El hombre suspiró con pesadez.

—Baumbach no sabe manejar un coche. Seguro que usted ya lo sabía. He conducido once horas desde Nueva York. Lo mejor será que nos vayamos cuanto antes.

Frida sacudió la cabeza.

—Si pudiéramos irnos sin más no habría llamado para que vinieran a buscarme.

Ya había encendido la luz cuando terminó de decir la frase. En el suelo de la habitación, junto a la cama, el cadáver de Stanislaw Zukrowski yacía de mala manera, con la toalla de baño cubriéndole los genitales.

—Tenemos que sacarlo de aquí con discreción. También tenemos que llevarnos el Chevrolet oscuro que está aparcado ahí fuera.

El recién llegado asintió, profesional, sin inmutarse, igual que si le estuviesen leyendo la lista de la compra. Hasta que encendió la luz Frida no se había dado cuenta de lo joven que era. Rubio, casi albino, o no se afeitaba todavía o es que su vello era tan fino que jamás necesitaría hacerlo. Debía de tener más o menos la misma edad que ella cuando cruzó la frontera de Bélgica para secuestrar al profesor Einstein.

—Primero deberíamos vestirlo —dijo.

Frida estuvo de acuerdo. Tal vez tenía que haberlo hecho ella, estar preparada para cuando llegase el momento de marcharse del motel, pero tampoco estaba segura de cuál sería el siguiente paso, si el mismo Spencer Baumbach, a pesar de su apariencia apacible de anciano jubilado, sería el que iría a sacarla del apuro en un motel cerca de Niágara.

—Yo me encargaré de ponerle la ropa. ¿Ha pagado usted ya la cuenta del motel?

—Todavía no.

—Pues aproveche para hacerlo mientras lo visto. Puede decirle al recepcionista que su acompañante se encuentra indispuesto, que vuelven a Nueva York.

El muchacho la miraba a los ojos. A pesar de su juventud daba muestras indudables de aplomo y resolución.

—Tiene que entretenerlo unos minutos para que yo pueda llevarlo hasta el coche —añadió.

Frida asintió.

—¿Sabe conducir?

Frida volvió a asentir.

—Estupendo entonces —concluyó, dándole la espalda para abrir la puerta del armario y buscar la ropa de Stanislaw Zukrowski—. He dejado mi coche en la carretera. Cuando haya pagado la cuenta arranque el Chevrolet, salga del aparcamiento del motel y gire a la izquierda. La estaré esperando. Sígame y no se detenga hasta que yo lo haga.

Frida iba a obedecer punto por punto sus indicaciones. No le quedaba otro remedio si quería salir del motel y regresar a Manhattan con garantías suficientes para acabar la misión con éxito. Pero no conocía de nada a aquel chico en cuyas manos había de poner su seguridad, y eso la inquietaba.

—¿Quién eres?

—Un amigo —le respondió, sin volverse, después de tirar un pantalón y una camisa del difunto Zukrowski sobre la cama. Luego se volvió y se la quedó mirando un instante antes de añadir—: Mi nombre es Donovan. He conducido desde el Bronx para sacarla de aquí porque el señor Baumbach me lo ha pedido. Si no confía en mí puedo regresar por donde he venido, pero no le aconsejo que vuelva a Nueva York con un cadáver de copiloto o que abandone el motel dejándolo aquí.

Frida permaneció callada.

—Además, para serle sincero, no le queda otra opción. Las órdenes de Baumbach no dejan lugar a interpretaciones particulares. Tengo que llevarla a Manhattan inmediatamente.

Frida suspiró, lentamente, procurando no dejar traslucir sus pensamientos. Al cabo, Spencer Baumbach y este Donovan, o comoquiera que se llamase, estaban de su parte. Otra cosa es que ella estuviese de acuerdo sobre el futuro de la misión. Pero eso ya lo resolvería más adelante, cuando se encontrasen lejos del motel y se hubieran deshecho del cadáver de Stanislaw Zukrowski.

No le fue difícil distraer al recepcionista, sobre todo porque estaba dormido cuando abrió la puerta. Pulsó el timbre que había sobre el mostrador para despertarlo, y le contó que se marchaban ya, que su marido no se había repuesto y que lo mejor era volver a Nueva York, bien temprano, para llegar a Manhattan antes de que cayese la noche. Una pena, añadió Frida, con tristeza no del todo fingida, porque no iban a poder cruzar la frontera de Canadá para contemplar las cataratas. Otra vez será, dijo, para despedirse. Mientras caminaba hacia el coche respiró aliviada al ver que todavía no se había levantado ninguno de los clientes del motel. El automóvil estaba aparcado justo en la puerta de su habitación, conque Donovan no habría tenido más que arrastrar el cadáver unos metros para introducirlo en el Chevrolet. Tal vez había pasado un brazo de Zukrowski por sus hombros y lo había llevado a rastras, como si fueran dos amigos borrachos que se marchaban al alba felices después de una noche de juerga.

El cadáver estaba en el asiento de atrás, tumbado boca arriba y con el sombrero encima del rostro, como si estuviera borracho de verdad o quisiera echar un sueño mientras su novia conducía de vuelta a Nueva York. El equipaje de Frida ya estaba guardado en el maletero. Ella lo comprobó antes de subir. Dejó el bolso con la pistola en el asiento del pasajero, arrancó el motor y salió del aparcamiento del motel. La ráfaga de luces del coche de Donovan le indicó el camino a seguir.

Estuvieron conduciendo un rato. Por la velocidad a la que iban y el tiempo que habían tardado Frida calculó que apenas habrían recorrido unos veinte o veinticinco kilómetros cuando Donovan le señaló el sitio donde debían detenerse.

El sol empezaba a despuntar y Donovan ya se había bajado del automóvil cuando ella detuvo el suyo. Se acercó a la ventanilla y le habló en voz baja:

—En esta parte el río Niágara es lo bastante caudaloso como para poder hacer desaparecer un coche.

Frida salió, sacó su equipaje del maletero y ayudó a Donovan a empujar el vehículo por la pendiente que precedía a la orilla. Estaban lo bastante alejados de la carretera y todavía había suficiente oscuridad para sentirse seguros al hacerlo, que no se acercase ningún curioso, que nadie pudiera ver hundirse el coche desde algún puente y pensase que era un accidente o que una patrulla de la policía los descubriera.

El Chevrolet de Stanislaw Zukrowski era tan pesado que Frida pensó que jamás podrían empujarlo con la fuerza suficiente como para hacerlo desaparecer bajo las aguas del río, pero al final el coche empezó a deslizarse cuesta abajo a cada vez mayor velocidad, tanta que ya no pudieron seguirlo en la carrera. Cinco minutos después el precioso descapotable color cereza con su dueño dentro había desaparecido en el río Niágara. No había hecho ningún ruido. Donovan se había preocupado de asegurar bien la capota para que el cadáver de Zukrowski no saliese a la superficie y dejar una ventanilla bajada para que pudiera hundirse con más facilidad. Frida se quedó un instante mirando las aguas del río, contemplaba las burbujas enormes bajo las que se había perdido de vista el coche, como si temiera que el Chevrolet pudiera brotar del fondo por arte de magia y delatarlos. Era la segunda vez que tenía que matar a alguien, y esta vez había sido un hombre con el que había compartido muchos ratos agradables de intimidad carnal. Ahora que reparaba en ello le resultaba extraño, pero en las horas que pasó junto al cadáver de Stanislaw Zukrowski en el motel no había pensado en ese asunto con la intensidad con que lo hacía ahora, mientras las burbujas estallaban en la superficie del río. Con un poco de suerte sólo tendría que matar a alguien más, cobrarse la pieza más importante. Entonces la misión habría terminado y podría regresar a Berlín por fin.

—No lo descubrirán si no es por casualidad. Es hora de volver a Manhattan.

Por unos instantes había olvidado que Donovan estaba allí. Asintió Frida y esbozó algo parecido a una sonrisa, por compromiso. Iban a volver a Manhattan, pero ella tendría que seguir hasta Long Island. A pesar de que ya era verano de repente sintió una corriente de aire helado subirle por la espina dorsal. Encogió el cuerpo debajo de la chaqueta y se subió las solapas. Long Island. Era como si la mano invisible de Einstein, el hombre que había dirigido su vida en la sombra, como un director de teatro que da órdenes a los actores entre bastidores, la atrajese hacia él sin saber que estaba invocando su propia muerte.

QUINTA
PARTE

Las cosas se van acoplando poco a poco. Al menos eso es lo que le parece. Leo Szilard está más tranquilo desde que fue a visitar a su viejo amigo, el profesor Albert Einstein, a Long Island. Al final fue Eugene Wigner quien lo llevó en su coche. Stanislaw Zukrowski debía de estar camino de Chicago con esa mujer de acento alemán que respondió al teléfono en su casa. El húngaro no puede dejar de envidiar, como cualquier hombre, el éxito de Stanislaw Zukrowski con las mujeres.

Eugene Wigner y él atravesaron Manhattan y Queens, y después de perderse varias veces consiguieron llegar a Long Island, pero una vez allí tampoco les resultó fácil encontrar la casa del profesor Albert Einstein. Su viejo amigo le había dado las señas —Old Grove Road, Nassau Point, Peconic, Long Island—, pero ni aun así eran capaces de dar con la casa. Se detuvieron en Patchogue. No eran más que dos pobres judíos húngaros exiliados perdidos entre un marasmo de casas de verano que buscaban al científico más famoso de toda la historia para salvar al mundo y no eran capaces de encontrarlo. De no haber sido un asunto tan grave el que tenían que tratar con el genio, se hubieran parado, Eugene Wigner y él, y hubieran soltado una larga carcajada para aliviar la tensión. Tan cómica y tan grandilocuente a la vez les parecía la aventura que a los dos les daban ganas de echarse a reír. Siguieron conduciendo hacia el este, hacia el final de la isla, pero cuando llegaron a Nassau Point encontraron unas cuantas casas desperdigadas frente a la bahía de Peconic, lo bastante alejadas entre sí como para que los vecinos no se molestasen, y, lo peor, para que nadie supiera cuál era la vivienda que habitaba el hombre al que habían venido a buscar.

Se hacía tarde ya cuando le preguntaron a un chaval que caminaba por la calle, le preguntaron más por aliviar la tensión que de verdad esperando una respuesta. No sabía el nombre del profesor Einstein, pero en cuanto se lo describieron el crío no tuvo dudas. Señaló con el dedo una casa, al otro lado de la calle. No debía de haber muchos sexagenarios con la melena blanca enmarañada, sombrero de paja y pantalones por encima de los tobillos y una cuerda como cinturón que paseaban por el vecindario con un cuaderno para garrapatear fórmulas con las que intentar desentrañar los secretos del universo.

Los esperaba en el porche, a los dos. Estaba despidiéndose de un amigo. David Rothman, se llamaba. Era un comerciante de Southold con el que Albert Einstein había trabado amistad ese verano. Después de que Rothman se marchase Albert Einstein les obsequió con uno de sus sarcasmos habituales cuando le contaron que habían llegado tarde porque se habían perdido. El genio se echó a reír. Creía que eran todos los demás científicos los que decían que

Albert Einstein estaba perdido, les dijo. Sonrieron los dos, Wigner y él: al menos el ninguneo al que había sometido la comunidad científica al profesor Einstein no había minado su buen humor. Según la mayoría, hacía muchos años que Albert Einstein estaba acabado, y casi nadie pensaba ya que pudiera aportar ningún descubrimiento notable a la Física. Pero con sesenta años cumplidos, después de la visita de sus dos colegas húngaros no iba a tardar en volver a estar en primera línea de combate.

Al otro lado de la calle, más abajo, en el porche de una casa, junto a la vereda que bajaba hasta la playa, alguien cuyos rasgos le resultaban familiares pero no pudo descifrar a quién correspondían porque estaba en la sombra los saludaba con la mano. Szilard y Wigner respondieron con el mismo gesto, sin llegar a saber de quién se trataba. Albert Einstein también había levantado la mano para saludar, y cuando los conducía al porche les explicó que se trataba de Alfonso Altamira, el profesor español, que pasaba unos días en la casa de Arturo Ramírez de Ayala. Altamira, había dicho Szilard, enarcando las pobladas cejas. Hacía tiempo que no lo veía. Luego pasaría a saludarlo. Ahora no había tiempo que perder. Tenía que contarle al profesor Einstein el motivo de su visita.

Nadie al que se lo hubiera contado lo creería, pero Szilard tuvo que poner al día a Albert Einstein sobre los avances de la Física Atómica. Aislado en su paraíso de Princeton, cerrilmente empeñado en demostrar a todo el mundo que era él quien tenía razón y no todos esos científicos que se habían abrazado a los postulados volubles de la Mecánica Cuántica, que se postraban de rodillas ante quienes aseguraban que era el azar el que dirigía el destino de las partículas subatómicas, como si fueran sacerdotes que les mostrasen la hornacina que albergaba el Santo Grial, ya ni siquiera leía las publicaciones científicas donde los físicos se apresuraban en publicar sus descubrimientos, igual que él mismo había hecho más de treinta años antes por primera vez. Pero a pesar de la opinión que muchos expresaban demasiado a la ligera, Leo Szilard estaba seguro de que Albert Einstein entendería enseguida, en unos minutos, lo que estaba pasando. Le cuenta que la fabricación de una bomba atómica ya no es una utopía, le explica que el uranio es el único elemento que encierra la energía necesaria para abrir la caja de los truenos. Después de asentir con gesto grave, el físico al que a pesar de haberse quedado anticuado todos los demás científicos admiraban y anhelaban su beneplácito aunque no estuviesen de acuerdo con él, lo había comprendido todo, y les preguntó qué podría hacer por ellos.

Szilard le contó que los nazis controlaban las minas de uranio de Joachimstahl, en Bohemia, y que si de allí no podían extraer la suficiente cantidad de uranio para realizar los experimentos necesarios y después fabricar una bomba atómica, la única posibilidad que quedaba era la explotación que controlaba la Compañía Minera del Alto Katanga, en el Congo Belga. Mil doscientas toneladas de uranio, recalcó Leo Szilard. Mil doscientas. Los nazis están dispuestos a comprarlo, pero si estalla la guerra en Europa y Alemania invade Bélgica ya no necesitarán pagar ningún precio por él.

El profesor Einstein entornó los ojos, sabedor de cuál iba a ser su papel. Y aunque le unía cierta amistad con Isabel, la reina madre de Bélgica, no le parecía elegante aprovecharse de su relación para poner a la venerable anciana en un compromiso. Y había que tener en cuenta que él todavía no se había nacionalizado y no era un ciudadano estadounidense de pleno derecho, y aunque era un científico famoso y respetado, no estaba seguro de hasta qué punto el Departamento de Estado norteamericano vería con buenos ojos que un extranjero como él instara al jefe de un Estado europeo a tomar medidas para proteger sus reservas de uranio de los nazis. Szilard estuvo a punto de desesperarse. Al final el viaje no iba a servir para nada, pero reconocía también que al profesor Einstein no le faltaba razón. Aquello se parecía cada vez más a una conspiración de científicos desesperados. Habrá que alertar al Departamento de Estado, y tendrán que ser ellos los que pongan sobre aviso a los belgas del peligro que puede suponer para el mundo que los nazis controlen sus minas africanas. Y hay que hacerlo todo con mucha discreción también, porque es muy importante que los servicios de información alemanes no se enteren de lo que ellos saben. Leo Szilard sacudió la cabeza, en el porche de la casa de Einstein, mirando la taza de té que le había servido Margot, la hijastra del genio. Sabía hasta qué punto los burócratas norteamericanos podrían ser lentos como tortugas e ineficaces como niños inocentes, pero para hacer las cosas bien no les quedaba otro remedio que seguir el procedimiento reglamentario, tan estricto en la política como en la vida militar. Al menos el nombre de Albert Einstein serviría como aval y podría aligerar los trámites.

Anochecía ya cuando decidieron que era hora de regresar a Manhattan. Que Eugene Wigner supiera conducir no significaba que fuera un automovilista experto, no como Stanislaw Zukrowski, al que le apasionaban tanto los coches modernos y la velocidad como las mujeres. Szilard dedicó unos segundos a pensar en él y sonrió, imaginándolo al volante de su descapotable camino de Chicago, con la mujer que había respondido al teléfono de su casa recostada en su hombro.

Cuando salieron a la calle entornó los ojos y miró al porche de la casa de Arturo Ramírez de Ayala, pero no vio a Alfonso Altamira. El profesor español le caía bien, y le hubiera gustado saludarlo. Pero ya era tarde, y si cruzaba la calle y llamaba a su puerta sabía que tendrían que entretenerse demasiado tiempo. Apenas había luz ya, y aún les quedaban dos —o quizá tres— horas de viaje para regresar a Manhattan. Si es que no volvían a perderse, lo cual, dados los antecedentes, era bastante probable. La próxima vez que vinieran, y Leo Szilard estaba seguro de que tendría que volver a visitar al profesor Albert Einstein muy pronto, intentaría pasar a saludar a Alfonso Altamira.

Al marcharse Leo Szilard vio por el espejo retrovisor que, desde la puerta de su casa, dando una calada a su pipa, pensativo, su viejo amigo miraba el coche perderse al final de la calle. Szilard lo conocía bien y sabía que Albert Einstein no dejaría de rumiar todo lo que habían hablado, que le daría vueltas hasta encontrar la solución más oportuna, como si de un problema de Física se tratase. Cuando el automóvil de Wigner desapareció detrás de la cuesta la imagen del premio Nobel, pensativo, solitario como un ermitaño en la puerta de su casa seguía pegada a su retina. Era un recuerdo del que le costaría desprenderse. Se le antojaba Einstein un genio que llevaba años aletargado dentro de una lámpara mágica esperando que alguien tuviera un motivo lo bastante importante para frotar el metal y despertarlo. Ya no había vuelta atrás. Le habían contado que el mundo corría el peligro real de estallar por los aires si los nazis conseguían desarrollar con eficacia el proyecto de construcción de una bomba atómica. Y Albert Einstein ya no pararía hasta encontrar una solución. Él no iba a permitir que algo así ocurriese, no lo haría si estaba en su mano impedirlo. Y lo estaba. Sabía que lo estaba. Leo Szilard cerró los ojos y procuró relajarse mientras Eugene Wigner se afanaba en mirar en los carteles alguna indicación que le mostrase cómo regresar a la ciudad de Nueva York.

CAPÍTULO XVII

Cuando la vio llegar su cara se le antojó la de una niña mala que ha cometido una travesura y regresa a casa con una sonrisa con la que procura engatusar a su padre esperando que no la castigue.

Alfonso Altamira estaba sentado en el porche de la casa de verano de Arturo Ramírez de Ayala, medio dormido en una butaca. Fue *Newton* el que alzó una oreja y levantó la cabeza del entarimado donde sesteaba tranquilamente cuando percibió la presencia de alguien conocido. Movió el rabo el perro, se levantó y estiró las patas para desperezarse antes de ladrar alegremente y despertar a su dueño. Cuando Altamira cruzó la valla para abrir la puerta se encontró con el mismo cuadro que tres meses antes, al escrutar el descansillo a través de la mirilla de su apartamento de Brooklyn, sólo que ahora, a pesar de traer también una maleta en la mano, el aspecto de Frida Klein era mucho más saludable que el que presentaba aquella noche, después de haber cumplimentado en la isla de Ellis los trámites de ingreso en Estados Unidos. Su pelo había vuelto a ser ondulado —ya había recuperado los rizos a medida que fueron pasando los días desde que se instaló en su apartamento—, se había teñido de rubia y su piel presentaba un color dorado, más acorde con el verano que con los últimos meses de invierno que había pasado huyendo de Alemania o a bordo de un barco que atravesó el Atlántico.

El rostro de la mujer era ahora una sonrisa abierta, mirándolo a los ojos, buscando alguna complicidad en los suyos, como si fuera posible que la perdonara por haberlo abandonado, tratando de calibrar hasta qué punto estaría enfadado, él, que, mirando el asunto con objetividad, no tenía nada que reprocharle porque en realidad no había pasado nada entre ellos, nunca, ni en Madrid, cuando su mujer agonizaba y se sentía culpable por estar enamorado de ella, ni un mes y medio antes, en Brooklyn, cuando era él quien había insistido en que se quedara a vivir en su apartamento hasta que encontrase un trabajo con el que poder pagarse un alquiler.

Altamira asintió, sin poder evitar una sonrisa. Se alegraba de verla, claro. Ya era demasiado mayor para disimular o para mostrarse ofuscado cuando en realidad estaba contento. Le habría gustado que ella no se hubiera marchado nunca, que no se hubiera ido a vivir a la casa de un hombre más joven, más apuesto y con más futuro que él, que hacía mucho tiempo ya que tenía más pasado que futuro, pero verla aparecer de nuevo en la puerta de su casa era como si la vida le diera una nueva oportunidad, como si le regalase una tregua, un tiempo extra que no le correspondía. Ya era demasiado mayor para enfadarse o para dejarse llevar por ese sentimiento tan estúpido que era el orgullo. Altamira se hizo a un lado para dejarla entrar, y al cruzar Frida el umbral, no pudo evitar pasarle un brazo por encima del hombro, apretarla contra su cuerpo y sentirse el hombre más feliz del mundo cuando dejó la maleta en el suelo y se abrazó a él, pegando la mejilla a la suya, rozando su piel suave con la barba canosa que en ese momento recordó que había vuelto a llevar descuidada. Le hubiera gustado besar sus labios, pero todavía no se atrevía, y quería que ese abrazo durase para siempre. Cuando se separó de él Frida se lo quedó mirando un momento, a los ojos, muy cerca y muy fijo, sin decir nada, pero Altamira sabía o quería imaginar que aquélla era su forma de pedirle perdón, por haberlo abandonado, otra vez, como en Madrid, por haberse marchado aunque esta vez se hubiera despedido.

—¿Cómo me has encontrado?

Frida sonrió.

—No creas que ha sido difícil. La casa de Arturo Ramírez de Ayala en Nassau Point. Me habías hablado muchas veces de ella. No estabas en tu apartamento de Brooklyn, así que imaginé que al final habías decidido pasar tus vacaciones aquí.

—Supongo que es fácil anticiparse a mis movimientos. No hago demasiada vida social.

Frida le regaló una mueca burlona.

—Podría decirse que eres bastante predecible.

—Qué le vamos a hacer. Ya soy demasiado mayor para cambiar.

Frida bajó los ojos, como si tuviera que pensarlo un poco antes de decir algo importante.

—A mí me gustas así, como eres.

Altamira abrió la boca, pero tardó unos segundos en poder decir algo. Cuando consiguió decir algo Frida ya había vuelto a coger la maleta y había entrado en la casa. *Newton* la seguía, moviendo la cola y ladrando, festejando su llegada.

Era como si al final las cosas fueran ajustándose, poco a poco, como si la vida adquiriese sentido de repente, como si el único final posible fuera que Frida y él estuviesen juntos, ojalá que para siempre. Pero aunque estaba contento y ya era demasiado viejo para caer en las redes del orgullo tampoco quería pecar de ingenuo, al menos mientras le quedase la lucidez necesaria para evitarlo. La siguió hasta el interior de la vivienda y la condujo a la habitación que él no había ocupado.

—Como puedes ver, aquí tenemos mucho más espacio que en mi apartamento.

—Sabes que yo me apaño con cualquier cosa.

—¿Vas a quedarte mucho tiempo?

Frida estaba de espaldas. Había dejado la maleta sobre la cama y se había inclinado para abrirla cuando Altamira se lo preguntó. Cerró los ojos un instante, suspiró, como si le costase mucho enfrentar la situación o como si le avergonzara haber vuelto a buscarlo después de haberse marchado. Aquélla era una cuestión de la que la parte más amable que llevaba guardada dentro se sentiría más cómoda hablando que la espía que se había propuesto cumplir con su misión a costa de lo que fuese.

Se volvió. Le temblaba la voz. Las lágrimas estaban a punto de brotarle de los ojos, un arrepentimiento espontáneo que Frida Klein no podía evitar.

—El tiempo que tú me dejes, Alfonso.

—Sabes que puedes quedarte cuanto quieras. Siempre que quieras.

Frida lo miró. Sonrió, de nuevo.

—Eres una buena persona.

Se encogió de hombros Altamira. Suspiró despacio, dejando escapar el aire por la nariz.

—Lo que soy es muy viejo.

—Los hombres viejos son quienes mejor pueden entender a las mujeres.

Altamira bajó los ojos, pensativo. Después de la última frase Frida le había dado la espalda de nuevo. Se había vuelto para seguir deshaciendo la maleta como si no fuera importante lo que había dicho. Ya iban dos veces en unos minutos. Me gustas así, como eres, la había escuchado decir antes, cuando llegó. Me gustas así, como eres. Y ahora esta última sentencia: los hombres viejos son quienes mejor pueden entender a las mujeres. Demasiados halagos para ser verdad, pero para un anciano solitario nunca estaba de más escucharlos.

—¿Cómo te ha ido con mi amigo Stanislaw Zukrowski?

La frase era demasiado directa tal vez para ajustarse a las estrictas normas de educación que regían la vida de Alfonso Altamira González de Tejada, pero ser viejo también significaba que el tiempo que a uno le restaba era limitado. Y aquélla era una cuestión importante. Menos por saber qué había pasado entre ellos, que ni siquiera hacía falta preguntar, que por conocer cuáles eran los planes de futuro de Frida Klein toda vez que había viajado hasta Long Island para instalarse, de nuevo, en la misma casa que él ocupaba.

Durante un instante Frida se quedó inmóvil. Altamira se dio cuenta de que los músculos de su espalda se tensaban, el cuello se le había puesto rígido y las manos que sacaban la ropa de la maleta habían viajado a las caderas, las palmas frotándose con la tela de la falda. Aún no se había girado Frida, pero antes de que se diera la vuelta Altamira estuvo seguro de que la expresión de su cara habría cambiado, que ya no sonreiría de la misma forma que había sonreído cuando la vio aparecer en la puerta de la casa.

Se volvió Frida y se encogió de hombros, como disculpándose. Alfonso la hubiera besado, allí mismo, sin darle tiempo a que deshiciera la maleta.

—No me porté bien, Alfonso. Lo siento. Me daba mucha vergüenza venir a buscarte después de haberme marchado con Stanislaw. Cree que me siento muy mal por todo lo que ha pasado.

Altamira asintió, despacio, de una forma tan leve que pensó que ella ni siquiera podría darse cuenta.

—No me refiero a tu vida sentimental —dijo, procurando que no se le escapase la reserva de dignidad que le quedaba dentro—, sino a algo menos íntimo y más concreto. ¿Te has sentido bien, has estado a gusto?

—Sabes que no estaría aquí ahora mismo si me hubiera sentido a gusto con él.

—Es un científico de talento. Tiene un buen empleo. Es joven, y apuesto, además.

Frida asintió, como disculpándose. Había venido dispuesta a aguantar todo lo que Altamira tuviera que decirle, a redimir su culpa si hacía falta. Frida von Kleinsberg tenía que cumplir una misión que ni siquiera le habían encomendado sus jefes de la Abwehr pero que no había podido resistirse a acometer. Quién podría dejar escapar una oportunidad así. A Frida Klein, sin embargo, le daba vergüenza haber regresado junto al profesor Altamira después de haberlo abandonado por un científico no sólo brillante, sino, como su amigo español había dicho, más joven y más apuesto. Lo mejor era que su otro yo fuera sincera.

—Tal vez me sentía culpable, no lo sé. Culpable por haberme ido de tu casa.

—Conmigo no tenías, ni tienes, ningún compromiso.

—No me lo pongas más difícil, Alfonso, por favor. Me he portado mal, lo sé. Pero ahora estoy aquí, de nuevo.

—¿Y Stanislaw Zukrowski?

—Camino de Chicago, supongo.

—Chicago...

—Quería encontrarse con el profesor Heisenberg.

—Según tengo entendido no tiene previsto entrevistarse con ninguno de los científicos judíos exiliados.

—Eso parece. Pero aun así Stanislaw piensa que merece la pena intentarlo.

—¿Crees que podrá?

Frida sacudió la cabeza.

—Lo dudo. Seguro que Heisenberg está sometido a una estrecha vigilancia y soporta una enorme presión también. Toda su familia está en Alemania. Ha de tener mucho cuidado tanto en sus declaraciones como en la selección de los científicos con los que se reúna. Que se sepa, sólo ha cenado con Enrico Fermi.

Altamira enarcó una ceja, incrédulo.

—¿Con Fermi?

—Fermi no es judío, sino su mujer. Supongo que esa afinidad es tolerable para los nazis.

Altamira resopló.

—Es posible. Todo el mundo parece andar revuelto estos días.

Frida enarcó una ceja.

Altamira miró por la ventana de la habitación. Todavía tardó unos segundos en seguir hablando, como si rumiase largamente un pensamiento.

—Stanislaw Zukrowski, Leo Szilard, Eugene Wigner, Albert Einstein. —Decía Altamira los nombres de todos para sí, en voz baja, como si fuera un niño que repasase la lección que había estudiado. Luego se volvió hacia Frida y añadió—: Hace dos días Eugene Wigner y Leo Szilard vinieron a visitar a Albert Einstein.

Frida sintió que el pulso se le aceleraba. Szilard ya había estado allí. Se le había adelantado. Había venido acompañado por Eugene Wigner —otro judío húngaro refugiado: estaban en todas partes—, pero Altamira no podía saber, y probablemente Einstein tampoco, que el coche que trajo a Leo Szilard para visitar al profesor Albert Einstein muy bien podría haber sido el de Stanislaw Zukrowski.

—Leo Szilard y Albert Einstein son amigos, ¿no? No me parece raro que haya venido a hacerle una visita.

Altamira suspiró. Volvía a mirar la ventana.

—Con el profesor Heisenberg en Chicago y la guerra en Europa a la vuelta de la esquina, estoy seguro de que el encuentro del otro día no fue una visita de cortesía.

—¿Qué quieres decir, que Leo Szilard trata de convencer a Albert Einstein para su causa? No creo que sea necesario insistir mucho, Alfonso. Einstein es judío. Hará cualquier cosa para entorpecer la marcha de los nazis.

—Quién sabe. A lo mejor el destino de Europa está en las manos de nuestro vecino. No me gustaría estar en su pellejo, la verdad.

Frida volvió a darle la espalda y siguió sacando ropa de la maleta para colocarla en el pequeño armario de la habitación. Altamira se retiró, pudoroso. Le hubiera ruborizado ver su ropa interior, y que ella se diese cuenta de que le daba vergüenza. Sesenta años ya y así estaban las cosas. Una mujer a la que no se atrevía a confesar su amor abiertamente acababa de regresar junto a él después de haberse marchado durante tres semanas con un hombre más joven. No llevaba ni quince minutos en su casa y ella había conseguido, aunque no se diese cuenta, que fuera él quien estuviera nervioso, que se le hubiera subido el color de las mejillas al verla sacar la ropa de su maleta. Pero cómo no iba a percatarse, pensó Altamira, de vuelta en el porche, mientras se sentaba en la butaca para contemplar la bahía de Peconic y acariciaba la cabeza de *Newton*, que movía la cola a sus pies. Hay ciertas cosas de los hombres que las mujeres nunca pasan por alto.

Frida von Kleinsberg no tardó más de diez minutos en colocar su ropa en los armarios y en los cajones de la habitación que le había ofrecido Altamira. Desde su ventana también se podía ver la bahía de Peconic. Parecía una zona tranquila. Había visto otras tres casas, separadas al menos un centenar de metros entre sí. Una de ellas era la que habitaba Albert Einstein. No podía verla desde la ventana de su nueva habitación porque la casa del genio se encontraba un poco más arriba, en lo alto de una colina, pero estaba tan cerca que sabía que encontrarse con él sólo era cuestión de tiempo.

Miró de nuevo por la ventana, y aunque no consiguió ver a nadie, no pudo evitar que se le dibujase una sonrisa. Un poco más abajo, en la playa, había un pequeño embarcadero en el que había amarrados un par de veleros pequeños. Estaba convencida de que uno de ellos era el que el profesor Albert Einstein utilizaba para navegar por la bahía de Peconic. Frida, que lo conocía casi todo sobre él, sabía que era un apasionado de la vela. Estaba segura de que le habría dado mucha pena saber que el *Tummler*, la embarcación de siete metros que le habían regalado sus amigos cuando cumplió los cincuenta años, había sido saqueada y hundida por unos exaltados seis años antes, cuando declaró, con la seguridad con la que parecía expresarse desde que le dieron el Premio Nobel, que jamás volvería a poner un pie en suelo alemán mientras el Partido Nacionalsocialista estuviese en el poder. Frida sabía también que le gustaba salir en barco todos los días, aunque sus nociones de navegación fueran las mismas que las de un niño de seis años.

Lo había averiguado casi todo sobre él. Incluso cosas terribles que probablemente casi nadie sabía. Lo había visto conversar con los estudiantes en Berlín de política, de pacifismo, de los dirigentes comunistas, como Karl Liebknecht y Rosa Luxemburgo, que aunque habían intentado hacer tanto daño a Alemania como se lo hicieron los Aliados en el tratado ignominioso que se firmó en Versalles, parecía que al físico judeosuizo le caían tan bien. Siete años habían pasado ya desde que viajó a Cracovia pero Frida ya no podía ver bajo aquella apariencia de anciano entrañable con melena descuidada y pies huérfanos de calcetines sino a un conspirador, un desagradecido que detestaba la tierra que lo había acogido para poder llevar una vida tranquila de investigador cuando abandonó Suiza. No podía imaginar la joven estudiante de Física Frida von Kleinsberg que siete años después de visitar la casa de su madre biológica en Sosnowiec, y cuatro años después de que la Abwehr la enviara a Madrid para conocer de primera mano el interés del gobierno de la República en que Albert Einstein se convirtiese en ciudadano español, que estaría tan cerca del creador de la Teoría de la Relatividad, en una casa junto al mar, en Long Island, y que todos los datos que había memorizado sobre el judío más famoso del mundo antes de viajar a España le iban a servir algún día para cumplir la que seguro sería la misión más importante de toda su carrera. El azar había tenido mucho que ver en que ella estuviese ahora ahí. Y que el azar estuviese por medio le daba un interés añadido al asunto. No pudo evitar otra sonrisa maliciosa —la segunda, ya— al imaginar lo que diría Albert Einstein, que había luchado hasta la extenuación defendiendo la naturaleza inazarosa de la Física Atómica, si supiera que el azar iba a tener tanto que ver en el futuro del mundo, en el suyo propio. A grandes rasgos, el Principio de Incertidumbre del profesor Heisenberg, que el sabio judío había llegado a despreciar tanto, decía que cualquier observación de un experimento podría influir decisivamente, y de hecho influía, en el experimento mismo. Y Frida se sentía como la observadora de un experimento y había resuelto intervenir, además, porque meter baza no era tan grave si había un buen motivo para hacerlo. Otra muerte no era lo más conveniente para la misión, y prefería evitarlo si podía, pero había algo en juego mucho más importante que ella misma y que sus pensamientos acerca de la discreción y los riesgos que debían asumirse para terminar el trabajo con éxito. Pensaba eso para convencerse inútilmente, como tantas otras veces, de que los motivos por los que había llegado a Long Island eran estrictamente profesionales, pero en el fondo sabía que para ella cualquier cosa que tuviera que ver con Albert Einstein se trataba de un asunto personal. Muy personal.

Pero Donovan no había pensado lo mismo que Frida, ni Spencer Baumbach, que a esas horas debía de estar comiéndose las uñas en su apartamento porque ella no se había presentado. No le hizo falta sacar la pistola para convencer a Donovan de que la dejase marchar, pero Frida sabía que lo habría encañonado si no le hubiera quedado otro remedio. Se bajó del coche en Manhattan, cerca del puente de Brooklyn, en un semáforo. Había mucha gente y muchos coches para que Donovan intentase llevarla a rastras a la cita con su jefe. Frida intuía que no la dejaría marchar así, por las buenas, sin haberse presentado antes en el piso de su enlace.

—Dile al señor Baumbach que me pondré en contacto con él dentro de unos días. Todavía tengo que resolver unos asuntos.

Había abierto ya la puerta del coche cuando lo dijo y no se volvió para ver su reacción. Se encaminó hacia la mole de acero del puente y metió la mano en el bolso para buscar la pistola. No pensaba que Donovan aparcase el coche y la siguiese por la parte del puente por donde no podían circular vehículos. Para cuando lo hiciera, Frida ya podría estar al otro lado, pero a pesar de ello caminó un trecho sujetando la culata de la Remington, por si al final el ayudante de Baumbach cambiaba de idea y cruzaba el puente conduciendo hasta Brooklyn para encontrarse con ella al otro lado del río. Todavía buscó a tientas con la mano la pistola varias veces, por si acaso, mientras cruzaba el puente y Manhattan quedaba a su espalda, hasta que llegó al mismo edificio donde se había presentado tres meses antes, buscando cobijo en la casa de su viejo amigo, el profesor español Alfonso Altamira González de Tejada.

Llegar hasta la casa de Long Island fue más fácil de lo que había pensado. De las conversaciones de Altamira recordaba que la vivienda que le había prestado Arturo Ramírez de Ayala para pasar el verano estaba en un lugar llamado Nassau Point, en el extremo oriental de la isla. Era la única referencia que tenía, y, según el mapa que había visto después de consultar el horario en la estación, el lugar más cercano de Nassau Point al que podía viajar en el primer tren que salía de Manhattan era Southold. Tenía pensado bajarse en la estación de esa ciudad y preguntar a alguien si conocía la dirección del más ilustre de los veraneantes que pasaban el verano en las inmediaciones.

Fue como lanzar una bola al aire —el azar, de nuevo—. Si hubiera llegado un poco antes a la estación podría haber cogido un tren hasta Peconic, un poco más lejos, o tal vez hasta Cutchogue. Pero el azar, o el destino, o comoquiera que se llamase, la había hecho bajar del tren en el apeadero de Southold. Se adentró un poco en el pueblo. Enseguida vio una tienda al otro lado de la carretera. Rothman's, leyó antes de cruzar, abrir la puerta y escuchar la campanilla que anunciaba su presencia en el establecimiento.

Decir el nombre de Albert Einstein era como usar una varita mágica. La tienda era un local amplio donde uno podía comprar casi cualquier cosa, desde herramientas o sandalias hasta cañas de pescar. El propietario, David Rothman, no sólo sabía dónde vivía Albert Einstein, sino que se brindó a llevar a Frida en su propio coche. No conocía a ningún español llamado Alfonso Altamira, pero si su casa estaba cerca de la de Albert Einstein, le dijo, no sería difícil de encontrar.

Ahora escudriñaba el paisaje por la ventana de la habitación de la casa que le habían prestado al científico español para pasar el verano. Antes de salir al porche donde el que volvía a ser su anfitrión estaba sentado de nuevo junto al perro, se quedó un rato mirando la vista tranquila que tenía delante: los dos veleros, el agua mansa de la bahía, el pequeño embarcadero. En una casa que no podía ver desde allí se encontraba la pieza más importante de cuantas se había tenido que cobrar hasta ahora, el fin último de su misión. Nunca lo hubiera imaginado, pero así suceden muchas veces las cosas más importantes, por casualidad. Y era gracias a la casualidad que Frida había descubierto cuál era la figura más importante de la partida que estaba jugando. Einstein, Albert Einstein de nuevo. Se había convertido en la clave de una partida que ni siquiera sabía que se jugaba. Para Frida estaba claro que el rey Einstein se sentía seguro en su recuadro de Nassau Point, en un extremo apartado de Long Island, protegido por su hijastra, su hermana y su secretaria. No podía imaginar que dentro de muy poco una pieza enemiga que se había colado en su territorio sin que lo supiera le daría jaque mate sin piedad.

Fue al día siguiente cuando se lo preguntó. Era la primera mañana que pasaba en Nassau Point y habían salido a dar un paseo, Altamira, *Newton* y ella. Habían bajado por el camino de guijarros hasta la playa y se habían detenido en la orilla.

—¿Entonces es aquí también donde pasa el verano el profesor Albert Einstein?

Altamira asintió, y Frida lo vio sonreír brevememente, bajo el bigote, con cierta nostalgia.

—Un lugar tranquilo. El mar. Unos cuantos veleros —añadió ella, entornando los ojos, mirando las aguas quietas del Atlántico que se colaba en la bahía como quien acaba de descifrar el enigma que esconde en su interior—. Cómo no. Parece que el genio sigue siendo el mismo de siempre.

Altamira encogió los hombros e hizo ademán de seguir caminando.

—Llega un momento en la vida en el que ya te resulta imposible cambiar. Por mucho que quieras ya no vas a poder. Mírame a mí.

—Tú te has adaptado muy bien a una nueva vida en un país extranjero. A tu edad eso es admirable.

Otra sonrisa se había dibujado en el rostro de Altamira. Se había referido a su edad, pero al menos había matizado la frase con lo de la admiración.

—A ti también te gustaba navegar. Lo recuerdo de cuando estuviste en Madrid —le dijo, señalando los barcos con la barbilla, para cambiar de tema.

—Es cierto. —Frida sonrió, como si le gustara que se acordase.

—Se pueden alquilar, ¿sabes? O incluso podríamos pedirle prestado el suyo a Albert Einstein.

—¿De verdad?

Altamira se encogió de hombros, como si no estuviera muy seguro de lo que acababa de decir.

—No sé. Tal vez me he precipitado un poco al decir eso. Él navega todos los días. Lo veo muchas veces, cuando estoy sentado en el porche.

—Yo tampoco estoy segura de que el profesor Einstein me vaya a dejar su velero para navegar. Si me apetece hacerlo, ya alquilaré alguno. ¿Te gustaría navegar?

—No lo sé. Ya me conoces. Yo soy de secano.

—Es cierto. Ni siquiera te gustaba mucho dar una vuelta conmigo en una barca del estanque del Retiro.

Altamira sonrió.

—Los monstruos marinos, ya sabes. En cualquier momento pueden salir los tentáculos del agua y arrastrarte adentro.

Frida se echó a reír.

—O los tiburones.

—O los tiburones, claro —concedió Altamira.

—¿Cuál es la embarcación del profesor Einstein? —le preguntó ella, fingiendo que cambiaba de tema para no tener que hablar de la época de Madrid, cuando lo que de verdad le interesaba era obtener cuanta más información fuera posible sobre Albert Einstein.

Altamira entornó los ojos y bajó la barbilla para mirar el embarcadero por encima de las gafas.

—Ahora mismo no la veo. Supongo que debe de estar navegando.

Frida sabía que los amigos que le habían regalado el velero *Tummler*, aquel que los patriotas alemanes exaltados habían destruido, se habían ocupado de instalarle un pequeño motor auxiliar. El sabio judío era un navegante intuitivo, pero nada disciplinado, que más de una vez había tenido que volver remando hasta el puerto porque no había sido capaz de colocar las velas en la posición adecuada para regresar. Después del serio problema cardíaco que tuvo en 1929 habían resuelto que lo mejor era un pequeño motor con el que pudiera controlar el barco si los vientos no le eran favorables. No hacía muchos años le habían llegado rumores de que una vez se cayó de la embarcación en la que navegaba cuando pasaba las vacaciones junto a un lago —Albert Einstein procuraba pasar sus vacaciones cerca del agua siempre que podía— y estuvo a punto de perder la vida, enredado en los aparejos del barco, pero que había logrado salvarse a pesar de no saber nadar gracias a la sangre fría que había mostrado en un momento tan difícil. Aunque también podía ser mentira y tratarse de un bulo que la propaganda sionista había puesto en circulación para engrandecer aún más la figura de uno de sus principales valedores.

—Al profesor sigue gustándole salir a navegar todos los días.

—Él puede permitirse ciertos placeres.

Si no conociera bien a Alfonso Altamira, Frida habría pensado que detrás de sus palabras se escondía cierta dosis de rencor.

—Navegar es algo maravilloso. Y si a uno le gusta y puede hacerlo cada día, pues mucho mejor.

—Cierto. Desde que estoy aquí creo que lo he visto navegar todos los días —miró el mar otra vez por encima de las gafas, como si quisiera ver aparecer la vela de la embarcación de Albert Einstein—, o casi.

Frida frunció el ceño.

—El día que vinieron a visitarlo Eugene Wigner y Leo Szilard creo que no salió a navegar —añadió Altamira.

Frida respiró hondo, muy despacio, procurando que Altamira no se diese cuenta. Lo mejor era cambiar de tema y tratar de volver después al asunto.

—¿Te ha saludado Albert Einstein desde que estás aquí?

Altamira encogió los hombros. Se agachó, cogió una piedra y la tiró al mar. *Newton* fue corriendo hasta la orilla y se puso a ladrar y a mover la cola, impaciente porque la piedra no salía del agua.

—Lo justo. Es suficiente.

—Crees que debería ser más agradecido contigo, ¿verdad? Después de todo lo que hiciste por él en Madrid. Te dejaste la piel para que el gobierno español le concediera la ciudadanía, para darle cobijo cuando Hitler llegó al poder.

—También lo hice por mis colegas, por la universidad, por la ciencia en España. Por mí mismo.

Frida sabía que en el fondo le dolía que Albert Einstein no hubiera tomado posesión de la cátedra que había aceptado en España, pero también estaba segura de que en el fondo su amigo reconocía que el judío había hecho lo correcto.

—Su decisión fue la más sensata —dijo Altamira, como si le hubiera leído el pensamiento, pero al hablar miraba hacia la orilla, al perro, que aún seguía observando las olas, esperando en vano que la piedra brotase del agua—. Al final todo salió mal. La República, la guerra, el desastre. De haber sido él, yo tampoco habría aceptado la invitación del gobierno español. La vida es mucho más sencilla y agradable en Princeton que en Madrid, te lo aseguro.

Ella lo cogió del brazo. Las pocas veces que la apacible Frida Klein se comportaba con verdadera dulzura era cuando estaba junto al profesor Altamira. En otra vida, en otro tiempo, tal vez hubiera terminado presentándole aquel hombre a la baronesa.

—Estoy segura de que tú en su lugar no habrías hecho lo mismo.

Altamira dejó escapar el aire despacio, por la nariz, como si le costase mostrar una sonrisa amarga.

En otro tiempo y en otro lugar Frida hubiera apretado su brazo aún más contra el suyo, y habría descansado la cabeza en su hombro. Pero volvió a mirar el lugar donde debería estar atracado el velero de Albert Einstein en el embarcadero y enseguida la agente de la Abwehr recordó para qué había viajado a Estados Unidos. Ya había matado a dos hombres, así que no era el momento más idóneo para dejarse llevar por sentimentalismos estúpidos que sólo conseguirían estorbarle en el desarrollo de la misión.

—Leo Szilard —dijo—. Qué pena. Me hubiera gustado estar aquí antes.

—¿Qué pena por qué?

—Me hubiera gustado conocerlo.

—Pensé que Stanislaw Zukrowski te lo había presentado.

No distinguió ninguna clase de sorna en sus palabras, pero parecía que el nombre del joven y apuesto científico polaco le había costado pronunciarlo a Altamira más que el resto de la frase.

Sacudió la cabeza Frida. Soltó el brazo de Altamira. Se apartó de él un poco.

—No, no me lo presentó. En realidad apenas nos veíamos. Él se pasaba la mayor parte del día en la oficina, y bueno...

Altamira sacudió las manos para indicarle que no siguiera hablando.

—Creo que tienes derecho a saber.

Negó con la cabeza el profesor español.

—No quiero saber nada, Frida. Te lo digo de verdad.

—Qué bueno eres, Alfonso. —De vez en cuando se le cruzaba un ramalazo de la joven alemana burguesa que era, a la que ya se le iba pasando la edad para buscar marido—. Yo también te lo digo de verdad.

—Seguro que este verano podrás conocer a Leo Szilard.

—¿Y eso?

—Albert Einstein me ha dicho que no tardará en volver. Si no se le hace tarde, como el otro día, quizá Leo se pasará a saludarme. Te lo presentaré.

—¿Volverá entonces?

Altamira se había levantado. Miraba el mar cuando le contestó.

—Volverá. Seguro.

Frida se preguntó hasta dónde sabía Altamira de lo que Leo Szilard había venido a hacer a la casa de Albert Einstein en Nassau Point. Tal vez era todo tan obvio que no cabía otra posibilidad más que Szilard tratase de poner al viejo sabio contra el programa atómico alemán.

Altamira suspiró, y empezó a caminar, sin esperar a que Frida lo siguiese o tal vez porque estaba seguro de que ella lo seguiría. *Newton* había regresado de la orilla y avanzaba unos pasos por delante de su amo.

—Se hace tarde —dijo Altamira, parándose, por si ella lo acompañaba—. Es la hora de comer.

Apenas había terminado de decir la frase cuando se quedó mirando más allá de donde estaba Frida. La espía alemana pensó que de pronto había descubierto algo, se había dado cuenta de quién era en realidad, o que en la frente se le había quedado escrito, como si fuera un anuncio publicitario, que no era una física alemana que había tenido que exiliarse porque la Gestapo había detenido a su colega, el profesor Steiner, sino una agente de la Abwehr que había venido a Estados Unidos para infiltrarse en la comunidad de científicos exiliados, y que entretanto había matado a dos hombres, a dos hombres ya, ella, que parecía una mosquita muerta, con los rasgos angelicales de una muñeca de porcelana, que poco a poco había ido descubriendo más cosas de las que sus jefes habían imaginado cuando le encomendaron la misión y que había decidido, por su cuenta y riesgo, seguir adelante, llegar lo más lejos que pudiese, y ya estaba muy cerca de alcanzar la meta. Llegó a pensar que en el camino que bajaba a la orilla desde la carretera Altamira había visto detenerse a un coche de la policía, un coche del que se bajarían unos hombres, de uniforme o tal vez de paisano, que le pedirían con muy buenos modales que los acompañase. Si era así no tendría escapatoria. La pinza del pelo le sería de muy poca ayuda ahora. Se imaginó intentando utilizarla contra dos o tres policías, y la imagen de sí misma forcejando con los agentes de la Ley mientras Altamira observaba la imagen atónito le pareció patética, como la escena final de una mala obra de teatro. Y Alfonso Altamira seguía ahí, con el ceño fruncido, mirando otra vez por encima de las gafas, como si no supiera otra cosa que hacer. Frida frunció el ceño también, sin querer volverse todavía. No lo hizo, muy despacio, hasta que Altamira levantó una mano, una mano que mostraba la palma, para saludar. Se había vuelto tan cauta Frida desde que estaba en Estados Unidos y tenía que estar fingiendo durante tanto tiempo que era otra persona que a veces las sospechas tenían más que ver con interpretaciones paranoicas que con las conclusiones ponderadas de una agente bien entrenada y bien preparada para cumplir cualquier misión, por difícil que fuese. Por eso estuvo a punto de soltar una carcajada cuando se dio la vuelta y sus ojos se encontraron con lo que Alfonso Altamira estaba mirando. No había un coche de la policía en el camino. En realidad no había nadie. En la orilla estaban solos, Altamira y ella, y el perro. Pero un poco más allá, a unos treinta metros mar adentro, un pequeño bote daba bandazos, sin que la vela llegara a encontrar la posición idónea para aprovechar la fuerza del viento. El hombre que gobernaba de mala manera la embarcación sujetaba el timón con una mano y con la otra tiraba de un cabo después de haber dedicado un vago saludo a Alfonso Altamira, que le había respondido levantando la mano desde la orilla. Frida von Kleinsberg sonrió al ver que el marinero estaba sentado de forma que una de sus piernas salía por la aleta de la embarcación. El pantalón arrugado, por encima del tobillo, el zapato sobre la piel, sin calcetines, la camisa arrugada por fuera del pantalón, de un color que al compararla con el resto de la ropa que llevaba conseguiría que cualquier persona con el más mínimo gusto para vestir arrugase la nariz; el bigote poblado, las hebras de la melena blanca enmarañada asomándose, indómitas, bajo el ala del sombrero Panamá. Había pasado casi una década desde la última vez que lo había visto, en animada charla con sus alumnos en el césped de la Universidad Humboldt, y aunque ahora su pelo se había vuelto blanco, estaba claro que Albert Einstein seguía siendo el mismo. Genio y figura.

El viento cambió de repente, llenando la única vela de la pequeña embarcación, y el tozudo marinero tuvo que dar un tirón del palo del timón para no perder el control. El giro le hizo cambiar el rumbo y pasó cerca de ellos. Si no lo hubieran visto en apuros no habrían podido imaginar que un instante antes había estado a punto de irse a pique. Sujetaba el cabo que controlaba la vela y ahora parecía un marinero experto que navegaba relajado por las aguas apacibles de la bahía de Peconic. Aprovechando que volvía a tener una mano libre los saludó de nuevo. Inclinó la cabeza en dirección a Frida, exagerando una reverencia, y luego hizo lo mismo con Altamira. *Guten Tag*, le escucharon decir los dos desde la orilla, y Frida repitió las mismas palabras, murmurando, sin poder evitar una sonrisa de satisfacción que no mitigaba la repugnancia que le producía el sabio, en la misma lengua materna en la que se sentía tan cómoda como el profesor Albert Einstein. El rey, en efecto, estaba allí, muy tranquilo, a su aire, sin saber lo que le esperaba.

—El mismísimo profesor Albert Einstein —dijo, dirigiéndose a Altamira, que había dejado de mirar las maniobras bruscas del premio Nobel para dirigir la proa de la embarcación en dirección al muelle.

CAPÍTULO XVIII

Antes de que llegase el momento oportuno para matarlo habría de encontrarse con Albert Einstein dos veces. La primera ocasión, el momento más difícil, fue justo después de haberlo visto navegando. Convenció a Altamira para que se acercasen hasta el pequeño embarcadero para saludarlo. Nadie que la hubiera visto andar resuelta para ver al genio se hubiera dado cuenta de que mientras pisaba la arena de la playa procuraba mentalizarse para el encuentro. Había imaginado tantas veces lo que haría cuando se encontrase cara a cara con Albert Einstein que no le parecía real lo que estaba a punto de ocurrir. Muchas veces, cuando imaginaba ese momento durante los últimos siete años, había pensado en escupirle a la cara, en agarrarlo por el cuello y estrangularlo, y antes de que se le escapase el último aliento contarle que era hija de Agniezska Waleska. Sin embargo, ahora estaba a punto de saludar a su padre fingiendo ser una joven física refugiada en Estados Unidos que acudía a rendir pleitesía al científico más famoso del mundo.

Albert Einstein no la recordaba, pero eso era algo con lo que Frida von Kleinsberg contaba. Mejor aún. Habían hablado alguna vez, le dijo, en Berlín, cuando ella era una joven estudiante, un par de frases durante alguna conversación en una cafetería junto a otros estudiantes que miraban extasiados a ese científico tan extravagante que parecía preferir charlar con los aprendices de científicos a las discusiones con sus colegas. No podía saberlo entonces, pero a finales de los años veinte Albert Einstein ya había tomado la senda que acabaría llevándolo a su retiro de Princeton. Ya habían tenido lugar algunas de las más famosas discusiones entre él y quienes abogaban por las nuevas teorías en las que la Mecánica Cuántica desempeñaba un papel principal. Durante un congreso Solvay había despreciado, airado, el azar, en una conversación con su colega y amigo, el físico danés Niels Bohr, y aquellas palabras se habían propagado a la velocidad de la luz entre los científicos, convirtiéndose en la comidilla del momento. Bohr se había alineado al lado de quienes postulaban por la Mecánica Cuántica, que eran la mayoría, y había tratado de convencer a Albert Einstein sobre el componente intrínseco del azar en el comportamiento de las partículas subatómicas. El padre de la Teoría de la Relatividad, airado, había contestado que era imposible que Dios jugase a los dados, y Bohr le había contestado que por muy Albert Einstein que fuera no iba a decirle a Dios lo que tenía que hacer.

Frida von Kleinsberg, que por convicción científica o tal vez por edad creía con firmeza en los postulados cuánticos, pensaba también en el azar, otra vez, cuando estrechaba la mano del profesor Albert Einstein y apretaba los dientes para reprimir el asco antes de contarle que habían coincidido alguna vez, años atrás, en la Universidad Humboldt.

Le hablaba Frida de Berlín, después de soltar su mano y aspirar una profunda bocanada de aire, mientras procuraba no pensar en Berna, en Cracovia, en Agniezska Waleska. Después de hacerlo se pasó la palma de la mano discretamente por la falda, sin dejar de mirar con atención no fingida el rostro de Albert Einstein. Lo imaginó en Berna, treinta años antes, dirigiéndose a hurtadillas a la pensión en la que su madre esperaba los días para dar a luz. Lo imaginaba apretando las manos de Agniezska entre las suyas, besándola tal vez, prometiéndole cosas que sabía que no cumpliría. Lo pensaba y no podía evitar que le vinieran arcadas. Tragó saliva, volvió a respirar hondo. Sonrió, procurando que Altamira y Einstein no se dieran cuenta de su malestar.

El sabio entornó los ojos, concentrándose en el rostro de Frida, buscando en su frágil memoria un hueco donde ubicarla. Por un momento Frida pensó que la mente de Albert Einstein estuviera realizando un recorrido más largo en el tiempo y quizá también en el espacio. Treinta años antes. Berna. Una estudiante polaca que se parecía mucho a ella.

—Lo siento, *Fräulein* —le dijo, sin embargo, y Frida estuvo segura de que no mentía—. Pero no la recuerdo. Tendrá que disculpar la débil memoria de este viejo físico.

Terminó la frase haciendo una pequeña reverencia. Frida von Kleinsberg no disimuló una sonrisa. El viejo profesor seguía siendo el mismo seductor irremediable que había sido siempre. Según los archivos que había sobre él en las oficinas de la Abwehr —y estaba segura de que en los archivos que el FBI tenía de él encontraría datos parecidos, ya que por lo visto la policía federal estadounidense lo tenía también en el punto de mira porque sospechaba de sus veleidades comunistas—, Albert Einstein era un mujeriego compulsivo. Sin mencionar a su madre, hasta donde Frida sabía había disfrutado de los placeres de al menos media docena de amantes, no sólo cuando estaba casado con Mileva Maric, sino también durante su matrimonio con su prima Elsa —que también había sido su amante mientras aún duraba su primer matrimonio con aquella serbia tullida cinco años mayor que él. Ya estaba casado con ella cuando tuvo la aventura con Agniezska Waleska—, y después de haber enviudado, tres años hacía ya. Sabía que había mantenido relaciones con Ethel Michanowski, una amiga de Margot, su hijastra, quince años menor que él, a principios de los años treinta. Pero quizá la amante de Albert Einstein que más curiosidad despertaba en Frida era Margarita Konenkova, una rusa que vivía en Estados Unidos —casada, además— y que la Abwehr sospechaba que trabajaba para el NKVD. No era de extrañar, pues, que el FBI vigilase de cerca los movimientos de Albert Einstein si se relacionaba a escondidas con una espía soviética.

Para cualquiera que no supiera sus orígenes, tratar de seducir al profesor Albert Einstein no era, pues, una posibilidad remota, sino un acto coherente e inteligente para llevar a cabo su propósito, para poder estar cerca de él e impedir que pusiese su nombre en contra del proyecto atómico alemán, para intervenir cuando fuera oportuno y que nadie pudiera pensar que había sucedido otra cosa salvo un accidente. Pero se decía que no tenía tiempo para engatusar a Albert Einstein, y mucho menos con Alfonso Altamira como testigo. Ya lo había abandonado por Stanislaw Zukrowski, y ahora que la había acogido en su casa de nuevo destaparía sus cartas si se mostrase atraída por el viejo judío. Pensaba Frida que sería descubierta si jugaba sus cartas de esa manera, y ahora que por fin había llegado a la última parte de la misión era cuando más cuidado debería tener. Pero lo cierto era que nada de eso podía suceder, de ninguna manera: miraba Frida el fondo de los ojos negros del profesor Einstein cuando pensaba en ello, y en lo más hondo de sí misma, en un rincón oscuro de su alma donde nadie había logrado entrar nunca, y donde ella sabía que jamás dejaría entrar a nadie, albergaba un sentimiento de odio tan inmenso hacia aquel sabio con aspecto de anciano apacible que hacía imposible que pudiera plegarse a tener una aventura con él, aunque de ello dependiese el futuro del Tercer Reich. A pesar de su fe inquebrantable en el Führer y en los valores que el barón le había inculcado desde pequeña o de su amor por Alemania, había cosas que no estaba dispuesta a hacer. Jamás actuaría contra natura. Estaba ese odio tan intenso que guardaba en el pecho, un cofre que no quería abrir para que los sentimientos —el asco, la ira— no le estorbasen en su misión, pero sabía que levantaría la tapa cuando llegase el momento oportuno, el instante para el que se había preparado durante tanto tiempo casi sin saberlo. Destaparía el cofre y los dejaría escapar, al odio, al asco y a la ira, porque la ayudarían a acabar con la vida del hombre de la melena blanca descuidada que ahora, en el embarcadero, tan ajeno a lo que pronto le sucedería, les mostraba su velero con el mismo orgullo de un niño que les pide a sus padres que lo acompañen para enseñarles los juguetes que ha encontrado bajo las ramas del árbol de Navidad.

Y el hombre al que sólo le quedaban unos pocos días de vida y todavía no lo sabía estaba delante de una pequeña embarcación de no más de cinco metros de eslora, la misma en la que había llegado hasta allí, dando bandazos. La señaló con la mano que sostenía la pipa, sin soltarla, y luego dio una larga calada.

—Aquí tenéis —dijo—. Ésta es mi mayor distracción.

Los dos, Altamira y ella, asintieron. Sabían, como todos quienes conocían o les habían contado algo de Albert Einstein, que una de las grandes pasiones del premio Nobel, aparte de la Física, tocar el violín o las mujeres, eran los barcos de vela en los que poder perderse durante horas para sestear tranquilamente o concentrarse en los complejos cálculos que realizaba en el cuaderno que siempre llevaba con él.

—Frida Klein es también una experta navegante —dijo Altamira.

Albert Einstein la miró a ella, después de mirar primero a Alfonso Altamira, como si no comprendiese del todo, como si al decir que ella era también una experta navegante lo que en realidad quería era subrayar sus escasas dotes de marinero.

—Qué interesante. Tal vez podríamos navegar juntos un día.

De nuevo se le había pasado a Frida por la cabeza el pensamiento de seducir al profesor Einstein, aunque sólo fuera flirtear, pero apartó aquella idea de su cabeza de una manera tan brusca como si le hubiera dado un manotazo. Miró la bahía de Peconic, lo bastante grande como para poder llevar a cabo su plan, y en sus labios estuvo a punto de dibujarse una sonrisa al vislumbrar las posibilidades que aquellas aguas tranquilas le ofrecían para terminar con éxito la misión.

Tragó saliva y miró al viejo judío, aquel que apenas dos décadas atrás había sido considerado por muchos el hombre más inteligente del mundo.

—Me encantaría navegar con usted un día, *Herr Proffessor.*

Albert Einstein sonrió e inclinó la cabeza para mostrar cuánto le agradaba su respuesta.

Pero el cerebro de Frida von Kleinsberg trabajaba a toda velocidad. Podría navegar una mañana con Albert Einstein, y a pesar de los sentimientos encontrados que le provocaba ese hombre cuya mirada aguda enfrentaba ahora, en el fondo reconocía que podría pasar un rato interesante hablando con él de Física. Cuando era una estudiante ingenua hubiera dado cualquier cosa por pasar una mañana entera a solas con el profesor Einstein, aunque se tratase de un judío. Aunque su corazón ya albergaba entonces las dosis necesarias de rencor antiguo e irracional hacia los de su raza, todavía no se había incendiado con la pasión que las ideas del Führer habían logrado transmitir a sus compatriotas. No tardaría mucho en odiar a los judíos tanto como muchos alemanes, pero entonces, cuando aún no había empezado a colaborar para la Abwehr, antes de encontrarse a sí misma —y para Frida encontrarse a sí misma tenía más de literal de lo que le gustaría—, todavía pesaba más en ella la pasión por la Física que la fascinación por la política o el sentimiento patriótico de amor inquebrantable a su país. Y ahora, a pesar de que ya no era la joven ingenua de entonces, pensaba que incluso un rato de charla científica con Albert Einstein podría ser fascinante, desde luego: conocer de primera mano los argumentos que le enfrentaban a la Mecánica Cuántica, preguntarle en qué estado se hallaban las investigaciones en las que trabajaba para desentrañar el orden del universo, si de verdad creía que sería capaz de encontrar una fórmula sencilla, la ecuación más hermosa de la historia de la ciencia que conciliaría para siempre lo infinitamente grande con lo infinitamente pequeño. Pero la única realidad era que Frida von Kleinsberg no había viajado a Estados Unidos en calidad de científica. Aquélla sólo había sido su coartada. Había venido para cumplir una misión muy importante para la guerra que se avecinaba. La partida había comenzado despacio, moviendo primero los peones, buscando la manera de llegar hasta la pieza más importante con sigilo, accediendo casi sin darse cuenta a las más valiosas. Ahora había descubierto al rey y tan sólo le restaban dos o tres movimientos para tenerlo arrinconado y que ya no pudiera abandonar la cuadrícula del tablero donde le daría jaque mate. Pero había de actuar con mucho sigilo, tenía que usar al máximo su inteligencia y sus conocimientos, aprovechar todo lo que había aprendido durante los años que había dedicado a trabajar para el servicio secreto de su país.

El rey le ofrecía ahora su flanco descubierto, pero si atacaba directamente, aunque ganase la partida, tenía muchas posibilidades de no salir airosa, lo cual, en cierto modo, sería lo mismo que haberla perdido. Sin embargo, si era capaz de hacerlo bien, estaba convencida de que regresaría a Alemania como una heroína, que el mismísimo almirante Canaris la condecoraría, tal vez el propio Führer le impondría la Cruz de Hierro. Ya movería los hilos necesarios para que

Adolf Hitler, personalmente, se enterase de que el éxito de la misión se debía exclusivamente a ella, a su arrojo y a su decisión cuando estaba segura de que sus jefes dudaban que pudiera sacarla adelante y le iban a ordenar volver a Alemania a través de Spencer Baumbach. Ahora que había tomado por su cuenta la decisión de asesinar a Albert Einstein no podía regresar sin un éxito incontestable. Y acabar con la vida del genio sería un logro que estaba segura de que oscurecería cualquier detalle anterior que pudiera referirse a su indisciplina. Aunque su insubordinación también era algo muy discutible. Ella era una agente que sabía resolver los problemas sobre la marcha, sin que la burocracia ni el procedimiento reglamentario pudieran impedir el éxito de su misión.

Navegar con el profesor Albert Einstein sería algo extraordinario, desde luego, y tal vez lo hiciera, pero no podría salir en el barco con él, aprovechar que se habían quedado los dos solos para hundir su cabeza en las aguas de la bahía de Peconic hasta que ya no pudiera respirar y los pulmones se le encharcasen y volver navegando ella sola en la embarcación del judío más famoso del mundo para contar que habían tenido un accidente y se había ahogado. Si lo hiciera así, estaba segura de que habría una investigación, y tendría que responder a muchas preguntas, que tal vez la detuvieran y que su condición de agente de la Abwehr fuera finalmente descubierta. Pero cada vez que miraba el mar no se le ocurría nada mejor para acabar con la vida de Albert Einstein que tirarlo por la borda cuando nadie lo viera, que no pudiera coger el salvavidas, que nadie viniese a buscarlo y que terminase ahogándose. Tenía que ingeniárselas de alguna manera, y lo primero que se le ocurría era que ella también necesitaría una embarcación.

—Aunque sé que usted es muy aficionado a navegar, y no quisiera importunarle —añadió—. Lo mejor sería que yo pudiera disponer de mi propia embarcación.

—Le aseguro que no será ninguna molestia que una joven tan hermosa como usted me acompañase todo el tiempo que quisiera, *Fräulein*.

Frida miró a Altamira y no tuvo que detenerse mucho tiempo para darse cuenta de que se sentía incómodo. El mismísimo Albert Einstein estaba flirteando con la mujer que amaba, y ningún hombre permitiría que una mujer se la pegara con otro delante de sus narices, por segunda vez, en tan corto espacio de tiempo, ni aunque se tratase del físico más celebre del mundo. A Albert Einstein, sin embargo, no parecía preocuparle que a Alfonso Altamira le gustase o no que tratase de invitarla a pasear en barco con él. Tal vez no se había dado cuenta, y si se había dado cuenta no le importaba, de que entre Alfonso Altamira y ella podría haber una relación que fuese más allá de la simple amistad.

—Tal vez a nuestro amigo Alfonso le gustaría navegar también —dijo ella, para salir del paso, sabedora de que Altamira no diría que sí—. Aunque dice que es de secano, aún no me resigno a que no se atreva a navegar un día conmigo. Llevo años intentándolo, desde que nos conocimos, cuando estuve en Madrid.

Albert Einstein se volvió para mirar a Alfonso Altamira y asentir con la cabeza, como si de pronto comprendiera que entre los dos existía una corriente especial en la que él no debía interferir.

—*Ach so.* —Llevaba mucho tiempo viviendo en Estados Unidos, pero el profesor Einstein no había logrado desprenderse del fuerte acento alemán que le afectaba a pesar de su más que profundo conocimiento del inglés, ni de ciertas expresiones naturales que acudían a sus labios en su idioma materno sin poder o sin querer dominarlas. Volvió a asentir levemente con la cabeza, sin perder la sonrisa, como si flirtear con ella no hubiera sido más que un juego inocente que sabía que no le llevaría a ningún sitio. Era como si un hombre de su inteligencia tuviera que distraerse con pequeños juegos que estuviesen tan por debajo de su capacidad intelectual.

—En ese caso puedo prestarles mi bote si no les parece mal.

También podría haber ofrecido su embarcación para navegar los tres, pero al ofrecérsela a ellos dos era su forma de retirarse con elegancia. Y el *Tinef* —así se llamaba—, además, era demasiado pequeño para tres personas.

—Es usted muy amable, profesor Einstein —repuso Frida—. Pero nada nos disgustaría más que perturbar sus vacaciones. Seguro que podremos alquilar una embarcación.

Albert Einstein miró el otro barco que estaba atracado en el pequeño muelle.

—No me cabe duda de que sí. Pero si yo lo pido estoy seguro de que se lo dejarían gratis.

No supo Frida con certeza si estaba hablando en serio, aunque concluyó que probablemente sí. Quién no estaría encantado de prestar su embarcación si el científico más famoso del mundo, ese de cuya amistad reyes y gobernantes presumían, se lo pedía. Ya se había dado la vuelta Albert Einstein y caminaba hacia su casa.

—Espero que volvamos a vernos —dijo ella, porque no se le ocurrió nada mejor que decir.

Albert Einstein se volvió a medias, sólo un poco, sin llegar a girarse del todo. Miró a Altamira un momento, y luego la miró a ella. Su semblante era ahora más serio, como si al darse la vuelta para emprender el camino a casa hubiera recuperado su rictus habitual, como si hubiera estado fingiendo amabilidad y relajación cuando en realidad estaba tan preocupado que ni siquiera tenía ganas de hablar con nadie.

—No dude que así será, *Fräulein*. Estoy deseando que me cuente muchas cosas de Alemania.

Pero todavía tendría que verlo otra vez antes de intentar asesinarlo. Al día siguiente Altamira se había ido a pasear con *Newton* y desde el porche de la casa Frida había visto el barco de Albert Einstein embarrancado en la orilla, cerca del embarcadero. No era imposible que no hubiera podido gobernar el *Tinef* y se hubiera quedado en la arena en lugar de dirigirlo al embarcadero. Sin embargo, en lugar de preocuparse, se había sentado en la borda del barco y miraba el mar, con los pies descalzos sobre la arena. Cinco minutos más tarde Frida se había sentado a su lado y un momento después ya estaban hablando de Alemania.

Albert Einstein dejó escapar el aire despacio, como en un largo suspiro provocado por el cansancio o por la tristeza, cuando Frida von Kleinsberg le contó lo que le había ocurrido al profesor Steiner.

—No volví a saber nada de él. Me marché de Alemania tres días después de que desapareciera.

—Hiciste bien en huir.

—A veces tengo dudas. En ocasiones pienso que ahora sería más útil en Alemania que aquí, exiliada en un país extranjero, sin poder saber de verdad lo que está pasando allí.

Albert Einstein le cogió las manos y las cobijó dentro de las suyas. Frida sintió que eran unas manos demasiado grandes para un violinista consumado o un científico que se ha pasado toda la vida garabateando fórmulas en cuadernos, escribiendo con una tiza en las pizarras de las universidades que lo invitaban a dar conferencias.

—Piensa que si te hubieras quedado en Alemania podría haberte pasado lo mismo que a Steiner.

Frida asintió levemente, con la cabeza, sin dejar de mirar el mar, como si de verdad lo lamentase.

—Entonces ya no serías útil de ninguna manera —matizó Einstein.

Frida Klein permaneció un rato en silencio, o tal vez era Frida von Kleinsberg la que callaba, la misma que admiraba y odiaba al mismo tiempo, y tal vez con la misma intensidad, al hombre junto al que estaba sentada y protegía sus manos finas de mujer con las suyas, tan ásperas, tan varoniles. Frida von Kleinsberg deseaba acabar con su vida, y si no lo hacía en ese mismo momento era porque sabía que no podría tener escapatoria y que, además, tal vez conseguiría el efecto contrario que había buscado al asumir la última parte de la misión por su cuenta y riesgo. El profesor Einstein asesinado podría ser un acicate para aquellos que necesitaban una excusa para convencer a los norteamericanos que eran partidarios de no intervenir en los asuntos de Europa en lugar de meter la nariz donde no les convenía, contrarrestar incluso el programa de desarrollo de la bomba atómica alemana con otro programa similar en Estados Unidos. Sin embargo, no era descabellado pensar en una muerte accidental, y esto no era tan difícil, pues quienes conocían a Albert Einstein sabían de sus desastrosas habilidades como navegante, su precario estado de salud, que le había dado más de un serio aviso, y que no sabía nadar, por supuesto.

Fuera como fuese, la misión estaba llegando a su fin, y tal vez ella era la primera interesada en que acabase. Cada vez le costaba más diferenciar a una Frida de otra, cada vez era más difícil saber cuál de las dos era la que dirigía sus actos, Frida Klein o Frida von Kleinsberg, la científica o la espía.

—Puede que sea así —dijo, por fin—. Tal vez marcharme de allí haya sido lo mejor.

Albert Einstein la miró a los ojos después de que ella dejase de mirar el mar para mirarlo a él. Apretó sus manos un poco más mientras lo hacía.

—Que no te quepa duda, *Liebchen.* Que no te quepa duda de ello. Desde este país pueden hacerse muchas cosas, y todas ellas buenas. Y Hitler no durará siempre. —Hizo una pausa después de decirlo, miró el mar. A Frida le pareció que era la primera vez que Albert Einstein dudaba de sus propias palabras—. Nada dura para siempre. Ni siquiera la luz de las estrellas.

Frida sonrió.

—Ni siquiera la luz de las estrellas —dijo, como si fuera el eco de Einstein—. Qué bonito.

—La verdad y las ecuaciones más importantes son siempre hermosas. ¿Sabes por qué?

Frida sacudió la cabeza. Intuía la respuesta, pero estaba

segura de que Albert Einstein prefería decírsela. Y el caso es que ella, una de ellas, Jekyll o Hyde, Klein o Von Kleinsberg, también.

—Porque son simples. Tan fácil como eso.

—E igual a emecé al cuadrado.

Albert Einstein encogió los hombros. Sonrió, malicioso, como si no tuviera nada que ver con aquella fórmula que se había hecho tan famosa y lo había hecho tan famoso a él.

—Eso dicen, que ésa es una fórmula muy hermosa.

Le había soltado las manos y había estirado la espalda. A Frida le pareció que la fórmula que había descubierto al desarrollar la Teoría Especial de la Relatividad se le había cruzado por delante de los ojos, como una nube negra.

—Espero que nunca pueda llegar a tener aplicación práctica.

Frida sacudió la cabeza.

—Sería una pena que no pudiera usarse nunca.

Einstein también movió la cabeza.

—Pero ojalá que fuera sólo para uso civil. Para el bien de las personas.

—Eso sería lo mejor, pero corren malos tiempos.

Albert Einstein asintió, dándole la razón.

—Los peores para pensar que no habrá alguien que encuentre una aplicación práctica a la relación entre la masa y la energía.

Frida decidió jugársela. Ir un poco más allá. Al cabo, eran dos físicos que sabían cómo estaban las cosas en Alemania y no tenían nada que esconder.

—No creo que los nazis puedan fabricar una bomba atómica hasta dentro de cinco o seis años.

Einstein suspiró, descreído. Tenía los ojos clavados en la bahía, más allá de donde alcanzaba la vista.

—Al menos eso es lo que parece que piensa el profesor Heisenberg —matizó Frida—. Que no cree que los alemanes puedan tener lista una bomba atómica antes de ese tiempo. Y si hay guerra en Europa, que Dios quiera que no, para cuando esté lista la bomba atómica, si es que alguna vez llega a estarlo, ya habrá terminado.

Albert Einstein se levantó. Guardó las manos en los bolsillos y miró a Frida después de estar unos segundos de pie, inmóvil, observando el suelo con la misma intensidad con la que un instante antes había estado contemplando el mar.

—Yo también fui joven, *Liebchen* Frida, y también fui un científico idealista. De hecho, mucha gente cree que lo sigo siendo, un idealista, aunque ya sea viejo. Pero no puedo permitirme el lujo de ser tan ingenuo para pensar que los nazis no fabricarán una bomba atómica antes de que termine la guerra que va a empezar, más pronto que tarde, que no te quepa duda de eso. En Alemania quedan muchos científicos con gran talento. Muchos se han marchado, como yo, como Lise Meitner, como tú misma, pero otros se han quedado allí. Mira Heisenberg: es un hombre muy capaz. A pesar de ser el buque insignia de la Mecánica Cuántica —al mencionar este asunto Einstein no pudo reprimir una sonrisa a medias, y Frida tampoco—, es un joven de extraordinario talento, y ha decidido permanecer en Alemania aun con los nazis. Hitler conseguirá fabricar una bomba atómica. Yo no tengo ninguna duda al respecto. Por desgracia.

Frida se levantó también. Parecía tan consternada que su amiga Leni Riefenstahl le habría propuesto darle un papel protagonista en su próxima película. Seguro.

—¿Y qué podemos hacer?

Einstein encogió los hombros y caminó un par de pasos en dirección al mar.

—Confiar, supongo —respondió, cuando se detuvo. Luego se volvió hacia Frida y añadió—: Y rezar.

Lo dijo y empujó el *Tinef* al agua. Se excusó diciendo que se había hecho tarde, la hora de la cena ya, y que Maja estaría preocupada. Cuando regreso a veces están las tres esperándome, Helen, Margot y ella, como las abuelas que se impacientan porque su nieto todavía no ha vuelto de jugar en la calle. Ya ves, a mis años. Todo un premio Nobel y ni tu hijastra ni tu hermana ni tu secretaria respiran tranquilas hasta que ven la vela de tu barquito aparecer en el horizonte.

—Mañana vuelven las tres dos días a Princeton —añadió el viejo sabio, guiñándole un ojo—. Todavía no puedo creer que se atrevan a dejarme tanto tiempo solo.

Frida sonrió, como si compartiese el carácter indómito de Albert Einstein. Pero antes de que tuviera tiempo de calibrar las posibilidades que el viaje de las tres mujeres que compartían la vida con el sabio le ofrecía, éste ya había cambiado de tema.

—Los Trefmann van a estar fuera toda la semana. Son los que viven en la casa que está al otro lado del embarcadero, la que tiene las paredes de tablones azules y la puerta y las ventanas blancas.

Frida frunció el ceño. No entendía muy bien a qué venía

contarle, justo en el momento en que se marchaba a cenar, que sus vecinos iban a estar fuera una semana.

—Son los dueños del otro bote que está atracado junto al *Tinef*. No es muy grande. Apenas tres metros. Pero es rápido y divertido de manejar. Me han dicho que puedes usarlo si te apetece. Espero que nos veamos por la bahía. Buen viento —se despidió, vuelto a medias, antes de subir al bote.

Frida había forzado una sonrisa mientras lo escuchaba, pero en realidad no hacía otra cosa que pensar cuánto tiempo le quedaba para poder intervenir. No había duda de que Albert Einstein estaba inquieto. Y cualquier cosa que fuera a hacer respecto al proyecto atómico de Alemania lo tenía muy preocupado. Frida no sabía exactamente cuál sería el papel de Einstein en el asunto, pero estaba segura de que, si Leo Szilard y Eugene Wigner se habían tomado la molestia de venir desde Nueva York hasta Long Island para visitar a Albert Einstein, aquélla no había sido, desde luego, una visita de cortesía. Estaba segura de que, conociendo a Szilard, que era un luchador incansable, la visita tenía mucho que ver con el proyecto atómico del Tercer Reich. Y si el incombustible científico húngaro había acudido a ver a Albert Einstein después de haber pulsado todas las teclas que había podido, no había sido para otra cosa que para pedirle ayuda. Y pedir ayuda a Albert Einstein significaba apuntar a lo más alto.

La voz de Albert Einstein era una voz que podría ser escuchada por gente muy importante, el tipo de gente capaz de tomar una decisión que podría poner en peligro los planes de Alemania. A él le abrirían las puertas que a Leo Szilard se le venían cerrando desde hacía cinco años. El viejo sabio se había convertido en el paradigma de los judíos exiliados, y a pesar de que sus aportaciones a la ciencia habían dejado de ser importantes dos décadas atrás, era, paradójicamente, el judío que más daño podía hacer a los planes del Tercer Reich. Pero Frida von Kleinsberg no había viajado a Estados Unidos en vano.

A esa hora de la tarde, cuando no faltaba mucho para ponerse el sol, la bahía de Peconic le parecía tan hermosa y tan tranquila como el bosque de hayas que circundaba la casa de su familia en Wannsee. Hacía pocos meses que había salido del país pero a veces se le antojaba que hubiesen transcurrido diez años. No tardaría en regresar, estaba segura. Volvería a casa con la misión cumplida. Aunque fuera lo último que hiciera en su vida.

Permaneció unos instantes mirando la bahía. Se preguntó si seguiría estando igual de tranquila después de que ella hubiese agarrado la famosa cabellera de Albert Einstein y hubiera empujado su cabeza dentro del agua hasta que dejase de respirar, cuando nadie la viese. Luego regresaría a la casa, junto a Alfonso Altamira, como si nada hubiese pasado. Cuando lo echaran en falta, su hermana, su hijastra o su secretaria llamarían a la policía para informar de que el sabio no había regresado después de haber salido a navegar. Para entonces con suerte ya habría oscurecido y tal vez postergarían la búsqueda hasta el amanecer. Los agentes asentirían, fingiendo preocupación, aunque estarían convencidos de que lo más probable era que algo malo le hubiera sucedido al vecino más ilustre de Nassau Point. Intentarían calmar a Maja, su hermana; a Margot, la hija de Elsa, su segunda esposa; a Hellen Dukas, la secretaria que llevaba más de veinte años cuidando de los asuntos del genio. Frida von Kleinsberg lo sabía todo sobre ellas, igual que lo sabía casi todo sobre Albert Einstein.

Quizá encontrarían el barco de Albert Einstein arrumbado en alguna orilla de la bahía de Peconic, vacío, como una premonición terrible. El cuerpo no aparecería todavía. El cadáver de un ahogado no suele salir a flote hasta unos días después de que se lo hayan tragado las aguas, pero nadie dudaría ya de que al sabio le ha sucedido lo peor. Para entonces la noticia ya sería imposible de parar. Los periódicos de la tarde contarían que Albert Einstein había desaparecido en las aguas de la bahía de Peconic durante sus vacaciones, y aunque ninguno se atrevería a hablar de su muerte todavía muchos de ellos ya habrían dado instrucciones a algunos reporteros para que se desplazasen hasta Nassau Point y estuvieran preparados para ser los primeros en dar la noticia cuando apareciese el cadáver. Y esa foto daría la vuelta al mundo. El profesor Albert Einstein, el hombre que acababa de ofrecerle el barco de sus vecinos —la familia Trefmann, le había dicho: no le extrañaba que también fuesen judíos: estaban siempre por todas partes—, en la portada de todos los diarios del mundo. Tal vez la imagen congelada de su cuerpo hinchado y deformado, quizá con el rostro descarnado por los peces hambrientos que no distinguen la carne de los genios de la del resto de los mortales; o una fotografía antigua de su famosa cara, en primer plano, mirando a la cámara, los ojos oscuros y el pelo blanco desordenado, como si le costase entender cuál era su lugar en el mundo.

Luego ella se iría. No inmediatamente, pero lo haría. Si desaparecía enseguida, era muy posible que Alfonso Altamira o cualquier fanático obsesionado con el profesor Albert Einstein relacionase su marcha con la muerte del genio. Esperaría hasta que Alfonso Altamira volviese a Brooklyn, y una vez en Nueva York le anunciaría que se iba a trasladar a otro lugar —tal vez a otra ciudad norteamericana, o incluso podría ser en Europa: si era así le diría que no había conseguido adaptarse a la vida americana, que echaba de menos la cultura, los museos y los cafés europeos—, que esperaba que la perdonase por ello. Altamira asumiría la noticia con presencia de ánimo, como el caballero que era, y no le pondría ningún impedimento para marcharse. Se resignaría y le diría adiós y le desearía toda la suerte del mundo. El sufrimiento que hubiera podido causarle a Alfonso Altamira era un daño muy pequeño teniendo en cuenta todas las cosas que habían sucedido. Regresaría a Europa, tal vez a Inglaterra, y una vez allí, si aún no había comenzado la guerra, no le sería difícil entrar en Alemania. Y nada de lo que le pudiese deparar la vida a partir de entonces le parecía menos que extraordinario, porque estaba a punto de culminar con éxito una de las misiones más importantes que la Abwehr jamás le había encargado a un agente.

Cerró los ojos y aspiró el olor del mar antes de encaminarse a la casa donde la esperaba Alfonso Altamira. Antes de que pudiera verlo ya escuchaba los ladridos de *Newton*, que le daba la bienvenida.

CAPÍTULO XIX

La mañana se había despertado con poco viento, lo cual no era bueno para navegar, pero a pesar de ello Frida se dirigió al embarcadero para buscar el bote que la familia Treffmann le había prestado gracias a la mediación de Albert Einstein. No insistió después de que Alfonso Altamira sacudiese la cabeza con una sonrisa cuando ella le preguntó si le gustaría acompañarla a recorrer la bahía de Peconic. Prefería navegar sola. Tal vez tendría la suerte de encontrarse al profesor Einstein en el mar, cuando nadie pudiera verlos, y terminar la misión ese mismo día.

Miró las hojas de los árboles, contrariada: apenas corría una gota de aire, y era posible que Albert Einstein no hubiera salido a navegar esa mañana. Pero al embocar el pantalán no quiso disimular una sonrisa: el barco de su objetivo no estaba allí. Navegante inexperto e indisciplinado, a Albert Einstein le daba lo mismo que no soplase una gota de aire o que unos nubarrones negros en el horizonte garantizasen un huracán. Si le apetecía navegar por las mañanas lo hacía sin importarle la idoneidad del momento, que las aguas de la bahía de Peconic estuviesen en calma o embravecidas.

La embarcación que le había cedido la familia Trefmann era un bote de no más de tres metros, con un solo mástil, más pequeño que el *Tinef* de Albert Einstein. Un barquito que con el viento adecuado y manejado por unas manos hábiles podría alcanzar una velocidad estimable. Frida se sirvió de dos pequeños remos para alejarla del pequeño muelle de madera antes de desplegar la vela. El barco se inclinó levemente a estribor después de que ella tirase lo justo del palo que controlaba el timón e hiciera contrapeso con su cuerpo. Sonrió complacida al sentir cómo la embarcación se adentraba en el mar y la vela se hinchaba a pesar de que sólo soplaba un viento débil que, por el número de barcos que permanecían atracados en los otros muelles, había hecho que la mayoría de la gente desistiera de probar suerte navegando esa mañana. Con un poco de fortuna sólo dos personas se habrían atrevido a adentrarse en la bahía. Un sabio judío que odiaba someterse a las normas establecidas y al sentido común, y una navegante resuelta como ella.

Hacía casi un año que no disfrutaba de la sensación de manejar un barco. Desde mediados del otoño de 1938 no había vuelto a navegar. Las aguas del lago Wannsee no tardaban en congelarse en invierno, y aunque ya faltaba poco para que terminase el mes de julio, había sido en enero cuando el comandante König fue a buscarla para llevarla a las oficinas de la Abwehr. Habían pasado, pues, seis meses desde que comenzase la misión más importante de su carrera, la misión más importante que la Abwehr le había encargado a algún agente jamás. Había salido de Alemania y había cruzado media Europa y el Atlántico antes de llegar a América y llevaba medio año fingiendo ser Frida Klein, licenciada en Física por la Universidad Humboldt, una joven científica que había tenido la suerte de trabajar de ayudante del profesor Steiner y que había escapado de Alemania por la puerta de atrás, como si la detención de su mentor hubiera sido la gota que hubiera colmado un vaso que llevaba mucho tiempo a punto de rebosar: la llegada de Hitler al poder, el incendio del Reichstag, las piras de libros quemados en la plaza de la Ópera, frente a la universidad donde había estudiado, las leyes de segregación, la militarización de la Renania, el Anschluss, la anexión de los Sudetes, los Pactos de Múnich, la detención de Steiner. Desde el punto de vista de Frida Klein, era una cadena de acontecimientos imposibles de admitir sin hacer nada. Pero Frida Klein no era más que la cáscara que protegía a Frida von Kleinsberg durante la misión, y a la agente de la Abwehr se le antojaba una ironía del destino, o, bien mirado, un regalo quizá, un detalle que la fortuna había tenido con ella, que hubiera de culminar la misión adentrándose en la bahía de Peconic, buscando al profesor Albert Einstein para matarlo.

Dado el propio carácter de Albert Einstein, era imposible saber qué dirección habría tomado. A Frida no le quedaba otro remedio que elegir un rumbo cualquiera y esperar que esa mañana no le hubiese acompañado a navegar nadie, algo poco probable puesto que al profesor Einstein le gustaba perderse en un barco sin otra compañía que un cuaderno que emborronaba de fórmulas con la obstinación de un poseso.

Ajustó la vela y el timón para que el barco recibiera el viento de través, el que lo impulsaría con mayor velocidad. La bahía de Peconic era tan grande como el lago Wannsee, y tenía salida al Atlántico, con que no iba a ser fácil encontrar el barco del profesor Albert Einstein. Incluso podría pasarse el día navegando y no encontrárselo porque habían recorrido caminos distintos o porque mientras ella lo buscaba el genio ya estaba de vuelta, cansado de dar bandazos en una mañana con viento escaso. Frida sabía que en esas condiciones era más difícil navegar para alguien que no tuviera los conocimientos y la experiencia suficiente que un día en que el viento soplara con una intensidad mayor de la recomendable sin el temor de que un golpe de viento hiciera volcar la embarcación.

Pero fue como si aquella mañana todo rodase a su favor, como si el azar, de nuevo, o comoquiera que se llamase, se hubiera puesto de su parte. Al cabo de un rato alcanzó a ver una pequeña vela, una vela desinflada, un pedazo de tela ajada que colgaba del mástil como una bandera perezosa. Había alguien tumbado, en la popa. Desde lejos Frida distinguió la cabellera enmarañada del profesor Einstein. Tal vez estuviera durmiendo tranquilamente mientras esperaba a que soplara una ráfaga de viento favorable, o quizá realizaba cálculos en su cuaderno. Lo que estuviera haciendo era irrelevante. El caso era que estaba allí, y estaba solo. No había ninguna embarcación alrededor, y en la orilla que quedaba más cerca no había ninguna casa. La playa estaba libre de testigos molestos, y el objetivo estaba relajado. Tal vez podría cansarse de esperar y hacer uso de los remos auxiliares para volver al embarcadero, pero Frida sabía que no era fácil que Albert Einstein lo hiciera. Con sus problemas cardíacos remar hasta la orilla era un riesgo para su vida demasiado grande, incluso para un rebelde como él. Frida sabía que seguiría allí tumbado, tranquilamente, hasta que el viento soplara de nuevo, y sonrió, como un escualo que acaba de oler la sangre de una presa y sabe que la va a pillar desprevenida, que cuando quiera darse cuenta se encontrará sus fauces enormes abiertas, dispuesto a devorarlo. Lo último que verá en su vida.

El viento era tan escaso y el barco de Albert Einstein estaba tan lejos que no podía acercarse en línea recta. Se puso de pie en la cubierta para comprobar las pequeñas olas en la superficie. Eran bolsas de aire por las que debía navegar para poder llegar hasta el barco de Albert Einstein. Navegaría en zigzag para acercarse. Si alcanzaba la velocidad suficiente podría conseguir que la proa de su barco chocase contra el costado del barco del profesor Einstein y hacerlo volcar. O tal vez bastaría con empujar al genio y dejar que se ahogara. Simplemente. Era uno de los hombres más inteligentes del planeta y no sabía nadar.

Pensaba Frida von Kleinsberg en las posibilidades que tendría de acabar con rapidez con la vida del profesor, y hacerlo además de una forma que pareciera un accidente, que cuando alguien encontrase el cadáver no pudiera pensar otra cosa más que se había ahogado, que se había resbalado del barco y no había podido salir del agua. Si el FBI llegaba a sospechar que el profesor Einstein había sido asesinado la operación podría no haber servido para nada. No debía, pues, usar contra él ningún arma, sólo hacer que se hundiera en las aguas de la bahía, como si fuera un accidente. Simplemente eso. Tenía prisa por llegar hasta donde él estaba, pero no porque estuviera impaciente por matarlo, sino porque no quería que en el último momento apareciera algún testigo molesto.

Hubo de hacer varios ajustes para acercarse hasta el barco del profesor Einstein. Navegante experimentada, Frida von Kleinsberg supo después de la cuarta maniobra que ya no tendría que corregir el rumbo para llegar hasta su objetivo. Pero también sabía que por más que se esforzase el barco no alcanzaría la velocidad suficiente como para poder hacer volcar la embarcación de Einstein, para hacerlo caer al agua siquiera, y mucho menos estando tumbado.

Sólo le faltaban quince o veinte metros para abordarlo cuando el viejo judío se incorporó y volvió la cabeza hacia ella. Habría oído el ruido de la proa de su barco cortando el agua, o el escaso viento empujando la vela, a Frida le pareció que el profesor Einstein había intuido su presencia antes de oír su barco, que un sexto sentido había percibido las vibraciones de alguien que se acercaba.

Se frotó los ojos Albert Einstein, como si acabara de despertarse, y Frida pensó que tal vez estaba dormido de verdad, que por muy poco no había llegado a sorprenderlo, que no le hubiera costado empujarlo por la borda sin que él llegase a darse cuenta siquiera de lo que le estaba pasando.

—*Fräulein* Klein —la saludó, parpadeando rápidamente, como si al hacerlo pudiera espabilarse con más rapidez, levantándose trabajosamente sobre la cubierta, sujetándose al mástil para no caerse—, qué bueno verla.

Frida von Kleinsberg echó un vistazo rápido a la orilla, para comprobar que no había nadie, antes de responder.

—Imaginaba que éste era su barco, *Herr Proffessor* —le dijo—. Le he visto y he pensado que tenía algún problema.

Albert Einstein miró el trozo de tela arrugada que colgaba de su mástil. Sonrió.

—Depende de cómo se mire. Que no haya viento puede ser la única forma de encontrar la tranquilidad.

—Espero no haberle molestado.

El viejo profesor sacudió las manos, disculpándose.

—No, no, *Fräulein.* Claro que no. La falta de viento también ha sido la causa de que usted haya venido a hacerme compañía.

Frida asintió, y no pudo evitar que se le escapase una sonrisa.

—Nada sucede por nada —dijo.

—Nada pasa por casualidad, *Fräulein.* Nada.

Aunque la expresión era amable, a Frida le parecía que Albert Einstein la escrutaba con esos ojillos negros. A sus sesenta años el viejo sabio judío seguía siendo el mismo seductor que había sido siempre. Aunque su intención no fuera tener una aventura con todas las mujeres que se cruzaban en su vida, en su naturaleza llevaba marcado flirtear con cada una de ellas.

Frida se acordó, de repente, de aquellos ratos que había pasado sentada en el césped de la Universidad Humboldt, asistiendo a alguna tertulia de sus compañeros con el hombre que ahora la miraba desde la cubierta de su barco. Habían pasado diez años desde entonces, y las cosas habían cambiado mucho, pero sobre todo era ella la que no seguía siendo la misma. Apenas quedaba rastro ya de la brillante estudiante de Física que regresaba cada viernes a la casa familiar de Wannsee. La agente de la Abwehr en que se había convertido apenas dejaba espacio para nada más. Ella había cambiado, había visto demasiadas cosas y se había enterado de más de lo que le convenía como para seguir siendo la misma persona. En diez años Alemania también se había transformado mucho, y todavía lo haría mucho más. Se haría más grande y más poderosa, y ella haría cuanto estuviese en su mano para contribuir a ello. Diez años era mucho tiempo para que las cosas siguieran siendo las mismas, pero, de todas las cosas y de todas las personas que había visto, era aquel hombre que la observaba con curiosidad desde la cubierta de su barco el único que parecía seguir siendo el mismo que había conocido en Berlín. Era como si el mundo hubiera seguido girando y él hubiera permanecido estancado, como si se hubiera convertido él mismo en parte de la más famosa de las paradojas que habían surgido a raíz de la Teoría de la Relatividad, alguien que seguía siendo el de siempre a pesar de que el mundo había evolucionado. Alguien que no ha envejecido porque ha estado viajando a la velocidad de la luz. El mismo Albert Einstein empeñado en encontrar la respuesta al enigma del origen del universo, el mismo que había dado la espalda a la Mecánica Cuántica y se había obstinado con la cerrazón de los que se creen superiores, o que simplemente ya son demasiado viejos para dar marcha atrás o cambiar, que no les queda otro consuelo que refugiarse en sus viejas creencias en lugar de pararse a pensar si no serán los otros los que tienen razón.

Frida lo miró antes de responder. Se le antojaba el sabio el último ejemplar de una especie que estuviera a punto de extinguirse. Y ella sería la que se encargaría de dar por terminada su presencia en el mundo.

—*Herr Proffessor* —le dijo, señalando la vela ajada que colgaba desganada del mástil—. No creo que sea el mejor momento para ponerse a discutir los postulados de la Mecánica Cuántica. Creo que lo mejor será hacer que este velero navegue.

—*Ach so*. Disculpe a este anciano, *Fräulein*. A veces olvido que hace muchos años que no asisto a un congreso Solvay.

—Me consta que las reuniones de los congresos Solvay no han vuelto a ser las mismas sin usted, *Herr Proffessor*. Y ahora, si me lo permite, me gustaría echar un vistazo a esa vela.

—Será un placer que ayude a este anciano, *Fräulein*. Desde luego.

Lo dijo e hizo una pequeña reverencia. La invitaba a subir a su barco como quien le abre la puerta de un salón en el que se está celebrando una fiesta.

Albert Einstein tuvo que sujetarse al mástil cuando ella pasó a su bote. Mientras tiraba de la vela Frida se lamentó de no haberlo empujado antes de que se sujetase o de no haber puesto más energías al saltar al barco de Einstein. Podía haberlo hecho trastabillar y caer al agua. Tal vez ni siquiera él se habría dado cuenta de sus intenciones. Se habría ahogado sin saber que ella había sido la que lo había empujado. Ahora que su mano sujetaba con firmeza el mástil no sería tan sencillo hacerlo caer. Tenía sesenta años y su salud era delicada, pero también una estatura considerable, y a la hora de la verdad Frida sabía que no era tan fácil vencer la fuerza de un hombre si no se lo pillaba desprevenido. Y sobre todo si quería matarlo sin dejar ninguna huella de violencia en su cuerpo. Aún tendría que distraerlo un poco para poder empujarlo limpiamente, sin que sufriera un solo rasguño.

—Veamos —le dijo—. El problema es que hoy apenas sopla una gota de viento.

Albert Einstein le dedicó una amplia sonrisa.

—Un día en el que sólo los buenos marinos deberían salir a navegar...

—Hoy es difícil navegar incluso para los expertos, *Herr Proffessor*. Para poner el barco en marcha deberíamos inclinarlo un poco, girar el timón a estribor al tiempo que tiramos del cabo que sujeta la vela. ¿Ve allí? —Frida señaló con el dedo un poco más allá, donde el mar se rizaba con suavidad—. Hay algunas bolsas de aire que harán que el barco avance.

Albert Einstein se acarició el bigote blanco mientras entornaba los ojos para comprobar lo que ella decía. Con la mano libre seguía agarrado al mástil. Frida estaba sentada en la popa, agarrando el palo del timón, esperando el momento oportuno para empujarlo.

—Vaya —dijo Einstein—. Hoy voy a llegar a casa a tiempo para almorzar.

Parecía un niño al que todavía le divertía hacer travesuras.

—Debería sentarse aquí —dijo Frida, inclinándose sobre la popa, hacia babor— y tirar de la vela al mismo tiempo que empuja el timón, para llegar hasta la bolsa de aire. Luego será cuestión de ir navegando en zigzag hasta el embarcadero. Puede venir detrás de mí si lo prefiere, *Herr Proffessor*.

Frida procuraba darle las instrucciones con delicadeza. Hasta donde lo conocía sabía que no era un hombre al que le gustase aceptar consejos de nadie, y estaba segura de que tampoco le gustaba que una jovencita le enseñase cómo podía hacer que su barco avanzase. Si se había dejado aconsejar por ella y la había dejado subir al *Tinef* para que lo ayudase era porque cuando Albert Einstein enfrentaba los ojos de una mujer no podía evitar sacar al seductor pertinaz que llevaba dentro.

Sin soltar la mano del mástil, Albert Einstein se agachó para acercarse hasta la popa. Hubiera sido ése el mejor momento para empujarlo o simplemente para hacer volcar la embarcación con un movimiento brusco, pero el científico no volvió a levantarse, sino que se sentó a su lado y agarró el cabo que ella le ofrecía para tirar de la vela.

Frida sujetaba su embarcación, abarloada junto a la de Einstein, mientras éste se acomodaba en la popa de la suya, al lado de ella. No podía perder más tiempo. Tenía que ser ahora o nunca. Estaban los dos solos en el mar, sin testigos. Sólo tenía que encontrar la forma de empujarlo sin hacerle daño, sin que su cadáver mostrase luego la menor señal de violencia, que hubiera parecido que el corazón le había fallado o que se había caído del barco. Ahora o nunca, volvió a pensar Frida. Ahora o nunca. Respiró hondo, para acompasar los latidos del corazón, para controlar los nervios o la emoción del momento. Aún no sabía cómo, lo decidiría en los próximos segundos, pero estaba a punto de acabar con la vida de Albert Einstein de la manera más simple que se le podía ocurrir. A Leo Szilard se le iba a caer el mundo encima. Estaba segura de que pensaría que la muerte de Albert Einstein no habría sido casual, y que intentaría alertar a las autoridades norteamericanas, pero Frida sabía que la policía tomaría sus sospechas como las suposiciones desquiciadas de un paranoico que busca notoriedad. Que se ahogue un hombre que no sabe nadar no tiene nada de extraordinario. Aunque se llame Albert Einstein.

Por suerte nadie creía todavía que fuera posible fabricar una bomba atómica más que en las novelas de ciencia ficción. Y Leo Szilard, que había demostrado ser el más lúcido y el más inteligente de todos los judíos exiliados en América, estaba a punto de perder a su interlocutor más valioso, la única persona que podría conseguir que quien tomase decisiones importantes les prestase atención.

—*Herr Proffessor* —le dijo, levantándose—. Creo que debería volver a mi barco, antes de que nos alejemos demasiado de él.

Albert Einstein miró el bote de Frida, cuyo costado estaba pegado al del suyo, con la misma indiferencia o con la misma concentración con la que podría observar el cuaderno que estaba arrumbado en la cubierta, donde garrapateaba fórmulas compulsivamente, mirando las hojas por encima de las gafas suspendidas en la punta de la nariz.

—*Natürlich*, *Fräulein* —dijo, al cabo, después de mirar la vela del *Tinef*, de nuevo, que volvía a hincharse gracias a una inesperada ráfaga de viento—. Será mejor que vuelva a su barco antes de que nos separemos demasiado.

Frida se había levantado despacio, fingiendo que le costaba trabajo hacerlo, y antes de ponerse de pie había dejado escapar un poco su embarcación para hacer patente que le resultaba difícil subir de nuevo y que ese esfuerzo fuera lo bastante ostensible como para que el científico se diera cuenta. Estiró una pierna y se agachó, como si le costara mucho llegar hasta su bote. No hizo falta más. Albert Einstein era un caballero muy bien educado como para no ayudarla.

—*Bitte*, permítame que la ayude a subir —escuchó decir Frida a su espalda.

Tenía un pie en el bote de Einstein y otro en el suyo. Bastaba con apoyarse bien en su embarcación y hacer moverse la del científico, pero lo mejor sería empujarlo, hacerlo caer cuando él le prestase ayuda. Sintió los dedos de Albert Einstein que agarraban su brazo para que no se cayera al agua. A pesar de sus años y del estado de salud tan delicado que todos decían que padecía, la tenaza que la sujetaba era más propia de un hombre acostumbrado a trabajar con las manos que la de un premio Nobel que todos aseguraban que era un virtuoso violinista. Ahora sólo bastaba con tirar fuerte hacia ella, dejarlo caer y que el mar hiciera el resto. Una vez que estuviera en el agua podría ayudar impidiendo que la cabeza venerable del creador de la Teoría de la Relatividad pudiera salir a tomar aire. Sería cuestión de un minuto. Minuto y medio, como mucho. No más.

Lo miró Frida von Kleinsberg a los ojos antes de empujarlo. Lo miró por última vez. Quería decirle cuánto lo odiaba, cuánto sufrimiento le había causado, aunque él no lo supiera, hacerle saber quién era antes de que las aguas de la bahía de Peconic se lo tragasen para siempre. Pero no podía perder el tiempo. Lo primero era que cayese al agua de una forma limpia, sin romperle siquiera un botón de la camisa. Luego, mientras no lo dejaba respirar, tal vez se lo diría. Tomó aire Frida y afianzó el pie que tenía en su barco. Agarró el brazo de Einstein con la mano que le quedaba libre y éste no pareció reparar, todavía, en sus intenciones. Sólo tenía que tirar. Era el momento más importante de toda su vida y a partir de ahora nada sería igual para ella. Albert Einstein ya era historia y Frida von Kleinsberg era la única persona que lo sabía.

Apretaba ahora con fuerza el brazo delgado del premio Nobel cuando escuchó las voces. Él parecía no haberse enterado, y a ella le hubiera gustado estar equivocada. Aunque quiso pensar que se trataba de un espejismo no pudo evitar relajar la presión sobre el brazo de Einstein. Entornó los ojos, como si al hacerlo pudiera percibir mejor el griterío que le parecía haber escuchado.

Fue Einstein ahora el que giró la cara, y Frida pudo escuchar de nuevo las voces, esta vez con más nitidez, como si haber estado concentrada en matar a Albert Einstein hubiera significado que todos sus sentidos se abotargasen mientras llevaba a cabo la tarea.

—¡Profesor Einstein! —escuchó gritar Frida de nuevo—. ¡Profesor Einstein!

Albert Einstein se agarró al mástil y agitó una mano para saludar. Luego se volvió hacia Frida, que ya tenía los dos pies en su barco y miraba el lugar del que provenían los gritos. En la orilla, un grupo de niños coreaba su nombre. Era lo mismo que si se hubieran encontrado con una estrella de cine, como si los mismísimos Gary Cooper o Erroll Flynn estuvieran pasando las vacaciones de verano en Long Island. Nunca en toda la historia un científico había disfrutado de la fama de la que gozaba Albert Einstein, y eso hacía que acabar con su vida de una forma discreta resultase muy complicado.

—¡Profesor Einstein! —volvieron a gritar los niños. A Frida le dio la sensación de que esperaban en la orilla a que el viejo judío se acercase hasta donde estaban ellos para firmarles autógrafos.

Albert Einstein se volvió para mirarla. Sonreía, igual que un crío.

—*Die Kinder* —dijo, como si le diera vergüenza que los chiquillos coreasen su nombre—. Los niños.

—Los niños, sí —concedió Frida, asintiendo, como si le diera su beneplácito para partir.

Los chavales hubieran sido unos testigos tan incómodos como cualquier otro, pero no era eso en lo que Frida von Kleinsberg pensaba ahora. Con la torpeza de un aficionado pero con la resolución del que no se arredra cuando surge la primera dificultad, Albert Einstein embocaba la proa de su pequeño velero hacia la orilla. No tuvo dudas Frida de que hubiera sido capaz él solo de sortear la calma chicha sin su ayuda, y que le había seguido la corriente mientras ella se había ofrecido a echarle una mano con la única intención de divertirse. Pero eso no era lo peor. Lo que más inquietaba a Frida mientras ponía la proa de su embarcación en la dirección contraria a aquella hacia la que había dirigido la suya el profesor Einstein, era no saber hasta qué punto había dejado entrever sus intenciones, si cuando lo había agarrado y había estado a punto de empujarlo a las aguas de la bahía había llegado a traspasar el límite que la delataba como la asesina del hombre que ahora avanzaba hacia la orilla, saludando con la mano al grupo de colegiales que seguían coreando su nombre como si fuera una estrella de Hollywood.

CAPÍTULO XX

En la recta final era donde había que tener más cuidado. Ahora Frida von Kleinsberg no podía permitirse ningún fallo. Leo Szilard no tardaría en volver a visitar a Albert Einstein, y cada minuto que pasara correría en su contra. Aquella visita podría ser la definitiva. Si el judío húngaro volvía a encontrarse con el judío suizo la misión podría haber fracasado, y los meses que había pasado en Estados Unidos fingiendo ser quien no era podrían haber sido en vano, sus sueños de gloria como agente de la Abwehr o como quién sabe qué más en el aparato de la organización se habrían esfumado, y lo peor sería no haber conseguido acabar de un plumazo con los planes del programa atómico de los norteamericanos y con el judío más famoso del mundo. No se trataba de algo personal —Frida no dejaba de repetírselo una y otra vez—, sino de un asunto estrictamente profesional. Que pudiera ser la hija de Albert Einstein le había amargado la vida años atrás, pero ya lo había superado, o al menos procuraba convencerse a sí misma de que no le importaba, como quien niega un problema que le impide avanzar en la vida. Estaba convencida, o quería estarlo, de que terminar con la vida de Albert Einstein ahorraría muchos quebraderos de cabeza al Tercer Reich. Quitar de en medio al activista sionista más incómodo y también al único hombre capaz de contrarrestar el programa atómico de Alemania era un objetivo que nadie podría dejar de tener en cuenta.

—Hoy le he tenido que echar una mano al profesor Einstein.

Altamira levantó la vista del libro que estaba leyendo. Cualquier cosa que tuviese que ver con Albert Einstein no parecía interesarle mucho, pero Frida lo pasaba por alto, hacía como si no se diera cuenta, y seguía hablando del asunto.

—Estaba navegando —añadió—. En realidad se había quedado parado no muy lejos de la orilla. No soplaba una gota de viento y me acerqué a echarle una mano.

—¿Ah, sí? —Altamira había vuelto los ojos al libro. Frida no estaba segura de si lo estaba leyendo o si la estaba escuchando.

—Pasé un rato explicándole cómo podría llegar a una bolsa de viento.

Altamira volvió a levantar los ojos del libro. Lo cerró, pero puso un dedo entre las páginas, para recordar el punto donde lo había dejado o mostrar claramente que en cuanto terminasen de hablar de Albert Einstein procuraría volver a concentrarse en la lectura.

—¿Te hizo caso?

Frida sacudió la cabeza, y aunque era sincera también estaba convencida de que aquella respuesta era la que Alfonso Altamira esperaba escuchar.

—Atendió a mis indicaciones. Me dejó subir a su barco para que le explicase lo que tenía que hacer. Durante todo el tiempo actuó como si de verdad no supiera cuáles eran las maniobras que tenía que realizar para poder salir de allí, pero luego, una vez que regresé al mío, no es que hiciera lo contrario de lo que yo le había explicado, sino que consiguió que el *Tinef* volviera a navegar, pero a su manera.

—Típico de él. El mismo Einstein anárquico y tozudo de siempre.

—No sé. Me dio la sensación de que en ningún momento habría tenido problemas para hacer que el barco navegase. Que el viento había dejado de soplar y a él no le había preocupado en absoluto, que, simplemente, descansaba, dormitando tranquilamente, y que si escuchó con atención mis instrucciones fue con el único propósito de divertirse.

Altamira se encogió de hombros.

—No son más que pequeñas manías de un viejo sabio. No deberías tomártelo mal.

Frida agitó las manos, como quien quiere despojarse de algo que le incomoda.

—No, si no me molesta. Al contrario, lo encuentro divertido. Lo que pasa es que lo que me ha sucedido esta mañana me ha llevado a pensar en todas esas cosas que se dicen acerca del profesor Einstein.

Altamira sacó el dedo índice del libro de poesía, lo cerró, despacio, y lo dejó sobre la mesa. No le preguntó nada, y Frida sabía que aquélla era su forma de pedirle que siguiera hablando, que se explicase un poco mejor.

—Sé que es una tontería, y que no tiene mucho que ver con todo eso, pero he llegado a preguntarme si no estará haciendo lo mismo con todos los científicos que lo critican, con todos aquellos que le han dado la espalda, o a los que él ha dado la espalda, ya sabes.

Altamira ladeó la cabeza un par de veces, como si no le gustara el camino que estaba tomando Frida.

—Todos lo hemos criticado alguna vez. Yo mismo lo he hecho, y seguro que tú también. Pero él se lo ha buscado, no lo olvides.

—Sí, pero no me refiero sólo a su empecinamiento en mantener su opinión contra todo el mundo, sino a algo que va más allá de aquella publicación con Boris Podolsky y Nathan Rosen para demostrar la insuficiencia de la Mecánica Cuántica.

—¿A qué te refieres, Frida?

—Me refiero a algo que tiene que ver con su actitud, con su propia personalidad. No sé, pero lo que me ha pasado esta mañana con él me parece un buen ejemplo. He sentido que se estaba divirtiendo mucho porque yo creía que él no sabría cómo salir del atolladero cuando en realidad era perfectamente capaz, no te digo que mejor que yo, pero sí a su manera.

—No es ninguna novedad, y tampoco es malo, que a Albert Einstein le guste divertirse o impresionar a una mujer hermosa.

Frida sonrió, pero sólo por un instante. Estaba demasiado concentrada como para recibir cumplidos, y no era de su belleza de lo que quería hablar.

—No, Alfonso, no se trata de eso. Lo que yo quiero decir es que tal vez su actitud con todos los científicos que lo critican o que aseguran que está acabado no es otra cosa que reírse de ellos para demostrarles algún día que es él quien tiene razón y que son los otros los que están equivocados.

Altamira dejó escapar un largo suspiro. A Frida ahora le pareció mucho más viejo y más cansado que el propio Albert Einstein.

—Lo que no ha cambiado en Albert Einstein es el poderoso influjo que ejerce sobre las mujeres.

Frida se echó a reír. Se levantó y se acercó hasta el banco de madera donde estaba sentado Altamira. Se acomodó junto a él, le pasó una mano por detrás de la nuca, lo besó en la mejilla, apoyó la cabeza en su hombro.

Altamira se puso rígido ante la muestra espontánea de intimidad.

—Eres tonto —le dijo, con dulzura—. No sé cómo no te has dado cuenta todavía, pero de todas las mujeres del mundo tal vez yo sea la única incapaz de sentirse impresionada por el profesor Albert Einstein.

Terminó la frase mirando el vacío, sabedora de que Altamira no podría comprender, nadie podría, el alcance de la misma.

—Bueno —replicó el otro, siguiéndole el juego—. Lo conociste siendo una estudiante.

—Pues con más razón. No sucumbí entonces, cuando era una joven inocente, así que mucho menos me sentiría atraída por él ahora.

—Esperemos —concluyó Altamira, rodeándola con sus brazos y besando su frente, como un padre a una hija—. No sé, Frida. Tal vez estés en lo cierto y al final será Albert Einstein el que tendrá razón y los demás los que estaremos equivocados. Puede que esté jugando con los que dicen que está acabado y al final va a dar una gran sorpresa. A lo mejor encuentra una teoría, una fórmula sencilla que explique el universo, una ecuación que nos concilie a todos. Pero mientras eso suceda yo seguiré defendiendo los postulados de la Mecánica Cuántica. Tal vez llegará el día en que puedan convivir las teorías de Werner Heisenberg con las de Albert Einstein. Nunca se sabe. Pero de momento están pasando en el mundo cosas más importantes de las que preocuparse. La discusión entre Albert Einstein y el resto de la comunidad científica puede esperar.

—Tienes razón. Estamos viviendo una época demasiado complicada como para pensar en vanas disputas entre científicos. Desde la perspectiva de los tiempos que corren casi parece una frivolidad.

Altamira asintió, y a Frida le pareció que se tragaba las palabras antes de hablar.

—Y para él pueden ser unos momentos más difíciles que para la mayoría de la gente —apuntó Frida.

—Ya.

A Altamira parecía costarle hablar del asunto. Y Frida tenía que ir con cuidado.

—¿Qué crees que habrá pasado con Leo Szilard? —le preguntó—. ¿Piensas que Albert Einstein se habrá decidido a prestarle su ayuda?

Alfonso Altamira se encogió de hombros, aspiró una bocanada de aire y lo dejó escapar trabajosamente de los pulmones luego de haberlo guardado allí dentro un instante, como si hacerlo le ayudase a responder convenientemente. *Newton* levantó una oreja, medio dormido, desde su rincón en el porche, a la sombra, ajeno a los problemas del mundo.

—Supongo que sí. Si no lo ha hecho todavía, estoy seguro de que al final lo hará, de alguna manera. Lo que está en juego es demasiado importante como para no ponerse de su parte.

—¿Aunque hacerlo signifique traicionar a sus propios principios?

Altamira se incorporó en el banco.

—Incluso los principios deben ser pasados por alto en aras de un bien mayor. A veces no se debe permitir que nuestras creencias nos impidan hacer lo correcto, lo que está bien. Sobre todo en estos tiempos que corren.

Frida vio una nube gris cruzar por delante de los ojos de Altamira, como cuando hablaba de España y los recuerdos se le amontonaban.

—Hay una guerra por ganar. Una guerra que ni siquiera ha comenzado todavía. No hay que andarse con remilgos. Si yo fuera Albert Einstein, prestaría mi ayuda a Leo Szilard, y estoy seguro de que lo hará, a pesar del conflicto moral que no me cabe duda que ahora mismo sufre.

—No me gustaría estar en su pellejo, la verdad.

—A mí tampoco. Pero son las servidumbres de la fama, las consecuencias de ser el científico más famoso del mundo.

—En eso tienes razón. Esta mañana, cuando trataba de ayudarlo a que su velero navegase, unos niños empezaron a corear su nombre desde la orilla.

Altamira sonrió, cómplice, como si hubiera visto esa escena muchas veces.

—Como una estrella de cine, ¿a que sí?

Frida asintió, con energía.

—Eso mismo fue lo que pensé. Ni siquiera una estrella de cine hubiera levantado tanto revuelo como el profesor Einstein. Saludó a los niños con la mano, *Die Kinder*, me dijo, y puso la proa hacia la orilla. Desde lejos me pareció ver que les estaba firmando autógrafos. Nadie diría que se trataba de un hombre preocupado por que el destino del mundo tuviera que pasar por sus manos.

—Pero no tengas dudas de que debe de estarlo. Y mucho.

—Podríamos invitarlo a cenar —propuso Frida—. Quizá le venga bien relajarse un poco, hablar con alguien. Me contaste que el verano pasado cenasteis juntos alguna vez.

Altamira levantó las cejas.

—Es cierto. Pasamos alguna velada agradable, los dos tocando el violín. Pero las circunstancias ahora son diferentes. Él debe de estar muy preocupado. Tal vez no tenga ganas.

—Creo que aun así deberíamos proponérselo. Puedo invitarlo yo, si te parece bien. Me ha dicho que se va a quedar un par de días solo en la casa.

Altamira se la quedó mirando. De ser un hombre más joven y más vehemente Frida habría pensado que estaba celoso. En Alfonso Altamira resultaba difícil aplicar el término celos, pero le gustó pensar, a Frida von Kleinsberg o a Frida Klein, tal vez a las dos, ya no estaba segura de nada, que Alfonso Altamira González de Tejada no había podido evitar una punzada de inquietud, aunque fuese muy pequeña. Acabó sonriendo el profesor español, y luego asintió con la cabeza.

—De acuerdo —dijo, por fin—. Invítalo tú. Seguro que así tendremos más posibilidades de que nos acompañe a cenar.

Sin Maja, sin Margot y sin Helen Dukas, su secretaria, había más posibilidades de que Albert Einstein aceptase la invitación. Por la mañana Frida von Kleinsberg había vuelto a navegar, y aunque se había dicho que lo hacía para ver si tenía la oportunidad de encontrarse con el profesor Albert Einstein navegando de nuevo en la bahía, en lo más profundo de sí misma reconocía que había salido en el barco porque le apetecía estar sola, reflexionar, ahora que la misión por fin parecía estar a punto de terminar.

Para volver a ser Frida von Kleinsberg tenía que eliminar cualquier rastro que hubiera en su interior de la dubitativa Frida Klein. Era como una serpiente que mudase la piel, dejando atrás la membrana pegajosa que la protegía, un reptil con una capa recién estrenada de escamas que brillan a la luz del sol. Pensar como Frida Klein ya no le servía. Le resultaba superfluo ser otra cosa que una agente de la Abwehr dispuesta a liquidar a Albert Einstein para terminar la misión e impedir que el genio interfiriese de mala manera en el programa atómico del Reich. Pero mudar la piel no resultaba tan fácil como había pensado. No era sencillo a pesar de haber matado a dos hombres ya. Se preguntaba Frida Klein aquella última noche que iba a pasar siendo ella misma si no podría haber evitado la muerte de Laszlo Moricz, el carpintero húngaro que arrojó a las aguas del Atlántico antes de llegar a Nueva York, si tal vez al final, si no le hubiera dicho a Stanislaw Zukrowski que había leído la nota de su secretaria, no podría haber llegado hasta Long Island unos días después y haber neutralizado el factor Einstein sin haber matado al químico polaco con el que había convivido durante un mes y medio.

Pero no era posible, escuchaba Frida Klein decir a Frida von Kleinsberg desde algún rincón de sí misma. No había tiempo. Leo Szilard puede volver a visitar a Albert Einstein en cualquier momento y tal vez ya será demasiado tarde. Frida von Kleinsberg pugnaba por salir, por lucir su nueva piel. Y también estaba lo de Cracovia. Lo más seguro era que alguien hubiera descubierto sus orígenes. A Frida Klein tal vez podría no importarle, pero Frida von Kleinsberg no iba a permitir que nadie más se enterase de que, con toda probabilidad, era hija de Albert Einstein. Cuando regresase a Europa ya se encargaría de hacer un viaje a Polonia para encontrar al amigo de Stanislaw Zukrowski que había estado hurgando en su pasado. Tal vez para entonces Cracovia habría vuelto a ser una ciudad alemana, como le correspondía históricamente.

Iba a ser al día siguiente. Frida von Kleinsberg lo había decidido y a Frida Klein, a pesar de todo, no le quedó más remedio que estar de acuerdo. Al día siguiente, por la noche, mataría al profesor Albert Einstein. Cuando amaneciese ya no podría permitirse ninguna debilidad, ninguna muestra de sentimentalismo que entorpeciera la misión. Desde que saliese el sol su único objetivo sería concentrarse para terminarla de la mejor manera posible.

Pero todavía era Frida Klein la que no podía conciliar el sueño esa noche. Era Frida Klein la que aún quería ser la muchachita alemana de buena familia que encuentra un marido al que hacer feliz y le da nietos a su madre para que los disfrute en su vejez. Era Frida Klein la que comprimía a Frida von Kleinsberg dentro de ella y no la dejaba salir, aunque supiera que había perdido la partida. Era Frida Klein, la joven y atribulada científica berlinesa que había llegado a Estados Unidos después de huir de Alemania, la misma que había estado en España trabajando de ayudante del profesor Altamira en la Universidad Central de Madrid.

Seguía siendo ella, pues, por poco tiempo, y se congratulaba de poder seguir siéndolo aunque sólo fuera por unas horas.

Abrió la puerta de la habitación de Alfonso Altamira, despacio, sin llamar. *Newton* había alzado una oreja en el pasillo al oírla levantarse tan tarde y luego había seguido durmiendo.

Estaba demasiado oscuro para que pudiese ver nada, pero sin tener que esperar a que sus ojos se adaptasen a la penumbra de la habitación supo que él tampoco podía conciliar el sueño. Esa noche hacía demasiado fresco, pero Altamira había dejado abierta la ventana por la que se colaba la brisa y el olor del mar.

No dijo nada su anfitrión, pero Frida lo vio incorporarse un poco sobre la almohada. A tientas buscó la cama y se tumbó junto a él. Suspiró largamente Alfonso Altamira cuando sintió el cuerpo de ella junto al suyo, pero permaneció en silencio. Frida recostó la cabeza en su pecho y lo abrazó. Le pasó un brazo por el cuerpo y se apretó contra él, como si al hacerlo pudiera conservar algún rastro de la Frida Klein que le gustaría seguir siendo. Alfonso Altamira apretó también su cuerpo contra el de ella, volvió a dejar escapar el aire despacio, con pesadez, y la besó en la frente. Desde que se habían conocido por primera vez en Madrid, hacía cuatro años, era la primera vez que compartían unos momentos de intimidad. Nunca habían hecho el amor y jamás lo harían. Frida lo había sospechado siempre pero lo supo en ese momento, y tampoco esperaba algo así cuando había entrado en su habitación. Sabía que Alfonso Altamira no intentaría acostarse con ella esa noche, no tan pronto. La había dejado volver a su lado pero todavía estaba demasiado reciente su marcha con Stanislaw Zukrowski, y que Alfonso Altamira la tratase como un padre no significaba que pudiera convertirse en su amante sin pasar antes por otras fases en las que se iría adaptando poco a poco a su nueva condición. Seguro que Alfonso Altamira deseaba hacer el amor con ella más que ninguna otra cosa, pero también era cierto que el profesor español no era un joven impetuoso que no podía esperar hasta sentirse cómodo con ella de nuevo. Para Frida Klein, sin embargo, pasar aquella noche juntos, aunque sólo fuera abrazados, era su forma de despedirse, de decirle adiós. Sabía que jamás volverían a verse, pero Frida Klein, antes de desaparecer para siempre, esperaba que Alfonso Altamira algún día pudiera entenderla.

El día iba a amanecer nublado en Long Island. Una bruma semejante a la que algunas mañanas de verano cubría el cielo del lago Wannsee. Soplaba una brisa fresca, agradable, estupenda para navegar. Era muy temprano y todos los barcos estaban todavía atracados en los pequeños muelles de madera, junto a las casas más próximas a la playa. El barco de Einstein también. El sabio judío no acostumbraba a levantarse temprano, y mucho menos estando de vacaciones. Pero no era eso lo que le preocupaba a Frida ahora. El asunto de Einstein lo resolvería más tarde. Después de navegar se acercaría hasta la casa del premio Nobel y le diría que a Alfonso Altamira y a ella les encantaría que los acompañase a cenar. Que se trajese el violín, que sería una velada agradable. Pero por la mañana tenía ganas de estar sola. Se había levantado tan temprano que había dejado a Altamira todavía dormido en la cama, acurrucado bajo las sábanas para protegerse del fresco de la mañana. Sólo *Newton* se había levantado para despedirse, sacudiendo la cola, la cabeza agachada mientras se acercaba, esperando una caricia.

Navegó unos minutos mar adentro, arrió la vela y se tumbó en cubierta, boca arriba. En efecto: las nubes y el cielo eran los mismos en Wannsee que en Long Island, en Alemania que en Nueva York. Era ella la que no seguía siendo la misma. Era Frida von Kleinsberg, hija adoptiva de una rica familia berlinesa, licenciada en Física Atómica con honores en la Universidad Humboldt de Berlín, el mismo año en que los primeros libros —entre ellos algunos de Albert Einstein— fueron quemados frente a la misma universidad, al otro lado de la avenida Unter den Linden. También era una agente de la Abwehr con un gran futuro por delante si conseguía terminar esa misión con la frialdad y la distancia necesarias. Sabía que el coronel Piekenbrock no le perdonaría el fracaso después de haber tomado por su cuenta la decisión de seguir adelante, que como poco la expulsarían del servicio secreto, y que si no le sucedía nada más grave era por las influencias que aún podría usar de su difunto padre adoptivo. Pero también era Frida —aunque prefería seguir pensando que sólo podría serlo— la hija de una estudiante polaca, engendrada en una aventura extramatrimonial cuatro años después de que el hombre al que iba a matar publicase en *Annalen der Physic* sus primeros artículos sobre la Teoría de la Relatividad. No podía saber con certeza si era hija de Albert Einstein, nadie podría estar seguro de ello, pero había muchas posibilidades de que sus sospechas fueran ciertas. El viaje a Polonia siete años atrás no despejó sus dudas del todo, pero había arrojado tantos interrogantes que pensar que por sus venas no corría sangre judía era un atrevimiento que no se podía permitir. La sola sospecha casi la había hecho enfermar entonces, y hubiera matado a Albert Einstein con sus propias manos si hubiera conseguido estar lo bastante cerca de él. Con el tiempo había logrado controlar sus impulsos, sobre todo porque nada hay más perjudicial para un agente secreto que dejarse arrastrar por cuestiones personales a la hora de llevar a cabo su trabajo. Ahora que tenía la oportunidad de acabar con la vida de Albert Einstein, no dejaba de decirse que no se trataba de algo personal, sino que matar al que tal vez podría ser su padre no era más que un asunto estrictamente profesional, algo que tenía que hacer porque había destrozado todos los puentes que habían quedado atrás en su camino de una forma deliberada, para no echarse atrás, para que no le quedase más remedio que seguir adelante y no arrepentirse. Vencer o morir, era lo único que le quedaba a Frida von Kleinsberg, y para ella vencer significaba acabar con la vida de Albert Einstein. Que por sus venas circulase sangre judía o no era lo de menos, que la sangre que ahora batía deprisa bajo su piel mientras pensaba en cómo acabaría la misión pudiera ser la misma que la del científico al que luego iba a invitar a cenar tampoco era lo más importante ahora. Para Frida lo principal era terminar su trabajo con éxito. De hecho, era lo único que le importaba, lo único que quería que le importase, y necesitaba despojarse de cualquier lastre que le impidiera llevar la misión a buen puerto. Podría ser arriesgado para ella, si la descubrían, muy bien podría acabar en la silla eléctrica, pero era un riesgo que había que correr. Lo mejor era darle la vuelta al argumento, pensar que ya estaba muerta, que no tenía nada que perder, y que si terminaba la misión con éxito también salvaría su vida.

Se incorporó en la cubierta del barco y se sentó. En la orilla, a lo lejos, estaba la casa donde dormía Alfonso Altamira. Un poco más arriba podía ver la luz del porche en la casa donde se alojaba Albert Einstein, el mismo porche donde tres días antes el científico había pasado una velada con Leo Szilard y Eugene Wigner, los judíos húngaros que conspiraban contra el Tercer Reich sin saber que ella había llegado hasta Long Island para impedírselo.

Miró a su alrededor y tampoco vio a nadie. Se puso de pie y volvió a mirar a un lado y a otro para asegurarse de que no había ningún curioso que pudiera estar al acecho. Se sacó el vestido por los hombros, pasó las manos por detrás de la espalda para soltarse el sujetador y luego se bajó las bragas con las manos hasta los tobillos para terminar de quitárselas con los pies. Respiró hondo y aguantó el aire en los pulmones antes de tirarse de cabeza al mar. El agua estaba fría, pero le gustaba sentirla, que los músculos se le endurecieran al sumergirse. Disfrutaba de la sensación de faltarle el aliento. Salió a la superficie y aspiró una bocanada de aire. Dio unas cuantas brazadas enérgicas para alejarse del bote y disfrutar un poco más de la sensación de soledad que sólo era posible en la bahía de Peconic cuando todavía no había amanecido del todo. Volvió a sumergirse unos segundos, atenta al sonido lejano del motor de un barco de pesca. Aguantó el aire hasta que no pudo más y salió de nuevo a la superficie. Se puso boca arriba un rato, flotando con los brazos abiertos para relajarse, segura de que nadie había reparado en que se estaba bañando desnuda en el mar. Para Frida von Kleinsberg era algo normal porque solía hacerlo algunas mañanas de verano en Wannsee. Cogía el bote en el embarcadero de la finca de su familia y navegaba un poco hasta que estaba segura de que nadie podría verla, o que al menos no se diera cuenta de que era ella o pudiera comprobar quién se estaba bañando desnuda.

Al cabo de un rato nadó hacia el barco, despacio, sin más prisa que la de subir a la cubierta y vestirse antes de que nadie pudiera verla desnuda. Sin secarse se puso la ropa interior y se ajustó el vestido ligero antes de sacudir las gotas de agua que le empapaban la melena. Volvía a ser Frida von Kleinsberg, sólo ella, Frida von Kleinsberg, la hija del barón Von Kleinsberg. La piel de Frida Klein que acababa de mudar había quedado hundida para siempre en las aguas de la bahía de Peconic. Su otro yo ya no le serviría de nada. Terminaría la misión siendo ella misma, como la había empezado, y esperaba no tener que volver a desdoblarse nunca más en otra persona. Con el éxito que iba a obtener estaba segura de que podría pedirle cualquier cosa al almirante Canaris y que éste se lo concedería sin rechistar. Tal vez podría aspirar a pedírselo al mismísimo Führer. A veces, conseguir las cosas más difíciles resultaba más sencillo o más asequible de lo que podía parecer en un principio. Y Alemania era un lugar de muchas oportunidades con la guerra que se avecinaba. Los tiempos habían cambiado: no faltaba mucho para llegar a la mitad del siglo XX, y una mujer como ella estaba preparada para los cambios que se avecinaban, y podría tener mucho futuro entre cuantos estuvieran al lado del Führer para dirigir el destino de su país los próximos años. Y el pasaporte hacia el éxito se lo iba a brindar, paradojas del destino, el hombre que tal vez le había dado la vida. Si no se lo encontraba navegando en la bahía se acercaría hasta su casa al final de la mañana para invitarlo a cenar en nombre del profesor Altamira y en el suyo propio.

A veces se preguntaba Frida von Kleinsberg si el profesor Albert Einstein no sabría mucho más de lo que quería aparentar, si en realidad sospechaba de ella pero quería dejarla seguir adelante para cogerla en algún error del que no pudiera ocultarse o disculparse, si disponía el sionista más conocido del mundo de una red de informadores que lo habían enterado de que en realidad tenía por vecina ese verano a una agente de la Abwehr, si tal vez sabía que estaba dispuesta a matarlo, que su único objetivo era ése. Con Albert Einstein todo era posible, pero ya que había llegado tan lejos no podía dar marcha atrás. Tenía el éxito de la misión al alcance de la mano y no iba a rendirse o a sucumbir a miedos estúpidos ahora que estaba tan cerca del final.

SEXTA
PARTE

Un dilema. El dilema más grande de toda su vida y, hablando de Albert Einstein, el dilema más grande de su vida no es cualquier cosa, sino algo muy grave. A Leo Szilard no le va a quedar otro remedio que disparar la última andanada justo a la línea de flotación. La idea de advertir a los belgas nunca le había parecido lo bastante potente como para resultar eficaz. En realidad, la idea de que Albert Einstein le pidiera a la madre del rey de Bélgica que pusiera a buen recaudo el uranio de la mina de Joachimstahl no era la única que tenía en mente, y mucho menos era la mejor de las ideas que se le habían ocurrido para impedir que la bestia de ojos rabiosos fuera la primera en conseguir fabricar una bomba atómica. Pero aunque había actuado de una forma un poco rastrera al no contárselo al profesor Albert Einstein cuando fue a visitarlo a Long Island, se escuda pensando que tampoco hubiera sido un hombre educado si le hubiera planteado abiertamente a un convencido pacifista donde los hubiera la cuestión más importante. Y porque Leo Szilard sabe que la lentitud es el factor determinante cuando de lidiar con la burocracia se trata. Es como una carrera de obstáculos en la que, por más que se salte y se corra, la meta siempre se antoja igual de lejos, como si alguien estirase el espacio y el tiempo caprichosamente. Y Leo Szilard es un corredor de fondo que, a pesar de su energía inagotable, puede tropezar y caer o llegar a darse cuenta de que, por más que corra y salte, todos sus esfuerzos serán en vano porque jamás podría cruzar la meta. Hay que ir al núcleo del asunto, a la persona que tendrá la última palabra. La única posibilidad de agilizar los trámites es que el presidente Roosevelt les preste atención, pero cada vez que piensa en ello es como si chocase contra un muro indestructible. Cómo va a ser capaz él, un científico húngaro exiliado, un don nadie, de conseguir que el todopoderoso presidente de los Estados Unidos le dedique unos minutos de su precioso tiempo. Muchos de sus colegas se reirán si se lo cuenta. Tal vez a Enrico Fermi lo escuchará. Es joven, extremadamente talentoso, y ha ganado el Premio Nobel de Física un año antes, aparte de que su nombre es lo bastante conocido como para que al presidente Roosevelt le suene o que sus palabras le abran los ojos. Pero a Enrico Fermi parece preocuparle menos que los nazis consigan fabricar una bomba atómica que los artículos con los resultados de sus experimentos aparezcan puntualmente en la revista *Nature*. Enrico Fermi le contó que Werner Heisenberg le había asegurado que algo así no ocurriría, al menos no antes de que terminase la guerra que se avecinaba en Europa. Los nazis no serían capaces de tener lista su bomba atómica, pero quién puede saber con certeza una cosa así, quién puede garantizar que Werner Heisenberg, al que no le han faltado ofertas para conseguir un trabajo fabuloso en Estados Unidos y lo ha rechazado con argumentos absurdos como que si todos los científicos se marchan de Alemania qué va a ser de la ciencia en su país, no es sino un entusiasta de las esvásticas y las camisas pardas. Y Enrico Fermi es demasiado joven, demasiado conocido y con demasiado futuro para arriesgarse a advertir al presidente Roosevelt de algo que muy bien puede ser tan falso como las historias que cuentan las novelas de ciencia ficción. Sólo hay un científico lo bastante famoso, lo bastante comprometido con la causa de la paz y lo bastante valiente o lo bastante atrevido para que no le importe hacer el ridículo si las cosas al final no suceden como se supone que van a suceder. Pero la cuestión no es ésa —Leo Szilard piensa en ello una y otra vez—, sino el dilema que se le va a plantear a Albert Einstein cuando le cuente lo que ha pensado. Pero Szilard también piensa que no es posible que su viejo amigo no haya reparado ya en ello también. La decisión es tan simple como arrolladora, tan clara como convincente. No basta con advertir a los belgas de que pongan sus reservas de uranio lo más lejos de los nazis como sea posible, sino que hay que convencer al presidente Roosevelt para que Estados Unidos disponga de su propio programa de fabricación de una bomba atómica, adelantarse a los nazis. La paradoja es demoledora: para poder preservar la paz hay que prepararse para la guerra. *Si vis pacem para bellum*. Es una frase que lleva más de dos mil años en la memoria colectiva de los hombres, pero para Leo Szilard, que había visto las fauces babeantes y malolientes de la bestia tan cerca que podía sentir su aliento, ha adquirido de repente un sentido y una vigencia en la que nunca había reparado. Si quieres la paz prepárate para la guerra. Un programa norteamericano para desarrollar la bomba atómica antes de que los nazis lo consigan. Acaba de resolver la ecuación que, como siempre, cuanto más simple más difícil resultaba encontrarla, más certera su definición, y ya no se pueden ver las cosas de otra forma. $E=mc^2$, *Si vis pacem parabellum*. Son las cosas más simples las que acaban convirtiéndose en verdades inmutables. Cuando las legiones romanas dominaban el mundo o en pleno siglo XX.

Explicárselo a Albert Einstein esta vez no va a ser tan sencillo como la primera. Tendrá que argumentar, ante un pacifista declarado, que la única manera de salvar al mundo es animando al presidente de los Estados Unidos a que promueva una comisión para estudiar el desarrollo de su propio programa de fabricación de bombas atómicas. Le va a tener que pedir a Albert Einstein que traicione sus principios en aras de un bien mayor. El presidente Roosevelt, como tantos próceres, se jacta de la amistad de Albert Einstein, y bastará la firma del padre de la Teoría de la Relatividad al final de una carta para que Franklin Delano Roosevelt se detenga unos segundos a considerar la importancia del asunto. Leo Szilard frunce el ceño al descolgar el auricular. Está a punto de pedirle a un amigo que le ayude a incitar al hombre más poderoso del mundo a fabricar el arma más devastadora que la humanidad jamás ha conocido. Espera que las generaciones venideras no lo odien por ello.

CAPÍTULO XXI

Gaspar Puig había pasado toda la mañana deambulando por Manhattan, sin estar muy seguro de adónde lo llevarían sus pasos. El calor de finales de julio en Nueva York no le había impedido caminar por la ciudad. Desde la boca de metro se había acercado hasta la Universidad de Columbia, en la calle 116, aunque sabía que allí no podría encontrar nada que le ayudase a mitigar la angustia que le apretaba en el pecho, y que tampoco hablaría con Leo Szilard si se lo encontraba porque jamás se lo habían presentado. Luego había bajado un largo trecho por Midtown hasta el Greenwich Village, más de una hora y media de paseo en la que no dejaba de preguntarse qué haría cuando se encontrase delante de la casa de Stanislaw Zukrowski. Alfonso Altamira se lo había presentado una vez, un año antes, en Long Island. Tal vez el polaco ni siquiera se acordaría de él, pero la alemana que se había alojado en casa de su amigo sí que lo recordaría.

No había vuelto a ver a Alfonso Altamira desde que terminó el curso. Se habría marchado a Long Island solo hacía varias semanas y todavía tardaría algunos días en regresar a Brooklyn. Se había preocupado de no mostrarse afectado porque Frida Klein hubiera abandonado su casa por la mejor situada, y la mejor compañía, de Stanislaw Zukrowski. Gaspar Puig no había querido hurgar en la herida, pero estaba claro que la marcha de Frida Klein había sido un duro golpe para Alfonso Altamira. Para quién que estuviera enamorado no lo sería.

Pero que Frida Klein ya no viviese en el apartamento de su amigo no significaba que él no siguiera sospechando de los verdaderos motivos que habían traído a esa joven alemana desde Berlín hasta Nueva York. Y que hubiera dado el salto de la casa de Altamira a la de Stanislaw Zukrowski, del piso en Brooklyn de un profesor de Física español al que no le quedaba mucho para jubilarse a la casa elegante de tres plantas de un joven y apuesto químico polaco en el Greenwich Village que ahora tenía enfrente, no había conseguido sino alimentar sus sospechas. Tal vez a su amigo Alfonso Altamira le diese igual y prefería comportarse con elegancia para que no pensasen que actuaba como un amante despechado, pero él no había dejado de pensar mal sobre esa mujer joven y hermosa que se había instalado en casa de su amigo y que había desaparecido de repente. No era asunto suyo, ni siquiera era Gaspar Puig uno de esos científicos que se reunían una vez al mes en un restaurante de Manhattan, pero si su buen amigo Alfonso Altamira no era capaz de darse cuenta o no quería reconocer las verdaderas intenciones de Frida Klein, cualesquiera que fuesen, tal vez era a él a quien le correspondía desenmascararla.

Pero cuando llevaba un rato delante de la casa de ladrillo rojo y amplios ventanales donde vivía Stanislaw Zukrowski, todavía no había resuelto qué hacer o qué decir si se lo encontraba. Gaspar Puig no entendía de automóviles, pero sabía que el de Stanislaw Zukrowski era un coche llamativo, descapotable, y no estaba aparcado en la calle. Tal vez él no se encontrase allí. Y Frida Klein podría estar observando sus movimientos desde dentro. A lo mejor era suya la silueta que creía haber visto recortarse detrás de los visillos, como un diorama, en una de las ventanas de la primera planta. Bajó los ojos Gaspar Puig. Disimuló que estaba paseando. Se ajustó el sombrero. Fue caminando hasta el final de la calle y dio media vuelta. Ya que había llegado hasta allí, tenía al menos que asegurarse de que Frida Klein y Stanislaw Zukrowski no estaban en la casa. Bajó los ojos de nuevo e hizo ademán de seguir con su paseo cuando vio a la mujer de pie, en la puerta de la casa que había estado espiando, con la torpeza del que no sabe lo que se hace, unos minutos antes. Todavía hubo la anciana de llamarlo dos veces para que detuviese sus pasos.

—Perdone, caballero.

Gaspar Puig se volvió. Frunció el ceño, fingiendo que no sabía si se dirigía a él.

—¿Busca usted a alguien?

Gaspar Puig permaneció callado un instante. Justo el tiempo que decidió si era mejor seguir su camino y regresar a su apartamento al otro lado del East River, donde se lamentaría de no haber aprovechado mejor la visita y la larga caminata en Manhattan, o, ya que lo habían descubierto, seguir adelante y tirar por la calle de en medio. Algo le decía que no tenía mucho que perder, que ni Frida Klein ni Stanislaw Zukrowski se encontraban en la casa.

—Mi nombre es Gaspar Puig —se presentó, quitándose el sombrero y dedicando una pequeña reverencia a la anciana, que la agradeció con una sonrisa—. Me preguntaba si es en esta casa tan bonita en la que vive mi amigo Stanislaw Zukrowski.

La anciana asintió.

—Efectivamente, caballero. Vive aquí. —Se volvió y señaló con el dedo una ventana de la segunda planta—. Yo soy su casera. ¿En qué puedo ayudarle?

—Verá. Estaba paseando por el barrio y se me ha ocurrido pasar a saludarlo. Pero como no he visto su coche aparcado en la calle he pensado que me había equivocado.

—Pues no, caballero. Es aquí. Pero el señor Zukrowski no está.

Gaspar Puig chasqueó la lengua, evidenciando su contrariedad.

—Vaya. Qué pena. Tenía muchas ganas de saludarlo. A él y a...

La señora Goldsmith sonrió, cómplice, y terminó la frase.

—Y a Frida. Su novia. Hacen una buena pareja.

Gaspar Puig asintió.

—Ciertamente, señora. Hacen una pareja estupenda. ¿Sabe usted cuándo volverán?

La mujer se encogió de hombros.

—Salieron hace cinco días y todavía no han vuelto. Deben de haberse ido de vacaciones. Ya sabe. Son jóvenes, les gusta divertirse.

—Claro. Bueno, da igual. Yo también me voy a ir de vacaciones unos días y quería saludarlos antes.

Gaspar Puig volvió a colocarse el sombrero. Estaba a

punto de dar media vuelta cuando le pareció que la mujer quería decirle algo más. Se la quedó mirando un momento, abriéndole camino. Al cabo de un momento la señora Goldsmith le sonreía de nuevo.

—¿Va usted a ver al señor Zukrowski en los próximos días?

A Gaspar Puig no le gustaba mentir, pero no había llegado hasta allí para andarse con remilgos.

—Es bastante posible. De hecho, no me extrañaría que hubieran ido los dos a pasar unos días a Long Island. Un amigo común tiene una casa en la bahía de Peconic y yo también voy a acercarme para saludarlo.

—Hace usted bien. El verano en Nueva York es insoportable. Yo también me marcharía si pudiera, pero tengo que ocuparme de la casa. —Se volvió y señaló con la barbilla el edificio, orgullosa—. Tengo todos los apartamentos alquilados. Quizá no le importe dar un recado al señor Zukrowski.

Gaspar Puig sujetó el ala del sombrero con la punta de los dedos y lo separó unos centímetros de su cabeza.

—Será un placer poder servirla, señora.

La señora Goldsmith bajó los peldaños que la separaban de la acera. Cuando llegó hasta donde estaba Gaspar Puig redujo el tono de su voz hasta hacerla casi inaudible.

—Verá —le contó, casi susurrando—. No me gusta meterme en los asuntos de mis inquilinos, y el señor Zukrowski se ha comportado siempre como un caballero, a pesar de ser tan joven. Pero lo del teléfono me preocupaba.

—¿Lo del teléfono?

La señora Goldsmith miró a un lado y a otro, como si

estuviera a punto de contarle un secreto inconfesable. Esperó incluso a que una pareja que paseaba por la acera se alejase.

—Me preocupaba que no dejase de sonar, sobre todo a esas horas de la noche.

—¿Quiere decir que el teléfono sonaba de madrugada?

La mujer asintió, sin dejar de mirar a un lado y a otro.

—Durante toda la noche, cada media hora más o menos. Hace dos días. Pensé que los otros inquilinos iban a protestar y entré en su casa.

Gaspar Puig asintió.

—Pero no toqué nada, ni miré sus papeles. Sólo me senté en una silla, de madrugada, esperando a que sonase de nuevo para descolgarlo al primer timbrazo y que no despertase a nadie.

—¿Y volvieron a llamar?

La señora Goldsmith asintió.

—Pero apenas pude entender nada. Debía de ser alguien que quería hablar con el señor Zukrowski. Tal vez alguien de su país, pero yo no hablo polaco.

—¿Sabe usted cómo se llamaba?

La mujer sacudió la cabeza.

—Si me dijo su nombre yo no lo entendí. Sólo sé que era un hombre, que parecía preocupado y que, por las veces que había llamado, debía de tratarse de algo importante.

—¿Ha vuelto a telefonear?

—No. Supongo que ya habrá conseguido hablar con el señor Zukrowski.

Gaspar Puig movió la cabeza a un lado y a otro, como si dudase de esa posibilidad.

—Me parece que no hay teléfono en la casa de Long Island donde están. Pero no se preocupe, que si lo veo le diré que tal vez alguien lo haya llamado desde Polonia.

—Es usted muy amable.

—Será un placer, señora. ¿Está segura de que no hay ninguna palabra que pudiera entender de lo que le dijo?

La mujer entornó los ojos, como si hiciera un gran esfuerzo para recordar las palabras en polaco que no comprendía.

—Cuando se dio cuenta de que yo no podía comprender nada de lo que me decía, habló un poco más despacio, fíjese, como si al hacerlo me fuera posible entender su idioma.

Gaspar Puig sonrió.

—¿Y comprendió algo?

La señora Goldsmith volvió a mirar a un lado y a otro para asegurarse de que nadie se enteraba de lo que decía. Gaspar Puig no supo si le daba vergüenza que alguien pudiera enterarse de que había entrado sin permiso en el apartamento de su inquilino o es que de verdad no quería que nadie escuchase lo que estaba a punto de decir.

—No quisiera darle la impresión de que soy una vieja loca, pero cuando habló despacio hubo unas palabras que me pareció que podía distinguir claramente de las demás.

Gaspar Puig se dio cuenta de que de repente había empezado a impacientarse.

—¿Qué palabras?

—Va usted a pensar que tengo demasiada imaginación, caballero, pero creo que quienquiera que llamase al señor Zukrowski quería decirle algo sobre su novia, Frida Klein, y ese científico tan famoso.

Gaspar Puig frunció el ceño. Él era un hombre de letras. No conocía los nombres de muchos científicos famosos.

—¿Ese científico tan famoso?

—Sí. Pero tengo muy mala cabeza. Ahora mismo no soy capaz de recordar su nombre.

Gaspar Puig entornó los ojos. Hizo un esfuerzo por acertar. Iba a empezar por el nombre del más famoso de todos los científicos que conocía, como quien lanza una bola al aire, y luego iba a seguir dando palos de ciego con el convencimiento de que no serviría de nada.

—¿Podría haber dicho Albert Einstein?

La señora Goldsmith cerró un puño en señal de victoria y sonrió.

—Ése era, efectivamente. Albert Einstein. Frida Klein y Albert Einstein. El hombre lo repitió despacio, varias veces. A pesar de no hablar polaco pude entender estas cuatro palabras. Frida Klein y Albert Einstein.

—¿Está usted segura?

—Completamente. Frida Klein y Albert Einstein. ¿Ocurre algo, caballero?

Gaspar Puig sacudió la cabeza, restándole importancia. Sonrió.

—Nada, señora. A los científicos les gusta reunirse de vez en cuando para hablar de sus cosas. Tal vez no sepa que la novia del señor Zukrowski es una eminente científica alemana. Ya no tengo dudas de que están todos en Long Island, celebrando un congreso informal con Albert Einstein. Como yo no tengo teléfono no habrán podido avisarme. Pero mañana estaré allí.

—¿Le dará entonces mi recado al señor Zukrowski?

Gaspar Puig besó la mano de la señora Goldsmith antes de marcharse.

—No le quepa duda de que lo haré.

Aquella tarde de verano Gaspar Puig habría estrangulado con sus propias manos al mismísimo Alexander Graham Bell si hubiera podido. No tenía teléfono cuando vivía en España y no se había preocupado de encargar que le instalasen una línea cuando se exilió voluntariamente en Brooklyn durante la dictadura de Primo de Rivera, y ahora se lamentaba, no sólo por no haberla contratado cuando tuvo ocasión, lo que le habría ahorrado muchos viajes, muchos dolores de cabeza y muchas sensaciones de ahogo en el pecho, igual que si se parase a respirar al final de una carrera: parecía que los pulmones le iban a reventar bajo las costillas, un agobio hondo, como si estuviese a punto de sufrir un ataque al corazón. Se lamentaba de que Alfonso Altamira, no es que tampoco se hubiera preocupado de que le instalasen una línea telefónica en su apartamento —a mi edad creo que puedo vivir sin tener un teléfono en el salón, le había dicho, desdeñoso—, sino de que no hubiera forma de localizarlo en la casa de verano que Arturo Ramírez de Ayala le había prestado en Long Island. Y el caso es que estaba ocurriendo algo muy importante y no podía saber con certeza de qué se trataba, sólo que tenía que ver con la joven alemana que se había instalado en la casa de su amigo Alfonso Altamira y con Albert Einstein. Para Gaspar Puig todo eran notas inconexas, un puzzle incompleto al que le faltaban muchas piezas que él solo no podía encajar. Sólo sabía que tenía que localizar a Alfonso Altamira y prevenirlo otra vez sobre la mujer que había llegado por sorpresa de Alemania. Ahora lamentaba Gaspar Puig no haberse relacionado un poco más con los científicos exiliados amigos de su compatriota. Si al menos siguieran celebrándose durante el verano las reuniones mensuales de los científicos, podría haberse acercado hasta la calle Catorce de Manhattan para hablar con ellos y que le arrojasen algo de luz sobre lo que estaba pasando, pero los amigos de Altamira —esa cohorte de científicos locos a los que Gaspar Puig nunca llegaría a entender, ni había querido— no volverían a reunirse hasta septiembre. Y aunque para Gaspar Puig era imposible saber lo que ocurría, tenía claro que no podía esperar a que su amigo regresase de Long Island para hablar con él.

Gaspar Puig intuía más que sabía. Desde abril, cuando terminó la guerra civil en España, se había tomado la obligación de exiliarse de los periódicos y de las noticias que venían de Europa. Al principio le había costado, pero al final había conseguido no detenerse en los quioscos a echar un vistazo a las portadas de los diarios como quien es capaz de abandonar un vicio porque sabe que es perjudicial para su salud. Pero ni aunque se hubiese tapado los ojos y los oídos habría podido sustraerse a los nubarrones que venían del otro lado del Atlántico: apenas hacía cuatro meses que había terminado la guerra en España y nadie dudaba que pronto empezaría otra de consecuencias mucho mayores. Y algo le decía —y se lo decía cada vez con más fuerza, parecía que se lo gritaba al oído y no lo dejaba dormir, ni siquiera lo dejaba concentrarse ni le permitía encontrar refugio en la lectura— que lo que había pasado entre Stanislaw Zukrowski y esa joven alemana de la que estaba enamorado su amigo Alfonso Altamira, sobre todo ahora que Albert Einstein también parecía tener algo que ver en el asunto, estaba muy relacionado con los nubarrones negros que llegaban desde Alemania. Fuera como fuese el puzzle de grande, Gaspar Puig estaba convencido de que algunas de las piezas más importantes, unas piezas que incluso podrían servir para tener una idea de cómo podría quedar el conjunto terminado incluso aunque faltasen todas las demás, estaban en Long Island. Y tal vez había una que podía destruir a las otras si es que él no era capaz de hacer algo por evitarlo.

Había llamado a la empresa de abonos y fertilizantes de Arturo Ramírez de Ayala en Queens, y la secretaria de Stanislaw Zukrowski le había dicho que su jefe todavía no había regresado de Chicago. La muchacha le contó también que había viajado a Illinois con la intención de asistir a la conferencia de un científico alemán muy famoso cuyo nombre no recordaba. Que Stanislaw Zukrowski hubiera abandonado su casa del Greenwich Village y su oficina de Queens para conducir hasta Chicago no tenía nada de extraño, pero resultaba que las últimas semanas, antes de que emprendiese el viaje, Frida Klein las había pasado en su casa de Manhattan, y Gaspar Puig no dejaba de darle vueltas al asunto, tratando de encontrar alguna relación entre aquel viaje, Stanislaw Zukrowski y la joven alemana. Y estaba seguro de que la había, y que a lo mejor cuando consiguiese averiguarla tal vez encontraría algo que no le gustara, algo que sobre todo incomodaría a Alfonso Altamira. Luego estaba esa llamada desde Polonia. Gaspar Puig intuía que podría tratarse de un asunto peligroso. Iría hasta Long Island al día siguiente y le contaría a Alfonso Altamira todo lo que sabía. Luego, que él actuase según le pareciese mejor.

El resto de la tarde lo pasó pensando qué le diría a su amigo cuando se lo encontrase, si llegaría demasiado tarde y ya no podría hacer nada por ayudarlo, cualquier cosa que fuese. Se había levantado del sillón más de una vez con la decisión firme de ir hasta la comisaría más próxima, pero no tenía nada concreto que explicar a la policía, tan sólo unas sospechas que ni siquiera él mismo podría explicar, y presentía que al contarlo los agentes podrían tomarlo por un extranjero loco. Buenas noches, he venido porque un buen amigo mío se ha encaprichado de una joven alemana y me da en la nariz que ella no es quien dice. No tengo ni idea de quién puede ser, pero tengo la terrible sospecha de que algo le va a pasar a mi amigo Alfonso Altamira y tal vez también al profesor Albert Einstein. En fin, ustedes verán.

Gaspar Puig no llegaba a abrir la puerta siquiera cuando terminaba de hacerse la composición. Los policías mirándolo con condescendencia o tal vez mirándose entre ellos o dándose codazos cuando pensaban que él no los estaba viendo. Luego le pedían sus documentos, le hacían unas preguntas, dónde vivía, en qué trabajaba y lo dejaban marchar con la promesa vaga de que se ocuparían del asunto cuando pudieran y esperaban a que hubiese salido de la oficina para soltar una carcajada. Un profesor de Literatura español que viene a advertirles de una conspiración que ni siquiera él mismo sabe explicar. Lo mejor que podía hacer era ir a ver a Alfonso Altamira, bien temprano, como si hubiera viajado hasta Long Island para hacerle una visita sorpresa, no en vano su amigo Altamira siempre le había insistido para que fuera a pasar unos días a Nassau Point con él. Bueno, este verano no le había insistido tanto, pero no sería de extrañar que él se presentase por sorpresa para hacer una visita a su buen amigo.

No tenía coche y no sabía conducir, y aunque quería convencerse de que no conocía a nadie a quien pedirle el favor de que lo llevase hasta Long Island, la verdad era que prefería ir solo antes que tener que darle explicaciones a nadie acerca del motivo de su viaje, de las muchas cosas que pensaba que podían estar pasando o pasarían si él no intervenía a tiempo, irse de la lengua sin intención, aunque sólo fuese un poco, y estropearlo todo. Era muy peligroso. Lo mejor era ir solo, coger un tren, tal vez algún autobús, y por último tomar un taxi o caminar para llegar hasta la casa de Alfonso Altamira.

Aquella noche tardó en dormirse. Tenía que hacer cuanto estuviera en su mano por encontrar a Altamira lo antes posible. Soñaba que respondía a una llamada que no entendía, que las consonantes se le agolpaban en la lengua, un idioma que le resultaba imposible hablar o entender por mucho que se esforzase. Después de unos minutos desesperados no había llegado a descifrar ni una sola palabra, sólo aquellos dos nombres que destacaban en la conversación como palabras subrayadas en un texto, como una advertencia, un mensaje en clave que él no era capaz de descifrar: Frida Klein y Albert Einstein. Le retumbaban en los oídos, pronunciados por una voz con acento de un país del este de Europa, polaco, sin duda. Cuando se despertó aún los seguía escuchando, como si no le fuera posible desprenderse de lo que más que un sueño era ya una obsesión.

Frida Klein y Albert Einstein.

Frida Klein y Albert Einstein.

Frida Klein y Albert Einstein.

Pasaban las cuatro de la tarde del día siguiente cuando por fin vio aquella casa que conocía del verano anterior. Después de perderse entre viviendas de vacaciones que parecían deshabitadas encontró frente al mar aquella en la que había pasado unos días un año antes junto a su amigo Alfonso Altamira. Unos doscientos metros más arriba, al otro lado de la calle, se encontraba la casa de Albert Einstein. La relación entre Einstein y Alfonso Altamira era muy particular. Hasta donde un hombre de letras podía entender el complejo mundo de la Física, Gaspar Puig había llegado a saber que Alfonso Altamira pertenecía al grupo de científicos que se habían puesto del lado de la Mecánica Cuántica, pero a diferencia de muchos de ellos, haber tomado partido por las nuevas teorías para Alfonso Altamira González de Tejada no significaba renegar de Einstein ni de sus razonamientos. Le constaba a Gaspar Puig que Alfonso Altamira sentía un gran respeto por el padre de la Teoría de la Relatividad, a pesar de que también podía haber hecho mucho por él desde que llegó a Estados Unidos y nunca lo hizo. Altamira se excusaba con que él nunca se lo había pedido, y Gaspar Puig no tenía dudas de que era cierto, es más, sabía que jamás se lo pediría, y que tampoco le contaría o le reprocharía cuánto se había esforzado seis años antes en que la propuesta del gobierno de Madrid para que Albert Einstein se instalase en esa ciudad fuera más que un acto simbólico. Alfonso Altamira había sido de los pocos que de verdad pensaron que alguna vez el profesor Albert Einstein llegaría a ser ciudadano español, y que eso ayudaría mucho a que la ciencia en España no fuera más que un reducto condenado al fracaso, una pequeña balsa en el océano que un puñado de hombres de bien como él se empeñaban en mantener a flote. Había esperado algo así desde que Albert Einstein visitara España, al final del invierno de 1923, y una década después estuvo a punto de alcanzar el sueño que ya no todo científico, sino cualquier hombre de bien, desea para su país. Luego todo había estallado por los aires: la República, la guerra. La balsa se había ido a pique y los únicos que seguían a flote eran quienes, como ellos dos, habían cruzado el océano y se acordaban de España con una mezcla de nostalgia y de pena, si es que las dos cosas, pensaba Gaspar Puig, no eran lo mismo.

No parecía haber nadie en la casa. Gaspar Puig se quedó un instante delante del porche, pensando si no se habría equivocado, pero no, al final decidió que era la misma casa donde había pasado unos días un año antes, la vivienda de un empresario de origen español que había hecho fortuna en el negocio de los abonos químicos y ahora prefería las aguas cálidas de Florida en lugar del caluroso verano neoyorquino que dentro de unas semanas dejaría paso al otoño, cuando las hojas de los árboles de Central Park estallarían en un espectro multicolor. Era lo que más le gustaba de Nueva York, lo marcadas que eran las estaciones. Los colores suaves del otoño, el frío intenso en invierno, la nieve que hacía imposible algunas mañanas a los coches circular por las calles de Brooklyn, la primavera con los árboles florecientes, el calor que se anticipaba al verano, a ese verano que lo había llevado de nuevo hasta la casa prestada donde su amigo Alfonso Altamira pasaba unos días.

Dio un paso adelante, adentrándose en el camino que conducía hasta el porche. Ya no tenía dudas. Ésa era la casa.

En cuanto puso el pie en el camino de tierra que unía el porche con la acera de la calle, escuchó los ladridos familiares de *Newton*. Seguro que aquélla era su forma de saludarlo.

Pero cuando la puerta se abrió lo que vio no fue el rostro familiar de su viejo amigo, esa sonrisa amplia con la que lo saludaba cada vez que se lo encontraba y Gaspar Puig se empeñaba en recitarle una poesía o citar la frase de algún autor clásico, sino la cara de una mujer alemana, joven y hermosa, que no podía ocultar su desconcierto o su contrariedad a pesar de que se notaba que estaba haciendo un esfuerzo por fingir que se alegraba de verlo en la puerta de la casa donde pasaba el verano su querido amigo Alfonso Altamira.

CAPÍTULO XXII

Si hay personas que tienen el don de la inoportunidad, estaba claro que Gaspar Puig era una de ellas. Era como un peón molesto que se cruzaba en la partida después de que hubiera conseguido arrinconar al rey en una esquina del tablero.

Frida von Kleinsberg había decidido que esa noche acabaría con la vida del profesor Einstein. Se había acercado hasta su casa el día anterior, después de haberse bañado desnuda y haberse pasado buena parte de la mañana navegando. Albert Einstein la había recibido con una sonrisa. *Fräulein*, la saludó, como siempre, sacando la pipa del cepo de sus labios. *Wilkommen.* La invitó a entrar, y a pesar de que era la segunda vez que se encontraba a solas con Albert Einstein, decidió que aquél tampoco era un buen momento para acabar con su vida. Pese a ello estuvo sopesando las posibilidades de darle un golpe seco en el cuello con el canto de la mano mientras él sacaba las tazas donde iba a servirle el té.

—Disculpe el desorden, *Fräulein* —le dijo, mirando el interior del armario de la cocina para encontrar las tazas y los platos—, pero como mis mujeres no volverán hasta mañana, a este viejo científico no le ha quedado otro remedio que hacerse cargo de las tareas domésticas, algo que nunca se le ha dado demasiado bien, por cierto.

Frida estaba tan cerca de él que tal vez sólo bastaría un empujón para acabar con su vida, que su cabeza golpease contra el suelo y se le reventase el cráneo como un melón maduro. Quien se encontrase el cuerpo podría pensar que se trataba de un accidente, pero lo mejor —lo mejor y lo más seguro y lo más verosímil— era hacer que se hundiera en las aguas de la bahía. Que se hubiera caído por la borda de su barco —un mareo, una bajada de tensión, tal vez otro infarto— y se hubiera ahogado no extrañaría a nadie.

—Me hago cargo, *Herr Proffessor* —respondió Frida—, pero bastará cualquier cosa. En realidad, he venido hasta su casa para invitarlo a cenar con nosotros esta noche. El profesor Altamira y yo regresamos mañana a Brooklyn y nos gustaría ofrecerle una cena de despedida.

Albert Einstein se volvió. Tenía las dos tazas en la mano y de la tetera donde había puesto el agua a calentar ya escapaba un hilillo de humo. Sonrió e inclinó un poco la cabeza.

—*Ach so.*

—Sería un placer que nos acompañase al profesor Altamira y a mí esta noche.

—El placer será mío, *Liebchen.* Sin duda. El placer será mío.

Frida le ayudó con la bandeja y se sentaron los dos en el porche. El violín de Albert Einstein estaba arrumbado en un sillón. No pudo evitar una sonrisa para sus adentros. A pesar de que lo sabía casi todo sobre el hombre en cuyo porche estaba a punto de sentarse para tomar una taza de té, el mismo hombre al que iba a matar esa noche, no porque lo odiase o pudiera ser su padre, sino porque no había viajado hasta Estados Unidos sino para cumplir una misión, jamás había tenido la oportunidad de escucharlo tocar el violín. Suponía que sería como ver tocar a Alfonso Altamira, como a cualquiera, pero los dos interpretando una pieza podría ser una imagen insólita antes de acabar con todo.

Señaló el instrumento con la barbilla.

—Sería un placer para mí poder verles tocar a ustedes dos juntos esta noche.

—El placer volverá ser mío, *Fräulein*. Nuestro, de mi querido Altamira, y mío.

Frida sonrió, dio un largo sorbo a la taza de té y miró a los ojos de Einstein. El sabio judío le sostuvo la mirada, pero a pesar del aire ausente que parecía afectarle siempre, Frida pensó que muy bien podía estar estudiándola sin que ella se diese cuenta, calibrando la posibilidad de que fuera una agente alemana que había venido a Estados Unidos con la intención de infiltrarse en la comunidad de científicos exiliados, con el secreto deseo de matarlo. Procuró borrar aquellos pensamientos de su cabeza: era imposible que alguien supiese sus verdaderas intenciones, ni siquiera el mismísimo Albert Einstein podría adivinarlo.

El judío se había recostado en la butaca, después de dejar la taza en la mesa, y la miraba. Algo similar a una sonrisa había aparecido en sus labios, oculta tras la pipa a la que arrancaba una larga calada. Detrás de la cortina de humo que se había levantado estaba el cabello enmarañado que hacía tanto tiempo que no ordenaba un peine, la nariz enorme y los ojos oscuros e inteligentes que no dejaban de mirarla. A pesar de que en Alemania ahora se enseñaba a los estudiantes de Física la Teoría de la Relatividad sin mencionar a ese hombre, como si no existiese o como si no hubiera existido nunca, muchos en su país lo seguían considerando el científico más brillante de todos los tiempos. Frida procuraba no darle muchas vueltas, alejar esa idea como si fuera un mal pensamiento. Se le podía hacer muy difícil engañar a alguien que podría tener una de las mentes más brillantes del planeta.

—Altamira es un hombre afortunado —lo oyó decir, de repente, y a Frida le dio la sensación de que tal vez ya le había dicho la frase antes pero que ella no se había dado cuenta porque estaba sumida en sus pensamientos.

Frunció el ceño y lo miró. No le gustaba que la pillasen desprevenida.

—Un hombre afortunado, desde luego —insistió—. A nuestra edad muy pocos hombres pueden presumir de tener a su lado a una mujer joven y bella.

En otras circunstancias las mejillas de Frida von Kleinsberg tal vez estarían coloradas. Si se hubiera convertido en la mujer que todos esperaban —el barón, la baronesa, los amigos de la pareja y las hijas de sus amigos con las que había compartido tantos años de juego en Wannsee— y hubiera escuchado esta frase en una cena en Berlín siete u ocho años antes, no habría podido evitar ruborizarse, pero su vida había escorado por otros derroteros, y había visto y se había enterado de demasiadas cosas como para seguir siendo la misma persona. Tal vez, pensó, si no se hubiera empeñado en viajar hasta Polonia para enterarse de sus orígenes, ahora todo sería diferente. No habría viajado a Nueva York y estaría casada con algún próspero hombre de negocios berlinés, o con un militar de alto rango, algo que hubiera colmado las aspiraciones de la baronesa, y del difunto barón también, por supuesto. Pero el azar se había cruzado en su vida y la había llevado hasta Norteamérica para cumplir una misión. El azar, pensó, como había hecho tantas otras veces, sentada en el porche de la casa de Albert Einstein. Se preguntó qué diría su anfitrión de todo aquello, él, que se empeñaba en demostrar que todo en la vida sigue un plan establecido, qué pensaría si supiera que el hecho de que ella estuviera tomando una taza de té con él se debía a una serie de casualidades, como si alguien hubiera estado jugando a los dados, una mano invisible cuyo dueño podría estar ahora contemplándolos, divertido, desde un lugar al que ellos no podían acceder, que no podían ver siquiera. También podía ser el destino, o como a Albert Einstein le gustase llamarlo, y todo podía deberse a un plan establecido de antemano. Un hombre que comete adulterio treinta años atrás con una joven estudiante polaca, un bebé al que una familia muy rica de Berlín adopta porque su madre no se puede hacer cargo de ella, una niña que crecerá y que luego coincidirá en la universidad con quien tal vez podría ser su padre, una joven que viajará para conocer sus orígenes y que ya nunca volverá a ser la misma. Era como si toda su vida, no sólo la de ella, sino la de Albert Einstein también, no hubieran hecho sino transcurrir para llegar a este punto donde iban a encontrarse, donde todo estaba a punto de terminar.

Sonrió Frida e inclinó la cabeza para corresponder a la galantería que le había dedicado Albert Einstein. Luego apoyó las manos en los brazos de la butaca e hizo ademán de levantarse. Su anfitrión, muy caballeroso, hizo lo mismo.

—*Herr Proffessor*, ha sido un placer compartir un té con usted, pero ya que ha tenido la amabilidad de aceptar nuestra invitación a cenar, creo que es mi deber marcharme para empezar a preparar la cena de esta noche.

—*Fräulein*, debería saber que un viejo como yo se conforma con cualquier cosa.

Frida ya se había puesto de pie. Albert Einstein también.

—Incluso el plato más sencillo necesita algún tiempo de preparación. Además, me gustaría agasajarle con algo típico de Alemania. Y no estoy muy segura de qué podré encontrar por aquí.

Albert Einstein sonrió. Inclinó la cabeza para mostrar su agradecimiento.

—¿A qué hora debo pasarme?

—¿Le parece bien a eso de las siete?

—A las siete estaré allí.

—No olvide traer el violín.

—Delo por hecho, *Fräulein*.

—¿Algo típico de Alemania?

—Eso es lo que le he dicho al profesor Einstein, sí.

Alfonso Altamira arrugó el entrecejo, sin saber muy bien qué responder.

—¿Y has pensado en algo en concreto?

—Se me ha ocurrido un postre especial. Algo que mi madre hacía cuando era pequeña y que me encantaba. La *Schwarzwälder Kirschtorte*.

—Tarta de la Selva Negra.

—Eso es. Pero después de haberle dicho a Albert Einstein que me gustaría hacer para él algo típico de Alemania he caído en la cuenta de que no tenemos nada en la cocina para prepararlo.

Altamira seguía pensando.

—Tarta de la Selva Negra. A ver, dime qué necesitas exactamente.

A pesar de haberse criado en una familia muy rica, Frida había aprendido de las habilidades culinarias de la baronesa sin saber que algún día le servirían para invitar al mismísimo Albert Einstein a cenar antes de matarlo.

Cerró los ojos un instante, procurando recordar los ingredientes.

—A ver: necesito nata, nueces, chocolate, bizcocho y mermelada de cerezas.

Altamira resopló.

—Veré qué puedo hacer. —Sacó su reloj de bolsillo y levantó la tapa—. Todavía puede haber algo abierto, o, si no, es posible que pueda encontrar alguien a quien pedir algo. Nata, nueces, chocolate, bizcocho y mermelada de cerezas.

—Estupendo. Con eso bastará.

—¿A qué hora ha quedado Einstein en venir?

—A las siete.

Altamira asintió, pensativo, calibrando el tiempo que le quedaba para conseguir las cosas que Frida le había pedido.

—Un postre típico de Alemania —dijo, sonriendo, ajustándose el sombrero antes de salir a la calle—. Pero si Albert Einstein se hubiera conformado con cualquier cosa.

Frida también sonrió.

—Eso fue exactamente lo mismo que él dijo. Pero, ya sabes, como buenos anfitriones debemos hacer todo lo posible por complacer a nuestro invitado.

Altamira resopló.

—Está bien, está bien. Quédate con *Newton*. Tardaré menos si voy solo. A él le gusta entretenerse cuando lo saco a pasear.

Frida llamó al perro, que se acercó moviendo la cola y agachando la cabeza, esperando una caricia. Luego se quedó mirando un momento a Altamira, que todavía no se había decidido a marcharse. Padecía la sensación absurda de que todo el mundo le estaba notando algo, que los demás se daban cuenta de lo que estaba tramando. Albert Einstein cuando se la quedaba mirando entre calada y calada a la pipa, Alfonso Altamira ahora, los ojos clavados en ella desde la puerta. Lo seguía pensando después de haberse acercado a él para besarlo en la mejilla y acariciarle la nuca mientras apoyaba la cabeza en su pecho. No pudo despojarse de aquella sensación de que los demás conocían sus intenciones ni cuando ya había perdido de vista al español, al final de la calle. Era una angustia que ya no dejaría de acompañarla, una sensación incómoda que se acrecentaría todavía más quince minutos después de que Alfonso Altamira se hubiese marchado a conseguir las cosas que ella le había pedido, al abrir la puerta y ver al otro lado del umbral al hombre que parecía tener el don de la inoportunidad.

—Gaspar, qué hace usted por aquí —lo saludó, y Gaspar Puig supo que en realidad a Frida Klein no se le ocurría nada mejor que decir. Estaba claro que la había pillado desprevenida, y que no le había gustado, y aquello significaba algo, no podía saber qué, pero estaba seguro de que el motivo que fuese acabaría dando la razón a sus elucubraciones.

—Pues ya ve, señorita Klein —respondió, despojándose del sombrero, al tiempo que hacía una pequeña reverencia para mostrarle su respeto—. He venido a visitar a mi amigo Alfonso Altamira. Y a usted también, por supuesto.

Al decir la última frase agachó un poco más la cabeza, como si enseñar su calva brillante a Frida Klein fuera la forma más correcta de mostrarle el respeto que por supuesto no le tenía. Luego la miró a los ojos, y ella le sostuvo la mirada.

—Alfonso no está —le explicó, al cabo de un momento.

Gaspar Puig chasqueó la lengua, como si exagerase su contrariedad. *Newton* se había colocado entre ellos, sacudiendo el rabo, olisqueando con su hocico húmedo la mano de Puig.

—Pero no tardará mucho —añadió Frida—. Puede pasar y esperarlo. ¿No trae equipaje?

Gaspar Puig sacudió la cabeza, y al hacerlo pensó que a Frida Klein le aliviaba saber que no venía para quedarse.

—No, no he traído nada. Sólo estoy de visita.

—Alfonso ha ido a buscar algunas cosas para la cena. No creo que tarde mucho en volver —le dijo, invitándole a acomodarse en una de las butacas del salón, de espaldas a la ventana. Antes de sentarse Frida comprobó que a esa hora no había nadie navegando, o que al menos en el trozo de la bahía que mostraba el cuadrado de la ventana no podía ver a nadie.

—Entonces lo esperaré —respondió Gaspar Puig, dejándose caer con alivio en el respaldo de la butaca.

—¿Cómo es que ha venido hasta aquí, sin avisar? Hay un largo camino desde Brooklyn hasta Nassau Point.

Gaspar Puig se esforzó en mostrar una sonrisa.

—Supongo que entonces no puedo decir que pasaba por aquí.

Frida no entendió o no quiso entender la ironía de la frase. Frunció el ceño y se lo quedó mirando, como si no comprendiera muy bien lo que había querido decir.

—He venido porque me apetecía ver a Alfonso —rectificó Gaspar Puig—. Imaginaba que estaba aquí, como el verano pasado. Ese Arturo Ramírez de Ayala es un tipo muy generoso, y debe de tener mucho aprecio por mi amigo Altamira cuando le deja su casa.

—Supongo que sí, que debe de apreciarlo mucho.

—Y además se la deja gratis.

—Alfonso es una buena persona. No es de extrañar que Ramírez de Ayala le deje la casa sin cobrarle nada.

—¿Sabe una cosa? Tal vez se lo haya contado Alfonso, pero el último verano yo pasé unos días aquí con él. Ya ve, Ramírez de Ayala lo invitó a él y él me invitó a mí, igual que este año la ha invitado a usted.

Frida se encogió de hombros, como si quisiera disculparse. Se levantó para ofrecerle algo. Una taza de té, un café, un vaso de agua. Todavía no le había preguntado qué quería cuando Gaspar Puig siguió hablando.

—La verdad es que no esperaba encontrarla aquí.

—Vaya, ¿y eso?

—No sé. Me contó Alfonso que ya no vivía con él.

—Se lo contó...

—Somos amigos, no se ofenda. Y estas cosas se cuentan entre amigos, aunque ya seamos viejos.

—Ahora mismo iba a prepararme un café. ¿Le apetece uno?

—No le diré que no.

En la cocina se preguntaba Frida cuál era la verdadera razón que había traído a Gaspar Puig hasta la casa de Nassau Point. Puso a calentar una cafetera y se quedó allí mientras tanto. No le apetecía seguir respondiendo a las preguntas del entrometido que se había sumado a la fiesta en el peor momento posible. Ni siquiera había decidido aún qué hacer con Altamira. Preferiría no tener que matarlo, pero también sabía que al final podría no quedarle otro remedio, que el bueno de Alfonso Altamira quizá se convertiría en otra de las bajas necesarias de aquella batalla que se estaba librando antes de que empezase la guerra de verdad. Y en las guerras las bajas eran inevitables, y tal vez la muerte de Alfonso Altamira González de Tejada salvaría la vida de muchos soldados alemanes en el futuro. Y si aquel intruso que se había presentado a última hora venía con la intención de quedarse a cenar, se sumaría a los caídos en la guerra secreta que se estaba librando en Long Island, una guerra de la que sólo ella sabía. O eso esperaba.

Desde la puerta lo vio levantarse, mirar el mar, acariciar el lomo de *Newton*, que había entrado en la casa y se había tumbado en la alfombra del salón.

—¿Cómo es que ha salido a buscar comida para la cena Altamira a esta hora? —lo escuchó decir desde la cocina, mientras sacaba unas tazas del armario—. No me lo imagino buscando una tienda de ultramarinos. A él nunca se le ha dado muy bien la cocina. Y no es posible que una mujer lo haya cambiado tanto.

Frida ya había regresado al salón cuando Gaspar Puig dijo la última frase. En otras circunstancias habría seguido el hilo de la conversación, empleando el mismo tono irónico que el amigo de Altamira estaba utilizando con ella, pero el tiempo ahora corría en su contra, y Gaspar Puig era un elemento imprevisto que sólo podría causarle problemas.

—Alfonso Altamira tiene una personalidad lo bastante fuerte como para no dejarse influir por nadie.

Gaspar Puig levantó las dos manos, enseñándole las palmas, como muestra de paz.

—Disculpe si la he ofendido. Ya me conoce. Los viejos solitarios a veces no nos damos cuenta de que la ironía, en mi caso a veces cinismo, muchas más veces de las que nos gustaría, puede ser malinterpretada.

Frida sacudió la cabeza. Puso las dos tazas en la mesa baja del salón, sobre el mantel.

—No se preocupe. Alfonso ha ido a buscar algunas cosas porque esta noche queremos preparar un postre típico de Alemania para el profesor Einstein.

Gaspar Puig levantó las cejas, fingiendo sorpresa.

—Ah, el profesor Einstein. ¿También está pasando el verano aquí?

Frida asintió, antes de probar el primer sorbo de café.

—Pues sí. También anda por aquí.

—Según tenía entendido no andaba muy bien de salud y pensé que seguía en Princeton. Pero cuando uno es famoso todo son rumores, y algunas veces rumores malintencionados. Me alegro de que se encuentre bien, y pasando el verano junto al mar y que pueda navegar, que le gusta tanto.

—Ya veo que sabe muchas cosas sobre Albert Einstein.

—Bueno, más o menos lo que todo el mundo. Alfonso me lo presentó el año pasado. Estoy seguro de que sabrá que tienen cierta amistad, a pesar de todo...

Frida asintió.

—Sí, a pesar de todo.

—La verdad es que me gustaría quedarme a la cena. Pero no, no tema. No me estoy autoinvitando. Si se me hace tarde no tendré forma de regresar a Brooklyn.

—Vaya.

—Es lo que pasa cuando uno no tiene coche o no puede pagarse un chófer que lo traiga y lo lleve a todos sitios, que tiene que adaptar su vida a los horarios de los trenes y los autobuses.

—Como quiera, pero ya le digo que Alfonso no tardará en volver.

Para Frida era un riesgo decirlo, porque estaba segura de que Alfonso insistiría a Gaspar Puig para que se quedase a cenar, y no tendrían más remedio que invitarlo a dormir también. Y ya serían tres las personas a las que habría de enfrentarse esa noche, más personas a las que tal vez alguien echaría en falta y se pondría a buscar. Los problemas podrían multiplicarse sin necesidad. Pero tampoco le convenía mostrarse fría o esquiva en exceso porque esa actitud muy bien podría no hacer más que aumentar las sospechas de Gaspar Puig, si es que no las tenía ya. La cabeza de Frida estaba tan embotada que le costaba pensar con claridad y, lo peor, no sabía si cada una de las preguntas que le estaba haciendo aquel viejo profesor de Literatura no llevaba implícita la intención de desenmascararla.

—Bueno, ya veremos —dijo Gaspar Puig—. Esperaré un rato a ver si viene Alfonso, y si no me marcharé. Tampoco pasará nada si no me quedo. No es la primera cena de hombres de ciencia a la que me he negado a asistir. Me aburriría. Alguna vez he ido con Altamira a una de las cenas de la calle Catorce, en Manhattan, creo que usted ha asistido también a una de ellas, pero al final decidí que rodearse de científicos no es lo más saludable para un hombre de letras. ¿Cuántos serán esta noche, aparte de Albert Einstein, Altamira y usted? ¿Vendrá ese húngaro también? ¿Cómo se llama? ¿Szilard? ¿O quizá el otro, el químico polaco, el más joven de todos? Ahora mismo no recuerdo su nombre.

Frida estaba a punto de dejar la taza de café sobre el mantel y procuraba respirar hondo mientras decidía qué hacer. Alfonso le había contado que ya no vivía con él, y era posible que no le hubiera mencionado el nombre del hombre a cuya casa de Manhattan se había mudado, y, aunque no podía estar segura de cuánto sabría Gaspar Puig, estaba claro que guardaba más de lo que dejaba entrever, o es que era tan estúpido o tan ingenuo que no podía dejar de mostrarle, aunque fuera de una manera solapada, que sospechaba de ella, que tal vez le quedaba poco para desenmascararla.

—Stanislaw Zukrowski —respondió, mirando al vacío. Y después de escucharse decir el nombre supo que ya había tomado una decisión. La única decisión posible dada la premura del momento.

—¿Cómo?

—Stanislaw Zukrowski. Ése es su nombre.

—Eso, Stanislaw Zukrowski. Qué cabeza la mía. Por más que me esfuerzo no soy capaz de recordar un nombre, sobre todo si es polaco, con tantas consonantes juntas que se me atascan en la lengua. ¿Vendrá también a cenar?

Frida dejó la taza de café sobre la mesa. Para lo que estaba a punto de hacer necesitaba tener las dos manos libres.

—No —dijo, levantándose—. Stanislaw Zukrowski no vendrá a cenar esta noche.

Lo primero que Gaspar Puig sintió fue un golpe, justo debajo de las rodillas. Fue tan rápido que no pudo darse cuenta de lo que estaba pasando. Pensó que había sido un estúpido al mostrarse tan poco precavido. No sabía nada en concreto sobre Frida Klein, pero después de haber visto cómo era capaz de moverse no tuvo dudas de que aquella mujer alemana era mucho más que una brillante licenciada en Física Atómica por la Universidad Humboldt. De una patada había empujado la mesa contra sus rodillas y Gaspar Puig no supo cuánto daño le había hecho en las piernas o cuánto le dolían hasta que intentó levantarse. Tal vez le había roto algún hueso, o más de uno. Abrió la boca para gritar de dolor o para pedir auxilio, pero la palma de la mano de la mujer se había cerrado sobre sus labios para impedírselo. Con la otra mano le sujetaba la nuca y cayó al suelo después de sentir cómo la rodilla de Frida se le clavaba en el estómago. Nunca había imaginado que una mujer en apariencia tan frágil pudiese atesorar tanta fuerza. Al otro lado de la mesa, *Newton* ladraba, endemoniado, enseñaba los dientes, sin decidirse a morder a ninguno de los dos. Gaspar Puig puso una mano en la barbilla de ella y empujó con todas sus fuerzas. A Frida no le quedó más remedio que apartarse de él para no lastimarse el cuello, y él aprovechó ese instante para girar sobre sí mismo y recuperar el aliento.

Quién eres, le preguntó jadeando. Dime quién eres. Qué ha pasado con Stanislaw Zukrowski. Qué ocurre en Polonia. Venga, dímelo. He estado muy cerca de averiguar algo sobre ti, algo que por lo visto es muy importante. Qué has venido a hacer a Long Island. Por qué Altamira, por qué Albert Einstein.

Gaspar Puig hacía las preguntas como si tuviera ventaja en la pelea, pero aunque se había levantado sabía que sólo podría mantenerse de pie el tiempo que ella tardase en recuperar la compostura o encontrar el momento oportuno para volver a abalanzarse sobre él de nuevo. Quién eres, insistió, quién eres, Frida Klein, y dada su precaria situación —le dolían tanto las piernas que sabía que podría acabar cayéndose al suelo incluso antes de que ella lo empujase—, aquella pregunta parecía menos el interés de un verdugo que la última voluntad de un condenado a muerte que tiene ya un pie en el cadalso.

Ahora *Newton* gruñía a Frida. Ojalá que le muerda, pensó Gaspar Puig, ojalá que se lance sobre ella y le muerda y así pueda tener una posibilidad de escapar, de salir a la calle y de pedir socorro. Ojalá que venga Altamira pronto y nos encuentre aquí, que yo esté vivo todavía y que entre todos podamos averiguar qué está pasando.

—¡Atácala, *Newton*! —le ordenó al animal—. ¡Atácala!

Frida miró al perro.

—*Raus!* —le gritó.

Newton seguía ladrando, encorvaba el lomo, los miraba a los dos de hito en hito. La espuma le salía por la boca, como si de repente lo hubiera afectado un ataque de rabia.

¡Ataca! *Raus!* ¡Ataca! *Raus*! ¡Ataca! *Raus*! Pero el animal no hacía otra cosa más que ladrar, desconcertado, ante las órdenes de cada uno. Gaspar aprovechó el momento para coger la bandeja de la mesa y lanzarla a la cara de Frida.

Al hacerlo las tazas cayeron sobre la alfombra. No se han roto, pensó, estúpidamente, mientras viajaba la bandeja directa a la cabeza de la mujer.

Frida giró la cara en el último momento y el filo metálico sólo logró alcanzarla en el hombro y en el cuello, pero el golpe la hizo trastabillar. Gaspar Puig aprovechó para empujarla y los dos rodaron por el suelo. La única ventaja para el profesor español era que ella había caído justo debajo de él. Le sujetaba los brazos con las manos, se miraban los dos jadeando, los dos callados, lo único que ahora se escuchaba en la casa eran los ladridos y los gruñidos de *Newton*, que no se decidía a tomar partido por ninguno, a participar en la pelea siquiera, y Gaspar Puig se preguntaba cuánto tiempo más podría aguantar, hasta que le fallasen las fuerzas y ella consiguiera darse la vuelta y tumbarlo boca arriba. Las piernas le seguían doliendo, pero ahora no tanto como para pensar que tenía un hueso roto. Ya se preocuparía luego del daño que le había hecho, si es que conseguía sobrevivir.

Le parecía a Gaspar Puig que Frida se había relajado un momento. Debajo de él lo miraba como ausente.

—Quién eres, maldita zorra alemana. Dime quién eres.

Los ojos de Frida seguían clavados en los suyos, sin contestarle. Gaspar Puig sabía que no podría aguantar mucho tiempo más en esa postura, a horcajadas sobre ella, sujetando las muñecas de la mujer con sus manos. No sabía cuándo llegaría Altamira, y tampoco estaba seguro de que entre los dos lograsen reducirla. Y ella parecía demasiado tranquila. Tal vez también ha matado a Alfonso Altamira, pensó. Tal vez lo ha matado y ha escondido su cuerpo o lo ha enterrado en el jardín o lo ha hundido en el mar y por eso ahora no le preocupa perder el tiempo, dejar pasar los minutos hasta que me quede sin fuerzas y pueda acabar conmigo también.

—¡Socorro! —gritó de pronto, sin pensárselo dos veces—. ¡Ayúdenme! ¡Socorro!

No había muchas posibilidades de que alguien que pasase por la calle pudiera oírlo y acudiese en su ayuda, pero tenía treinta años más que la mujer con la que estaba peleándose, y estaba agotado. Sólo consiguió dos cosas al pedir auxilio. Una de ellas fue que *Newton* parase de ladrar por un momento y lo mirase extrañado, las orejas tiesas y girando la cabeza, como si no comprendiera lo que estaba haciendo. La otra fue que Frida levantase la pelvis para golpearlo con las piernas. Para evitar la embestida Gaspar Puig hubo de desplazar el cuerpo hacia delante, y ése fue su mayor error. Frida aprovechó para impulsarse, como una contorsionista, y clavar las dos rodillas en los glúteos de Gaspar Puig, que no pudo reprimir un aullido de dolor y arqueó la espalda para no perder el equilibrio. Pero ya no era posible: Frida se había dado la vuelta y lo había hecho caer al suelo. Aún pudo girarse Gaspar Puig para evitar que fuera ella la que cayese sobre él. ¡Socorro!, volvió a gritar. ¡Por favor! ¡Ayúdenme! Frida von Kleinsberg le lanzó una bofetada que Gaspar Puig pudo esquivar a duras penas y él le devolvió otra que no consiguió alcanzarla a ella. La alemana saltó sobre él, y sintió cómo se le quebraban las costillas bajo su peso. Con una mano le tapaba la boca para que no gritase, y con la otra le apretaba en la garganta, a la altura de la nuez. Había bajado la cabeza y había pegado la cara al pecho del hombre, para que los puñetazos que le lanzaba, los últimos retazos de vida, no pudieran alcanzarla ahí y le dejasen marcas que no pudiese ocultar. En un intento desesperado, Gaspar Puig agarró la garganta de Frida von Kleinsberg con las dos manos y apretó con las pocas fuerzas que le restaban. La alemana tensó los músculos del cuello cuanto pudo, para resistir hasta que la presión que ella también hacía con los dedos índice y pulgar en el cuello de Gaspar Puig consiguiera que dejase de respirar para siempre. Era como un pulso a ver quién de los dos aguantaba más, como cuando de pequeña se sumergía con sus primas en las aguas del lago Wannsee, todas cogidas de la mano, para ver quién era la primera en soltarse y salir a la superficie para respirar una bocanada de aire y quién era la última en salir del agua.

Frida siempre ganaba.

Gaspar Puig había aguantado más tiempo del que podía esperarse de un hombre de su edad y su envergadura, pero, al cabo, Frida notó que las manos que atenazaban su cuello se aflojaban, que el amigo de Alfonso Altamira había dejado de respirar. Todavía permaneció unos minutos tumbada sobre él, recuperando el aliento. Pensó que de los tres hombres que había tenido que matar desde que salió de Alemania tal vez había sido aquél el que más difícil se lo había puesto, sobre todo por la inoportunidad de su visita.

Alfonso Altamira podría volver en cualquier momento, o tal vez el profesor Einstein, tan anárquico en sus horarios y tan imprevisible, podría presentarse con antelación para cenar. Se levantó. Le dolía todo el cuerpo. Se palpó el costado y se levantó la camisa. Tenía varias magulladuras. Fue al cuarto de baño, para mirarse en el espejo. La cara no presentaba ninguna herida. Sólo estaba despeinada y tenía las mejillas enrojecidas por el esfuerzo. Estaba empapada de sudor, además, pero eso podría arreglarse con una ducha. Era una matadura que tenía en el cuello lo que le preocupaba. Debía de ser el sitio donde le había alcanzado la bandeja que le lanzó Gaspar Puig. Si no la hubiera esquivado, aunque sólo hubiera sido a medias, tal vez sería él ahora el que estaría comprobando las heridas que tenía en el espejo del cuarto de baño mientras el cadáver de ella, todavía caliente, estaba en salón, esperando que se decidiera a quitarlo de en medio.

Lo del cuello podría arreglarse con un poco de maquillaje. Volvió a escrutar meticulosamente ambos lados de la cara, hasta que comprobó que no había ningún rastro de la pelea que la ducha o unos polvos no pudiesen ocultar. Había tenido suerte. Podía haber sido mucho peor. La pelea con Gaspar Puig podía haberle dejado un ojo morado o un corte en la cara y entonces hubiera tenido que buscarse alguna excusa que estaba segura que tanto a Alfonso Altamira como a Albert Einstein les hubiera parecido demasiado inverosímil. No es que por una herida en la cara hubiese tenido que desmontar toda la operación, pero todo sería mucho más complicado.

No tenía mucho tiempo que perder. Altamira podría volver en cualquier momento. Y todavía no había empezado a preparar la cena y aún tenía que ducharse. Aunque lo primero que tenía que hacer era deshacerse del cuerpo de Gaspar Puig.

Newton olisqueaba el cadáver, moviendo el rabo. Le lamía las mejillas a Gaspar Puig, como si el amigo de su amo estuviese dormido o se hubiera tumbado en el suelo para jugar con él. Frida echó un rápido vistazo al salón antes de decidirse a coger el cuerpo. Por suerte la estancia era espaciosa, sin muebles apenas. No había nada roto, ni siquiera las tazas donde habían tomado el café. Estaban tiradas en la moqueta, pero intactas. La pequeña mesa estaba patas arriba, la butaca donde Altamira acostumbraba a sentarse a leer o a tocar el violín cuando había refrescado demasiado para estar en el porche se había volcado. La alfombra estaba arrugada en un rincón, pero no había estallado ningún cristal y todo lo que habían desordenado en la pelea Frida podría volver a ordenarlo en cuestión de minutos. Puede que ése fuera su día de suerte porque ni siquiera había sangre en la alfombra. Había matado a un hombre y no se había derramado sangre. Pero deshacerse del cuerpo de Gaspar Puig era lo más apremiante. Frida lo sujetó por las axilas y tiró de él. Tenía que arrastrarlo hasta el jardín y esconderlo, esconderlo o enterrarlo. Cuando llegó al porche con el cuerpo se asomó a la calle, para asegurarse de que no pasaba nadie. Y lo llevó hasta la parte que estaba más cerca de la playa, donde la tierra era más blanda y le costaría menos trabajo hacer un hoyo. Hubo de pararse a descansar dos veces antes de llegar. Cogió la pequeña pala del trastero y empezó a cavar un agujero lo bastante grande para enterrar el cuerpo de Gaspar Puig. De cuando en cuando dejaba la pala a un lado y se asomaba al camino de la entrada. Si la sorprendían Altamira o el profesor Einstein, tendría que actuar con rapidez y acabar con ellos antes de que comprendiesen lo que estaba pasando. No era el plan perfecto, pero era lo único que podía hacer si no quería tener que dar un montón de explicaciones absurdas que sólo conseguirían ponerla en evidencia. Que fuera obvio que habían asesinado al profesor Einstein no era el mejor resultado de la misión, y tal vez el coronel Piekenbrock no lo vería con buenos ojos cuando regresase a Berlín, pero era mejor que nada. Si tenía que matar a Einstein y no podía evitar que su muerte no pareciese un asesinato tal vez Leo Szilard se mostraría aún más paranoico de lo que le parecía a las autoridades norteamericanas y consiguiese que jamás volviesen a escucharlo. Einstein era muy famoso y había mucha gente que podía tener motivos para matarlo, desde envidiosos de su mente privilegiada hasta antisemitas a los que repugnaba que un judío pudiera ser la mente más brillante de la primera mitad del siglo XX. Pero a medida que la tierra iba cediendo a sus paletadas y el agujero se iba haciendo lo bastante grande como para que cupiera holgadamente el cuerpo de Gaspar Puig, Frida volvía a pensar que todavía podría llevar a buen término el plan que había urdido con tanta paciencia. Al final de la cena se las arreglaría para acompañar a Albert Einstein de vuelta a su casa y entonces desvelaría sus cartas. Si Altamira se empeñaba en ir con ellos entonces quizá no tendría más remedio que matarlo a él también, pero trataría de inventarse algo para que los dejase solos a los dos. Por la mañana regresarían a Brooklyn, y con un poco de suerte tardarían un par de días en enterarse de la noticia de que Albert Einstein se había ahogado navegando en las aguas de la bahía de Peconic. Luego ella le diría que quería volver a Europa, que a pesar del peligro prefería estar cerca de Alemania, porque estaba segura de que algún día tendría que regresar.

Terminó de cubrir el cadáver de Gaspar Puig sin entretenerse en secarse el sudor que le bañaba la frente. No le quedaba mucho tiempo y hasta ahora las cosas habían rodado bien para ella, a pesar de todos los inconvenientes. Cuando un montón de tierra le tapó el rostro al cadáver, pensó que no se le había ocurrido cerrarle los ojos.

Pisó con fuerza unos segundos, saltando sobre la tumba improvisada, para aplanar la tierra, y luego removió el rastro que había dejado desde el porche hasta la parte de atrás de la casa para trasladar el cuerpo de Gaspar Puig. Guardó la pala en el cuarto trastero y al volver al porche se regaló unos segundos de respiro. Aún tenía que eliminar los restos que de la pelea pudieran quedar en el salón, ducharse, maquillarse las magulladuras del cuello y empezar a preparar la cena. Pero lo peor ya había pasado. El riesgo mayor había sido eliminado. Lo que sucediera a partir de ahora lo tenía más o menos previsto. Volvió a comprobar la tierra que había revuelto intencionadamente después de enterrar a Gaspar Puig. No había huellas de haber arrastrado un muerto en el camino. Al otro lado de la casa, *Newton* se había tumbado sobre la sepultura del amigo de su dueño. Descansaba la cabeza en la tierra fresca, como si tuviera sueño o al acostarse sintiera alivio del calor de la tarde de verano. Frida lo llamó, y el animal fue hasta ella corriendo, las orejas gachas, mostrándole el lomo para que lo acariciara.

CAPÍTULO XXIII

Al contrario que a la mayoría de sus amigas, a Frida no le gustaba maquillarse cuando era una adolescente. Era la baronesa la que tenía que convencerla siempre de que con unos polvos en la mejilla y un poco de carmín en los labios se podían conseguir unos resultados espectaculares. Con el tiempo Frida von Kleinsberg se acostumbró a dedicar un rato a aplicarse cosméticos cuando se arreglaba para ir a una de las fiestas que se celebraban en las mansiones junto al lago Wannsee, pero sabía que, no es que a ella no le hiciese falta, sino que, simplemente con la cara lavada, su rostro y sus ojos desprendían la luz necesaria para que todos los hombres elegantes inclinasen la cabeza cuando entraba en el salón cogida del brazo del barón Von Kleinsberg.

Volvía a recordar los consejos de su madre adoptiva delante del espejo del cuarto de baño de la casa en la que pasaba las vacaciones Alfonso Altamira. Un poco de carmín, sombra de ojos, espolvorear un poco las mejillas, lo justo para que no se note demasiado el maquillaje. Aunque el motivo por el que ahora se arreglaba no era para celebrar la mayoría de edad de una de las jovencitas ricas que vivían en las casas cercanas a la finca familiar, el procedimiento era el mismo: primero los ojos, luego las mejillas, por último los labios. Pero su preocupación principal era el cuello. Una desagradable línea roja por la que la sangre había estado a punto de saltar le bajaba desde la parte derecha del cuello hasta la clavícula. Si la bandeja que le lanzó Gaspar Puig le hubiera acertado de lleno en la cara ahora tendría que inventarse una excusa que no sabía hasta qué punto sería convincente. Con los golpes de las costillas no había problema porque los ocultaba la blusa.

Esperaba que Altamira no se diese cuenta. Ojalá que no. Bajó los ojos al recordar a Altamira y se quedó un momento pensando. No es que estuviera enamorada, porque ella no había estado enamorada nunca, y a esas alturas, y con la vida que le esperaba, dudaba mucho que algún día pudiera llegar a enamorarse, pero sentía por el español un cariño especial. Tal vez porque lo había conocido al principio de su carrera como espía y él se había portado muy bien con ella —entonces y ahora, en América, de nuevo— sentía que tenía una deuda con él e, ironías del destino, la única forma de devolvérsela era perdonándole la vida. Ya había matado a tres hombres, a tres piezas secundarias de la partida, y esperaba dar jaque mate, tumbar al rey en el tablero, sin tener que comerse ninguna ficha más. Pero también tenía muy claras Frida cuáles eran sus prioridades, y si Alfonso Altamira se interponía en el camino para derrotar al rey sabía que acabaría con él, sin contemplaciones, aunque luego, tal vez cuando regresase en un barco a Europa, en un barco en el que apenas irían pasajeros porque la gente llevaba meses haciendo el camino contrario, de Europa a América, tal vez padecería unos sentimientos de culpabilidad, tan incómodos para alguien que tiene que desarrollar un trabajo como el suyo pero tan humanos por otra parte, y se maldeciría por no haber sido capaz de encontrar la forma de terminar la misión sin acabar con la vida de Alfonso Altamira.

Pero no era el momento ahora de detenerse a pensar lo que estaba bien y lo que estaba mal. Frida sacudió la cabeza, despacio, y volvió a mirarse al espejo. La línea roja que le bajaba desde el cuello apenas se le notaba ya y la sombra de ojos y el carmín de los labios harían el resto para que ninguno de los hombres, ni Alfonso Altamira ni Albert Einstein, prestasen atención a otra cosa salvo a su rostro.

Salía del cuarto de baño cuando se abrió la puerta de la casa. Supo que era Altamira antes de que abriese por la forma de ladrar, inconfundible, del perro cuando se acercaba su amo. En la mano traía una bolsa que levantó, triunfante.

—Me ha costado, pero al final lo he conseguido.

Frida sonrió. Se acercó a él, le dio un beso en la mejilla. Lo abrazó, recostó la cabeza contra su pecho.

—Eres un cielo.

—No sabe Albert Einstein el esfuerzo de encontrar mermelada de cerezas para poder hacerle un postre. Menos mal que me he encontrado con el crío de David Rothman.

—¿David Rothman?

—El comerciante de Southold que te trajo aquí el otro día en su coche. Su hijo, Bob, me ha ayudado a conseguir los ingredientes.

—Seguro que es un buen chaval.

Altamira asintió.

—¿Cuánto he tardado? Seguro que por lo menos dos horas.

Frida suspiró. Separó la cabeza de su pecho y lo miró.

—Dos horas por lo menos. Tal vez un poco más. Fíjate —añadió, señalando el salón arreglado y la mesa puesta para tres—, me ha dado tiempo de preparar la cena, recogerlo todo y hasta poner la mesa.

Altamira sonrió.

—Te has puesto muy guapa. Espero que para mí.

Frida le acarició la mejilla. Tenía la barba suave. Le resultaba agradable el tacto.

—Pues claro, tonto. Para quién si no.

Altamira se encogió de hombros, bromeando abiertamente.

—Pues no sé. Tal vez podrías haberte puesto tan guapa para impresionar al profesor Albert Einstein. Ya sabes, el científico más famoso del mundo.

Frida se echó a reír, sin ocultar tampoco que bromeaba abiertamente.

—Sabes que estoy acostumbrada a tratar con científicos brillantes. —Altamira inclinó la cabeza al escuchar un comentario que estaba seguro que se lo dedicaba a él—. Ya te he dicho que Albert Einstein no puede impresionarme. Hace muchos años que estudié la Teoría de la Relatividad. Y no parece que de momento vaya a deslumbrar al mundo con un nuevo descubrimiento.

—Vaya, menos mal. ¿Puedo estar tranquilo entonces?

Frida se volvió desde el umbral de la cocina.

—Sabes de sobra que sí.

—Es un alivio.

Altamira la siguió y vació la bolsa en la mesa. Las nueces, el chocolate, el bizcocho, la mermelada de cerezas y un bote de nata.

—Espero haberlo traído a tiempo para que puedas prepararlo.

Frida le dirigió una sonrisa de falsa autosuficiencia.

—Pero con quién te crees que estás hablando. Debo de ser la única licenciada en Física Atómica por la Universidad Humboldt capaz de preparar la mejor *Schwarzwälder Kirschtorte* de todo Long Island.

—Estoy seguro de que a nuestro invitado le encantará.

Frida se echó a reír, mirándolo.

—No te quepa duda —respondió, mirando a la pared de la cocina mientras abría la lata de mermelada. Ya no sonreía.

Altamira se sentó en el porche y encendió la pipa mientras Frida preparaba el postre. *Newton* se había sentado junto a él, rascándole la pierna con la pezuña de una de sus patas delanteras. Altamira le acarició la cabeza y el animal se tumbó a sus pies. Frida miró la escena. Una hora antes, *Newton* había ladrado enloquecido mientras ella luchaba a muerte con Gaspar Puig. Durante la pelea se le había pasado por la cabeza la idea de darle un golpe al perro en la cabeza para que dejara de ladrar y no alertase a nadie que pasase por la calle, pero al final el animal se había quedado tranquilo, y ahora dormitaba plácidamente, con la cabeza apoyada en uno de los pies de su amo. Frida pensó que si hubiera matado también al perro no le habría sido posible engañar a Altamira. El científico español hubiera desconfiado si el animal no lo hubiera estado esperando al volver a casa.

Cuando dejó calentándose el pastel en el horno Frida se sentó junto a Alfonso Altamira en el porche. Al verla llegar *Newton* levantó una oreja, abrió un ojo, y luego volvió a quedarse dormido.

—Nuestro último día aquí —dijo, para romper el silencio.

El español asintió despacio, sin separar la pipa de sus labios, como si le diera pena marcharse. Frida le había cogido la mano.

—Nuestro último día —repitió Altamira—. Pero siempre podremos volver antes de que termine el verano. Tal vez algún fin de semana en septiembre. ¿Te gustaría?

Frida dejó escapar el aire. Parecía que suspiraba porque le encantaba la idea de volver allí para pasar un fin de semana romántico con Alfonso Altamira. Sólo faltaba poco más de un mes para que empezase septiembre, pero era imposible saber dónde estaría ella entonces. Esperaba que en Berlín, ocupando un despacho importante en la sede de la Abwehr, pero, en ese preciso instante, cuando la parte más importante de la misión estaba a punto de suceder, nadie podría saber dónde estaría mañana siquiera.

—Me encantaría —le dijo, sin embargo, y le preocupaba pensar que en lo más hondo de su pecho no le mentía, que toda la piel de Frida Klein no se había hundido en la bahía de Peconic—. Pero no pensemos ahora en eso. Todavía queda más de un mes para que llegue septiembre. Primero tenemos que volver a Brooklyn mañana.

Frida le había insistido alguna vez para que al menos él se quedase algunas semanas más en la casa que su amigo Ramírez de Ayala había tenido la amabilidad de prestarle, pero Altamira siempre le había contestado que no se debía abusar de la generosidad de los demás. En otras circunstancias, ahora sería un buen momento para volver a decírselo. Lo más lógico era quedarse allí los dos unos días, tal vez unas semanas más, hasta que empezasen de nuevo las clases en el instituto, pero Frida no podría permanecer mucho tiempo en Nassau Point después de matar a Albert Einstein. Margot, Maja y Helen aún no habían regresado de Princeton y no podían echar en falta a Einstein, pero era muy difícil, imposible casi, que cualquier aficionado a la vela no encontrase el *Tinef* encallado en la playa o el cuerpo del genio flotando en las aguas de la bahía, que el cadáver no llegase hasta la orilla tal vez, que alguien no se diese cuenta de que su velero no estaba en el embarcadero. Lo más seguro era que mañana alguien encontrase indicios de la desaparición de Albert Einstein, o el propio cadáver quizá, y para entonces lo más conveniente era que tanto ella como Alfonso Altamira estuvieran de vuelta en Brooklyn. Esperaba de verdad que los dos regresaran juntos. Le desagradaba profundamente la idea de tener que cavar otra tumba en la parte de atrás de la casa, aunque no dejaba de prepararse mentalmente para ello, decirse, ordenarse incluso, que no dudaría en matar a Altamira si al final tenía que hacerlo. Y por desgracia había muchas posibilidades de tener que acabar con la vida del hombre que ahora la miraba por detrás de la suave cortina de humo que se le escapaba de la pipa.

—Volveremos a Brooklyn mañana, desde luego —dijo Altamira—. Luego ya veremos. Me gustaría pasarme a ver también a Gaspar Puig. Hace mucho que no sé nada de él.

Frida asintió. Esperaba que su expresión pareciera la de una mujer comprensiva con las preocupaciones de su futuro amante.

—El año pasado él vino a pasar unos días aquí conmigo. —Altamira seguía con ganas de hablar de su amigo Gaspar Puig—. Me siento un poco culpable por no haberlo invitado este verano.

Frida se encogió de hombros, como si lamentase haber sido la causa de que los dos amigos no hubieran podido pasar unos días juntos ese verano.

—Sé que parece el comentario de un adolescente —añadió Altamira—, ya sabes, un muchacho que lamenta haber dejado a otro en la estacada porque ha empezado a salir con una chica, pero la verdad es que no puedo dejar de sentir pena por Gaspar. Sé que está un poco solo, que no tiene muchos amigos.

—Bueno, su carácter es un poco difícil también.

—Ya, pero bueno. El caso es que no puedo dejar de sentirme un poco culpable.

—De verdad que lo siento, Alfonso, porque en parte he sido yo la causa de que os hayáis distanciado.

Altamira dejó la pipa en la mesa y volvió a coger las manos de Frida entre las suyas. La miró a los ojos.

—Tú no tienes la culpa de nada. Hasta cierto punto es normal que un viejo solitario reaccione así cuando su amigo ha tenido la suerte de que una mujer joven y hermosa se haya instalado en su casa y quiera ahora pasar más tiempo con ella. A mí también me habría pasado lo mismo, porque, no lo olvides: yo también soy un viejo, y era un viejo solitario hasta el día que llamaste a la puerta de mi casa.

Frida se echó a reír.

—No me hagas que te regale el oído, Alfonso...

Altamira volvió a coger la pipa, le dio una larga calada y estiró las piernas bajo la mesa.

—Vale —dijo—. De acuerdo. El caso es que me gustaría pasarme a saludar a Gaspar cuando volvamos a Brooklyn. Tal vez deberíamos invitarlo a cenar.

Frida bajó los ojos. *Newton* seguía dormitando bajo el refugio de las piernas de su amo.

—No sería mala idea —respondió—. Pero te recuerdo que antes nos hemos comprometido para otra cena.

Alfonso Altamira se puso recto en la butaca.

—Tienes razón. Y nuestro invitado estará a punto de llegar. Deberías dar una vuelta para ver cómo está esa tarta.

—No creo que le falte mucho.

Se habían levantado los dos cuando lo vieron aparecer. El pelo blanco, alborotado, una camisa arrugada por fuera del pantalón, que llevaba remangado, por encima de los tobillos desnudos. Era famosa la aversión que Albert Einstein sentía por los calcetines. En la mano traía su violín, protegido por la funda. Puesto que el de Altamira estaba en la mesa del salón, Frida pensó que aquélla, la última noche en la vida de Albert Einstein, iba a ser una velada muy animada.

—*Guten Abend*, *Herr* Altamira —saludó Albert Einstein, haciendo una pequeña y teatral reverencia—. *Guten Abend*, *Fräulein* Klein.

—*Guten Abend*, *Herr Proffessor* —Frida le devolvió el saludo en alemán—. Bienvenido. Ha llegado en el momento oportuno. La cena debe de estar lista. Desde aquí puedo oler que la *Schwarzwälder Kirschtorte* está en su punto.

Albert Einstein levantó un poco la barbilla, aspiró profundamente y entornó los ojos, complacido.

—*Schwarzwälder Kirschtorte* —dijo—. *Sehr gut.*

Luego, se volvió hacia Altamira y, levantando el violín, añadió:

—Pasaremos una velada agradable, querido amigo.

Altamira correspondió con una leve inclinación de la cabeza.

—Así será.

Diez minutos después estaban los tres sentados en el salón donde un rato antes ella había tenido una lucha a muerte con uno de los mejores amigos de Alfonso Altamira, Gaspar Puig, a quien él esperaba volver a ver cuando regresasen a Brooklyn mañana, invitarlo a cenar incluso.

Procuró no volver a pensar en Gaspar Puig, ya que se había librado de él, y trató de concentrarse en Albert Einstein, que era la razón por la que estaba allí, la razón por la que, aunque tal vez no lo supiese al principio, ya había matado a tres hombres.

Aún no habían terminado el primer plato cuando empezaron a hablar de Europa.

—¿De verdad cree usted que al final habrá guerra, *Herr Proffessor*? —le preguntó Frida, mostrándose como la colegiala ingenua que nunca había sido.

Albert Einstein ladeó la cabeza. Se quedó mirando un instante el plato antes de contestar, como si pudiese encontrar en las hojas de lechuga la respuesta.

—Gran Bretaña y Francia le han dado un ultimátum a Hitler. Si invade Polonia le declararán la guerra.

No levantó los ojos del plato hasta después de decir la frase.

—Si invade Polonia —repitió, resignado.

—Yo creo que al final los nazis llegarán a Varsovia —intervino Altamira—. Y también creo que ni los ingleses ni los franceses harán nada por impedirlo. Sencillamente porque ya será demasiado tarde.

—¿Tú crees? —preguntó Frida.

Altamira encogió los hombros, para subrayar la obviedad de su razonamiento.

—¿Hicieron algo cuando el ejército alemán ocupó la zona desmilitarizada del Rin? ¿Movieron un dedo cuando los nazis se anexionaron los Sudetes? ¿Y cuando lo de Austria? Si nos atenemos a los hechos, no habrá guerra. Si todavía creemos que puede existir una pizca de sentido común en Francia o en Inglaterra, entonces podremos tener la esperanza de que harán algo por pararle los pies a Hitler. Aunque me temo que ya será tarde. Los nazis están demasiado crecidos y demasiado seguros de sí mismos como para temer las rabietas de quienes no hicieron nada para detenerlos cuando era posible.

Frida sabía que esto era verdad. Que si Francia e Inglaterra se hubieran empeñado en poner contra las cuerdas a Alemania dos años antes, tal vez uno, habrían conseguido una victoria incontestable. Ahora las cosas habían cambiado. Ellos no podían saber cuánto.

—Pero esta vez le han dado un ultimátum. Quizá ahora sea diferente —insistió Frida, sin embargo.

—Habrá guerra —dijo Albert Einstein, de repente, después de haber estado jugueteando unos segundos con el tenedor dentro del plato—. Estoy seguro de que habrá guerra.

—¿Cómo puede estar tan seguro, *Herr Proffessor*?

—Porque Alemania invadirá Polonia, y no creo que tarde mucho en hacerlo. Hasta ahora Hitler ha conseguido cuanto se ha propuesto, y nadie ha podido o ha querido hacer nada por evitarlo. Polonia es sólo un paso más, luego vendrán otros territorios, y llegará el momento en que no sólo Inglaterra y Francia, sino que el resto del mundo tendrá que decir basta.

—Lo mejor que podría pasar es que el presidente Roosevelt convenciera al Congreso para que tomase cartas en el asunto de Europa de una vez por todas.

Albert Einstein dejó escapar un soplo de aire, como un suspiro, después de escuchar a Frida, que lo miraba como si pudiese encontrar detrás de las palabras que iba a decir algún significado oculto que sólo ella pudiera descifrar.

—Al presidente Roosevelt al final no le quedará más remedio que convencer al Congreso. Si hay guerra, que la habrá, por desgracia, lo normal es que Estados Unidos intervenga, más tarde o más temprano.

—Pero tengo entendido que en este país hay mucha gente partidaria del aislacionismo —repuso Frida.

—Entonces dependerá de cómo se vayan desarrollando los acontecimientos en Europa —dijo Einstein—. Es decir, imaginemos que Hitler invade Polonia y que Francia y Gran Bretaña le declaran la guerra. Es posible que sea una guerra corta, y que tras una serie de escaramuzas los nazis decidan marcharse de Polonia, o que tras un forcejeo de algunas semanas incluso lleguen a un acuerdo para volver a las fronteras que firmaron en Versalles.

—Eso suena utópico —recalcó Altamira.

—Sin duda —contestó Einstein—, pero estamos haciendo un ejercicio de imaginación, y debemos tener en cuenta todas las variables posibles, por remotas que nos parezcan. La otra opción, la que menos me gusta y la que me temo que tiene más posibilidades de suceder, es que la guerra se alargue, que se alargue mucho más de lo que piensa la mayoría de la gente, porque los alemanes se han hecho tan fuertes que ni los franceses y los ingleses juntos son capaces de plantarles cara. Será entonces cuando el Congreso dará el visto bueno a la intervención de Estados Unidos, a pesar de las voces de los aislacionistas que se alzarán en contra, que lo harán, de eso no podemos tener ninguna duda.

Frida pensó que aquélla era la oportunidad para preguntarle lo que quería saber. No es que la respuesta fuera a cambiar sus planes, pero quería saber la opinión de Albert Einstein sin que estuviera condicionada porque lo estaba apuntando al pecho con una pistola. Ya habían cortado la tarta. Albert Einstein masticaba despacio, saboreándola.

—¿Y por qué cree, *Herr Proffessor*, que los alemanes pueden llegar a ser invencibles? ¿Cree que serán capaces en un plazo de tiempo relativamente corto de haber desarrollado una bomba atómica con la que poder hacer que los demás países se postren de rodillas ante ellos?

Albert Einstein disimuló mal una sonrisa.

—Si nos atenemos a lo que dice Werner Heisenberg, parece que no será posible.

Frida asintió, sonriendo también. La opinión de Werner Heisenberg no parecía merecer mucho respeto a Albert Einstein. Aparte de ser el jefe del programa atómico del Tercer Reich, era la figura más sobresaliente entre los jóvenes científicos que apostaban por la Mecánica Cuántica como medio para entender el universo. Sus jefes de la Abwehr querían estar al tanto de lo que se tramaba en la comunidad de científicos exiliados en Estados Unidos, enterarse de qué sabían, hasta dónde conocían de la militarización de la ciencia en Alemania. Estaba segura de que con su misión en Estados Unidos también querían mantener estrechamente vigilado, de algún modo, a Werner Heisenberg, saber hasta qué punto podían fiarse de él. Por lo que había averiguado Frida von Kleinsberg, la adhesión del descubridor del Principio de Incertidumbre, si no al Tercer Reich sí a Alemania, estaba fuera de toda duda. La prueba era que muchos de sus colegas que se habían marchado a Estados Unidos cuando el poder del Partido Nacionalsocialista se había ido extendiendo cada vez más lo consideraban un traidor.

—Pero estoy segura de que la opinión de Werner Heisenberg no significa mucho para usted.

Albert Einstein bajó los ojos un instante de nuevo al plato antes de responder.

—No es que signifique o no signifique mucho para mí, es que la palabra de un científico que ha puesto su enorme talento al servicio de los nazis no me merece ninguna confianza.

—Es posible que usted tenga razón, *Herr Proffessor*. ¿Debemos suponer entonces que los nazis desarrollarán la bomba atómica en un plazo de tiempo relativamente corto?

Albert Einstein sacudió la cabeza, luego se encogió de hombros.

—Lo cierto es que no sé qué contestarle, *Liebchen Fräulein*. Puede que sí y puede que no. A veces los mayores descubrimientos de la ciencia se han debido a causas meramente fortuitas. Puede que algún científico en algún laboratorio perdido de Berlín, de Múnich o Hamburgo encuentre por casualidad la forma de conseguir controlar la fisión del uranio y que se pueda fabricar el arma más potente que el hombre haya conocido jamás. Tal vez esté sucediendo ahora mismo, mientras nosotros probamos esta excelente tarta —sonrió al decir esto y Frida le devolvió el mismo gesto—, o quizá suceda la semana que viene, o el año que viene, o dentro de diez años. Me gustaría decir que tal vez no sucederá nunca, pero que sea un viejo idealista no significa que sea un viejo ingenuo también.

—Yo también pienso lo mismo —dijo Altamira—. Ojalá no sucediera nunca, pero llega un momento en la vida en el que ya no se puede uno permitir el lujo de ser ingenuo.

—Es una de las muchas desventajas que tiene cumplir años, querido amigo, que cada vez le quedan a uno menos cosas a las que agarrarse. A nuestra edad ya no podemos escondernos de la verdad. Más pronto que tarde habrá guerra en Europa, y antes o después los nazis tendrán una bomba atómica.

Frida bajó la cabeza, como si le pesara mucho la reflexión que acababa de hacer Albert Einstein.

—¿Y qué haremos entonces? —preguntó, al cabo, a Albert Einstein, a Alfonso Altamira—. ¿Resignarnos?

Albert Einstein dejó los cubiertos sobre la mesa. Se había comido entero el pedazo de tarta. Se recostó en la silla, descansando la espalda. Parecía satisfecho.

—Pues claro que no, *Fräulein*, claro que no. Es imposible que nos quedemos quietos ante un peligro así.

—El mundo podría estallar en pedazos —dijo Altamira—. Parece una novela de ciencia ficción.

—Ojalá lo fuera, pero no lo es, por desgracia. El planeta podría saltar por los aires, *natürlich*. Una reacción en cadena que libera una cantidad enorme de energía. —Sacudió la cabeza al concluir la frase, apesadumbrado.

—E igual a emecé al cuadrado —dijo Frida.

Einstein se la quedó mirando, y luego sus ojos volvieron a perderse en las migajas del pastel que aún quedaban en su plato.

—E igual a emecé al cuadrado. Qué ironía. La primera vez que se encuentra una aplicación práctica a la Teoría de la Relatividad es para fabricar una bomba atómica.

—Pero la ciencia no tiene la culpa de la mala voluntad de los hombres —le dijo Frida, como si Albert Einstein necesitase consuelo por haber formulado la Teoría de la Relatividad.

Albert Einstein sonrió.

—Claro que no. Pero también un científico debe hacer cuanto esté en su mano para que los hombres de mala voluntad no se salgan con la suya.

Sólo bastaba una pregunta para que aquel viejo acabado le dijera lo que quería saber. Estaba segura de la respuesta, pero quería escucharla de sus labios, y quería que se lo dijera libremente, sin estar coaccionado por la cercanía de la muerte.

—¿Y cree usted, *Herr Proffessor*, que hay algo que podamos hacer para impedir que los nazis fabriquen una bomba atómica?

Albert Einstein dejó escapar un suspiro, como si le pesase mucho una carga que llevaba en el pecho. Dejó el tenedor sobre el plato, se cruzó de brazos, miró a Altamira y a Frida un par de veces antes de responder. Todavía permaneció un instante callado antes de decir nada.

—Por desgracia, *Fräulein*, es muy poco lo que los hombres de ciencia podemos influir en estos tiempos. Es muy difícil que nos escuchen siquiera, así que mucho menos que nos hagan caso. Pero nos queda la esperanza de que quienes gobiernan los países que al final acabarán enfrentándose a los nazis se preocupen de desarrollar su propio programa atómico.

Frida asintió. No le había dicho nada, no le había confesado que él mismo se encargaría de animar al presidente Roosevelt para que los americanos construyesen su propia bomba atómica, y que lo hicieran antes de que los alemanes pudieran desarrollar la suya, pero estaba segura de que era ése el siguiente paso que daría, que Leo Szilard no tardaría en volver a Nassau Point para convencer a Albert Einstein de que lo ayudase.

Si Frida hubiera tenido dudas sobre si tendría que llegar hasta el final de la misión, hasta donde ella se había propuesto, más allá incluso del deber que le habían encomendado sus jefes de Berlín, tal vez le habría bastado decirse que si había tenido que acabar con la vida de tres hombres no era el momento de echarse atrás cuando tenía que liquidar al más importante, al rey que hasta ahora había estado protegido por el resto de las piezas del tablero que habían ido desapareciendo sin que pudiera darse cuenta, tan preocupado como estaría dándole vueltas a la idea de empujar al gobierno de los Estados Unidos de América a fabricar una bomba atómica. No había vuelta atrás. Él, que se consideraba a sí mismo el paradigma del pacifismo en el mundo, que se había marchado de Alemania cuando tenía dieciséis años para eludir el servicio militar. Estaba segura de que Albert Einstein sufría el mayor dilema de toda su vida. En Berlín no podían imaginarlo, pero todo se reducía a una cuestión moral: o animaba al presidente Roosevelt a desarrollar una bomba atómica que abriese la caja de Pandora para siempre, o dejaba que los alemanes construyesen la suya y tal vez ver desfilar un día no muy lejano al propio Adolf Hitler por la Quinta Avenida de Nueva York. Pese a ello disfrutaba el judío de una presencia de ánimo envidiable. Cualquiera en su situación tendría palpitaciones, estaría malhumorado, le costaría conciliar el sueño. Sin embargo, no lo había visto perder la sonrisa durante la cena. Tal vez había tomado ya la única decisión posible, esa que Frida estaba segura que al final tomaría. Ella también lo haría si estuviera en su lugar, si pensase como él, si fuese una sionista convencida en lugar de una agente de la Abwehr. Si temía tanto a Hitler y a Alemania, y un judío como él andaba sobrado de motivos para tener miedo, el mal menor era abrir la caja de Pandora y que las generaciones venideras considerasen con indulgencia su decisión cuando juzgasen lo que hizo.

—Pero eso sería terrible —dijo Altamira.

—Lo sería, desde luego, pero, dados los tiempos que corren, sería la solución menos mala. ¿Se imagina, querido amigo, las esvásticas ondeando en Times Square? No es imposible que esto suceda si los nazis consiguen fabricar la bomba atómica.

Altamira suspiró.

—Estamos todos locos —dijo.

Albert Einstein se encogió de hombros. Resignado. Desganado.

—El mundo se ha vuelto loco. Y la experiencia nos dice que no hay otra forma de parar a los nazis que siendo más fuertes que ellos. La diplomacia y las buenas palabras ya no sirven. Sólo espero que Francia e Inglaterra cumplan su compromiso de declarar la guerra a Hitler si la Wehrmacht entra en Polonia. No sabe lo triste que es para un pacifista tener que decir algo así, reconocer que a veces las armas son necesarias para garantizar la paz, pero me temo que es la única solución posible.

—¿Y piensa usted, *Herr Proffessor*, que los nazis pueden desarrollar la bomba atómica antes que nadie porque Francia o Inglaterra pensarán que no vale la pena fabricar una y habrán perdido la carrera?

—Cualquier cosa es posible, *Fräulein*. Cualquier cosa.

Después de esta última frase se habían quedado callados los tres. Altamira había encendido la pipa, y le ofreció el mechero de yesca a Albert Einstein para que encendiese la suya. Estaban a la vista los dos violines, el de Altamira encima de la butaca donde se había sentado Gaspar Puig esa tarde, el de Albert Einstein en la mesa baja del salón, donde ella había compartido un café con él antes de matarlo. Dado el cariz que había tomado la conversación, parecía que no era posible que ahora los dos científicos cogieran los instrumentos y se pusieran a tocar, pero tal vez después de estar un rato fumando se decidirían a relajarse rascando las cuerdas de sus violines. Frida se levantó para recoger la mesa.

Con un gesto les indicó a los dos hombres que se quedasen sentados. Tenía que encontrar la forma de acompañar a Albert Einstein a su casa y obligarlo a subir a su barco para adentrarse en la bahía y tirarlo por la borda para que se ahogase.

Albert Einstein, muy astuto, no le había confesado que él se iba a encargar en los próximos días de advertir al presidente Roosevelt del peligro de que Alemania tuviese en marcha un programa para desarrollar una bomba atómica, pero ella tampoco le había dicho que el único motivo por el que había venido hasta Long Island había sido para matarlo, que desde hacía siete años se había levantado por la mañana con la única idea, como una obsesión, de acabar con su vida. Tal vez se lo diría en el último momento, antes de empujarlo a las aguas oscuras de la bahía de Peconic, que todo lo que estaba pasando se debía a una broma macabra, al azar que el genio tanto detestaba. Que ella estaba allí para matarlo porque él la había creado, y no porque podría ser su padre, sino porque la sola posibilidad de que por sus venas corriese una sola gota de sangre judía, el odio hacia él que había crecido en sus entrañas después de viajar a Cracovia para buscar a la que podría ser su madre biológica, la llevaron a convertirse en agente de la Abwehr, y estar aquella noche de finales de julio en Long Island con la determinación firme de acabar con su vida. Era como si todos los actos de su vida, las pequeñas y las grandes decisiones, las equivocaciones y los aciertos, no hubieran sido más que señales en el camino que la conducían hasta esa noche.

Cuando terminó de recoger la mesa los dos hombres se habían sentado en el porche y tocaban el violín, con los ojos cerrados, o casi. Eran unos acordes tranquilos. Beethoven, creyó reconocer Frida. Si el tiempo pudiera detenerse se habría sentado a contemplar aquel momento, sin prisas, en la escalera del porche mientras escuchaba el dueto de Alfonso Altamira y Albert Einstein, pero tenía que matar a uno de esos hombres y, si no tenía más remedio, a los dos. En la vida uno no siempre puede hacer lo que quiere. Es una lección que todo el mundo debería aprender cuanto antes.

Fuera estaba oscuro. Era una noche muy hermosa, las notas de los violines podían escucharse en la orilla. La gente que pasase por la calle podía incluso detenerse un momento a escuchar la melodía. Viéndolos a los dos, a Albert Einstein y a Alfonso Altamira, resultaba difícil pensar que eran dos científicos preocupados por el futuro de la humanidad. Concentrados en las cuerdas y en los arcos de sus violines y en la música, como si aún fuera posible el mundo que ellos querían, un mundo que no tenía nada que ver con lo que estaba sucediendo en Europa, un mundo que había dejado de existir hacía ya mucho tiempo.

SÉPTIMA
PARTE

Otro problema. Leo Szilard se echaría a reír, incluso le dan ganas de hacerlo para aliviar la tensión. Más que el intento desesperado de un científico de detener el programa nuclear de los nazis, muy bien podría parecer la conspiración absurda de tres judíos húngaros. Eugene Wigner, Edward Teller y él mismo. Esta vez Eugene Wigner no va a poder hacer de chófer, y por más que lo ha intentado no ha podido localizar a Stanislaw Zukrowski para que lo lleve. No está en su casa de Manhattan ni en su despacho de Queens. Menos mal que ha podido recurrir a Edward Teller, otro judío húngaro exiliado, para que lo acerque otra vez a la casa de Long Island donde pasa el verano Albert Einstein.

Ha escrito dos cartas. En realidad ha escrito muchas, y las que llevará en su próximo viaje a Long Island para que Albert Einstein les dé el visto bueno no son más que el resultado de muchos borradores, algunos de ellos demasiado largos, para despertar el interés del presidente Roosevelt, para advertirle de la amenaza tan grave a la que se van a enfrentar. Alexander Sachs, otro buen amigo, ya tiene una copia, y la está estudiando para aportar también lo que considere oportuno. No en vano va a ser él quien se encargue de hacer llegar la misiva al presidente. No es fácil llegar a la Casa Blanca. Ni siquiera lo sería para Albert Einstein. Pero Alexander Sachs, un prestigioso banquero, puede presumir de visitar de vez en cuando el despacho oval y departir unos minutos con Franklin Delano Roosevelt. Leo Szilard espera que los argumentos impactantes de la carta y la firma de Albert Einstein al final consigan el efecto necesario para que el presidente tome la decisión correcta. Ya que no se puede detener el programa atómico de los nazis, no queda otro remedio que adelantarse a ellos, que los americanos consigan terminar el suyo antes de que los científicos de Hitler lo hagan. Werner Heisenberg regresará pronto a Alemania, y Leo Szilard está seguro de que, por mucho que le haya contado a Enrico Fermi que la bomba atómica alemana no estará preparada antes del final de la guerra que se avecina, nadie puede estar seguro de nada, ni siquiera el propio Heisenberg, que aunque parece tener buenas intenciones —y Leo Szilard no está seguro de ello— no puede saber cuánto durará la contienda que se avecina. Lo único que Werner Heisenberg puede saber es lo que sabe todo el mundo, algo que hasta a los más optimistas no les queda más remedio que reconocer: que la guerra en Europa no tardará mucho en comenzar. Es cuestión de meses, pocos, de semanas quizá. La ambición de la fiera rabiosa es imposible de saciar. Hasta ahora los ingleses y los franceses han mirado para otro lado esperando que las concesiones que le han hecho calmen su ambición, pero con cada pequeña victoria la fiera se ha ido haciendo cada vez más fuerte. Ahora Gran Bretaña y Francia le han dado un ultimátum a la bestia, una advertencia que parece ridícula a estas alturas: si la Wehrmacht invade Polonia le declararán la guerra a Alemania. Leo Szilard no cree que a Hitler le vayan a achantar a estas alturas las amenazas de los británicos y los franceses. Puede que incluso le suenen a risa.

Ha puesto en un compromiso terrible a un amigo. Leo Szilard lo sabe, pero no le ha quedado otra opción. Es su mejor baza y no la puede desperdiciar, y está seguro de que Albert Einstein lo comprende, y que al final lo perdonará, aunque lo haya empujado a la encrucijada más difícil de su vida. Poner su rúbrica al final de esa carta supone traicionar sus principios, y si lo hace sólo será en aras de un bien mayor. Después sólo quedará esperar, cruzar los dedos, rezar.

Ha quedado con Edward Teller dentro de tres días para ir a visitar de nuevo a Albert Einstein. Tres días que van a ser los más largos de toda su vida.

CAPÍTULO XXIV

De las veces que habían formado un dueto, a Alfonso Altamira González de Tejada sólo le había resultado difícil tocar el violín con Albert Einstein en dos ocasiones: la primera en Madrid, en marzo de 1923, en la cena que siguió a la recepción en la Real Academia de Ciencias. Albert Einstein era entonces el físico más famoso y respetado del mundo, incluso más que en el verano de 1939. Le habían dado el Premio Nobel dos años antes y acababa de regresar de una gira triunfal que le había llevado desde Japón hasta Palestina. Cuatro años antes, el equipo dirigido por el astrofísico sir Arthur Eddington había demostrado después de un eclipse que los cálculos que Einstein había apuntado en la Teoría General de la Relatividad eran correctos: la luz se curvaba por la gravedad. Reyes y gobernantes deseaban conocer a ese sabio excéntrico y discreto, y él había hecho posible, junto a otros hombres de bien como Esteban Terradas y Blas Cabrera, que el mayor genio vivo de la ciencia viniese a España para dar unas conferencias en Madrid, Barcelona y Zaragoza. Fue después de aquella recepción, en la velada que siguió, donde alguien sugirió que, puesto que los dos eran unos diletantes aventajados del violín, podrían tocar juntos para quienes los acompañaban. Al principio Alfonso Altamira temió no estar a la altura, y le daba miedo quedarse en blanco, no delante de Albert Einstein, el rey Alfonso XIII o cualquiera de sus colegas eminentes que los acompañaban. En realidad, eso no le hubiera importado. Lo que no quería era hacer el ridículo delante de Carlota, su mujer, que lo miraba sonriendo, dándole su aprobación para que tocase el violín con Albert Einstein. A Carlota, y también a sus buenos amigos Blas Cabrera y Esteban Terradas, les había resultado curioso que Albert Einstein y él hubieran nacido el mismo día, que los dos fueran físicos y que ambos fueran unos violinistas más que aceptables. Albert Einstein también se había reído al conocer la coincidencia de sus fechas de nacimiento, el 14 de marzo de 1879, pero a miles de kilómetros de distancia.

El motivo que ahora preocupaba a Alfonso Altamira no era tocar el violín con uno de los mayores sabios de la historia, sino no saber qué papel estaba representando Frida Klein, a quien cada minuto que pasaba creía conocer menos, en todo lo que estaba pasando, si es que al final estaba sucediendo algo y él todavía no había llegado a saber qué. Rascaba las cuerdas con el arco y mecía el cuerpo al compás de la música mientras con el rabillo de sus ojos entreabiertos no dejaba de observar los movimientos de Frida en la cocina.

No te fíes de ella, le había dicho Gaspar Puig, agarrándolo del brazo, la última vez que se habían visto. No te fíes de ella, no puedo decirte por qué, pero no te fíes. No había dejado de darle vueltas, y cuando Frida lo dejó para irse a vivir a Manhattan, a casa de Stanislaw Zukrowski, pensó que el motivo de la desconfianza muy bien podría ser el que algún día lo abandonaría por un hombre más joven. Había procurado no obsesionarse con eso pero ahora, por alguna extraña razón, mientras tocaba esa pieza de Beethoven con Albert Einstein en el porche de la casa de Long Island, no dejaba de observar los movimientos de la mujer de la que estaba enamorado desde hacía cuatro años y que ahora había vuelto a entrar en su vida. La miraba y se preguntaba, de nuevo, si existía una razón oculta por la que ella había venido hasta Long Island, una razón que sólo ella sabía y que él no alcanzaba a adivinar.

La perdió de vista unos minutos, cuando entró en su habitación. Luego Frida salió al porche y sonrió antes de sentarse en la escalera, junto a *Newton*. Albert Einstein tenía los ojos cerrados, concentrado en la música, pero Altamira le devolvió la sonrisa acompañada de una inclinación de cabeza, sin dejar de tocar el instrumento.

Después estuvieron fumando en sus pipas un rato, tranquilamente, mientras Frida seguía sentada en la escalera del porche, acariciando la cabeza de *Newton*, con la espalda apoyada en la pequeña balaustrada de madera, los ojos perdidos en algún punto de la oscuridad de la bahía. Una manta de niebla se extendía por el mar, igual que por la mañana, y apenas había luna. Era una noche estupenda para terminar la misión.

Esperaba Frida que Albert Einstein decidiera que ya era hora de volver a casa. Aquél sería el momento crucial y, dependiendo de cómo reaccionase Altamira, ella tendría que actuar de una forma o de otra. Había cogido la pequeña pistola que le había entregado Spencer Baumbach en su último encuentro y la llevaba escondida debajo de la falda, a la altura de la cintura. Con el arma sería la mejor forma de convencer a Albert Einstein de que navegase un rato esa noche con ella.

Cuando los dos hombres se sentaron en el porche después de haber estado un rato tocando los violines no volvieron a hablar de nada importante, es más, casi no hablaron. Fumando de sus pipas, parecían estar concentrados cada uno en sus problemas o perdidos en sus propios pensamientos. Frida von Kleinsberg miraba el mar, como si las olas que rompían en la orilla pudieran avisarla de cuál era el momento más idóneo para jugar sus cartas, para destapar la verdadera razón por la que estaba allí, el motivo por el que se había marchado a vivir a Estados Unidos. Alfonso Altamira la miraba a ella preguntándose qué razón oculta había sido la que la había llevado a estar a su lado de nuevo, cuándo volvería a abandonarlo otra vez, y Albert Einstein miraba el techo de madera del porche de la casa de verano, respirando tranquilamente, preocupado porque dentro de tres días pondría su firma al final de una carta que podría cambiar el mundo para siempre.

—Creo que ya es hora de marcharme —dijo, al cabo de un rato, levantándose. Ya había guardado el violín en la funda y lo tenía sujeto bajo el brazo—. Ha sido una velada muy agradable, pero para este anciano ya ha llegado el momento de descansar.

Frida von Kleinsberg y Alfonso Altamira se levantaron también.

—El tiempo pasa rápido cuando uno está en buena compañía —le dijo Altamira.

Albert Einstein sonrió.

—Pocas cosas son más verdad que esto, querido amigo.

—Yo ni me había dado cuenta de que se había hecho tan tarde —dijo Frida.

Albert Einstein se echó a reír.

—Yo tampoco. Será porque ni Maja ni Margot ni Helen están en casa y ninguna me espera levantada.

—Nosotros regresamos mañana a Brooklyn —dijo Altamira—. Espero que nos volvamos a ver por aquí el año que viene.

Albert Einstein se quedó callado un instante. De repente se había puesto muy serio.

—Y que el mundo no esté peor de lo que está hoy.

—Ojalá.

Se estrecharon la mano los hombres, mirándose a los ojos, como si entre los dos compartiesen algo que Frida no podía entender. Tal vez porque tenían la misma edad o habían coincidido varias veces en diferentes etapas de sus vidas, entre ellos parecía haber un vínculo especial, algo que distaba mucho de las rencillas, las envidias, el rencor o el resquemor que mucha gente quería ver entre los dos, como si prefiriesen verlos enfrentados en lugar de como dos viejos amigos que mantenían una relación cordial.

Luego Albert Einstein la miró a ella, le cogió la mano y se la besó.

—*Fräulein* Klein —le dijo, después de doblar el cuerpo—, conocerla ha sido el mayor placer de este verano.

Frida le devolvió la reverencia, teatral. Al inclinarse sintió el metal del cañón de la pistola en su cadera.

—El placer ha sido mío, *Herr Proffessor*. Espero que volvamos a vernos.

—Nada me gustaría más —respondió Albert Einstein, mirándola a ella y a Alfonso Altamira alternativamente—. Pueden venir a visitarme a Princeton cuando quieran. En el número ciento doce de la calle Mercer tienen su casa. No hace falta que anoten la dirección —se encogió de hombros, resignado—: Todo el mundo sabe dónde vive Albert Einstein.

Terminó la frase y se volvió Albert Einstein, en dirección a la puerta, con la funda del violín bajo el brazo.

—*Gute Nacht* —se despidió, mientras caminaba.

—*Herr Proffessor*, espere. No se lo tome mal, pero dado que apenas hay luz en calle y hasta su casa hay un pequeño paseo, si no le importa me gustaría acompañarlo.

Frida se había adelantado un par de pasos y había bajado las escaleras del porche. Había intentado que la frase pareciese natural, que el ofrecimiento resultase espontáneo, no tanto por Albert Einstein, que era más que posible que no pusiera pegas a que una mujer joven lo acompañase a casa igual que si fuera un niño pequeño que pudiera perderse, como por Alfonso Altamira, a quien podría parecerle extraño aquella espontaneidad, y que tal vez se ofreciera a ir con ellos, porque era su obligación como caballero, por celos repentinos de Albert Einstein también.

Altamira frunció el ceño, pero no dijo nada. Frida se había vuelto hacia él.

—Volveré enseguida —le dijo—. No me parece bien dejar que nuestro invitado se vaya solo. Además, ya que hoy es nuestra última noche aquí, aprovecharé para dar un paseo. Me apetece caminar un rato.

Altamira podía haberse ofrecido a acompañarlos también, pero a sus años odiaba comportarse como un amante celoso. Lo que tenía que suceder sucedería, se interpusiera o no. Además, estaba claro que Frida no quería que lo acompañase. Tal vez quería hablar un rato a solas con Albert Einstein, hablar de Alemania o cualquier cosa.

Albert Einstein se había vuelto. Miró a Altamira, que permanecía impasible, de pie, en el porche, con el fiel labrador sentado junto a él. Luego a Frida, que se acercaba, decidida a subir la cuesta hasta su casa sin esperar a que su amigo diera su consentimiento.

—Una de las pocas ventajas que tiene hacerse viejo, *Fräulein* Klein, es que las mujeres jóvenes se preocupan por ti —le dijo, ofreciéndole su brazo para que ella se agarrase—. Pero ¿no cree que Altamira también debería acompañarnos?

Frida estaba a punto de decir que no hacía falta, que Alfonso Altamira no se enfadaría porque ella acompañase a Albert Einstein hasta su casa, pero el judío se había vuelto de nuevo hacia el porche y, sujetando con su mano la de Frida que agarraba su brazo, invitó a Altamira a unirse a ellos. Para convencerlo le dijo que hacía una noche estupenda, aunque apenas hubiera luna, y que un paseo nocturno sería una buena forma de terminar la velada.

Frida no pudo decir nada, nada más salvo disimular una sonrisa y con la mano que le quedaba libre coger el brazo de Alfonso Altamira cuando llegó hasta su altura. *Newton* también llegó ladrando, moviendo el rabo detrás de su amo. Salieron los cuatro a la calle, Albert Einstein, Frida von Kleinsberg, Alfonso Altamira y un perro labrador que respondía al nombre de *Newton*. Los cuatro eran, pues, científicos, de nombre o de formación, dijo Albert Einstein, bromeando, y todos rieron. Pero a Frida le pareció que Alfonso

Altamira sólo había dejado escapar un poco de aire, que había disimulado mal una sonrisa, y no pudo evitar sentirse incómoda. No era imposible que el hombre cuyo brazo sujetaba con su diestra cada vez confiase menos en ella, y se preguntaba hasta qué punto sería capaz de anticiparse a sus intenciones. Tal vez no le faltase mucho para averiguar por sí mismo toda la verdad y quería estar seguro, pero no tendría tiempo de hacerlo. Dentro de unos minutos lo sabría todo. No le iba a quedar más remedio que matarlos a los dos, a Albert Einstein y a él, y aunque aquélla fuera una noche hermosa, como había apuntado el hombre cuyo brazo agarraba con su siniestra, no era el momento para andarse con sentimentalismos. La misión estaba a punto de concluir. No iba a ser tan fácil enfrentarse a dos hombres en lugar de a uno, pero el frío del cañón de la pistola en su cadera era una ventaja con la que ellos no contaban.

Cuando llegaron a la casa de Albert Einstein éste volvió a estrechar la mano de Altamira y cogió la suya para besarla de nuevo. Ya no había lugar para más ceremonias. Si ahora regresaba con Altamira a la casa habría perdido la oportunidad de acabar con la vida de Albert Einstein. Con un poco de suerte nadie encontraría su cadáver hasta el día siguiente, o tal vez un par de días después, y entonces ella ya estaría muy lejos de allí, tal vez ya en un barco que fuese de regreso a Europa, a lo mejor en el mismo en el que Werner Heisenberg tenía previsto regresar a Alemania.

Se habían quedado callados los tres un instante, como si el tiempo se hubiera detenido mientras cada uno esperaba el momento de seguir su camino, Albert Einstein entrar en su casa, Alfonso Altamira, Frida y *Newton* regresar a la suya, cuando ella inclinó el cuerpo un poco hacia delante y se llevó la mano a la cadera, buscando por debajo de su falda. Altamira la miró, como si no comprendiera, y es que en realidad no entendía lo que estaba pasando. Frida se había encorvado un poco de repente, y se buscaba por debajo del vestido con el descaro de una señorita que no estuviera bien educada, lo cual, desde luego, no era su caso. No comprendía lo que pasaba, y Albert Einstein tampoco, ni siquiera cuando vieron que lo que brillaba en su mano a la escasa luz de esa noche de verano era el cañón de una pequeña pistola, un cilindro oscuro que no podría tener más de cinco o seis centímetros de largo.

Los dos hombres miraron a Frida al principio, como si les estuviera gastando una broma cuya gracia aún no habían llegado a entender, como si lo normal fuera estallar en risas dentro de un momento, cuando hubieran atado los cabos y hubieran comprendido que aquello no era una pistola, o que sí era una pistola pero el hecho de que estuviese en las manos de ella era el resultado de un chiste cuya esencia se les había escapado, pero Frida sabía, y ellos no tardaron en darse cuenta de ello, que aquélla sí era una pistola, una Remington del calibre 22 que le había proporcionado Spencer Baumbach, y que la mujer que la empuñaba ya no parecía ser la joven licenciada en Física Atómica que había escapado de Alemania porque los nazis habían apresado a su jefe, el profesor Steiner. Frida von Kleinsberg había engullido a Frida Klein, y al hacerlo había vuelto a ser ella misma pero con las fuerzas multiplicadas. Los dos hombres a los que encañonaba la miraban como si no la conocieran, como si de repente enfrentasen los ojos de otra persona.

—Creo que lo mejor será que entremos todos en su casa, *Herr Proffessor*.

Pero los dos seguían mirándola, sin obedecerla, como si esperasen que todavía fuera una broma y que del cañón brotase una flor y Frida estallase en risas, una broma para celebrar que Alfonso Altamira y ella regresaban a Brooklyn al día siguiente.

—He dicho que adentro. Vamos.

El tono de voz de Frida ahora no dejaba lugar a dudas. Albert Einstein se volvió resignado hacia la puerta de su casa. Altamira asintió despacio, apesadumbrado por no haberse dado cuenta hasta el último momento de lo que estaba pasando.

—¿Qué estás haciendo, Frida? —le dijo, sin obedecer su orden—. ¿A qué viene todo esto?

Frida señaló con el cañón a Albert Einstein, que abría la puerta de la casa, indicándole que lo siguiese.

—Lo siento, Alfonso, pero así están las cosas. Hablaremos dentro.

Alfonso Altamira y Albert Einstein se sentaron en sendas butacas y Frida se quedó de pie. En su mano, la pistola no apuntaba a ninguno de los dos, pero era una advertencia para que no se levantasen ni intentasen reducirla.

—Frida, por favor —insistió Altamira—. Dinos de una vez qué está pasando.

—Tal vez yo pueda explicarlo —dijo Albert Einstein, que había estado callado desde que Frida los había sorprendido al sacar el arma. Contestaba a Alfonso Altamira, pero hablaba mirándola a ella, a los ojos, como si no le diera miedo la pistola que empuñaba—. *Fräulein* Klein no es quien dice ser. Su amiga ha venido a América para cumplir una misión muy importante, ¿verdad, *Liebchen*?

Frida von Kleinsberg no dijo nada. Se limitó a mirar a Einstein con desprecio.

—Seguro que sus jefes de Berlín estarán satisfechos con el resultado. Enhorabuena. Ha conseguido atrapar a Albert Einstein, a Albert Einstein, el judío más peligroso del mundo.

La última frase la dijo más despacio y de un modo más intenso, como si recitase un poema. Aplaudió al final, lentamente, y a Frida le pareció que sonreía también, no con los labios quizá, pero sí con esos ojillos negros que no perdían el brillo ni siquiera porque una agente de la Abwehr lo tuviese a su merced.

—No es éste el mejor momento para ironías, *Herr Proffessor*.

—Al contrario, *Fräulein*. Es un momento perfecto. Bien mirado, nada puede haber más irónico que te encañone en tu casa una mujer joven y hermosa que se ha destapado al final como agente nazi.

Frida torció una mueca que parecía una sonrisa.

—Déjese de halagos, *Herr Proffessor*. Debería saber que no porque me adule voy a tener piedad de usted.

Albert Einstein inclinó la cabeza un poco.

—El halagado soy yo, *Fräulein*. La mayoría de los científicos jóvenes piensan que Albert Einstein es un físico acabado, y gracias a usted me acabo de dar cuenta de lo importante que soy para Hitler.

Frida se acercó a él, se inclinó. Lo miró a los ojos.

—Usted es un mal alemán, un sionista que ha hecho mucho daño al país en que nació y que después de que hubiera renegado de él le dio cobijo de nuevo.

Albert Einstein sacudió la cabeza. O disimulaba muy bien o es que no le daba miedo que la agente de la Abwehr lo amenazase o tal vez se había dado cuenta de que había llegado su hora y procuraba mostrarse digno en el momento de la muerte, el instante supremo, y no quería perder el sentido del humor, además.

Volvió la cara hacia Alfonso Altamira, que tenía los ojos clavados en el suelo, como si esperase encontrar la respuesta a lo que estaba pasando en los flecos de la alfombra del salón de la casa de Albert Einstein.

—Querido Altamira, qué extraña es la vida. Cuando vivía en Suiza era un judío alemán, luego, al volver a Alemania me dijeron que era un judío suizo, y ahora que vivo en Estados Unidos para los alemanes sólo soy un asqueroso sionista. Incluso es posible que para los americanos tan sólo sea un judío europeo.

Se encogió de hombros Albert Einstein.

—Es mi destino, qué le vamos a hacer. Estar siempre en el lugar que no me corresponde.

—Basta ya de palabras. Puede guardarse su sentido del humor y sus bromas para la otra vida. Desde allí tal vez podrá ver el triunfo de Alemania sobre todas las naciones del mundo.

—Sobre todas las naciones del mundo —repitió Albert Einstein, susurrando casi, como si le diera asco.

—Le voy a decir una cosa, *Herr Proffessor*. No quiero que se vaya al otro mundo sin que lo sepa. Al final los alemanes conseguiremos fabricar la bomba atómica, y entonces no habrá ningún gobierno en el mundo que no tenga que postrarse de rodillas ante el Führer.

Esta vez Albert Einstein no dijo nada. Frida se dio cuenta de que el sabio judío acababa de comprender el motivo verdadero por el que ella le estaba ahora mismo apuntando con una pistola en el salón de aquella casa de verano de Long Island.

No pudo dejar de regocijarse por ello.

—Es la bomba atómica, sí —le dijo—. Ésa es la razón por la que estoy aquí.

Frida se echó a reír.

—Parece que ahora se le han quitado las ganas de bromear, *Herr Proffessor*. El asunto es mucho más importante de lo que usted había pensado. No he venido hasta aquí para matarlo porque sea un sionista molesto que utiliza su fama para manchar la imagen del Reich, sino porque cuando haya acabado con usted ya no podrá utilizar su fama para que los enemigos de Alemania se den prisa en fabricar una bomba atómica antes que nosotros.

—Frida, por el amor de Dios. Estás loca.

Durante unos minutos Altamira había permanecido en silencio. Era como si durante todo el tiempo hubiera estado asimilando lo sucedido y hasta ahora no hubiera conseguido reunir las fuerzas necesarias para articular una frase.

—No, Alfonso. No estoy loca. —El tono de voz con el que le hablaba a Altamira no era el mismo que había utilizado con Einstein. Parecía incluso que le daba lástima que estuviese allí—. De verdad que lamento que te hayas visto involucrado en todo esto. No es mi culpa. No tenías que estar aquí. Tendrías que haberte quedado en casa, con *Newton*, haberte quedado allí hasta que yo regresara. Mañana nos habríamos marchado los dos a Brooklyn como si nada hubiera pasado.

—Como si nada hubiera pasado —repitió Altamira, sacudiendo la cabeza al tiempo que dejaba escapar un suspiro desesperado.

Frida se acercó a él. Le hablaba de una manera tan dulce que parecía que estaba a punto de dejar la pistola en el suelo y le iba a acariciar la mejilla con su mano.

—Pero ahora eso ya no va a poder ser. —Tragó saliva, como si se le atascasen las palabras—. Ahora voy a tener que mataros a los dos.

Se retiró de él, le apuntó con la Remington.

—Deberías haberte quedado en casa —repitió.

—Me has engañado como a un crío.

Frida sacudió la cabeza.

—Si te sirve de algo, te diré que no todo ha sido mentira en lo nuestro, Alfonso.

Altamira echó hacia atrás la cabeza. Dejó escapar el aire de nuevo.

—Sólo Dios sabe desde cuándo me estás engañando. —La miró a los ojos, el tono de su voz había subido. Igual que Albert Einstein, parecía haber perdido el miedo a que lo matara, o es que no había llegado a tenerlo nunca o lo deseaba—. Puede que desde que apareciste en Madrid, ¿verdad? También entonces el profesor Albert Einstein estaba por medio. Yo me había empeñado en que aceptase la cátedra que le ofreció la Universidad Central.

—Vaya, parece que no sólo ahora —intervino Albert Einstein—, sino que ya entonces era importante para los nazis. Aunque no lo crea, *Fräulein*, lo sigo considerando un honor.

Frida tardó unos segundos en contestarle. Luego asintió para sí misma.

—Llevo más de siete años esperando el momento de matarlo, *Herr Proffessor*. No puede saber usted cuánto me alegro de vivir este instante.

—Aún más honrado me siento porque una joven tan hermosa como usted haya malgastado tantos años de su vida para poder matar a este pobre anciano. La vida es un bien demasiado precioso como para desperdiciarlo, *Fräulein*. Matarme debe de ser algo muy importante para usted si ha invertido tanto tiempo en intentarlo. ¿Qué va a conseguir con eso? ¿La dirección del Instituto Kaiser Wilhelm de Berlín? Le aseguro que hay maneras mucho más nobles y menos peligrosas de conseguirlo. ¿Llevar las riendas del programa atómico nazi? Con todos los respetos le diré, aunque me pese, que Werner Heisenberg es el científico más capacitado de Alemania para dirigir ese despropósito. Aunque tal vez lo que quiera sea ascender en el servicio secreto, y la muerte de Albert Einstein será una medalla que poder lucir en los desfiles, junto a las esvásticas y los brazos estirados. Una nota destacada en su historial. Frida Klein, la agente nazi que acabó con la vida de Albert Einstein. Pero no crea que el único valor de mi vida será haber hecho que usted se convierta en una espía famosa.

Frida se adelantó hasta la butaca donde estaba sentado Albert Einstein. Le acercó la pistola y le puso la punta del cañón a un par de centímetros de su nariz.

—Usted no me ha hecho, *Herr Proffessor*. Usted me ha hecho ser. No es lo mismo. Y eso es algo que nunca le perdonaré.

Albert Einstein frunció el ceño.

—¿Sabe una cosa? Puede que tengan razón todos esos

científicos jóvenes que aseguran que Albert Einstein está acabado. Lo cierto es que no comprendo nada.

Frida von Kleinsberg llevaba siete años esperando este momento y ahora se le atascaban las palabras. Desde que regresó de Polonia no había dejado de pensar ni un día en el momento en el que pudiera tener a Albert Einstein a su merced y decirle cuánto lo odiaba porque estaba segura de que era su padre. Sentía náuseas cada vez que pensaba en eso porque ya había germinado en ella el odio a los judíos cuando se enteró. Puede que para cualquier licenciada en Física la posibilidad de que Albert Einstein fuese su padre hubiera sido muy estimulante, pero para Frida era una carga cuyo peso llevaba arrastrando penosamente desde que lo supo. No había ningún parecido físico entre ellos dos, pero eso no quería decir nada. Cuando era niña las amistades de sus padres decían que tenía los ojos del barón, el pelo y las manos de la baronesa, y no sólo ella, que no sabía nada, lo creía a pies juntillas, sino también sus padres adoptivos parecían aceptar que el parecido era tan real que a veces podían pensar que habían sido ellos quienes habían engendrado a su pequeña.

Siete años y ahora no sentía ninguna emoción especial. Era como si el único motivo por el que ahora quería matar a Einstein fuera para que no pudiese interferir en los planes del desarrollo de la bomba atómica del Reich, como si al tener a Albert Einstein a su merced se hubiera dado cuenta de que la razón principal para terminar con la vida de aquel viejo científico acabado era estrictamente profesional, como si después de haber deseado algo durante tantos años, cuando llegara el momento de conseguirlo ya no estuviese segura de quererlo. Lo iba a matar, iba a matarlos a los dos, y luego regresaría a Alemania, pero se alegraba de haber superado el trauma de ser la hija de Einstein sin tener que acabar con su vida, haberlo conseguido por ella misma, darse cuenta de que ya no le importaba, que, al cabo, ella era Frida von Kleinsberg, la única hija del barón Von Kleinsberg. La hubiera engendrado quien la hubiera engendrado —Albert Einstein, un polaco rubio o un judío con nariz aguileña del Kazimierz de Cracovia—, es lo que era.

Pero eso no significaba que no se lo dijera. Acercó sus labios a la oreja de Einstein.

—Tal vez recuerde el nombre de Agniezska Waleska —le susurró, muy despacio, deteniéndose en cada sílaba.

Agniezska Waleska, murmuró Albert Einstein, con el ceño fruncido, como si no entendiese de qué le estaba hablando Frida.

—Agniezska Waleska. Polaca, nacida en Cracovia. Estudió en la Universidad de Berna entre 1908 y 1909.

Einstein sacudió la cabeza. Parecía que de verdad no supiera de qué le estaba hablando.

—No importa —dijo Frida—. Se lo contaré por el camino. Todavía tenemos un poco de tiempo. Levántese, *Herr Proffessor*.

Albert Einstein la obedeció.

—Acabemos con esto cuanto antes, *Fräulein*.

Frida le apuntó al pecho con el cañón de la pistola.

—Seré yo quien decida cuándo acabaremos.

Luego apuntó a Altamira. Tendría que llevárselo a navegar también. Frida tenía previsto adentrarse en la bahía con el *Tinef* y remolcar el barco de los Trefmann, que era más pequeño, para dejar el de Einstein a la deriva y regresar en él.

Alfonso Altamira, aunque no le gustaba navegar, sí sabía nadar, y no sería tan fácil acabar con su vida arrojándolo por la borda y no dejando que su cabeza pudiera salir a la superficie a respirar. Y los dos cadáveres flotando en la bahía sería sospechoso. Tampoco podía matarlo en la casa de Albert Einstein y que Maja, Margot o Helen encontrasen su cadáver en una butaca del salón. Aunque podía enterrarlo, como había hecho con Gaspar Puig, pero el mejor sitio para hacerlo no era en la casa de Albert Einstein, porque hasta allí enseguida vendría gente que podría acabar encontrándolo antes de que a ella le hubiera dado tiempo de poner el océano de por medio. Además, cuanto más tarde se descubriese todo, si es que se descubría, mucho mejor. Cada día que pasase sería un día más de ventaja que el Tercer Reich tendría para dominar el mundo. Acabaría con la vida de Albert Einstein primero, y luego regresaría navegando en el barco de los Trefmann con Altamira, lo mataría en la casa de Arturo Ramírez de Ayala y lo enterraría junto a su amigo Gaspar Puig.

—Alfonso, tú vendrás con nosotros.

Altamira la miró, sin moverse de la butaca. Suspiró, resignado.

—Frida, por favor. ¿Qué vas a hacer?

—Vamos a dar una vuelta por la bahía con el profesor Einstein. Luego tú y yo volveremos.

Se volvió hacia Albert Einstein. Se había alejado de ellos lo bastante como para poder apuntarles a los dos con un pequeño movimiento de muñeca.

—*Herr Proffessor*. Necesito una cuerda.

Albert Einstein negó con la cabeza.

—No sé dónde puede haber una cuerda.

—¡Haga lo que le digo!

Pero Albert Einstein no se alteraba. La miraba con los ojos tranquilos, como si no le importase que le estuviese apuntando al pecho con una pistola y le estuviese ordenando a gritos que buscase una cuerda.

—*Fräulein*, no acostumbramos a guardar cuerdas en el salón de esta casa.

Frida dejó escapar el aire, intentando controlarse. Le daban ganas de dispararle entre los ojos allí mismo, dejarlo moribundo en el salón de su casa y luego llevarse a Altamira hasta la suya para acabar con todo de una vez. Pero no era el momento de estropear las cosas después de haber llegado al momento más importante de la misión, el momento supremo de su vida quizá.

Frida miró por la ventana. Estaba tan oscuro que desde allí arriba no se podía ver el pequeño embarcadero.

—Está bien —dijo—. Vamos todos fuera.

Newton torció la cabeza, como si no comprendiera nada, cuando los vio salir a los tres de la casa.

Albert Einstein caminaba despacio, junto a Alfonso Altamira, por delante de Frida. Habría unos trescientos metros desde la casa de Albert Einstein hasta la playa, cuesta abajo, pero a esa hora era muy poco probable que se encontrasen con algún vecino. Por suerte, Nassau Point era una zona poco poblada. Que al genio le gustase tanto la tranquilidad iba a facilitar su muerte.

Cuando llegaron al embarcadero miró rápidamente a un

lado y a otro, para asegurarse de que nadie podía verlos, y recortó la distancia que la separaba de Altamira, le acercó el cañón de la pistola a la boca y se lo quedó mirando un instante, como si le pidiese disculpas por lo que estaba a punto de hacer.

Frida. Era su nombre lo que se adivinaba en los labios de Altamira, pero no le dio tiempo a decir nada, a protestar o a pedirle que no lo matase. Antes de que pudiese pronunciar las dos sílabas la mano de Frida que sostenía la pistola se había desplazado a un lado para coger impulso y un instante después sintió un golpe metálico en la sien que estuvo a punto de hacerlo caer. Cuando recibió el segundo impacto ya había perdido el conocimiento y se había desmadejado sobre las tablas del pequeño muelle, igual que un muñeco de trapo.

Frida von Kleinsberg había vuelto a apuntar al pecho de Albert Einstein con la pistola después de golpear a Altamira. Desde que había sacado el arma era la primera vez que lo había notado tenso. Mostrarse violenta era la mejor manera de que se percatase de que iba en serio, que de ninguna manera nada de lo que había pasado iba en broma. Albert Einstein miraba la imagen grotesca de su amigo Altamira derrengado sobre las tablas después de que ella le hubiera golpeado dos veces en la cabeza con el cañón de la pistola, pero enseguida recuperó la compostura.

—Súbalo al barco, *Herr Proffessor* —le ordenó Frida de nuevo, señalando el bote de los Trefmann con el cañón—. ¡Ahora!

A pesar de la contundencia con la que la joven se expresaba, Albert Einstein no se movió más deprisa de lo que acostumbraba, ni siquiera cuando Frida lo empujó.

—*Herr Proffessor* —le dijo, empujándolo otra vez, cuando ya había conseguido colocar el cuerpo de Alfonso Altamira en el barco—. También podría golpearle a usted igual que he hecho con Altamira, pero cuando se golpea a alguien en la cabeza no se sabe qué consecuencias puede tener. Incluso se puede perder el conocimiento y no despertar ya nunca más.

—*Liebchen Fräulein* —respondió Albert Einstein, volviéndose hacia ella—, si hubiera querido matarme a golpes hace ya mucho tiempo que lo habría hecho. —Chasqueó la lengua, como quien está seguro de rebatir un argumento. Sonrió al cabo y luego miró la niebla que cubría la bahía—. Pero no lo va a hacer. Por alguna razón quiere que todo acabe ahí, en el agua.

Frida no le contestó. Sin dejar de apuntarle buscó a tientas un cabo enrollado en la cubierta del barco que le pareció lo bastante fuerte y largo como para poder atar a Altamira con las suficientes garantías de que no se soltase.

—Átelo —le ordenó—. ¡Vamos!

Pero Albert Einstein no se movía, y ella volvió a empujarlo. El genio resbaló y estuvo a punto de caer. Le pareció tan frágil que Frida temió que se cayese y se partiese la cabeza con la precaria barandilla del embarcadero.

—Pudo haberme matado el otro día, cuando estábamos los dos solos navegando. Le hubiera resultado más fácil que ahora. Dígame, ¿qué se lo impidió? ¿Que era de día?

Frida no dijo nada, se limitó a apuntarlo a la cabeza con el cañón de la pistola.

Pero Albert Einstein siguió hablando, en cuanto recuperó la compostura.

—Claro —dijo, y no pudo evitar una sonrisa al recordarlo—. Los niños. Entonces llegaron los críos y se pusieron a gritar mi nombre: ¡Albert Einstein! ¡Albert Einstein! No es fácil acabar discretamente con la vida de un judío tan famoso, *Fräulein*.

Frida von Kleinsberg agarró a Einstein por el cuello de la camisa y le puso el cañón de la pistola en las costillas.

El español ya movía la cabeza, pero todavía no era capaz de levantarse.

—Átelo —le ordenó, de nuevo.

Albert Einstein había cogido la cuerda y la miraba como quien quiere descifrar un enigma y no sabe cómo.

—Átelo, *Herr Proffessor*. Átelo al travesaño del barco.

Albert Einstein asintió, se colocó detrás de Altamira, soltó las cuerdas y tiró de él. De uno de los lados de la cabeza le bajaba un hilo de sangre, pero estaba recuperando el conocimiento. Murmuraba algo pero no se le entendía. Era como si se hubiese sumido en una plácida duermevela y hablase en sueños.

—Átelo bien, *Herr Proffessor*.

—Si sabe tantas cosas de mí, *Fräulein*, estoy seguro de que le habrán contado que soy todo lo contrario de un navegante experto y que, por tanto, hacer nudos marineros no es lo que mejor se me da.

Frida von Kleinsberg no le contestó. Se limitó a mirarlo con desprecio sin dejar de apuntarle con la pistola.

Albert Einstein no tardó más de dos minutos en sujetar las manos de Alfonso Altamira al travesaño del barco donde Frida se sentaba cuando había navegado en él.

—Retírese —le ordenó Frida cuando terminó—. Hágase a un lado.

Albert Einstein la obedeció. Frida se agachó y, sin dejar de apuntarle con la pistola, con la mano que le quedaba libre comprobó que las ligaduras de Altamira eran lo bastante fuertes como para que no pudiera soltarse, al menos hasta que ella hubiese acabado con la vida de Albert Einstein.

—No está mal —dijo—. ¿Tiene un pañuelo?

Albert Einstein asintió, con desgana.

—Pues démelo.

Se lo arrancó de la mano en cuanto lo sacó del bolsillo, hizo una bola con él y, con un movimiento rápido, separó los labios de Altamira y se lo metió en la boca.

—Ahora vámonos —ordenó a Albert Einstein, señalando el *Tinef*—. Se nos está haciendo tarde.

Apenas se veían luces a esa hora, aunque no era imposible que se encontrasen con alguien o que algún pescador inoportuno se les cruzase cuando se adentraban en la bahía. Y Albert Einstein también podía ponerse a gritar para pedir ayuda. Pero caminaba casi pegada a él, observando cualquier movimiento extraño para atajarlo tapándole la boca o con un golpe en la nuca. No era la mejor solución, pero siempre sería mejor a que la descubriesen y la capturasen. Pero Albert Einstein caminaba hacia el cadalso con la misma parsimonia con la que lo había visto pasear fumando de su pipa por la orilla de la bahía de Peconic, como si en lugar de la noche en que una agente alemana estaba a punto de acabar con su vida fuera una plácida mañana cualquiera en la que paseaba por los jardines del Instituto de Estudios Avanzados de Princeton mientras pensaba en esa utópica Teoría del Campo Unificado que conjugase de una manera sencilla todas las fuerzas del universo.

Pero Frida von Kleinsberg iba a segar de un solo tajo su vida y su legado. Tal vez, cuando las banderas del Reich ondeasen en todo el mundo, el propio nombre de Albert Einstein desaparecería de los libros de historia. Cumplir la misión que la había llevado hasta Long Island no significaba sólo matarlo, sino también con el tiempo borrar de la faz de la tierra cualquier rastro de su memoria.

Cuando subieron al barco ella misma sujetó con un nudo de experta el barco de los Trefmann al *Tinef* para remolcarlo y le dio las instrucciones a Albert Einstein para dirigirse hasta un punto de la bahía que estuviera alejado de cualquier orilla, sin dar bandazos, como él estaba acostumbrado a navegar, sin perder tiempo. Ella se había sentado en la popa para manejar el timón, y Albert Einstein tiraba del cabo que mantenía la vela firme. Corría una brisa fresca, la pequeña embarcación navegaba a un ritmo constante y, teniendo en cuenta que remolcaba a otro, aceptablemente rápido.

Albert Einstein escrutaba las estrellas a través de la niebla, y suspiraba como si le preocupase que aquélla fuera una noche demasiado hermosa para morir.

Frida pensó que estaba teniendo suerte. No había luna, no se habían encontrado a nadie. No había testigos molestos.

—Agniezska Waleska —dijo Albert Einstein, de pronto, como si llevase un rato pensando en ella—. Me gustaría saber de dónde ha sacado ese nombre del pasado, *Fräulein*. Tómeselo —añadió, volviendo la cara hacia ella, sonriendo— como la última voluntad de un anciano que va a ser ejecutado.

La respuesta de Frida von Kleinsberg fue corregir el rumbo.

—Cace la vela un poco, *Herr Proffessor*. El viento ha cambiado.

Albert Einstein tiró un poco del cabo, inclinándose sobre la pequeña cubierta. Para que el viento hinchase la vela había tenido que sacar el cuerpo por la borda hasta la mitad de la espalda. Frida movió un poco el timón para no hacerlo caer. Todavía estaban demasiado cerca de la orilla y si dejaba que se ahogara allí había más posibilidades de que el cuerpo fuese descubierto antes, o que tal vez el judío, a pesar de la calma aparente que mostraba ahora, en el momento culminante pudiera ponerse a gritar o a pedir socorro.

—Puede matarme aquí mismo —dijo Albert Einstein de repente, como si le hubiera leído el pensamiento.

Frida lo miró, sin dejar de apuntarle con la pistola mientras seguía concentrada en el timón.

—No falta mucho, *Herr Proffessor*. No tenga prisa porque su hora le va a llegar muy pronto.

Albert Einstein volvió la cara y, sujetando el cabo que mantenía la vela inflada, se puso a mirar hacia la proa, hacia el punto al que Frida von Kleinsberg iba a llevarlo para matarlo. A Frida seguía sin parecerle alterado. Era como si tuviera asumido que algún día podría llegar este momento, o es que tal vez consideraba que había vivido lo bastante y aceptaba su muerte con la resignación de quien se sabe con el deber cumplido. Miró hacia atrás Frida. En la oscuridad apenas podían distinguirse las casas de la orilla, y por delante de ellos, a lo lejos, sólo se veían las luces de dos o tres porches encendidas, seguramente de algunos vecinos a los que no les gustaba que sus casas estuviesen completamente a oscuras mientras dormían. Aquel lugar bien podía ser el más idóneo para arrojar a Albert Einstein por la borda.

La vela se desinfló al ponerse el bote de cara al viento después de que ella hubiera tirado del timón. Albert Einstein suspiró, sin volverse. Apoyó la espalda en el mástil. Parecía que miraba las luces de las casas, a lo lejos, pero Frida pensó que también podía tener los ojos cerrados y en aquel momento lo que más echaba de menos era su pipa. Habían pasado casi diez años desde que lo había visto por última vez, sentado en el césped de la universidad, en Berlín, charlando animadamente con sus alumnos, entre los que ella se encontraba. Todavía el barón Von Kleinsberg no le había contado que la habían adoptado cuando sólo era un precioso bebé recién nacido, y aún no imaginaba, cómo podría, que viajaría hasta Polonia para buscar la verdad. Llevaba esperando este momento desde el verano de 1932, tener a su merced a Albert Einstein. Había esperado y al final había obtenido su recompensa. Bastaba con empujar a un viejo judío que no sabía nadar por la borda y dejarlo que se ahogara.

Pero no tenía que ser ahora mismo. Primero tenía que hablar con Albert Einstein. Había tiempo para todo.

—Agniezska Waleska —dijo, de repente, y cuando las palabras le salieron, sintió que de la boca estaba a punto de brotarle un tapón que le atascaba la garganta. Tuvo que decir ese nombre otra vez para asegurarse de que era ella la que estaba hablando y no se lo había imaginado—. Agniezska Waleska.

Albert Einstein cruzó los brazos y suspiró. Seguía con la espalda apoyada en el mástil, como si fuera el vigía de un barco que escruta el horizonte para avisar a sus compañeros de la proximidad de la tierra firme. Frida von Kleinsberg se alegró de que estuviese de espaldas y no tener que enfrentar sus ojos. No es que sintiera vergüenza al hacerlo. No quería. Simplemente.

—Era mi madre —dijo, al cabo de un momento, y al hacerlo fue como si el tapón que le atascaba la garganta hubiera saltado de repente, como el corcho de una botella de champán.

Desde la popa vio asentir a Albert Einstein.

—Agniezska Waleska —repitió Einstein—. Debí sospecharlo. Waleska. Pero ése es un apellido polaco, *Fräulein*, y usted es una joven berlinesa, aunque después de lo que he visto esta noche también es cierto que cualquier cosa es posible.

Frida von Kleinsberg se levantó de la popa y se acercó al mástil, para poder verle la cara.

—¿No tiene nada que decirme?

El genio seguía mirando las aguas de la bahía. El pelo desordenado, las piernas estiradas en la cubierta. Tan sólo el ceño arrugado indicaba que estaba concentrado, que le costaba entender lo que aquella joven alemana que iba a matarlo quería explicarle.

—Agniezska Waleska —le dijo Frida, acercándole los labios al oído—. Una estudiante polaca de Física que había viajado hasta Berna para conocer a Einstein en 1908.

Albert Einstein tomó aire, lo aguantó dentro del pecho unos segundos y luego lo soltó despacio, sin ahorrar ruido, como un balón que se desinfla.

—Einstein todavía no era el científico más famoso del mundo, pero ya hacía tres años que había publicado en

Annalen der Physic aquellos cinco artículos en los que formulaba la Teoría Especial de la Relatividad. El mundo científico se había asombrado y muchos querían conocer al genio.

Albert Einstein negó con la cabeza, despacio, como si le cansase la conversación.

—¿Adónde quiere llegar, *Fräulein*?

Frida se había sentado en la borda. No dejaba de apuntarle con la pistola mientras hablaban, pero estaba segura de que no necesitaría el arma, que tenía la fuerza suficiente para dar un empujón a Albert Einstein y que éste no pudiera resistirse.

—Usted sabe muy bien adónde quiero llegar, *Herr Proffessor*. Piense un poco, piense un poco ahora que ya estoy segura de que ha recordado quién era Agniezska Waleska. Una joven estudiante de Física y un científico diez años mayor que ella que empieza a ser una celebridad. Un científico casado y con dos hijos pequeños al que lo pierden las faldas. Vamos, *Herr Proffessor*. No me diga que no se acuerda. ¿O es que ha tenido un romance con cada una de las mujeres que han querido conocerle?

—*Fräulein* Klein. Está usted aventurando demasiado. Corren por ahí demasiados rumores sobre mí. No debería hacer caso a las habladurías de la gente.

—No son habladurías de la gente, *Herr Proffessor.* Lo sé todo sobre usted.

Albert Einstein volvió a negar con la cabeza, sin dejar de mirar el mar.

—Es imposible saberlo todo sobre alguien —contestó, al cabo, y luego, tras un instante callado, añadió—: Debo suponer que la situación es ésta: Agniezska Waleska viaja desde Polonia hasta Berna para conocer a Albert Einstein. Es un viaje demasiado largo por un motivo tan poco importante, pero supongámoslo. Resulta que conoce al científico y pasan una noche, varias, de pasión, y el resultado, tres décadas más tarde, es que usted haya venido desde Berlín para matarme.

Se volvió Einstein por primera vez hacia ella. Sentada en la borda del bote, apuntándolo con el cañón de la pistola y sujetándose con la otra mano, Frida von Kleinsberg se sintió ridícula.

—*Fräulein* Klein. Esto es delirante. Debería tener presente que lo mío es la ciencia, no la ciencia ficción. No hace falta que recurra a Electra para acabar conmigo. No es necesaria una historia tan retorcida para matar a un hombre. Y, ahora que lo pienso, déjeme que le diga una cosa: ni siquiera recuerdo a esa mujer. Y, créame, si usted ha salido a ella estoy seguro de que la recordaría.

Frida sacudió la cabeza.

—Ya no valen los trucos para ganar tiempo, *Herr Proffessor*. Usted sabe perfectamente quién era Agniezska Waleska. —Frida le hablaba como si no hubiera escuchado lo que él le había dicho, como si para ella lo más importante en ese momento fuera que Albert Einstein conociera la historia—. Ella me entregó en adopción a una familia alemana. Me criaron como a su hija. Cuando me dijeron que había sido adoptada quise conocer a mi madre biológica. Viajé hasta Berna, hice algunas preguntas. Regresé a Berlín y luego cogí un tren a Cracovia. Pasé dos semanas en el sur de Polonia haciendo averiguaciones, y fui a la casa en la que había vivido Agniezska Waleska. Murió en 1918.

—Pero eso no quiere decir que sea su madre, y mucho menos que la criatura fuese mía.

—¿Sabe una cosa, *Herr Proffessor*? Cuando era muy joven sentía una gran admiración por usted. A pesar de ser judío lo admiraba, y me enfadaba cuando alguno de mis compañeros desdeñaba sus teorías sólo por el hecho de profesar la religión del Talmud, pero a medida que fui averiguando cosas sobre usted la admiración fue transformándose en odio, en asco incluso.

Albert Einstein se rascó un ceja, sin prisas. De nuevo miraba el abismo oscuro delante de él.

—Es un cambio interesante, pero bastante común por otro lado. Tal vez lo que le da asco no sea yo, sino pensar que por sus venas pueda correr sangre judía, sangre judía y sangre eslava. A veces en la vida se dan estas paradojas, ya ve. Una agente nazi que no es aria, sino tal vez medio judía y medio eslava. Si su madre murió hace años, sólo le queda acabar con este pobre viejo para borrar cualquier vestigio de la impureza de su raza.

Albert Einstein sonreía, pero Frida se incorporó, y con la mano libre lo agarró por la solapa.

—¡Escúcheme! ¡Escúcheme, maldita sea! Voy a matarlo. Me da igual que sea mi padre o que no lo sea. Estoy aquí para impedir que pueda usar su nombre para que los americanos se interpongan en el camino de Alemania, para que deje de usar su fama para estorbar al destino del pueblo alemán. Puede que sea mi padre, pero también puede que no. Eso ya no me importa. Yo soy Frida von Kleinsberg, ¿lo entiende? Frida von Kleinsberg, hija única del barón Von Kleinsberg, y voy a matarlo porque es mi obligación. Si me hubieran ordenado meterlo en un barco y llevarlo hasta Berlín, no dude que ya estaríamos viajando hacia Europa. —Se quedó callada unos segundos, procurando calmarse—. Levántese, *Herr Proffessor*. Es hora de nadar un poco.

—No podréis vencer —repuso Albert Einstein, poniéndose las manos en las rodillas para ayudarse a levantarse—. Yo no soy más que una mota de polvo en el mundo, un científico insignificante. Vendrán otros más jóvenes, con más energía y con el talento suficiente para impedir que los nazis sean los primeros en fabricar una bomba atómica. Al final siempre triunfa el bien, *Fräulein*, es una lección que debería aprender cuanto antes. El bien triunfa más tarde o más temprano.

—Los judíos no son el bien. Los comunistas no son el bien.

Albert Einstein sacudió una mano. Cerró los ojos y movió la cabeza.

—Acabemos ya —dijo—. ¿Qué se supone que tengo que hacer?

Frida no le contestó. Estaban de pie, manteniendo el equilibrio en un bote que apenas podía con el peso de los dos. Un viejo científico cansado y una agente alemana que empuñaba una pistola. Cualquiera que hubiera visto la escena desde fuera se habría dado cuenta enseguida de quién tenía las de ganar y quién tenía las de perder. Frida von Kleinsberg sólo había de empujar el brazo del hombre que estaba con ella. Antes de hacerlo miró a un lado y a otro, para cerciorarse de que nadie la veía. Le había parecido escuchar algo, pero en la oscuridad no podía ver nada. Albert Einstein seguía allí, de pie, y ella ya no tenía más tiempo que perder. Dio un empujón al que podía ser su padre, pero éste no se dejó tirar al agua como un cordero que va al matadero. Sabía que al final caería, pero primero empujó a

Frida, que mantuvo el equilibrio a duras penas y hubo de emplearse a fondo. Einstein le había agarrado las piernas y tiraba de ella. Sabía que no quería dispararle y se aprovechaba de la situación. El *Tinef* se inclinaba peligrosamente hacia estribor, por la proa, bajo el peso de los dos. Al caer sobre la cubierta Frida sintió cómo una ola le mojaba el pelo. Con el rabillo del ojo vio que la popa del barco se levantaba. Si seguían forcejando podrían hacer que volcase, o que se inclinase lo bastante para que cayesen al agua. Pero no le importaba demasiado. De los dos, era el viejo judío el que no sabía nadar. Ella podría volver nadando al barco donde estaba amarrado Altamira y regresar navegando a la orilla. Frida le dio un puñetazo a Albert Einstein y lo empujó con las piernas para hacerlo caer al agua.

Cuatro, pensó. Con Albert Einstein serían cuatro los hombres que había matado y todavía tendría que acabar con la vida de otro más. Trató de recuperar el equilibrio con cuidado. Tenía treinta años menos que él y era una agente muy bien entrenada, pero todavía no había sido capaz de hacerlo caer al mar.

Con el movimiento había entrado agua en la bañera del barco y la proa se había inclinado un poco más a estribor. Empujó a Albert Einstein hacia la popa, la parte del barco que se levantaba, pero éste se había puesto de rodillas sobre la cubierta, y a pesar de que Frida lo empujaba con todas sus fuerzas no conseguía tirarlo al mar. Era viejo pero era bastante más alto que ella. Había arrojado la pistola al otro lado del barco para poder sujetarlo mejor mientras lo empujaba y ahora no podía apuntarle. Se giró sobre sí misma y tiró de él hacia la borda del *Tinef*. Estando los dos en el agua, sería Albert Einstein quien tendría todas las de perder, pero lo más extraño, se dio cuenta Frida, era que Albert Einstein parecía tener la misma intención que ella, caer los dos juntos al agua, como si a pesar de no saber nadar creyese que una vez que hubiesen caído pudiera tener alguna oportunidad.

Frida von Kleinsberg sonrió, lo hizo como un tiburón que olfatea a su presa y está seguro de poder lanzar una dentellada sin que el otro pueda tener ninguna oportunidad. Un instante después estaba tan concentrada en su tarea que no se dio cuenta de lo que pasaba hasta que sintió la primera sacudida que estuvo a punto de hacerla caer. Buscó a tientas la pistola antes de volverse. Antes de girarse estiró los brazos para mantener a raya a Albert Einstein.

El *Tinef* volvió a sacudirse bruscamente y otra vez estuvo a punto de perder el equilibrio. Ni siquiera tuvo tiempo de coger la pistola cuando sintió la nueva embestida, ahora más fuerte que la primera vez. Albert Einstein estaba tumbado en la cubierta y jadeaba, derrotado. Trató de levantarse, pero enseguida supo que no podría mantenerse de pie. Inclinado como estaba por la proa y con el peso de ellos dos en la parte de estribor sólo habría hecho falta empujar un poco el barco para hacer que diera la vuelta. Frida procuró mantener el equilibrio pero ya no era posible. Un instante después, cuando resbalaba en la cubierta mojada del barco, antes de caer al agua, pudo ver a Alfonso Altamira, que intentaba mantenerse erguido a duras penas en el bote de los Trefmann.

CAPÍTULO XXV

Altamira había conseguido empujar el *Tinef*, y aunque había sido imposible hacerlo volcar, había logrado que Frida Klein cayese al agua.

Había perdido la cuenta del tiempo que llevaba acurrucado y amarrado en el fondo estrecho y húmedo de la barquita y, al principio, cuando escuchó la conversación entre Frida y Albert Einstein, era como si las voces le llegasen de un sueño lejano que se volvía más nítido a cada momento. Tomaba conciencia de la realidad a medida que pasaban los minutos: primero el dolor de las manos, donde le apretaban las ligaduras, las arcadas por tener un pañuelo en la boca, luego la punzada en la cabeza, como si hubiese pasado una noche pesada de insomnio; más tarde el frío y la humedad de la madera en la espalda, pero las voces, sobre todo escuchar las voces de Frida y Albert Einstein, fue lo que le recordó que su vida había sufrido un grave revés, que la mujer de la que había estado perdidamente enamorado —o de la que todavía estaba perdidamente enamorado: no era fácil utilizar otro tiempo verbal cuando la sorpresa aún era tan reciente— resultaba ser una agente nazi que había venido hasta Nueva York tal vez con el único propósito de acabar con la vida de Albert Einstein. Enterarse de ello había supuesto comprender un montón de cosas, como descubrir en una fórmula sencilla el origen de la vida. Todo era mentira en su relación con Frida Klein, con Frida von Kleinsberg, según acababa de enterarse. Todo había sido mentira siempre, en Brooklyn y en Long Island, ahora y en Madrid. Ya no tenía dudas de que la razón por la que ella irrumpió en su plácida vida de profesor en la Universidad Central en 1935 no fue otra que sus denodados esfuerzos para intentar que a Albert Einstein le concedieran una cátedra en España. El judío más célebre del mundo era una molestia para los nazis que convenía quitar de en medio cuanto antes, y Madrid podía ser un buen lugar para ello si al final aceptaba el puesto que le habían ofrecido.

No te fíes de ella, le había dicho su amigo Gaspar Puig. La razón era tan simple y tan obvia que, tumbado en la barca que arrastraba el bote que Frida dirigía hacia el centro de la bahía para acabar con la vida de Albert Einstein, con los ojos cerrados en parte porque aún no se había despertado del todo y también porque sabía que si ella pensaba que aún estaba inconsciente todavía podía tener una posibilidad, no sabía muy bien de qué, se lamentaba por haber sido tan estúpido, tan ingenuo como un adolescente enamorado, peor aún, como un niño que todavía cree en los reyes magos.

Frida von Kleinsberg podía ser la hija ilegítima de Albert Einstein. Era todo tan complicado que resultaba difícil encontrarle sentido. La única certeza era que Frida iba a matar a Albert Einstein para que no pudiera interferir en el programa atómico de los nazis, que lo ahogaría en el mar y, para que pareciera un accidente y nadie sospechase, dejaría también su barco allí, a la deriva, y que luego regresaría hasta el embarcadero en el pequeño bote en el que él estaba amarrado y lo mataría a él también. Ésa era la única verdad posible, y Altamira tenía las manos atadas al travesaño de la barca que servía para sentarse. Apenas podía estirar las piernas en la cubierta, y a pesar de haberse despertado por completo, no había abierto los ojos ni se había movido porque no estaba seguro de que Frida von Kleinsberg no pudiera verlo desde su posición. Lo mejor era que creyese que aún permanecía inconsciente, que podría acabar con la vida de Albert Einstein sin que nadie se lo impidiera y que luego podría volver hasta la orilla con él para matarlo también. No tenía mucho que perder Altamira si intentaba algo, pero también era cierto que no se le ocurría nada que hacer, nada salvo esperar a que Frida estuviese tan concentrada en procurar que Albert Einstein dejase de respirar bajo las aguas de la bahía para jugárselo todo a una carta.

No podréis vencer, oyó decir a Albert Einstein, y al moverse su barca se dio cuenta de que los dos, Frida von Kleinsberg y él, se habían levantado, porque el costado del bote en el que estaban ellos estaba pegado al suyo y un movimiento de cualquiera de los dos barcos, tan pequeños, hacía que el otro se moviese también. Por eso Altamira permanecía quieto, aguantaba la respiración esperando el momento oportuno para moverse, para poder hacer algo.

Yo no soy más que una mota de polvo en el mundo, un científico insignificante, añadió Einstein, y luego dijo algo más, pero Alfonso Altamira ya no lo escuchaba. Apretó los párpados y tiró un poco de la cuerda. Estaba muy bien atado y soltarse no iba a ser posible. De eso estaba seguro. Pero tal vez el travesaño de madera cedería si tiraba con la fuerza suficiente. La barca estaba muy descuidada y pedía a gritos una mano de pintura. Con un poco de suerte la madera estaría lo bastante vieja y vencida como para no poder resistir el tirón de un hombre desesperado. Pero no podía moverse. Todavía no.

Luego Frida dijo algo sobre los judíos, y Albert Einstein parecía enfadado o cansado o impaciente por terminar con todo de una vez. Acabemos ya, le dijo. ¿Qué se supone que tengo que hacer? Fue entonces cuando la barca en la que estaba Altamira empezó a moverse. Sin duda había comenzado un forcejeo entre Frida von Kleinsberg y Albert Einstein, y matar a un hombre, aunque se trate de un anciano resignado o incluso tenga ganas de acabar con todo de una vez, no es tan fácil como puede parecer, sobre todo si se quiere hacer en silencio, sin disparar una pistola ni dar voces que alerten a los vecinos que duermen en alguna de las casas de la orilla.

Fue ése el momento que Altamira aprovechó para levantar la cabeza. Frida von Kleinsberg le había tapado la boca a Albert Einstein y trataba de empujarlo al agua. Era un barco demasiado pequeño para que dos personas se movieran con tanta violencia. Pero al final Frida von Kleinsberg conseguiría empujar a Einstein al mar, o si no también podría tirarse con él y ahogarlo porque era muy buena nadadora. Ya no le sorprendían las habilidades de Frida que tanto había admirado: era una gran deportista y manejaba la vela con la soltura de quien ha pasado muchas horas navegando. Sin duda era una agente muy bien entrenada que no temía enfrentarse sola a dos sexagenarios. Ya había logrado sacar medio cuerpo de Albert Einstein fuera del *Tinef* cuando Altamira se levantó, sin poder estirar el cuerpo del todo porque las cuerdas no le dejaban hacerlo. La embarcación donde estaban Frida von Kleinsberg y Albert Einstein mostraba un equilibrio precario porque los dos estaban apoyados en la borda de estribor, cerca de la proa, por donde estaba entrando agua ya que la refriega estaba hundiendo el barco por ese lado. Pero las fuerzas de Albert Einstein no tardarían en fallar. Altamira no tenía mucho tiempo si quería hacer algo, aunque también sabía que si fallaba ya no tendría otra oportunidad, que Frida contaba con la fuerza, la motivación y con el entrenamiento necesarios para acabar con la vida de los dos a la vez. Cogió aire, levantó la pierna, y antes de empujar la barca pensó que había ocasiones en las que le gustaría ser creyente para poder encomendarse a Dios sin ruborizarse.

Hubo de hacerlo dos veces y, a pesar de no haberse podido levantar del todo, la patada al *Tinef* había sido lo bastante fuerte como para hacer caer a Frida Klein al agua. Se inclinó tanto que por un momento le pareció que iba a volcar, pero inmediatamente el mástil recuperó la verticalidad. Durante un par de segundos no pudo ver ni a Albert Einstein ni a Frida. Parecía como si nunca hubieran estado, era como si todo lo que había pasado no fuese más que un mal sueño y al despertar tan sólo hubiera encontrado el mar en silencio y el *Tinef* a punto de volcar. Sólo oía su propia respiración y el rumor suave de alguna ola que dibujaba la brisa, el mismo viento que tal vez lo había despertado y a lo mejor le había dado una oportunidad de salvar la vida.

Pero no había sido un sueño. Sus manos seguían atadas al travesaño. Tiró con fuerza pero sólo consiguió que le sangrasen las muñecas. Tal vez no podría, o quizá tendría que intentarlo más fuerte, si es que podía.

Fue la cabeza de Albert Einstein lo primero que vio aparecer cuando el *Tinef* volvió a ponerse derecho. Se movía con torpeza y, aunque apenas podía distinguirle la cara porque el pelo mojado se la tapaba, le sorprendió que su colega se mostrase tan tranquilo después de lo que había pasado. Entornó Altamira los ojos, como quien quiere escrutar el horizonte, porque no lograba ver a Frida. Pensó que podía estar buceando, que ella podía aguantar varios minutos debajo del agua, un tiburón peligroso, un monstruo marino que acecha y que tal vez aparecería de repente y volcaría su barco también, y él se ahogaría porque estaba amarrado y no podría nadar para salvarse.

Tiró otra vez del tablón, con más fuerza, con todas las energías que le quedaban, y ahora sintió que la madera cedía, sólo un poco, pero al menos era una esperanza. Miró alrededor de nuevo, y sólo veía a Albert Einstein, levantándose de mala manera, en calma. Tenía que soltarse antes de que Frida apareciera, y sobre todo tenía que procurar salvar la vida de Albert Einstein. No estaba muy seguro de que la policía lo tomase en serio, a él, un profesor español que daba clases en un instituto de Brooklyn, cuando les contase que la muerte del científico más famoso del mundo se debía a una conspiración de los nazis. Investigarían su pasado, se enterarían de que hacía cuatro años que conocía a Frida von Kleinsberg, que ella había trabajado con él en Madrid, y tal vez al FBI no le costaría entretejer oscuras tramas que lo señalasen culpable. Pero él era un hombre viejo al que no le importaba morir si no le quedaba otro remedio: lo peor era el tiempo precioso que les regalarían a los nazis para que pudiesen construir la bomba atómica. Aunque detuviesen a Frida von Kleinsberg, si Albert Einstein no salía con vida y contaba lo que había pasado, los alemanes habrían conseguido su objetivo.

Seguía sin ver a Frida. Pero no habría pasado más de un minuto, o un minuto y medio quizá, desde que había desaparecido, y estaba seguro de que ella podía aguantar ese tiempo debajo del agua sin respirar, tal vez mucho más, y no lograba comprender qué estaría tramando.

Como si quisiera contestar a sus pensamientos, Albert Einstein cayó al agua. Concentrado como estaba en liberarse de sus ligaduras, no había podido verlo, pero estaba seguro de que Frida había tirado de él para hacerlo caer al mar. El siguiente paso sería intentar ahogarlo, y a ella no le iba a resultar difícil porque era más joven y más fuerte y Albert Einstein no sabía nadar. Bastaría un minuto, dos minutos tal vez, para que todo hubiese terminado.

Tiró de nuevo del tablón y, a pesar de los goterones de sangre que le brotaban bajo los nudos de la cuerda, a la altura de las muñecas, se alegró al comprobar que a cada tirón que daba la madera cedía un poco más.

El travesaño cedió por fin, y Altamira lo arrojó a la cubierta con rabia y se sacó el pañuelo de la boca antes de pasar al *Tinef*. Por culpa de la niebla y de la falta de luz de luna apenas podía ver nada. Sólo escuchaba Altamira un chapoteo desesperado, cerca del barco. Si se tiraba al agua con las manos atadas lo único que conseguiría sería que Frida pudiera ahogarlos a los dos, a Einstein y a él. Pero tampoco podía quedarse quieto y esperar a que Frida acabase con la vida de Albert Einstein. El *Tinef* volvió a inclinarse peligrosamente por la proa y Altamira se tiró sobre la popa para estabilizar el barco. Si se hundía, él, atado como estaba y con Frida en el agua, no tendría ninguna posibilidad de sobrevivir.

La proa del barco se levantó gracias al contrapeso del cuerpo de Altamira y entonces la pistola con la que Frida Klein los había encañonado se desplazó hasta la popa. Antes de que Alfonso Altamira pudiera darse cuenta ya la había cogido. A pesar de ser hijo de militar, ni siquiera de niño había cogido un arma de su padre para jugar. Era la primera vez en su vida que empuñaba una pistola y no sabía muy bien qué hacer con ella. Se levantó y miró el cañón como si fuera un apéndice extraño que brotase de sus manos, una excrecencia que un cirujano habilidoso debiera extirpar.

Sacudió la cabeza Altamira, sin estar seguro de lo que iba a hacer. No debía de haber pasado ni siquiera un minuto desde que Frida Klein había tirado de Albert Einstein y lo había hecho caer al agua. Si no hacía nada, dentro de muy poco tiempo el único hombre capaz de convencer al presidente Roosevelt de que los Estados Unidos comenzasen su propio programa de fabricación de la bomba atómica habría dejado de existir. Y si disparaba a ciegas también era probable que él mismo lo matase sin querer. Tampoco quería matar a Frida Klein, a pesar de todo no quería matarla, pero no podía pensar en eso ahora. El maldito azar, se lamentó, antes de aguzar el oído y entornar los ojos. Por culpa de la niebla y de la oscuridad no podía ver nada, pero a un lado del barco se distinguía un leve chapoteo. Imaginaba al profesor Einstein arañando la cara de Frida Klein, tratando en un último intento desesperado de aferrarse a la vida. La imaginaba a ella, empujando hacia el fondo de la bahía la cabeza del que podía ser su padre, vengándose por fin al cabo de tantos años de rencor. Eran demasiadas cosas como para detenerse a pensar. No había tiempo. Levantó la pistola y apretó el gatillo, y al disparar la bahía de Peconic se iluminó, como si hubieran estallado fuegos artificiales. Durante un instante pudo ver la cara de Frida Klein un poco más allá, antes de que volviese a reinar la oscuridad. El retroceso de la pistola había estado a punto de hacerlo caer. Volvió a levantar el arma y apuntó en la misma dirección, un poco más arriba, una, dos, tres, cuatro, cinco veces más, procurando acertar por encima de sus cabezas para no matarlos. Cada fogonazo le mostraba imágenes inconexas de lo que estaba pasando en el agua: una mujer endiablada, un científico que trata de zafarse de ella. Volvió a apretar el gatillo pero esta vez no hubo relámpago, no escuchó un disparo que estuviera a punto de reventarle los tímpanos. Había vaciado el cargador y ya no podía hacer otra cosa salvo esperar en el *Tinef* o lanzarse al mar para tratar de salvar la vida de Albert Einstein. Aunque no estaba seguro de lo que iba a hacer, tenía que saltar al agua a pesar de tener las manos atadas. Por suerte las tenía amarradas por delante y no por detrás, y con las manos lo bastante separadas como para poder nadar un poco. Al menos podría mantenerse a flote y volver al barco si entre los dos conseguían reducir a Frida y que no saliese del agua, que también era una posibilidad que se le acababa de ocurrir pero que procuraba alejar de su mente porque no quería que le estorbase ahora que la prioridad era salvar a Albert Einstein.

Se quitó los zapatos y se tiró al mar. Era difícil mantenerse a flote con las manos atadas, pero no era imposible. Había de meter la cabeza y sacarla del agua una y otra vez para impulsarse con las piernas.

Sólo tardó unos segundos en llegar.

Y no había rastro de Frida.

—¿Dónde está ella? —le preguntó a Einstein, casi sin aliento. Se había detenido un momento a descansar.

Su colega se lo quedó mirando. Lo vio cerrar los ojos y asentir, detrás de la cortina espesa de su melena empapada, como si hubiera adivinado que en la pregunta de Altamira no era miedo a que ella apareciera lo que había, sino preocupación por lo que pudiera haberle pasado.

—*Ich weiss es nicht* —respondió Einstein—. *Sie ist versunken.*

No lo sé. Se está hundiendo. Por la tensión del momento Albert Einstein le estaba hablando en alemán sin darse cuenta.

Había demasiada distancia entre el *Tinef* y ellos para que Albert Einstein pudiera tener alguna oportunidad de salvarse, de llegar él solo para poder sujetarse si no sabía nadar.

—¿Puede aguantar un poco, *Herr* Einstein?

Albert Einstein chapoteaba a duras penas.

—*Noch ein bischen* —dijo, sin poder evitar que se le colase un buche de agua.

Todavía un poco. Altamira pensó que podía ser suficiente, que en unos segundos podría estar la diferencia entre la vida y la muerte, la de él, la de Albert Einstein y él, o la de los tres. Cogió aire y se sumergió en el agua. Tenía el convencimiento de que Frida von Kleinsberg ya no era un peligro para ninguno de los dos, pero estaba tan oscuro que no podía ver nada. Y la prioridad, la única prioridad, era salvar la vida de Albert Einstein.

Tuvo que ponerse de espaldas para tirar de él y, con un

esfuerzo enorme, mantenerlo a flote. El *Tinef* estaba a unos siete u ocho metros, pero con las manos atadas y el peso de Albert Einstein, le parecía una distancia inalcanzable. Suerte que el genio se mantenía tranquilo. De no ser así, Alfonso Altamira estaba seguro de que los dos se ahogarían sin remedio.

No fue sencillo, pero que Albert Einstein mantuviese la calma facilitó las cosas. Hubo de pararse tres veces para reponer fuerzas mientras lo arrastraba hacia el barco, pero al cabo de poco tiempo estaban los dos agarrados a la borda.

—¿Está usted bien, *Herr Proffessor*?

—*Ausgezeichnet* —respondió Albert Einstein, a duras penas.

Que dijera que se encontraba estupendamente no dejaba de tener su gracia dadas las circunstancias.

Todavía no habían subido al *Tinef*. Alfonso Altamira miró a Albert Einstein, que, empapado, como él, respiraba trabajosamente. Lo miraba el premio Nobel y parecía entender lo que pensaba su viejo amigo a pesar de todo.

Altamira miró alrededor, pero con la niebla apenas podía distinguir nada. ¿Dónde estaba Frida Klein? Alfonso Altamira ahora no tenía miedo. Ya no pensaba en ella como en un tiburón hambriento que merodea alrededor del casco, un monstruo marino cuyos tentáculos van a salir a la superficie para engullirlo.

—¡Frida! —gritó, temiéndose lo peor.

Apenas escuchó un chapoteo débil en la dirección contraria al barco. Albert Einstein estaba bien, y quizá alguno de los disparos había alcanzado a Frida Klein. Pero todavía estaba viva. Y tal vez si él iba a buscarla tendría alguna oportunidad de salvarla. Pero Albert Einstein no resistiría mucho más tiempo sujeto a la borda del *Tinef*, y para el mundo era mucho más importante la vida de Albert Einstein que la de Frida von Kleinsberg. Ella era una agente nazi y él era el único científico lo bastante famoso como para que el presidente Roosevelt lo escuchase y se decidiera a hacer algo para impedir la fabricación de la bomba atómica por parte de los nazis. Alfonso Altamira quería salvarlos a los dos. Pero si volvía para salvar a Frida von Kleinsberg era muy probable que cuando saliese a la superficie Albert Einstein ya se hubiera ahogado. Si se entretenía en ayudar al profesor Einstein a subir al barco, para cuando regresase al lugar donde estaba Frida —con las manos atadas le costaría llegar más del doble de tiempo del que necesitaría si no estuviera atado— a buen seguro que ya habría dejado de respirar y lo único que habría en sus pulmones sería el agua helada de la bahía de Peconic. Pero también podía nadar hasta donde estaba Frida y al final no conseguir salvarla. Y aunque era lo que menos le importaba, también cabía la posibilidad de que él mismo se ahogase en el intento. De nuevo aspiró una bocanada de aire, como si fuera a nadar hacia donde suponía que estaba Frida, pero ya sabía que no lo haría. Murmuró una maldición. Con las pocas energías que le quedaban ayudaría a Albert Einstein a subir al *Tinef*.

—Ella debe de estar malherida. Creo que debería intentar salvarla.

Albert Einstein suspiró. También parecía agotado.

—Nunca hay que rendirse —dijo, sin embargo, como si le diera su beneplácito.

Subieron los dos al *Tinef* trabajosamente. Primero lo hizo Albert Einstein, y luego ayudó a Altamira.

—Remando llegaremos antes.

Cuando dijo la frase ya se había sentado en uno de los dos travesaños habilitados para ello, había empuñado los remos y se había puesto a moverlos, sin poder evitar un gesto de dolor y de agotamiento.

Altamira había cogido el trozo de madera astillada al que había estado atado en la barca de los Trefmann y frotaba con furia las cuerdas que le sujetaban las muñecas salpicadas de sangre mezclada con agua salada.

No tardaron más de medio minuto. Remando en una barca parecía que estaba todo mucho más cerca que nadando. Cuando Albert Einstein dijo que habían llegado, Altamira pudo separar las manos. Todavía tenía restos de cuerda en las muñecas, pero ya podía mover los brazos con libertad. No se lo pensó antes de tirarse al agua. Ni siquiera dijo nada. Cuando saltó por la borda todavía no había soltado el trozo de astilla con el que se había liberado.

No fue fácil encontrar a Frida Klein. Altamira no creía que sus pulmones pudieran aguantar más de treinta o cuarenta segundos bajo el agua, pero esperaba que fuera suficiente para poder comprobar lo que había pasado. No le quedó más remedio que volver a salir a la superficie a respirar tres veces hasta que pudo agarrar su melena que se hundía en el mar. Frida ya no se movía, pero a pesar de ello Alfonso Altamira no se rendía. Tiró de ella y consiguió sacar la cabeza del agua para respirar. Estaba agotado y apenas podía respirar el español cuando salió a la superficie.

—*Herr Proffessor* —le dijo a Einstein—. Ya la tengo.

Con la ayuda de Albert Einstein consiguieron subirla al *Tinef*. Luego lo hizo Altamira. Frida von Kleinsberg no se movía. Altamira le puso las dos manos en la boca del estómago y apretó con fuerza, una, dos, tres, cuatro veces, para que expulsase el agua que había tragado. Después de que lo intentase un par de veces más, la boca de Frida von Kleinsberg vomitó un borbotón de agua, ruidosamente, como un grifo que alguien abre por primera vez, y un chorro de sangre tibia se le escapó del cuello. Estaba pálida. No respiraba. Alfonso Altamira se inclinó sobre ella. Le tapó la nariz y puso su boca en la de Frida, para insuflarle aire en los pulmones. Lo hacía y también empujaba el pecho de la mujer con las dos manos a pesar de que sabía que era inútil, a pesar de saber que ya estaba todo perdido, que ya estaba todo perdido incluso cuando logró sacarla del agua. Alguno de los disparos había tenido la mala suerte de acertar.

Vamos, Frida, vamos, dijo, sin embargo. Vamos, Frida, vamos. Le gritaba, como si ella pudiera escucharlo. Le gritaba y volvía a poner su boca en la de ella, y luego le empujaba el pecho tan fuerte que le parecía que podía romperle las costillas. Vamos, Frida, vamos, repitió, no una, sino muchas veces. Nunca había que rendirse, nunca había que bajar los brazos. Vamos, Frida, vamos. Era como si estuviesen los dos solos y pudiera salvarla si no capitulaba. Vamos. Para Altamira nada había sucedido esa noche, nada salvo que ella no podía respirar.

Vamos, Frida, repitió, por enésima vez. Sólo había sucedido eso, y mientras trataba de insuflar una brizna de vida en los pulmones de Frida y golpeaba debajo de su corazón con la esperanza de volver a hacerlo latir de nuevo, había borrado todo lo que había pasado esa noche, las sospechas que había tenido de ella. Boca arriba, en la cubierta del barco, Frida von Kleinsberg no era una agente nazi, Frida von Kleinsberg no les había apuntado a Albert Einstein y a él con una pistola cuando acompañaban a su amigo de vuelta a casa después de haberlo invitado a cenar. Frida von Kleinsberg era una joven desvalida y hermosa licenciada en Física Atómica por la Universidad de Berlín que había llegado hasta Brooklyn buscando refugio del terror de Europa. Frida von Kleinsberg estaba enamorada de él igual que él había estado enamorado de ella. Frida von Kleinsberg no era una espía nazi, no. Frida von Kleinsberg no era la hija adoptada de una rica familia berlinesa y su madre biológica no era una científica polaca que había tenido una aventura con Albert Einstein. Albert Einstein no era su padre, Frida no lo odiaba por eso, Frida no se lo había contado al hombre que ahora estaba junto a él mientras se esforzaba inútilmente en salvarla, cuando había estado a punto de matarlo, apenas hacía unos minutos, pero Altamira prefería pensar que se trataba de un sueño lejano que no quería volver a recordar nunca más. Frida von Kleinsberg no existía, era a Frida Klein a quien Alfonso Altamira estaba tratando de salvar la vida.

Vamos, Frida, dijo, por última vez. No sabía cuánto tiempo había pasado desde que había empezado a intentar reanimarla, pero al final no le quedaba otro remedio que rendirse a lo inevitable. Frida von Kleinsberg ya no respiraba y había sido él quien la había matado.

Sintió la mano de Albert Einstein en su hombro, consolándolo. Se había olvidado de que estaba allí.

—Ha hecho cuanto ha podido, Altamira.

Pero Alfonso Altamira no lo escuchaba. Estaba inclinado sobre ella, empapado, y se había llevado las dos manos a la cara, ocultándola. De pronto se había dado cuenta de que le daba vergüenza que lo vieran llorar.

Albert Einstein se abrazó las piernas y hundió la barbilla entre las rodillas. Miraba la bahía de Peconic, la oscuridad, algún punto indefinido a través de la niebla o tal vez alguna de las luces de las casas de la orilla. Frida von Kleinsberg boca arriba, Alfonso Altamira con el rostro oculto por las manos, sollozando en silencio porque no había podido hacer nada por salvarla, y él con la mirada perdida, como si se hubiera dado cuenta, y lo lamentase, de que el mundo había cambiado, para siempre, que las cosas ya nunca serían como antes una vez que hubiera estampado su firma en la carta que Leo Szilard le iba a traer para enviarla al presidente Roosevelt. Si antes había tenido alguna duda, ya había desaparecido. La única forma de impedir que los nazis desarrollasen la bomba atómica era animando al presidente de los Estados Unidos a que fabricasen la suya. Pondría su nombre al final de esa carta. No pensaba ahora en que la mujer que acababa de morir pudiera ser su hija. Eso ahora daba igual. Frida von Kleinsberg podía ser su hija, pero también podía no serlo. Pero eso ya no tenía remedio. Lo que ahora estaba en juego era mucho más importante que las dudas que pudiera tener respecto a la paternidad de esa hermosa joven que había muerto cuando intentaba matarlo a él.

Dejó escapar un largo suspiro Albert Einstein, sin levantar la cabeza, la mirada perdida en la oscuridad. Lo peor no era abrir la caja de Pandora: lo que más le dolía es que iba a ser él quien levantase la tapa. Ojalá que esta vez, como en el mito, deseaba Albert Einstein, una vez que hubiera abierto la caja de los males, al menos quedase dentro la esperanza.

EPÍLOGO

Ya está. Al menos la primera parte del plan se ha podido coronar con éxito. Han hecho falta dos borradores para que el profesor Albert Einstein dé el visto bueno, pero al final ha rubricado la misiva que le van a mandar al presidente Roosevelt. Le advierten de los avances de la fisión del uranio, del peligro de que los nazis desarrollen una bomba atómica antes que nadie, antes que los americanos. Pero lo que queda a partir de ahora no va a ser tampoco sencillo, y cuando Leo Szilard piensa eso no se refiere a la forma en que los americanos van a afrontar el desarrollo de su bomba atómica, para eso, por desgracia, todavía queda bastante, sino a otra fase de la operación que habrá de suceder antes y no será menos compleja: primero habrán de entregar la carta al presidente Roosevelt, y eso no va a ser tarea fácil, y mucho menos van a poder hacerlo tan rápidamente como les gustaría. Su amigo Alexander Sachs, el banquero, ha conseguido una entrevista con el presidente, pero todavía van a tardar al menos dos meses en encontrarse. Dos meses, se lamenta Leo Szilard. Dos meses. Pero no le queda más remedio que esperar. Al presidente de los Estados

Unidos de América no lo puede ver cualquiera cuando le apetezca. No queda más remedio que tener paciencia, y a pesar del tiempo tan angustioso que les queda por delante, hasta que se produzca la entrevista, Leo Szilard está más tranquilo porque Albert Einstein ha firmado la carta que Alexander Sachs le va a entregar a Roosevelt. Había viajado de nuevo hasta Long Island. Al final fue Edward Teller quien hizo de chófer. Por más que lo intentó no pudo ponerse en contacto con Stanislaw Zukrowski. Tal vez aún estuviese de vacaciones con esa joven que había respondido al teléfono en su casa cuando lo llamó. Pero le parecía extraño, porque Stanislaw Zukrowski tenía tantas o más ganas que él de que Einstein firmase aquella carta que le iban a mandar al presidente Roosevelt.

Tardaron menos en llegar que la otra vez porque Leo Szilard recordaba el lugar exacto donde estaba la casa en la que Albert Einstein pasaba el verano. Había visto a su amigo un poco más taciturno que de costumbre, pero lo achacó a la gravedad del momento: un pacifista convencido como él acababa de poner su firma al final de una carta en la que se pedía al presidente de los Estados Unidos que impulsase un programa para desarrollar una bomba atómica. Pese a ello Leo Szilard estaba seguro de que había algo más, un espectro en el fondo de los ojos de Albert Einstein cuyo significado no llegaba a alcanzar. No preguntó. Hay ciertas cosas en las que un hombre, por muy amigo que sea, no debe inmiscuirse.

Al despedirse le preguntó por Alfonso Altamira, el profesor español. Había visto la casa de Ramírez de Ayala al otro lado de la calle y recordó que estaba pasando unos días allí. La primera vez que vino a visitar a Albert Einstein ese verano se le hizo tarde, pero ahora tenía un momento para pasar a saludarlo. Sin embargo, Einstein le dijo que Altamira ya había regresado a Brooklyn. El día anterior, concretamente. No estaba seguro Leo Szilard, pero por un momento le dio la sensación de que la sombra que había visto esa tarde detrás de los ojos de Albert Einstein se había agigantado de repente cuando le preguntó por Alfonso Altamira. Procuró que el padre de la Teoría de la Relatividad no se diera cuenta y cambió de tema inopinadamente después de decirle que esperaba encontrar al español en Manhattan en septiembre, en alguna de las reuniones de la calle Catorce.

En cualquier caso, llevaba la carta con la firma de Albert Einstein guardada en la carpeta, y eso era lo único que importaba.

Poldek Horowitz cerró la carpeta donde guardaba las páginas del manuscrito sobre la historia de Polonia que estaba preparando con la certeza de que aún pasaría mucho tiempo hasta que ese libro se publicase y los estudiantes lo utilizasen. Hitler y Stalin se habían repartido el territorio de su país y Polonia había dejado de existir. El ejército polaco no había podido resistir la embestida de las divisiones de Von Rundstedt y Von Bock mientras el Ejército Rojo invadía el país por el este.

Los *panzers* ya desfilaban por las calles de Varsovia y los nazis no tardarían en entrar en Cracovia. Se avecinaban malos tiempos para los judíos. Su amigo Stanislaw Zukrowski estaba en lo cierto. Debía haberle hecho caso, pero ya no tenía sentido lamentarse. Era demasiado tarde.

Por más que lo había intentado no había podido hablar con él. Esperaba al menos que su secretaria y la mujer que respondió al teléfono cuando lo llamó a su casa hubieran podido comunicarle que lo había llamado. Aunque su amigo le había pedido que no lo hiciera, al final repitió en polaco, de todas las formas que fue capaz, que estaba seguro de que esa tal Frida Klein era hija de Agniezska Waleska y de Albert Einstein. No estaba muy seguro del alcance de su descubrimiento, pero no tenía dudas de que para su amigo Stanislaw Zukrowski sería importante saberlo.

Guardó la carpeta con el manuscrito en una maleta y la colocó sobre la cama. Muchos judíos se habían marchado ya de Cracovia. Él todavía no sabía qué hacer. La historia le decía que aquello no era nuevo: de vez en cuando los de su religión se veían obligados a marcharse del lugar donde vivían y tenían que encontrar otro lugar en el que establecerse. Poldek Horowitz cogió su equipaje y echó un último vistazo antes de cerrar la puerta del apartamento del Kazimierz donde había vivido los últimos dos años.

Seguro que los judíos saldrían adelante. Si su amigo Stanislaw Zukrowski estuviese allí, seguro que lo tacharía de ingenuo, le diría que no era sano ser tan optimista, pero Poldek Horowitz estaba convencido de que la única forma de poder soportar la tragedia que se avecinaba era pensando que algún día las cosas podrían ir mejor.

Alfonso Altamira González de Tejada regresó a la casa de Arturo Ramírez de Ayala en Nassau Point un fin de semana a mediados de septiembre. Jamás había acudido a la vivienda que su amigo le prestaba más que unos días en agosto, pero este año había roto la norma. Aunque ya hacía fresco por las tardes y los días eran cada vez más cortos, todavía eran agradables los paseos por la orilla de la bahía de Peconic. Albert Einstein había regresado a Princeton hacía pocas semanas, con lo que no había muchas posibilidades de que se lo encontrase. Al final había firmado la carta para impulsar el desarrollo de la bomba atómica por parte de los Estados Unidos, y ahora que la guerra en Europa había empezado, la primera bomba atómica de la historia no era una quimera, sino una locura cuya aparición sólo era cuestión de tiempo. Altamira era consciente del peligro que suponía la creación de un arma así, pero, puesto que ya no era posible una vuelta atrás, deseaba con todas sus fuerzas que fuesen los americanos y no los nazis quienes la fabricasen primero. La Wehrmacht había invadido Polonia después de que Hitler y Stalin hubieran llegado a un acuerdo para repartirse el país, y a Francia y a Inglaterra no les había quedado otro remedio que declararle la guerra a Alemania. Se avecinaban malos tiempos, y Altamira se sentía cada vez más viejo y más solo.

Antes de regresar a Brooklyn, la mañana después de que Frida se ahogase en las aguas de la bahía de Peconic, *Newton* se había puesto a escarbar en la parte de atrás de la casa y había dejado al descubierto el cadáver de Gaspar Puig. La policía todavía estaba allí. Él mismo los había llamado esa noche, desde la casa de Albert Einstein, después de que hubieran regresado al embarcadero los dos con el cadáver de Frida. Les hicieron muchas preguntas, y luego, cuando apareció el cadáver de Gaspar Puig, vinieron muchas preguntas más. Más tarde llegaron dos agentes del FBI, que los interrogaron por separado, a Albert Einstein y a Alfonso Altamira, y cuando regresó a Brooklyn había tenido que acudir otras dos veces a una oficina de los federales, y estaba seguro de que todavía tendrían que hacerle muchas preguntas más. No se lamentaba Altamira por ello. Sabía que lo que había ocurrido, o lo que había estado a punto de ocurrir, era lo bastante importante como para que el FBI quisiera saber muchas cosas. Había cobijado en su casa a una agente alemana, y eso, aunque los Estados Unidos aún no habían tomado parte en la guerra en Europa, era algo que el FBI no dejaría pasar por alto. Estaba seguro de estar sometido a alguna clase de vigilancia discreta, pero procuraba tomárselo con buen humor. Al cabo, él no era más que un ciudadano extranjero, un exiliado cuya situación era tan precaria que no tendría ninguna posibilidad de protestar si las cosas se complicaban y al final alguien decidía meterlo en la cárcel o mantenerlo a buen recaudo hasta que todo se aclarase.

Al menos el fin de semana que viajó hasta Long Island no había tenido la sensación de que alguien lo vigilaba. Apenas quedaban ya veraneantes en Nassau Point, y durante el paseo que dio por la mañana no se encontró con nadie. Había caminado sin rumbo, a veces detrás de *Newton*, y otras veces era el perro el que lo seguía a él. Casi sin darse cuenta, aunque en el fondo sabía que no había nada inocente en la ruta que lo había llevado hasta allí, se encontró en el embarcadero al que Albert Einstein y él habían llegado mientras Frida von Kleinsberg los encañonaba. El *Tinef* ya no estaba. Según había podido saber, lo habían llevado hasta Southold, y Albert Einstein le había pedido a David Rothman, el comerciante del que se había hecho tan amigo ese verano, que lo guardase en su casa.

Sólo quedaba en el muelle la pequeña barca de los Trefmann a la que Albert Einstein lo había amarrado por orden de Frida von Kleinsberg. Altamira comprobó que aún le faltaba el travesaño que había arrancado para soltarse.

Se sentó en un extremo del embarcadero, se quitó los zapatos, se arremangó el pantalón y metió los pies en el agua. Luego encendió la pipa y se desabrochó un par de botones de la camisa. El agua de la bahía estaba tan tranquila que por un momento pudo olvidarse de lo que había ocurrido allí unas pocas semanas antes.

Dio una profunda calada a la pipa y pensó que al final las cosas no habían salido tan mal. Lamentaba mucho que Gaspar Puig hubiera muerto —al final se había convertido en un héroe, y Altamira se consolaba pensando que a su buen amigo le gustaría ser recordado como tal—, y estaba seguro, más seguro incluso que los agentes del FBI que lo investigaban, de que antes o después alguien encontraría el cadáver de Stanislaw Zukrowski.

Frida von Kleinsberg había conseguido engañarlos a todos, y a él más que a nadie. Pero eso era algo que ya no podía cambiar. Al final ella no había podido llevar a cabo su misión y pronto los americanos estarían desarrollando su propia bomba atómica.

No habló con Albert Einstein sobre ella el resto del tiempo que permaneció en Peconic después de que todo terminase. Estaba seguro de que para Einstein era tan perturbador el hecho de que Frida von Kleinsberg pudiera ser su hija como para él haber estado enamorado de ella durante tanto tiempo sin llegar a sospechar siquiera que era una agente de la Abwehr. Incluso para Albert Einstein sería peor. Estaba convencido de ello. No le gustaría estar en su pellejo. Una mujer que podía ser su hija había venido hasta Estados Unidos para matarlo, y además había puesto su firma al final de una carta que iba a cambiar el mundo para siempre.

Suspiró Altamira. Cerró los ojos. Sacó los pies del agua. De pronto le había parecido que estaba más fría. Acarició el lomo de *Newton*, que se había tumbado junto a él.

No podía saber dentro de cuánto tiempo, tal vez algunos años, pero la única verdad era que antes o después alguien conseguiría fabricar una bomba atómica, el arma más poderosa y más destructiva que jamás había existido sobre la faz de la Tierra. Sacudió la cabeza, resignado. Era como si de repente se hubiera hecho de noche. El sol estaba a su espalda y lo único que podía ver en el horizonte era oscuridad. No había nada que él pudiera hacer. El mundo había cambiado, para siempre, y las cosas ya nunca volverían a ser como antes.

Diciembre de 2006

Diciembre de 2006

Albert Einstein
Old Grove Rd., Nassau Point
Peconic, Long Island

2 de agosto de 1939
F.D. Roosevelt
Presidente de los Estados Unidos
Casa Blanca
Washington, D.C.
Señor;

Algunos recientes trabajos de E. Fermi y L. Szilard, los cuales me han sido comunicados en manuscritos, me llevan a esperar que, en el futuro inmediato, el elemento uranio pueda ser convertido en una nueva e importante fuente de energía. Algunos aspectos de la situación que se ha producido parecen requerir mucha atención y, si fuera necesario, inmediata acción por parte de la Administración. Por ello creo que es mi deber llamar su atención sobre los siguientes hechos y recomendaciones.

En el curso de los últimos cuatro meses se ha hecho probable —a través del trabajo de Joliot en Francia así como también de Fermi y Szilard en Estados Unidos— que se pueda iniciar una reacción nuclear en cadena en una gran masa de uranio, por medio de la cual se generarían enormes cantidades de energía y grandes cantidades de nuevos elementos parecidos al uranio. Ahora parece casi seguro que esto pueda ser logrado en un futuro inmediato.

Este nuevo fenómeno podría llevar a la construcción de bombas, y es concebible —pienso que inevitable— que estas bombas extremadamente poderosas sean construidas. Una sola bomba de ese tipo, llevada por un barco y explotada en un puerto, podría muy bien destruir el puerto por completo, conjuntamente con el territorio que lo rodea. Sin embargo, tales bombas podrían ser demasiado pesadas para ser transportadas por aire.

Los Estados Unidos tienen muy pocas minas con vetas de uranio de poco valor, en cantidades moderadas. Hay muy buenas vetas en Canadá, la ex Checoslovaquia, mientras que la fuente más importante de uranio está en el Congo Belga.

En vista de esta situación usted podría considerar que es deseable tener algún tipo de contacto permanente entre la Administración y el grupo de físicos que están trabajando en reacciones en cadena en los Estados Unidos. Una forma de lograrlo podría ser comprometer en esta función a una persona de su entera confianza quien podría tal vez servir de manera extraoficial. Sus funciones serían las siguientes:

a) Estar en contacto con el Departamento de Gobierno, manteniéndole informado de los próximos desarrollos, y hacer recomendaciones para las acciones de Gobierno, prestando particular atención a los problemas de asegurar el suministro de mineral de uranio para los Estados Unidos.

b) Acelerar el trabajo experimental, que en estos momentos se efectúa con presupuestos limitados de los laboratorios de las universidades, mediante el suministro de fondos. Para este suministro, quizás habría que mantener contactos con personas privadas que estuvieran dispuestas a hacer contribuciones para esta causa y, tal vez, obtener cooperación de laboratorios industriales que tengan el equipo necesario.

Tengo entendido que Alemania actualmente ha detenido la venta de uranio de las minas de Checoslovaquia, las cuales han sido tomadas. Puede pensarse que Alemania ha llevado a cabo tales acciones, porque el hijo del subsecretario de Estado alemán, Von Weizacker, está asignado al Instituto Kaiser Wilhelm de Berlín, donde se están repitiendo algunos de los trabajos americanos sobre el uranio.

Atentamente,

Albert Einstein

Albert Einstein
Old Grove Rd.
Nassau Point
Peconic, Long Island

F. D. Roosevelt,
President of the United States,
White House
Washington, D. C.

August 2nd, 1939

Sir:

Some recent work by E. Fermi and L. Szilard, which has been communicated to me in manuscript, leads me to expect that the element uranium may be turned into a new and important source of energy in the inmediate future. Certain aspects of the situation which has arisen seem to call for watchfulness and, if necessary, quick action on the part of the Administration. I believe therefore that it is my duty to bring to your attention the following facts and recommendations:

In the course of the last four months it has been made probable —through the work of Joliot in France as well as Fermi and Szilard in America— that it may become possible to set up a nuclear chain reaction in a large mass of uranium, by which vast amounts of power and large quantities of new radium-like elements would be generated. Now it appears almost certain that this could be achieved in the immediate future.

This new phenomenon would also lead to the construction of bombs, and it is conceivable —though much less certain— that extremely powerful bombs of a new type may thus be constructed. A single bomb of this type, carried by boat and exploded in a port, might very well destroy the whole port together with some of the surrounding territory. However, such bombs might very well prove to be too heavy for transportation by air.

-2-

The United States has only very poor ores of uranium in moderate quantition. There is some good

ore in Canada and the former Czechoslovakia, whi-
le the most important source of uranium is Bel-
gian Congo.

In view of this situation you may think it des-
irable to have some permanent contact maintained bet-
ween the Administration and the group of physicists
working on chain reactions in America. One possible
way of achieving this might be for you to entrust
with this task a person who has your confidence and
who could perhaps serve in an unofficial capacity.
His task might conprise the following:

a) to approach Government Departments, keep them
informed of the further development, and put for-
ward recommendations for Government action, giving
particular attention to the problem of securing a
supply of uranium ore for the United States.

b) to speed up the experimental work, which
is at present being carried on within the limits
of the budgets of University laboratories, by pro-
viding funds. If such funds be required, through
his contacts with your private persons who are
willing to make contributions for this cause, and
perhaps also by obtaining the co-operation of in-
dustrial laboratories which have the necessary
equipment.

I understand that Germany has actually stopped
the sale of uranium from the Czechoslovakian mines
which she has taken over. That she should have
taken such early action might perhaps be unders-
tood on the ground that the son of the German
Under-Secretary of State, von Weizsäcker, is atta-
ched to the Kaiser-Wilhelm-Institute in Berlin
where some of the American work on uranium is now
being repeated.

Yours very truly,

(Albert Einstein)

AGRADECIMIENTOS

Aunque sólo aparece el nombre del escritor impreso en la portada de un libro, es mucha la gente que, siendo consciente de ello o no, contribuye a facilitar el trabajo agotador que supone construir una novela. Hay varias personas que mientras escribía *El factor Einstein* no dejaron de ayudarme. A veces basta una palabra —o unas cuantas— de aliento, para que luches hasta el final, aunque sólo sea para no defraudar a quienes te quieren. Y ahora que lo pienso, tal vez la razón más importante por la que uno sigue adelante a pesar de todo sea ésa: para no decepcionarlos.

Mis padres, como siempre, estuvieron ahí. Podría decir tantas cosas sobre ellos que completaría otra novela con tantas páginas como ésta. No me cabe duda de que, sin unos padres así, jamás habría podido dedicarme a este oficio tan raro de inventar historias.

Con el mismo entusiasmo y la misma urgencia de siempre, Patricio quiso leer el manuscrito cuando lo estaba escribiendo. Más de una década después de que le dejase leer algo mío, me sigue conmoviendo su paciencia y su entrega hacia mi trabajo y las horas que dedica a escuchar mis proyectos. Él siempre sostiene que es un placer y un honor poder leer mis libros antes de que se publiquen, pero se equivoca: el honor es mío. Hay que ser muy generoso para dedicar tanto tiempo a un amigo.

Además de leer en voz alta el manuscrito para cazar errores durante un largo viaje por carreteras secundarias, Maribel me acompañó a visitar todos los escenarios que aparecen en *El factor Einstein*. Paseamos por Berlín y Cracovia, y cruzamos el Atlántico para recorrer las mismas calles de Manhattan y de Brooklyn que Frida von Kleinsberg, Alfonso Altamira y los demás personajes de esta novela. Un día, al amanecer, nos lanzamos a la aventura de subir a un tren para buscar la casa que Albert Einstein había alquilado el verano de 1939. Sin saber dónde se encontraba exactamente, ni siquiera si la casa existiría todavía, elegimos al azar un lugar en el mapa de Long Island para bajarnos, casi al final del trayecto.

No sé qué diría el profesor Einstein de que se debiera a un capricho del destino que tres horas después de subirnos a ese tren de Manhattan estuviésemos delante de la Southold Historical Society. Valgan estas palabras de agradecimiento para Susi Young, que me indicó la manera de llegar hasta aquella casa en la que Albert Einstein había recibido a Leo Szilard en el verano de 1939, y me animó a cruzar la calle para conocer al que ahora es mi buen amigo, Bob Rothman, que había conocido a Albert Einstein siendo un adolescente porque era amigo de su padre. A los dos, a David Rothman y a su hijo, mi querido Bob, les he dado un pequeño papel en esta historia. Es una pequeña muestra, muy pequeña, de mi agradecimiento y de mi amistad.

Si quiere contactar con el autor: andrespd@teleline.es